和同事、同行在一起

2001 年冬，冀教版教材编写组于石家庄

2019 年夏教育局机关老干部北戴河疗养

和著名散文作家张丽钧在石家庄

和青年诗人、诗歌评论家辛泊平在山海关

和同学在一起

高中同学

师范同学

初中同学

小学同学

高中毕业三十年后再聚会

同游辽西第一支部所在地

“生”别四十年，当刮目相看

师生亲如姐妹

黑龙江兴凯湖

秦皇岛鸽子窝公园

和朋友在一起

湖南张家界十里画廊

新疆天山天池

海南琼海博鳌金沙湾

海南三亚湾

和老伴儿在一起

海南东方鱼鳞洲岛景区

海南保亭县呀诺达景区

和大自然在一起

甘肃张掖七彩丹霞地质公园

内蒙古阿拉善左旗通湖草原

陕西延安雨岔大峡谷

秦皇岛麻念庄盛世花海

广西河池巴马凤尾竹

黑龙江鸡西虎林 850 农场水稻实验田

藝苑芳菲

周树华诗文集

周树华 著

河北大学出版社·保定

艺苑芳菲——周树华诗文集

YIYUAN FANGFEI ZHOU SHUHUA SHI-WEN JI

出 版 人：耿金龙
责任编辑：徐延风
封面题字：田金庆
装帧设计：杨艳霞
责任校对：李天雪
责任印制：靳云飞

图书在版编目（CIP）数据

艺苑芳菲 ：周树华诗文集 / 周树华著. -- 保定 ：河北大学出版社，2019.12
ISBN 978-7-5666-1609-8

Ⅰ. ①艺… Ⅱ. ①周… Ⅲ. ①散文集－中国－当代②诗集－中国－当代 Ⅳ. ①I217.2

中国版本图书馆CIP数据核字(2019)第301012号

出版发行：河北大学出版社
地址：河北省保定市七一东路2666号 邮编：071000
电话：0312-5073033 0312-5073029
邮箱：hbdxcbs818@163.com 网址：www.hbdxcbs.com
经 销：全国新华书店
印 刷：保定市正大印刷有限公司
幅面尺寸：170 mm × 240 mm
印 张：26.75
字 数：400千字
版 次：2019年12月第1版
印 次：2019年12月第1次印刷
书 号：ISBN 978-7-5666-1609-8
定 价：68.00元

一路诗心化春雨（代序）

辛泊平

在我的人生中，遇见周树华老师，是我的幸运。我大学毕业后，因为上语文课比较有趣，就参加了市里的优质课大赛。于是，就遇见了周树华老师。她在市教育局负责中学语文的教学研究工作。没想到，这一遇见，便开启了我从教以来的第一扇大门。当时，周树华老师对我鼓励有加，对我期待几许。在她的帮助下，我获得了大赛的一等奖，后来又多次在全市做示范课和公开课，还在各县区巡回作课。

周树华老师的教学理念很新，她对青年教师的关爱更是让我们终生难忘。可以这样说，现在我在教学上取得的一点成绩，与周树华老师的指导不无关系。

周老师的性格是纯真透明的。无论是面对青年教师还是年长的教师，在评课的时候，她不会因为世故而掩盖自己的观点。在她眼里，优点就是优点，缺点就是缺点，无论是公开场合还是私下里，她都是直言不讳的。初次接触，可能会有些不适应。但是，时间长了，所有人都会发现，她的意见是那么的准确，她的情感是那样的真诚。所以，学校老师们信任她，敬佩她。

后来，周树华老师从市教科所教研员的岗位上退休了。但我和周树华老师的联系并没有中断，因为除了教学，我们在另一个方面还有很深的交往，那就是写作。从当地的报纸上，我经常读到周老师写的散文和随笔。我来到这座城市后，想了解这座城市的写作状态，想认识一些本土的诗人和作家。有一次在卢龙县上课，我把这种想法告诉了周老师。周老师当时就笑了，她告诉我，她有一本当地诗人的作品集，可以送给我。可以这样说，正是因为这本集子，我和秦皇岛的写作者有了最初的联系。

在我的印象中，周老师一直有一颗求真之心、怀善之心、爱美之心。一句话，也就是有诗心。对于写作，周老师是虔诚的。她勤奋，敏锐，即使退休了也笔耕不辍。而且，她的写作没有禁忌，没有限制，是开阔、丰盈的。在这部作品中，既有与教育、教学相关的论文和随笔，又有对亲情、友情、凡人小事的点滴记录；既有对大千世界的深情凝视，又有对人生百态的细腻感受。这样的写作不是那种目的明确的功利写作，它是人生的沉淀，是生命的定格。所以，周树华老师没有为自己限定文体，而是“我手写我心”，意到笔随，散发着鲜明的个性风格。

她写教育教学论文，高屋建瓴，言之有据，体现了一名特级教师的眼界与严谨；她写人情世故，情真意切，饱含深情；她写人在旅途，自有一种人生的气象和自然的襟怀；她写日常小事，处处散发着生命深处的温度和体温……从某种意义上说，周树华老师不是在写文章，而是在写她的人生和感悟。让人感佩的是，对于人生的坎坷，她并没有执拗与偏执，没有对过往的些许不如意耿耿于怀。她的心是柔软的，她的胸怀是开放的，她的情感是流动的。所以，她才有这样的平和与淡然，才有这样的宽容与气度。

读周树华老师的文字，我时常有这样的感觉：她的文字让人欣慰，让人心生感恩之情，让人不再那么世故，不再那么斤斤计较。她的文字有自然的坐标，有时间的参照。她的文字言真意切，不重雕饰，但自有一股真气真情弥漫在字里行间。

人生苦短，但人的心却可以让生命更加辽阔、更加灿烂。周树华老师一直都在路上，这是一种积极的人生姿态。在路上，山川河流都会滋养生命，花鸟虫鱼都会打动灵魂。所以，在路上的生命就是年轻的生命，在路上的灵魂就是智慧的灵魂。在路上，生命常新，真情永在，诗心永恒。

一路诗心化春雨，在我看来，这就是周树华老师的人生写照，也是她作品富有生命力的真谛。

2019 年 8 月 13 日

目 录

初心难忘

凡人小事

真情永在

放眼风物

人在旅途

用心生活

诗意绵绵

初心难忘

于我而言，初心就是教书育人。在上个世纪七十年代，那样比较特殊的时期，祖国赋予我以教师的职业。这个职业选择了我，我也很快爱上了它。这是我从农村知青变回城市人口的第一个职业，也是我的终生职业。

——题记

参加河北省创新教育大会

与省里专家及教师一起研究作文教学

遥望上个世纪的秋夜

——鲁迅散文诗《秋夜》赏析

谁都经历过秋夜，但大多数人都对秋夜熟视无睹。鲁迅先生以文学家特有的细腻敏锐、以思想家特有的深刻独到、以革命家特有的机警策略，用简洁、明朗的笔触刻画了 20 世纪 20 年代的一个秋夜。

这篇散文诗，没有一般文人的老套与窠臼，而是以独特的视角去观察，从理性的层面去描述，使人觉得既自然洒脱，又深沉厚重。这种艺术效果主要通过以下四方面表现出来。

一、在似乎静止的事物中蕴含着活跃的动态

文章所写的室外的景物有枣树、天空、星星、野花草、月亮等。在深邃的秋之夜，这些景物原本是静止不动的，但是作者赋予它们以人性的生命，于是它们就有了思想，就有了行为。你看，秋夜的天空，“仿佛要离开人间而去”，闪着星星的“冷眼”；极细小的粉红花，在冷的夜气中“瑟缩地做梦”，梦见热闹的春天，“于是一笑”；落尽了叶子的枣树，“欠伸得很舒服”，“护定”它的“皮伤”。谁能说这些景物没有灵魂呢？静的事物，如果还把它写成静止的，肯定是沉闷抑郁，使人真的要睡去。鲁迅笔下的这些景物在冷峻的秋之夜，睡去的，在做着热闹的春之梦；没有睡去的，仍然醒着。在经过一番较量之后，天空“越加非常之蓝”，这“越加”一词更有力地显示了景物的动态。“动”意味着改变，表示着形势的推进与发展。静中之动使人看到了美好的前景。

这是一个充满梦幻与希望的秋夜。

二、在表面的和平景象中隐藏着激烈的斗争

作者运用独特的视角，看到了发生在平静的秋之夜的不平常的斗争。这斗争有室内、室外两个战场。

室外，奇怪而高的天空是斗争的一方，以枣树为首的野花草是另一方。斗争的过程是渐进的，是越来越激烈的。开始，非常之蓝的天空冷眼向着人间，在大有深意的微笑中将繁霜洒在“我的园里的野花草上”，它在挑衅，在试探，在策划阴谋。那些野花呢，虽然极其细小，已经开过，现在却仍然在开放，这表明它顽强的生命力。在清冷的夜气中，那浸着寒霜的躯体，虽然瑟缩，却依然做着美妙的梦，那梦是对春天的怀念，是对春天的向往，是对春天的追求。那单剩下干子的枣树，虽然落尽了叶子，可是它的睿智依旧，它不但知道小红花的梦、落叶的梦，而且还努力地伸展着自己已经没有负担的枝条，“低亚着”的树枝有力地护定着自己的伤痕，它那最直最长的几枝直刺那奇怪而高的天空，使天空鬼䀹眼，使月亮发窘。斗争的结果怎样呢？天空不安了，想离去人间，避开枣树；月亮也躲到一边去了。取得了阶段性的胜利，枣树的斗争精神丝毫没有减弱，“一意要制他的死命”和“不管他各式各样地䀹着许多蛊惑的眼睛”，表明了枣树的顽强和无畏，以至这种精神吓退了夜游的恶鸟。

室内，小青虫和玻璃灯罩也在较量。小青虫为了光明，为了温暖，不惜撞得筋疲力尽，不惜被火焰烧死，它们虽然显得稚嫩，缺少斗争的经验和方法，但是精神可嘉，锐气同样令人赞叹。

这是一个不平静、不平凡的秋夜。

三、在客观的描述中表达着作者强烈的爱憎之情

这篇散文诗在描写秋夜的景物时，表达了鲁迅先生鲜明强烈的爱憎之情。这种感情的表露有隐讳的，也有直白的；有含蓄的，也有明确的。主要通过句式的选择和词语的运用来表现。文章开篇在描写枣树时，重复地说“一株是枣树，还有一株也是枣树”。此处不惜笔墨，目的是什么呢？突显枣树的挺拔卓然，自主自立。在下文中，作者两次写枣树用自己最直最长的树枝直刺天空，并形容它像“铁似的”。这些满含深情的赞誉是作者感情的直接表露。在枣树取得了胜利，恶势力退却后，作者不由得从内心发出吃吃的笑声。对于小青虫的英勇无畏，作者更是毫不掩饰自己的喜爱之情，说它们“遍身的颜色苍翠得可爱，可怜”，而且对着灯默默地敬奠它们，称赞它们是“苍翠精致的英雄们”。

在描写天空时，作者多次使用了“奇怪而高”这个词语，多次说它要离开人间。这里似乎看不出作者对天空褒贬的感情，可是当我们看到蓝天映着的眼是“冷眼”，是“蛊惑的眼”；大有深意是“自以为”时，我们就分明地感受到了作者的倾向与立场。同样，一个“恶”字也使我们看到了“鸟”的阵营所属。作者的描写再现了秋夜的客观事物，却并没有影响自己表达鲜明的态度，在景物描写中寄予了作者的深意，将借景抒情的写作手法运用到了极致。

这是一篇爱憎分明、情感强烈的《秋夜》。

四、在不饰雕琢的行文思路中闪烁着作者匠心独运的智慧之光

文章的篇幅不长，作者的思路清晰。作者的笔触随着自己的意识的流动而变化。在秋天的一个夜晚，作者走出家门，可能是去散步，可能是为了写这篇文章而去做进一步的观察，也可能是为了想什么心事，总之他走出去了。但文章没有交代走出去的原因和过程，这一点不像夜晚走出家门来到荷塘的朱自清。文章开篇写枣树，还不是自家园里的枣树，是墙外的枣树；然后写天空，再写自家园里的野花草；之后再接着写枣树，写天空；写天空，写枣树；这样将两个阵营先后共写了三次。这之后，“我”才参与到景物的活动中，交代出“我”的行踪。“我”“看到”了枣树的胜利，还是“感受”到了枣树的胜利，还是“希望”枣树胜利？这些都不重要。重要的是我为枣树的胜利而会心地吃笑，而心满意足，而踌躇满志。回到自己房里后，又仔细观察小青虫的争斗，再次表露自己的心迹。

材料的组织似乎显得很随意，很闲散；似乎也没有首尾呼应，前后照应的布局。但是这正体现了作者的智慧与匠心。文章叙述的顺序大致是从室外到室内，但在对室外的描写中没有像《从百草园到三味书屋》中描写百草园那样有一个精确的从哪到哪的顺序。在《秋夜》中，作者看到高而直的枣树，视线就会跃上高空；感受秋的繁霜寒气，不免怜惜在冷秋中瑟缩的野花草；野花草怎样与枣树联系起来呢？靠的是小粉红花的梦。小粉红花的梦使我们想到鲁迅在《雪》中对江南雪后景色的描绘，那也写到了蜜蜂和蝴蝶，那也是对春天的渴望，对美好事物的憧憬。

本来是天空与枣树的较量，为什么要加进野花草一段呢？那是为了表明枣树的群众基础，也是为了证明天空对野花草的摧残。在描写小青虫与灯罩撞击时，为什么要细致地描写灯罩呢？那是为了写到栀子花，进而再次引出枣树以及它的梦想。在文章的结尾，作者又“点起一支纸烟”，这使我们想起鲁迅在《藤野先生》中的结尾：“于是点上一支烟再继续写些为‘正人君子’之流所深恶痛疾的文字。”

这是一篇令人再三咀嚼，回味无穷的《秋夜》。

在漫长的秋夜，我捧读鲁迅的《秋夜》，有了如上的收获。

2002 年 9 月

（鲁迅的《秋夜》曾被编入冀教版初中语文教材）

冰冷的雪花与火热的情感

——鲁迅散文诗《雪》赏析

《雪》是鲁迅散文诗集《野草》中的一篇，写于 1925 年。《野草》集子收入了鲁迅 1924—1926 年所作的二十三篇散文诗，以及题词一篇。作者在写《雪》的时候，中国正值“五四”运动退潮，北伐革命即将开始之际。共产党和国民党两党刚刚结成了统一战线，革命形势出现了可喜的局面。但作者当时在北京女子师范大学任教，仍生活在北洋军阀黑暗统治下，反动势力猖獗，白色恐怖笼罩。因而他内心世界充满对祖国前途命运的担忧和对现实社会的不满。

同一时期的毛泽东于 1925 年深秋写了著名词作《沁园春·长沙》，这是在他离开湖南前往当时革命活动的中心广州时所写，全诗表达出伟人的革命抱负与胸襟，也可以略见当时的政局与国家的现状，“怅寥廓，问苍茫大地，谁主沉浮？”“书生意气，挥斥方遒。指点江山，激扬文字，粪土当年万户侯。”从这些诗句，我们知道当时的中国，军阀纷争，江山待主。

鲁迅在这种背景之下，用借景抒情的方法，通过对江南和朔方雪景的对比描写，反映了江南雪的柔美、朔方雪的壮美，赞美了飞雪追求自由和顽强斗争的精神，寄托了作者对美好生活的憧憬，对美好事物的赞颂；表达了对冷酷黑暗社会的不满与愤慨，与黑暗势力作坚决斗争的情怀；体现了作者敢于直面惨淡人生的不屈不挠的战斗精神。

文章题目是“雪”，却从“雨”起笔。为什么？因为“暖国”的雨变不成雪，江南的雨变成了雪。“雪”通常被认为是北方冬天的特产，作者为什么从“江南”的雪写起？因为作者出生在南方，对南方的雪非常熟识。如果将文章的前两句删掉，似乎不影响文章的完整，那么前两句的作用何在？在于通过雨、雪的对比，突出了雪花的基本特征：冰冷、坚硬、灿烂。文中又用疑问句的形式传达出对没能变成雪花的暖国的雨的同情，觉得它自己应该以为“不幸”。这两句看似写雨实则为写雪做铺垫，表达作者对雪、对雪花的期盼和热望。值得甄别的是，首句连用的形容雪花的三个词语“冰冷”“坚硬”“灿烂”，是指江南的雪花吗？应该不是。从全文来看，这三个特点是根据朔方的雪总结出来的。朔方的雪的这些特点岂不更像鲁迅的性格？

文章虽起笔于“雨”，却没有滞留于“雨”。在首段接下来的句子中，作者热情奔放地描写了江南的雪以及江南雪野的生动迷人景象。“美艳之至”是总写，连用两个比喻是说雪的理想和质地：传递春的消息，像极壮健的处子的皮肤。是啊，冬天到了，春天还远吗？下雪啦，下雪啦，由雪造就的雪野是一番鲜艳夺目、生机勃勃的喜人景象。颜色是这样的繁复：血红、白中隐青、深黄、冷绿。生命是这样的多样：山茶、单瓣梅花、蜡梅花、杂草、蝴蝶、蜜蜂。这些景象让作者仿佛看见有冬花开放、蜜蜂忙碌的形象，还让作者听到嗡嗡闹着的声音，有实写，也有虚写。作者的脑海和读者的眼前确实浮现了一幅热闹非凡的雪中闹春图。

写雪似乎离不开写堆雪人，鲁迅好像也落入窠臼，没有例外。不同的是鲁迅笔下的雪人是雪罗汉诶！怎样堆呢？两个动词“呵”“塑”写出了孩子们堆雪人的无限兴致。雪霁天晴，天气的寒冷挡不住孩童的玩心。大人的加入不仅仅是帮忙，也是自己童心未泯，重温童年乐趣吧。作者分别从高度、形状、颜色、质地、辅助材料等方面细致入微地描写了堆成的雪罗汉，细腻形象，使我们的头脑中即刻矗立起一尊“目光灼灼地嘴唇通红地坐在雪地里”的“大阿罗汉”。

“第二天”“晴天”“连续的晴天”几个词语写出了雪罗汉由诞生到消融的过程。虽是天气的变化，季节的转换使然，但这里确有作者的惋惜和遗憾。原来南国的雪是这样的粘连，这样的柔软，这样的容易被大地吸附。

紧接着，笔锋一转，用一个“但是”连接上下文，由南方的雪过渡到“朔方的雪花”。朔方的雪的特点是什么呢？如粉，如沙，不粘连。屋上的雪消化，而别处的雪“蓬勃地奋飞”“灿灿地生光”，像“包藏火焰的大雾”。这生光而奋飞，旋转而升腾的就是北方的雪。雪弥漫太空，太空也旋转而升腾起来，大有“搅得周天寒彻”，乾坤挪移的气势。“使太空旋转而且升腾地闪烁。”语句的落脚在“闪烁”上，充满动能，充满光明，充满希望。雪，是雨的使者，是雨萌动的情思，是雨播种与希望的纽带，是雨的精魂。

结尾照应开头，回到“雨”上，再次强调孤独的雪是死掉的雨，是雨的精魂。水到渠成，顺理成章。没有卒章显志，没有结尾升华，有的只是情感的抒发与结构的照应。

鲁迅在《雪》中，似乎更为欣赏“朔方的雪”，因为朔方的雪“决不粘连”“奋飞”“旋转”“升腾地闪烁”“闪闪地旋转升腾着”。北方的雪正是体现了一种独立与张扬的个性精神，这种精神不正是作者毕其一生践行的精神吗？

《雪》真实生动地再现了江南雪野与北方雪野的独特景色。作者将记忆中清新明朗、瑰丽多彩、春意浓浓，给人以无限情趣的江南雪野与眼前空旷瑟缩、荒凉萧索、使人伤感落寞、令人窒息的北方雪野进行对比，生动地突出了美好事物和冷酷现实之间的强烈矛盾，从而含蓄深刻地表达了作者对黑暗现实的强烈不满，对美好事物的无限怀念和对新生活的强烈期望。

文章由南国的雪写到朔方的雪，时空跨度大，气势恢宏，像全焦镜头展示了一幅广阔无垠的雪景图，既表现了江南雪野的妩媚多姿，又表现了朔方飞雪的磅礴气势；既赋予南方雪野以无限生机和活力，又表达出对朔方雪的欣赏与赞叹。

人说，鲁迅的杂文是匕首，是投枪，“嬉笑怒骂皆成文章”。本文显然不是杂文，是名副其实的散文诗。中国现代人解读名家名作，习惯挖掘其中的微言大义，找出文章之外的象征、比喻之类。鲁迅生活在那样的时代，喜欢用隐晦的形式曲折地表达自己的真实观点、感情；擅长以笔做武器，与敌人、与黑暗势力做斗争，这是确实的。

而这篇文章，首先这是一篇散文，一篇描写景物的散文，通过丰富的想象，把南方的雪与朔方的雪进行对比，将雨和雪进行比较，将刚堆成的雪罗汉和消融的雪罗汉进行对比，紧扣文题，逼真而鲜明地写出了南、北方雪的不同形象，以及南方雪野的景致和北方雪粒飘洒的情景。有景有人有情，情景交融。其次这是一首散文诗，有诗的韵味与风情。作者善于描写颜色和动作，用词新颖、绮丽，巧妙运用比喻的修辞方法，把抽象的事物具象化，把具体的事物形象化，收到了很好的表达效果。再次，这篇文章通过描写景物表达出的感情积极向上，充满正能量。所以这是一篇借景抒情的散文诗。

唐朝边塞诗人岑参的《白雪歌送武判官归京》专门写雪，那是边塞气势磅礴的大雪，“北风卷地白草折，胡天八月即飞雪。忽如一夜春风来，千树万树梨花开”。作者把挂在枝头的积雪，比喻成一夜盛开的梨花，自然地把边塞奇寒冬天的雪和内陆大地春天的花紧密连在一起，使读者眼前瞬间浮现出劲风中瑟缩的枯草、银装素裹的大地、焕然一新的场景以及朵朵洁白盛开的“梨花”。这里生动地展现了雪后冲击视觉的壮美景象以及诗人的惊喜之情。诗中描写雪景是烘托气氛，为下文写送别服务的。

老舍先生的《济南的冬天》，在描写济南冬天的景物时，也写到了雪。

把下点小雪看成是“最妙的”事，进而描写了雪后的矮松、树尖、山尖、山坡，写得同样细腻，但是角度不同，心境不同，表达的效果也不一样。老舍用“日本的看护妇”“带水纹的花衣”做喻体进行比喻，用好像“害了羞”来拟人，温情的画面造就温婉的情调，突显济南冬天的温情蜜意，表达自己对济南的喜爱，对济南冬天的喜爱，轻松幽默，使读者在阅读中得到心灵的愉悦。文中写雪是为表现中心服务的。

《水浒》中“林教头风雪山神庙”一节，本就是风雪中发生的故事，自然少不了写雪。课文把原文描写雪的句子删掉了一些。原文有这样的句子：“正是严冬天气，彤云密布，朔风渐起，却早纷纷扬扬卷下一天大雪来。那雪早下得密了，但见：凛凛严凝雾气昏，空中祥瑞降纷纷。须臾四野难分路，顷刻千山不见痕。银世界，玉乾坤，望中隐隐接昆仑。若还下到三更后，仿佛填平玉帝门。”接着写那林冲在山神庙住下后，感觉天气寒冷，欲出门买些酒食，便“带了钥匙，信步投东。雪地里踏着碎琼乱玉，迤逦背着北风而行。那雪正下得紧”。这里关于雪的描写作用是多方面的：一是渲染气氛，烘托天寒地冻，给人物外出买酒提供一个充分的理由。二是衬托人物，表现林冲的逆来顺受，忍辱负重。三是推动情节发展，天气寒冷，才迫使林冲外出买酒；下雪，雪大，才能压塌山庙，才使陆谦等人误以为林冲已被压死，才敢于有了关于阴谋主使者、原因、内容、执行经过的对话；也使林冲意外地明白了事情真相，促使林冲性格就此发生根本转变。长篇小说的任务是通过人物形象表现主题思想，这里的写雪，是为塑造人物服务的。

鲁迅以“雪”为题作文，通篇都在写雪，是为了表达感情，渲染心情，抒发情怀。在这篇文章中，显性的情感是喜欢，对雪的喜欢、对雪野的喜欢、对孩子的喜欢、对刚堆成的雪罗汉的喜欢等等。这些“喜欢”显示了作者对美好生活的憧憬与期待，对光明的向往与追求。在那样黑暗与罪恶的社会，写出如此充满光明与希望的散文诗，不能不说这也显示了作者与丑恶现实抗争的一种信念和力量。

雪是冰冷的，但鲁迅的心是火热的；当时北京的气氛是压抑的，但鲁迅对革命是满怀信心的。在描写雪的形象时，我们有理由把北方奋飞的雪看成是作者的自况。

2003 年 5 月

（鲁迅的《雪》曾被编入冀教版初中语文教材）

解说小说《射击》中的“二”现象

《射击》是普希金叙述小人物故事的代表作。小说塑造了一个叫西尔维奥的退伍军官形象。在一次决斗中，轮到西尔维奥开枪时，他因对方表现得满不在乎而放弃了射击。为了等待第二次机会，在有人又侮辱了他时，他为保全自己的生命而没有选择决斗。六年后，第二次机会终于来了，已经成为伯爵的对手不得不在新娘子面前接受那欠下的一枪，可西尔维奥又因为对方表现出的慌乱而再次放弃了射击。最后，他战死在疆场上。通过这曲折感人的故事，刻画了西尔维奥高超的枪法，反映了他既维护自尊，又善良、宽容的品质。

中国的很多文学作品都与数字“三”有关，著名的《三国演义》是最突出的例子，而《战国策》中的《邹忌讽齐王纳谏》一文也有不少关于“三”的情节，如“三问”“三答”“三赏”“三段”等。这篇小说却带有完全不同于中国传统文学的特点，而与“二”结下了不解之缘。为了表述方便，下文把“二”写成“两”。

一、一名军官两次遭辱

先说第一次遭辱。西尔维奥当年在某骠骑兵团里供职，逞强好胜，天字第一号的捣乱鬼，以酗酒为骄傲，经常参加决斗，不是证人，就是当事人。同事们崇拜他，不时调换的团长也不敢小瞧他。可是，正在自己得意的时候，团里来了一个门第显赫而富有的年轻人，是个出色的幸运儿。这个人的出现，动摇了西尔维奥首屈一指的地位，西尔维奥恨死了他。在一次舞会上，因为争风吃醋，西尔维奥向那个人讲了粗俗的笑话，那个人大发雷霆，打了西尔维奥一记耳光。

这一记耳光使西尔维奥的人格遭受侮辱。于是，他和那位青年军官决定通过决斗了结。

再说第二次遭辱。西尔维奥退伍之后，来到了一个贫苦的小镇上，他不是在职军官，但与小镇上的军官们相处得很融洽。他性格阴郁，脾气急躁，说话尖刻；但他经验丰富，因此使大家甘拜下风。全团的军官都可以随便到他家吃喝，他乐意把书借给别人，而且从不讨要。他在这里过着清苦而又阔绰的生活。有一次在他家因为玩牌，一位新近调来、不太了解他的军官与他发生了冲突。由于周围同事们的讪笑，那位军官怒不可遏，抓起桌上的铜烛台朝西尔维奥扔过去，西尔维奥躲得快，没有被打中。

西尔维奥又一次受到了侮辱。大家都觉得西尔维奥肯定会找那位新近调来的军官决斗，而那位军官也肯定会死在西尔维奥的枪口下。可是，事情却出人意料，他们和解了。

两次遭受侮辱，两次做出了大家意想不到的决定。故事就这样开始了。

二、一次决斗两次射击

西尔维奥与那位年轻而富有的军官的决斗是在黎明时分进行的。对手捧着装满樱桃的军帽步行而来。他们用抓阄的方式决定先后。对方抓到了一号，他举枪瞄准，一枪没有击中，只打穿了西尔维奥的军帽。轮到西尔维奥射击了，可是那人站在枪口下，从军帽里挑熟透的樱桃吃，边吃边把核子吐到西尔维奥的跟前。他那满不在乎的神气把西尔维奥气疯了。于是，西尔维奥放弃了射击。青年军官提出“您的一枪还记在您的名下，我随时准备为您效劳”。

决斗只进行了一半，留下了一枪。

西尔维奥退伍后来到这个小镇上，从那时起他没有一天不想到报仇。转眼，六年过去了，机会终于来了。一天，西尔维奥在小镇上接到了一封神秘的来信后，决定动身去莫斯科，报那六年前的仇。

一天黄昏，西尔维奥作为不速之客来到了已成为伯爵的当年那位青年军官的书房，满身的尘土和满脸的胡子证明西尔维奥长途跋涉的疲劳和报仇的急切。刚刚结婚的伯爵的第一反应是“浑身汗毛直竖”，这说明他对西尔维奥的到来感到突然与恐惧。决斗的阵势很快摆开。伯爵想趁新婚妻子不在场时尽快结束这场决斗。可是西尔维奥拖延半天，才掏出手枪，瞄准。伯爵一秒一秒地数着，此时他担心的不是自己的生命而是妻子。可是等来的却是西尔维奥没有开枪而是垂下了手，他认为这样的决斗似乎像杀人，因而提出“重新开始”的建议，而且还是用抓阄的方式决定先后。伯爵的脑袋眩晕了，被迫着抓阄。伯爵又摸到了第一号。开枪了，子弹打在西尔维奥身后的画上。轮到西尔维奥瞄准的时候，伯爵夫人马莎跑了进来，伯爵的勇气完全恢复了，命令夫人离开现场，并解释说是在闹着玩。西尔维奥再次向伯爵瞄准。马莎扑到脚下，伯爵怒不可遏。西尔维奥满足了：他逼伯爵又向自己开了一枪；他终于看到了伯爵的慌乱、伯爵的胆怯；他要让伯爵的良心去自我责备。他走开去。可是临到门口又站住了，回头看了看被伯爵射穿的画，几乎没有瞄准就开了一枪，伯爵的妻子昏倒了，伯爵愣住了，西尔维奥走了。

欠下的一枪终于发出去了，但是不是向人，而是向刚刚打在画上的那个洞。

一次决斗，变成了两个决斗场，没有赢家，也没人倒下。

三、一种风俗两个物证

决斗，作为一种风俗在 18、19 世纪时曾在西方许多国家流行。西尔维奥与伯爵之间发生的决斗也是这种风俗的产物。二人决斗，历时六年，进行了两次，开了三枪。当年陪同他们决斗的副手早已不知踪迹，伯爵夫人不知内里，也算不上见证。什么是这两次决斗的见证呢？没有人，只有物，两个物。

一顶有金流苏和镶金边的军帽是第一次决斗的见证。后来的伯爵当年一枪把这顶帽子打穿了一个洞，洞在额头上面一俄寸的地方。六年过去了，西尔维奥一直保存着这顶帽子，把它放在帽匣里。在给“我”讲述当年的故事的时候，他拿出这顶帽子作为物证。在第二次决斗时西尔维奥又把卷好的、准备抓阄的纸卷放到这顶帽子里。

一幅画着瑞士风景的油画是第二次决斗的见证。伯爵被逼着朝西尔维奥开枪，结果没有打中人，却打在画上；西尔维奥第二次放弃射击，临走，他没有朝人，而是朝这幅画开了一枪。五年过去了，这幅画仍然挂在墙上。在向“我”讲述第二次决斗的故事时，这幅画也被指出来作为物证。

一顶在额头上一俄寸处射穿的帽子，一幅被两颗子弹射穿的画，分别被决斗的两个当事人保存，而且都称其为“纪念品”。这两个物品虽小，但在小说中却起着至关重要的作用，给“我”及读者造成悬念，推动故事情节向前发展。

一种决斗的风俗，派生出两个纪念品，一个在西尔维奥的帽匣里，一个在伯爵的客厅里。这两个物件虽不能聚合，但通过“我”的勾连，分别与读者见面了。

四、一种用意两幕场景

小说成功地塑造了新近调来的军官、六年前那个青年军官及西尔维奥三个人物的形象。而对主人公西尔维奥的塑造丰满细腻。小说塑造人物除了运用了语言描写、动作描写、神态描写、心理描写外，还巧妙地运用环境描写的方法来烘托人物性格。这篇小说中的环境主要是社会环境，而不是自然环境。社会环境的描写主要集中在西尔维奥家和伯爵家的两个家庭环境上。伯爵家的排场豪华，布置讲究。这是对他有“多得不计其数和永远用不完的金钱”，因而娶上貌美妻子的印证。西尔维奥家居室简陋，谈不上陈设，本没有什么可写的，作者却也两次提到。“我”第一次介绍时，说西尔维奥家“室内的四壁都是密密麻麻的枪眼，像蜂窝”。最后一次到他家吃晚饭时，又说“他的行李都已摒挡就绪，只剩下光秃的、满是弹孔的四壁”。这两处环境描写，笔墨不多，作用不小。“密密麻麻”“满是弹孔”，是对他“枪法高超”得“令人难以置信的”最好诠释，说明西尔维奥每天都在练习射击，经常想着报仇的事；也说明他之所以有高超的枪技，是他坚持天天训练的结果。看似不经意的两笔却是作者的匠心独运。

两处家庭环境的描写，其用意都在衬托人物的身份、性格，都是作者精心安排的。

五、一个故事两种讲法

这篇小说用第一人称“我”的口气叙述，使人觉得真实可信。前后两部分叙述的是一个故事，第一部分讲述的是西尔维奥与青年军官的第一次决斗，第二部分讲述的是西尔维奥与后来已成为伯爵的青年军官的第二次决斗。两次决斗的情形都是“我”听来的。第一次听西尔维奥讲，第二次听伯爵讲。而“我”亲眼见到的西尔维奥与新近调来的军官发生冲突的情节不是故事的主要情节，在小说中仍然起着侧面烘托人物性格的作用。西尔维奥为报那一记耳光之仇，宁肯放弃这一铜烛台之辱，说明他对一记耳光的事重视程度之深。

一个故事分成两段，由两个当事人分头叙述，“我”对亲眼所见的事情穿插叙述，使人感到活泼而富于变化。“我”、新调来军官、伯爵三个人的故事都是围绕西尔维奥一个人进行的。在讲故事的时候，巧妙地设置了悬念，激发了读者极大的阅读兴趣。小说开始，在军官们谈论决斗时，西尔维奥不插嘴，不肯细说。为什么对决斗的事讳莫如深？这是一个悬念。玩牌时有人扔铜烛台侮辱了他，人们认为非决斗不可，可他竟然和解了。这举动违背平时大家对他的认识。为什么没有决斗？这也是一个悬念。这两个悬念在西尔维奥接到莫斯科来信后得到了解决，是西尔维奥亲口向“我”解释的。读者急于知道西尔维奥报仇的结果，可是“我”没有能跟随西尔维奥前往莫斯科。故事的结局怎么向读者交代呢？所以在第二部分，作者想办法让“我”见到了西尔维奥报仇的对象——伯爵，在伯爵家见到那幅被两颗子弹打穿的画，为什么能打在一个枪眼上呢？这又造成了悬念。伯爵的讲述使悬念得到了解决。这样一环紧套一环，把读者带到了紧张动容的审美境界。

第一部分悬念迭起，神秘色彩始终笼罩在西尔维奥身边，第二部分进展舒缓，读者于山穷水尽之时又见柳暗花明的又一村。伯爵在叙述故事时，作者用加括号的形式注释人物的神态，更增加了现场的紧张气氛。

一个人物固定，有起因、经过、结果的完整故事，通过两个人的口去叙述，让“我”这一个人充当两次叙述的听者，写作手法新颖，叙述手段独到，很耐人寻味。

六、一个人物两面性格

小说的任务之一是塑造人物形象。怎样评价这篇小说的主人公西尔维奥呢？很难简单地用“好人”或“坏人”来概括。他到底是极度偏狭还是宽宏大量？他到底是枪法高超还是稀松二五眼？他到底是勇敢还是怯懦？这些问题都可以在小说中找到两种相反的答案。应该说这个人物的性格是矛盾的。

西尔维奥决斗的目的是什么？是想置对方于死地？显然不是。第一次与伯爵决斗时，尽管他怀着“难以名状的焦急”并且说“我满腔的毒恨使我激动得厉害”，轮到自己开枪时，“贪婪地注视”对方，“竭力要捕捉”对方脸上惊慌不安的影子，但因为对方表现出满不在乎的神气，他竟出人意料地放弃了开枪。他想：“既然他毫不珍惜自己的生命，我打死他对我有什么用呢？”等了六年的第二次决斗机会终于来了，他风尘仆仆，一路辛劳地去与伯爵会面，而且逼迫伯爵又向自己开了一枪，也终于看到了伯爵的慌乱与胆怯，但他又一次，也是最后一次，放弃了射击。他说：“我满足了。”这些都说明他与伯爵决斗不是为了夺取伯爵的生命。那是为了什么呢？为了维护自己的尊严，为了看到对手的怯懦和慌张。他因嫉妒而率先侮辱别人，又因自己的愿望没有得到满足而放弃射击。

“我”亲眼见到他与新近调来的青年军官发生了冲突，同事们认为他必决斗无疑，然而他没有。这是为什么？同事们认为他胆怯，“缺乏勇气”，“我”因此与他发生了隔阂，他自己却坦诚地承认是因为没有把握不使自己的性命遭到危险。在与伯爵第一次决斗时，他也在心里嘀咕过：“我没有把握能不能打的准。”这些都说明，西尔维奥有时也很缺乏自信。至少，他的心理素质也并不像他外表呈现出的那样坚定，有时他是很脆弱的。但是，小说最后一段，虽然笔墨不多，却使我们分明看到了一位驰骋疆场的将领的形象。

作者调动多种手段描写西尔维奥，对他的刻画倾注了欣赏与歌颂，使读者如见其人，如闻其声。尽管他有这样那样的人性弱点，但我们有理由承认：他是一个勇士。他是一个勇敢的、坦诚的、善良的、勇于维护尊严的、宽宏大量的、有着正义感的人。

2004 年 3 月

（普希金的《射击》曾被编入冀教版初中语文教材）

对大海灵魂的解读

——刘再复散文诗《读沧海》赏析

面对沧海，有人观潮涌，有人听涛声，而当代著名作家刘再复却要读它！沧海怎么读？沧海有什么可读的？读了沧海有什么启发呢？

作者带着千里奔波与久久思慕的饥渴，在北方的海岸上，在烟台山迷人的夏天，坐在花间的岩石上，贪婪地读着沧海。在作者的意识中，那不是海，而是展示在天地之间的书籍、远古与今天的启示录、心中不朽的大自然的经典。在作者的眼里，那从天外而来的滚滚波涛是蓝色的文字，那发出震耳欲聋声响的是白色的标点，那书里蕴含着的是汹涌的内容、澎湃的情思、伟大而深邃的哲理。在文章的开始，作者反复铺垫渲染，突出了这部沧海之书的博大恢宏，反映了这部书的神奇与魅力，证明这部书可读而且要必读。

作者打开蓝色的封面，进入书的境界，不由得展开奇妙的想象，仿佛听到太阳清脆的铃声和海底朦胧的音乐。这声响、这音乐紧扣“天地之间”，突出了这海之书的宏大巨制。由此作者产生了一连串的联想：安徒生的童话、罗马的戏剧、中国古代的神话、中国现代画家的名画、奥地利作曲家的乐章……古今中外的文化遗产都孕育在大海的胸膛，产生在大海的故乡。这些不都是大自然的经典吗？领略了海之书的神韵，享受了海之书的甘饴，“我”的身体发生了神奇的变化，无法言说的胸中的谜在跃动，已经失去的美好的东西在复归，一直无法摆脱的东西终于消失了。“我感到身上好像减少了很多，又增加了很多，只是减少了些什么和增加了些什么，说不出来。”真的说不出来吗？不是，作者使用曲笔告诉我们：面对大海，个人的私利是渺小的，个人的力量是渺小的，个人的一切都是渺小的。当我们将自己的身心交给大海，交给自然，交给宇宙的时候，天人合一，物我相融，个人的一切得失、利害、荣辱、毁誉、去留、进退……都变得无足轻重。我们的内心世界就会无限宽广，我们的精神就会永世长存，我们的灵魂就会得到永生。增加的是高尚，抛却的是卑怯，我们有什么理由不喜悦呢？当你意识到生活在这大海拥载的土地上是无比美好的时候，你是多么热爱这美好的生活啊！这就是“启示录”的启示。

在文章的第一部分，作者围绕“天地之间的大书”“大自然的经典”“远古与今天的启示录”做文章，抒发了自己因海而宽阔的胸怀。

文章的第二部分写海之书的古老与魂魄。海，古老得不可思议。十亿年的积蓄，十亿年的造化神功，十亿年的构思，十亿年的吮吸。这样横贯天地的巨卷，谁能在一生中读完呢？每个人都只是读了自己感兴趣的那部分：有的读到豪壮，有的读到寂寞，有的读到爱情，有的读到仇恨。有人寻生，有人找死。英雄、改革者、冒险家、学者、水兵、运动健将、海盗……各种各样的人都在这里集合过，把大海作为人生拼搏的战场。由此，大海有了双重结构的生命，有了兼收并蓄的胸怀。人世间与自然界，一切相反相成的事物都在大海身上冲突、交织。大海给人生、给自然、给有生命的和无生命的提供了一个大舞台，大海成了“大自然的双面像”！

然而，大海也受到过欺凌和损害。黄土污染它的蔚蓝，狂风挑衅它的壮丽，巨鲸与群鲨的尸体毒化它的芬芳。可是，大海不愧为大海，它依然那么活泼，那么明艳，那么清澈。“我”因之清澈而读到了浅海的海底，读到了沙，读到了礁石，读到了飘动的海带。

大海之书为什么有如此不被污染的伟大篇章、不会衰老的雄奇文采？作者终于找到了书魂，那比海上风暴更伟大的力量——举世无双的沉淀力和排除力。沉淀力使它得到净化，得到重组；排除力使它得到自由，得到发展。

作者在文章的第三部分向大海发问。在海之书最深的层次，有“我”读不懂的大深奥。着一“大”字，既与海之博大宽广相应，又突出这种深奥的不同寻常。“我”读不懂的深奥，也是许多科学家、工程师、探险家以及全人类正在探索的奥妙。作者紧接着连续追问了七个问题。这些问题既涉及神话中的传说，也涉及物理、化学、生物、考古、地质等方面的奥秘。这些海问是需要人类共同探讨的课题。虽然有读不懂的大深奥，但是作者亲睹大海的风采，亲聆大海的呼啸，对今日的海感受颇深。昔日的桑田、昔日的圆锥形动物、昔日的海蛇和海龙乃至昔日的荒凉都不复存在，取而代之的是繁忙的人世间。现代的海上船舰、现代的海滨风光、现代人的生活风貌……写就了人类读懂海之大书的深邃的读后感。二十年后将是什么样子呢？那将是人类续写的不断阅读海之书的更新的体会和感受，在那新的篇章中肯定有人对海的更深的理解和认识，也有海对人的更多的赐予与奉献。

大海无时不在运动，无时不在更新，永不停歇，永不休止。作者向大海提出问题又自己解答：“你为什么能够终古常新，为什么拥有这种永远不会消失的气魄。而今天，我读懂了：因为你自身是强大的，自身是健康的，自身是倔强地流动着的。”作者用排比句式揭示出大海这部书的本质。文章的结尾，将大海与“我”进行对比，表达自己追随大海，充实生命，完善自我，更新灵魂的抱负和激情。

这篇散文诗感情炽烈，联想丰富，风格豪放，气势磅礴，语言凝练，结构完整，具有令人荡气回肠的艺术魅力，读后久久难忘。

2003 年 5 月

（刘再复的《读沧海》曾被编入冀教版初中语文教材）

你想当哪只猴子？

——解读毕淑敏《布雷迪的猴子》

当代女作家毕淑敏的散文《布雷迪的猴子》一文结构十分清晰。前半部分转述朋友讲的故事，后半部分恳谈自己的感想、认识。

布雷迪心理学实验中有两只猴子，甲猴为了减少被电击的次数不得不紧张地计算时间，每隔二十秒就掀动一次压杆，乙猴因为自己椅子上的压杆不起作用，只好听天由命。结果呢，疲于奔命的甲猴得了胃溃疡，而那只听天由命的乙猴竟安然无恙。由此，作者的朋友提出了一个问题：假若是你，愿做布雷迪实验里的哪一只猴子？

问题提出后，在作者直接正面回答前，有三段文字，这三段是不是赘笔呢？作者为什么要写这三段呢？首先作者对朋友的问题回答了三次，这三段中就有两次。这反映了作者对问题由不认同到认同的过程，反映了作者头脑中的思索与准备，为下面的正面回答与申述理由做铺垫。其次朋友以猴子类比向对方提出问题，这本身说明朋友对这一问题也有所思考。朋友的认识就是这三段话中最长的那段，揭示了人类生活中实际存在的类似布雷迪猴子的那种现象，反映出一些人面对生活的无奈的消极颓丧态度。而后文作者的观点与理由与此形成鲜明的对比，反衬出作者对社会与生活的积极进取的态度。所以，这三段文字的存在是必要的。

作者到底愿意做哪一只猴子？经过考虑，她回答说——我愿意做那只得了“胃溃疡”，仍在不断掀动压杆的猴子。这一回答不但使朋友惊讶，也使读者不理解。作者为什么要做甲猴？作者在文章的后半部分阐明了理由。

作者的理由是充分的，而且带有明显的个人色彩，反映了作者的人生态度和价值取向。这个理由由以下两部分组成：

第一部分从正面论证。首先，作者认为乙猴也不健康。那种电击的恶性刺激早晚要瓦解乙猴的意志和身体，造成精神失常或得癌症。乙猴虽然暂时没有得病，但这种幸运是建立在别人的辛苦与危险中的，是不足取的。其次，甲猴既然发现了可以取消一次电击的方法，也许能够找出更有效的法子，求得更长久的平安，或者情况会发生有利于自己的变化。总之，只要坚持下去就有希望改变现状。再次，在揿动压杆的实践中，甲猴会不断地熟练起来，不断地积累经验，会把这种活动当成简单的游戏，渐渐地，紧张的心情会得到松弛，压力也会逐渐减轻。总之，作者认为，甲猴可以从看似不可能中力图寻求一种改变现状的可能，如果不去寻求也不会有好的结果。

第二部分是从反面说明理由。即使出现最坏的结果，没有任何奇迹或变化发生，甲猴只能一味地揿动下去，直到生命的终结，作者也不后悔。她用一组排比句式从两个猴子之间的关系角度说明理由，那就是要“把背负的重担留给自己”，要“遵照我喜爱探索的天性行事”，要“不在对方的庇荫下苟活”。这一组排比句是对出现最坏可能也不后悔的解释，是从另一个角度阐明道理，表明心志；不是对前文要做甲猴理由的总结。这一点在阅读时需要注意。

朋友因情境提出问题，作者设身处地地作答。作者的答案就是观点，申明理由的过程就是围绕自己提出的观点进行论证的过程。作者的论据主要是道理，阐明理由的方法主要是辩证分析。作者不是静止地看待问题，而是用运动、变化、发展的眼光看待甲猴目前的地位、未来的趋势，因此看到了可能出现的各种转机和希望。她还不孤立地看问题，而是看到事物之间的联系，看到甲猴与乙猴可能存在的各种关系，从对这些关系的应对中，找出自己应该抱有的态度与应该坚持的立场。作者这种分析问题的方法值得学习，作者高尚的人格、正确的价值取向也是值得借鉴的。但是作者对这个问题的解释是不是尽善尽美、无懈可击呢？我认为还不是。作者在分析改变现状的办法以及甲猴与乙猴的关系时，始终将两只猴子割裂开来，始终没有从两只猴子携手互助角度提出解决问题的办法，这掩饰不住心灵深处的清高与孤傲。

亲爱的同学们，读了这篇文章，你可能也在换位思考。那么请问，你想做哪只猴子呢？

2003 年 5 月

（毕淑敏的《布雷迪的猴子》曾被编入冀教版初中语文教材）

野性活力与工业文明的碰撞

——劳伦斯《观蛇舞》赏析

英国作家劳伦斯的散文《观蛇舞》像一幅朴素的风情画，向我们展示了印第安人独具特色的生活图景。

文章从印第安霍比人的土地写起。作者用“可怕”一词总写这里的土地给人的印象。然后写了四周一望无垠、黏土般、灰扑扑的沙漠，以及沙漠里一座座颜色似死灰的台地。这些台地像一片片破碎的陈年灰色的面包干。就是在这荒凉、灰暗、缺少生气的地方，每到星期天的下午，汽车竟一辆辆地颠颠簸簸地开来。所以文章的第一句话就提出了这样的疑问：“你来究竟是为了什么？这些人都跑到这里来究竟是为了什么？”这一问题贯穿文章的始终，既表现了作者的困惑，也提示读者去深思。

接着，作者由远及近地介绍了蛇舞舞会地点的环境。先用长镜头大面积扫描，四十英里的广袤沙漠上有三座台地，那里坐落着霍比人的村落，一座座村落像一块块撕碎的面包皮，颜色都是灰不溜秋的。作者详细介绍了三个村落的名称，最后将镜头推到地势更高、坐落在乱石岩上的、在台地西部边缘的霍特维拉村落，也就是表演蛇舞的地方。

读者随着作者的笔触进到了霍特维拉村落，先看到了印第安人灰扑扑的、破破烂烂的、空无所有的小屋。这些印第安人的村落破旧而且很小很小。作者不由得发出感慨：不知是由于命运，还是由于固执，印第安人来到这里，来到这灰不溜秋的高地，来到这极端窘困的境地，但是他们一旦来到就无法回头。霍特维拉是一个破败的小地方，那表演蛇舞的广场就更小，比普通人家后院大不了多少，就是在这样小的广场上竟然吸引了三千来人。

作者开篇没有直接写蛇舞表演，而是不惜笔墨，细致而传神地描绘了有蛇舞表演的这个地方，印第安人生活的村落，实际是霍比人生存的空间，生活的环境。这环境只能说是恶劣、贫瘠、窘困。

那些人来到这样小的广场上，怎样观看蛇舞呢？作者用“登”“爬”“挤”“站”几个动词写了观众的姿态与人员拥挤的场面。来这里的都是些什么样的人呢？作者说“有各种各样的美国人”：粗野的、温顺的，男的、女的，穿女裤的、穿女裙的，纳瓦霍的、霍比的，纯种的、混血的，等等。作者还不厌其详地描写了妇女的装束，并且用特写镜头放大了一位年轻女人的打扮、姿势。通过描写两个窗洞里人头攒动，再次从侧面渲染了蛇舞的吸引人，以及有闲阶层与有钱阶层对印第安人的猎奇心理。

无论作者怎样疑惑，蛇舞终于开始了。羚羊祭司和十二位蛇祭司上场。表演是朴实的，是原始的：没有鼓，没有壮丽的行列。一位咬着蛇的羚羊祭司慢慢地跳跃，另六位年长的蛇祭司给年轻的蛇祭司撒尘土，“他们也在像小孩儿玩耍似的跳跃”。几场舞蹈之后，有位祭司把蛇放在沙上，“蛇爬向席地而坐的人群，爬到一位手执蛇棍的蛇祭司面前”，蛇祭司再把蛇挑起来，递给羚羊祭司。六位年轻而充满活力的蛇祭司再让蛇活转过来。“有时候一个最年轻的、十四岁上下的男孩子会从他的嘴中吐出一条响尾蛇，不过有时候是一条黑蛇，有时是一条粗大的牛蛇。”牛蛇把尾巴盘在男孩的膝头，男孩把蛇解下来。蛇越来越多，祭司们每个人都手执一小把。作者将祭司手中的蛇比喻为长筒丝袜，表现了蛇的柔软、细长以及随心所欲。一条条蛇在人的嘴里停留片刻，然后又被集中在一起，在玉米渣子里蠕动。紧接着两个祭司飞快地提起这些蛇，飞身向台地下面跑去，在蛇的神地，将它们放掉，让它们获得自由。通过作者的精彩描绘，我们看到了印第安人充满野性的自然活力，看到了人与蛇和谐交融的生动情景。作者在这种描述中流露出对回归自然生活的向往与对现代工业文明的困惑。

蛇舞结束了，无论是骑马的，还是坐车的，都渐渐地散去。于是，作者再一次追问，所有这些人跑到这里来到底是想看什么？蛇很干净，人很怪异；蛇无害，人有趣。是来看这场表演吗？作者不无遗憾地认为：长途跋涉来看表演，这场表演规模实在太小了。

文章的后三个自然段，作者用带有讽刺意味的议论回答了从一开始就提出的问题，告诉读者，美国人到西南部的印第安人村落来不仅仅是为了观看蛇舞，也是为了观看印第安人和他们具有原始味道的生活状态。在这些美国人看来，这里有趣的东西太多了。显然，吸引外地人来这里的不仅仅是蛇舞，这里是一座天然的游乐场。而生活在恶劣条件下的印第安人，表演蛇舞是为了祈求天降雨水，是为了玉米的好收成。作者通过看蛇舞，宽容地指出："让每个人都有他自己的宗教。"这里的"每个人"主要指美国西南部的印第安人，这里的"宗教"指印第安人对蛇的崇拜。印第安人是美洲最古老的居民，皮肤红黑色，从前称为红种人，属于有色人种，在美国的地位众所周知。他们对蛇的态度体现了一种信仰，一种宗教，他们与蛇共舞的生活习俗表现了人与自然的和谐相处。

文章结构严谨。开篇提出的问题是贯穿全文的线索，引导读者思考：人们不顾长途跋涉，来到这样荒凉的地方究竟是为了什么？为了观看蛇舞吗？规模又太小了。直到文章的最后，答案才完全交代出来。文章用白描的手法，极写霍比人的沙漠、台地、村落、小屋，突出色彩的单调灰暗，突出物质生活的贫困匮乏。文章还采用了对比的写法：霍比人的一切都是灰扑扑的，可是来观看蛇舞的人的穿着却是鲜艳的、丰富多彩的。作者的语言朴实而不失生动，特别是对蛇的比喻非常贴切，给读者留下深刻印象。

2003 年 4 月

（劳伦斯的《观蛇舞》曾被编入冀教版初中语文教材）

“教（jiāo）”的方法和策略

前不久，我应邀参加一个初中语文教师的教材培训会。会后吃饭时，有位年轻教师问我：“周老师，初一学生学习议论文课文时用不用介绍有关议论文的文体知识?”我知道，她提出这个问题是因为初一语文教材中安排了一个议论文较多的单元，我在解读教材时也涉及了一些议论文的文体知识，而一般初中教师认为学生到初中三年级时才开始大量学习议论文，在初一不必涉及议论文的文体知识。

我还没有回答，有位教龄比较长的教师按照惯常的观念，表示不能介绍，要回避“议论文”这个概念，理由是学生年级低，不容易接受，应该等到初三再介绍。吃饭变成了一个小型研讨会，反映了教师研究教材与教法的极大热情。我有不同意见，想与青年教师交流，便说，我倒是觉得介绍一点儿也无妨。我的理由是，如果教材中没有编排议论文，教师大可不必很生硬地去介绍议论文知识，而现在既然编者把议论文编进了初一教材，那就是认为学生可以接受这几篇议论文的内容。遇到了就没有必要回避，顺便提一下这是议论文，议论文就“长”这样，就可以了。等到了初中三年级，学生学过的议论文多了，有了一定基础，具备了对议论文的感性认识，认知能力也达到了一定高度，教师再有意识系统地引导学生学习议论文的文体知识，就顺理成章了。我这也是一家之言，见仁见智，教师在实际教学中可以灵活掌握。

这件事使我想到了平时对孩子的家庭教育。

这世上，对孩子的“教”（本文单独使用的动词“教”，是一声的 jiāo）有两种：一种是学校教育中的有序有法有仪式的教，这种教要有专业的老师和正规的教室以及课本、教辅资料等硬件；另一种是孩子周围人随机进行的引导式的“教”，这种教不一定要专业教师，也无需在教室里进行。

在家庭教育中，对孩子认知能力的提升主要靠后一种。

如果说兴趣是学习的动力，那么我觉得机会是学习的捷径。学龄前的儿童，没有学校规定的学习任务，但不等于不需要学习，不等于不需要人教。实际上除了吃奶、睡觉、哭叫、拉屎撒尿等本能之外，其他知识与能力都要通过学习获得。比如走路、说话、自己拿勺或筷子吃饭，比如穿衣服、穿鞋、系鞋带，比如洗脸、刷牙、叠被子、洗手绢，等等。哪样都需学习得来。不是家长教，就是幼儿园老师教。如果总认为孩子小，而不提出要求，不教，或者仅仅依靠幼儿园老师去教，孩子的成长可能要受到影响。我觉得，在教室里上课是一方面，在日常生活中随机教，遇到啥教啥，谁赶上谁教更重要。这就是引导式的“教”，这种教要结合日常生活，才能教得自然，学得巧妙，也容易见成效。

这种“教”要抓准切入点。刚出生的孩子，妈妈或身边的亲人每天跟孩子说话，如“宝贝，该吃奶了。”“孩子，该换尿布了。”等等。对一个不懂事，不会说话的孩子，家长每天都跟他（她）说话，这就是一种交流，也是一种随机的教育、引导。没谁认为这种交流不必要，都觉得这是有用的，有意义的。孩子自己会拿勺吃饭，也懂点事了，掉了饭粒，家长说：“宝贝，要把掉在桌子上的饭粒捡起来吃掉。”孩子就懂得并记住了这个行为要求。如果总是不提，非等到孩子进学校再告诉他（她）吃饭不要掉饭粒，可能坏习惯就难以改正了。

这种“教”要讲究适度。母亲带着五六岁的女儿参加婚礼，孩子看新娘很漂亮，不禁流露出羡慕的表情，母亲随机说一句“你长大了也会做新娘的”，这是一种暗示，一种引导，对这句话谁也不会认为母亲是在引导孩子早恋，而认为是引导孩子向往成长，向往美好，向往未来；同样，母亲带着女儿看望刚生产不久的女友，对方的婴儿很可爱，自己女儿很喜欢，母亲说一句“你将来也会生宝宝的”，对这句话谁也不会认为母亲是在引导孩子早育，而认为是引导孩子客观地认识周围世界，认识自己。但是这时如果母亲告诉孩子当新娘的细节，生孩子的具体感受，那就不恰当了。这个“度”，就是点到为止。

这种“教”要潜移默化。生活在农村的孩子，从小看父母劳动，有时也学做一些家务，这样的孩子立事早，勤快，眼里有活儿，有眼力见儿。生活在艺术氛围浓厚的家庭的孩子，可能很早就表现出对艺术的理解和感悟，甚至掌握了一些表现技能。生活在知识分子家庭的孩子，可能从小就喜欢读书，爱思考，相对来说知识面可能也要宽点儿，某些专业知识与技能可能要了解得多一些。这些与同龄孩子不一样的见地和本事，显然不是在学校获得的，而是来自于家庭。当然也不一定是遗传的先天因素，而更多的是后天环境使然。评价一些造诣很高的专业人士时往往加一个词——“家学渊源”，这就是说家庭环境对一个人成长具有重要作用。所谓耳濡目染，所谓近朱者赤，所谓耳熟能详，都在强调平时的引导、教育、影响。

这种“教”比较适合人文学科和基本技能。数理化逻辑性强，知识框架由浅到深，具有比较严密的内部逻辑。除非刻意营造，如果不是在课堂上一般较少有进行知识传授的机遇。而语文、政治、历史、地理这些学科与人们的生活息息相关，机会比较多。比如结合大范围纪念庆祝抗日战争胜利七十周年活动讲一点儿现代史知识，结合旅游所到目的地介绍一点儿地理知识，结合过端午节简单介绍一点儿屈原这个人物，看到随处可见的二十四字核心价值观随口说说其中的一项，可能会给孩子留下更为深刻的烙印。

有些专业概念和知识孩子已经在生活中或学习中遇到了，不必非等到规定的时间、规定的地点到来后，再去告诉、讲解，这是从时间上说。家庭生活中有了接受某种知识的机遇也不一定非得让孩子到学校去学习，去接受教师的训导，这是从空间上说。知识的传授，能力的培养，不必一定要等到了那个规定的时间段再开始，因为刻意回避不如随机引导，“择日不如撞日”。

教育要趁早，教育要随机，教育不能等，教育不能靠。对家里的孩子要结合日常生活随时随地进行知识与品行的教育、引导。在“对”的时间，拿出“对”的知识，进行“对”的传递，肯定会产生“对”的结果。机缘巧合，关键在“合”上。这是我对“教”的一点儿思考、一点儿体悟。

2016 年 5 月

作文教学问题之评说

作文教学是相对于阅读教学而存在的语文教学的重要组成部分。作文教学担负着培养学生写作能力的艰巨任务，作文教学存在问题势必影响学生作文成绩的提高。随着社会的发展，经济形势的变化，写作在人们日常生活中的作用越来越充分地显现出来，因此在高考、中考中作文赋分也随之加大。这些新的情况促使语文教师对作文教学重视程度不断提高。教师们都在探讨、研究作文教学的规律、作文教学的方法、提高学生写作能力的最佳途径。因此，弄清作文教学目前存在的问题，对于改进作文教学，提高作文教学的效率是非常有意义的。

通过学生作文的现状反观作文教学存在的问题可以得出以下看法：

1. 学生作文内容单调，反映出作文教学脱离生活实际。现在学生作文材料的来源应该是身边的校园生活、家庭生活，或从各类媒体上得来。可是，身边的事情单调、枯燥、缺少情趣；而由于学生课业负担重，在校学习时间长，学生看电视、听广播、读报纸、上网络的时间也很少，所以即使是从媒体得来的材料，也往往是炒作了很长时间的过时的故事。因而学生在写作中缺少新鲜、生动的素材，写出的作文不是千篇一律，缺少新意，就是胡编乱造，瞎说一气。这说明教师关门进行作文教学的现象还很普遍。学生接触不到真实的现实生活，缺少切身的生活体验，到写作文时，只有编造了事，以至于在高考作文中，为了表现自己“战胜脆弱”，不惜编造出自己爹死娘亡的瞎话，让阅卷教师唏嘘不已。为丰富学生的阅历，扩大学生的视听范围，语文教学需要有计划有步骤地组织学生走出校门，走进社会，进行参观访问。在校内生活中，引导学生多观察，善于发现身边的新人新事，好人好事，奇人奇事；引导学生多思考，善于从身边小事中挖掘其具有的重大意义。经过一定时间的训练，可以在一定程度上解决学生缺少新鲜写作素材的问题。

2. 学生作文语言贫乏，反映出作文教学忽视学生的语言积累与运用。今天学生学习语言，除了学生之间互相影响、教师示范引导外，就是靠自己大量阅读。仅靠一本语文课本、一本语文读本是无法达到最佳效果的，因此，新的《课程标准》规定了学生课外阅读的文学作品。但在实际教学中，教师很少引导、指导学生阅读这些被推荐的文学名著。读的量少是学生语言贫乏的主要原因。在小学、初中阶段每个学生虽然都在老师的要求下背诵了大量的诗文，但是学生真正能用到作文中的，却寥寥无几。这说明很多同学还不能做到学以致用，背诵的东西只是作为应付考试的材料临时储存在头脑中，而不能变成真正属于自己的东西在实践中灵活运用。高考、中考都对学生的语言积累给予了高度的重视，在试题中出现了具有较多分值的相关题目，这对教学是一种正确而积极的引导。我们在教学中应该利用这个契机，教给学生广泛积累语言的方法，培养学生积累语言的习惯。同时引导学生善于利用储存在头脑中的语言资源，提高自己语言的表现力。

3. 学生作文缺少方法，反映出作文教学与阅读教学脱节。语文课中的绝大部分时间用来学习文选，而阅读能力的提高必然有助于写作能力的提升。可是学生学习了那么多优秀典范的名篇佳作，却很少能够与自己的作文挂钩。这说明教师在阅读教学中往往只是就文章分析文章，不能经常而有效且自然而恰当地与学生作文相联系，造成阅读、写作的脱节。虽然有的老师在上公开课的时候，喜欢在课堂的结尾搞一下读写结合，要求学生运用所学课文的方法写一篇短小的相关作文，但这样做一是不经常，二是不普遍，三是由于课上时间紧张，也不能真正落到实处，往往是走过场，做样子。对于学生来说，每一篇课文都是可资学习的范例，每一篇文章都可以找出供学生学习借鉴的闪光点。如果在阅读教学中经常与学生的作文联系，学生对于怎样立意、怎样围绕中心选材、怎样布局谋篇、怎样过渡照应、怎样运用写作技巧等问题可能就会体会得深刻一些，解决得透彻一些。

4. 学生认识肤浅，反映作文教学对学生认识能力培养的不利。写作能力包含三个要素：一是观察能力，二是认识能力，三是表达能力。观察解决材料问题，表达解决生动问题，而认识解决的是深刻问题。学生作文往往把现象摆出来了，却不会透过现象看到本质，因此文章显得平淡、肤浅。这中间固然有政治课的因素，学生政治理论水平低下，必然障碍对事物的认识。但同时也有语文老师的责任——忽视对学生认识问题能力的培养。这是语文教学必须注意的一个问题。

5. 学生作文基本功差，反映平时教学对这方面的忽视。无论初中、高中，老师普遍感到学生作文书写潦草，错别字多，标点符号运用、书写不规范，格式不对，不会分段等。这些都属于基本功方面的问题。这些问题应该是在初中就解决的，但是到了高中仍然有些学生解决得不好。其主要原因还是教学中教师指导不力，要求不严，训练不够所致。因此，作文指导或作文讲评时，有必要从最基本的做起，向学生提出明确而严格的要求，并且通过专项检查加以落实。

学生写作中的问题不止这些，作文教学的不足也不止这些。以上仅是主要方面。解决作文教学中的问题，首要的还须靠提高认识，认识作文的重要性，认识提高作文能力的可行性；其次解决学生写作中的问题，贵在多写多练，没有一定写作实践的积累，学生体会不到作文的真谛，作文难以产生“质”的飞跃。

2015 年 4 月

看图作文的意义及操作

由于各种图像资料的日益增多，有人说现在正处于一个图的时代。电视、电影本身就是流动的图，网络上除视频节目外，静止的图占有很大空间，各种晒图的网站不计其数。每一期报纸、杂志也多见有图的版面。看图作文，就是根据图画内容和写作要求进行作文。随着“图”在人们文化生活中地位的提高，看图作文在作文教学中的地位也随之不断提升。

一、看图作文是低年级写作教学的主要形式

图的样式很多，大图小图、黑白图彩色图、漫画图连环画图等等，是图的外在的表现形式；图的清新明快、灰暗模糊是图的风格的体现；图的繁复与简约体现图作者表达的意图，也影响读者对图的接受速度。

学生在学校的写作一般都是被动写作，任何被动写作都有一定条件制约，条件是教师或命题者设定的。看图作文也是一种条件作文。看图作文从训练形式或考查形式看，归于材料作文范畴。“图”这种材料，有的具有较明确的中心意思，有的隐含一定的思想深意，有的有一定的故事情节，有的固定了人物及人物关系，有的简单的实物图也提供了物品的形状、颜色、大小等信息。这些已经在图上存在的信息既是对看图作文的限制，也是对看图作文预设的条件，可以减少学生写作中的困难和阻力。

看图作文这种形式可以从小学一直使用到高中。事实上，在中考、高考试卷中多次出现看图作文的题目，初高中的语文教学也少不了这方面的对应训练。那为什么在儿童学习写作时一定要从看图作文学起呢?

首先，小学低年级学生的特点是识字量很少，少到难以表达自己的思想情感，用来接收新的信息的手段有很大局限；但又不能等待他们识字量提高后再进行作文教学。所以这个阶段，利用“图”作为材料来培养他们的说话能力、写话能力进而提升他们的作文能力，就很有科学性和针对性了。

其次从客体的图来看，具有直观、形象，学生喜闻乐见，接受起来有兴趣等鲜明的特点，而专门为小学低年级设计的用于训练说话、写话能力的图更是画面清晰，思想健康，中心明确。而且有了图，一般就有了写作所需的题目、中心、写作材料等元素，学生写起来就可以省去拟题、立意、选材等一些程序，本来比较挠头的事凭借图的帮助，就显得容易了。

运用看图作文对低年级学生进行写作训练，可以降低写作难度，可以激发写作兴趣，可以消除学生对写作的恐惧和烦恶，可以在学生识字量较少这个阶段不失时机而有效地培养他们的观察习惯，学习观察技巧，提高说话、写话的条理性、准确性和生动性。这样，有利于学生顺利地过渡到高层次的写作训练中。

总之，学生从看图作文起步学习写作，符合人的生理和心理的发展规律，具有科学性和可行性。但这种形式在小学低年级使用频率较高，决不意味它是小学低年级的专利。在基础教育各个学段的各个年级以及成人教育中都可以采用这种形式进行平时作文和考场作文。区别在于“图”的繁简难易和作文的具体要求。

二、读图的作用

读图有哪些作用呢？笔者认为，“图”首先而主要的是作用于人的视觉，读图和阅读文字作品的心理过程比较接近，因此有理由认为读图的作用和读文章的作用是一致的，那就是：

1. 教化功能。读图可以受教育，受启发。很多图都有这样的功能，读了以后可以使思想境界得到提升，使心灵情感得到净化，有时甚至会让我们产生茅塞顿开的感觉。这一点也就是过去所说的对提高思想觉悟有一定作用。

2. 审美功能。读图可以提高审美能力。不少图本身的画面很美，也有的图内涵很美，还有的图反映的境界很美。读图可以增进对美的事物的感受能力，可以提高鉴赏能力。

3. 愉悦功能。读图可以丰富情感。很多图，特别是一些漫画类的图，有的会使人兴奋，使人神清气爽。读到那些视角独特、捕捉到生活中不被大家注意的细节的图，我们或捧腹大笑，或忍俊不禁，或会心微笑，不禁要感谢作者敏锐的洞察力和生动的表现力。

4. 训练功能。图可以用来做考试和训练学生能力的材料。这是新时期呈现出的一种功能，因为试卷中出现了关于图的考题，广大教师就运用图作为训练学生说话、写作，从而提高能力的“例子”或材料，图的实用价值也随之提高。

读图有这么多作用，可以培养学生哪些能力呢？

第一，观察能力。通过读图，可以培养学生细致观察、有序观察、深入观察的能力。

第二，思考能力。读图要读懂图意，就离不开思考：画了哪些内容？为什么要画这些内容？作者的用意是什么？有没有画外之意？等等，围绕图的很多问题在读图的那一瞬间都会涌入大脑，解决的主要途径就是思考，想。长此训练，思考能力不提高是不可能的。

第三，表达能力。如果看图仅仅是为了消遣，为了了解信息，那么这种作用比较弱。而运用到课堂上或试卷中的“图”，大多需要用语言或文字把有关图的信息及读图的感受、体会表述出来，或写或说，都是表达。

以上三种能力，既是看图训练过程需要的能力，也是通过看图培养的终极能力。观察与思考，此刻陈述时虽有先后之分，而在实际看图的过程中，这两种行为几乎是同步进行的，而表达往往成为最后一步。看图与想图是消化理解图的过程，说图与写图是把图转换成语言或文字的过程，也可以认为是二次创作的过程。前者是吸纳，后者是输出。

三、看图作文的类型

看图可以写出什么类型的作文？这个问题没有固定答案。小学生对文章形式的认识过程是一个由类型到体裁的过程。即刚开始时，写了文章，读了文章，却没有相应的体裁概念去定义那些文章，这时有的老师往往根据文章的写作对象把文章区分为记事类、写人类、写景类、状物类，还有的老师把看图作文归于想象类。事实上，看图作文确实需要想象，但是“文”，不是全靠想象写出来的，想象在看图作文中只占一少部分，大部分的“文”，要靠看图写出来。所以笔者认为，看图所作之“文”应该根据图意或写作要求，归结到上面所说的四种类型文章里。也就是说如果跳开刚入学儿童的看图说话以及后来的看图写话，那么看图作文的种类可以有如下几种：

1. 看图记事。即通过画面内容写出一件完整的事情，做到时间、地点、人物、事情的起因、经过、结果六要素齐全。比如小学一年级下册“语文园地四”中的看图说话，是续讲故事；小学二年级下册“语文园地七”中有关于陌生人敲门的四联图，是要求学生在讨论该不该开门之后，编成一个完整的故事；小学五年级下册“语文园地二”的图，虽然没有题目，但是根据图下的提示，可以认为这个看图作文也是写一件事的。

2. 看图写人。即通过画面内容写出一个人的活动。画面是定格的，不动的，根据画面只能写出人物的外貌、动作、神情，所以要通过合理的想象描写出人物的语言、心理、连续的动作等内容，力图把人写得生动形象，活灵活现。

3. 看图状物。即通过画面写出某个物体或某种动植物或某种自然景物，写出它的形状、大小、颜色、情态，还可以通过想象和日常生活积累的经验写出它的质地、功能、构造之类。例如小学三年级上册第三组习作，要求选一幅或画一幅秋天的图画，先跟同学说一说图画的内容，再写下来。这就是根据画面内容描写景物。

4. 看图说理。即根据画面内容和题目要求谈出对图画内容的看法，即观点。发表观点的角度有二：一是对图画的选材、构思、技巧、画法发表看法，二是对图画的内容及立意发表看法并加以引申。不必把说理看得很高深，好像只有学生学习了议论文，懂得了文体分类之后才会说理，其实不然。小学一年级上册“语文园地三”中就有“这样做不好”的看图说话训练。两幅图分别画的是践踏草坪和浪费用水的不良现象，要求学生讨论这样做为什么不好，并要求学生去劝说这样做的人。这就是在训练学生的说理能力。一年级下册“语文园地七”中的看图说话“该怎么做”，也是引导学生思辨、说理。

四、看图作文的基本步骤

1. 仔细观察，弄清图意。小学生使用的图虽然容易理解，但也有一定难度的。看图一定要仔细观察才能弄懂图意。如果图没有看懂，那是写不出好文章的。有时因为观察不细，漏掉了一个细节，就可能造成“满盘皆输”的后果。

2. 照应画意，拟定题目。看图作文，有的规定了题目，有的需要自拟题目。自拟题目可以采用原画的题目，也可以另拟题目。不论怎样做都离不开两点，一是图画本身，二是作文要求。

3. 根据要求，确定体裁。看图作文不是都要编故事、写故事。面对小学生的看图作文，学生对“图”的依赖性比较大，可能大多要写成记人、记事的记叙文，而随着年级的增高，看图作文的写作体裁范围也在不断扩大。因此需要在动笔前确定所写文章的样式。

4. 围绕画面，发挥想象。如果是写事，要把没有画进图中而缺少又会使画意不连贯的情节合情合理地补充出来；如果是写人，要把与画中人有关而画面又没有画出的细节想出来；如果是状物，可以围绕所状之物表达自己的情感。

5. 巧妙构思，快速成文。前面的工作都是铺垫，到这一步才真正开始动笔写作了。凝神静思，文如泉涌。如果提纲列得周到，或者腹稿打得细致，那动起笔来就可以如行云流水一样，吞吐自如了。

五、看图作文应注意的问题

1. 不可离开图。看图作文不同于其他作文形式的地方就是多了图。“图”是写作的材料，也是写作的依据，还是写作的条件。对图不理不睬，把图搁置一边，其结果都是事倍功半的。看图作文诚然需要联想和想象，但是天马行空、漫无边际的想象也是不可取的。有位老师教一年级学生写看图作文。单幅图中画有一个鱼缸，里边有清澈的水和三条小金鱼。老师在自己写的“范文”中编了一个这样的故事：不小心把鱼缸打破了，水流出来了，小鱼在地上跳动了几下都死掉了等等。这个情节就有些离图太远了。这样一幅图最适合写的是状物类作文：描写鱼缸、金鱼，写出每一条金鱼的外形特点、游动的姿态，然后可以对这金鱼表达自己的感情，诸如“我非常喜欢这三条小金鱼”“我真想变成金鱼和它们一起在水中游来游去，一同玩耍”等。

2. 不可囿于图。对图中内容太过死板与教条也不可取。“图”只是一个材料，一种比较特殊的材料，看图作文需要进行表达形式的转换，要将绘画语言转换成文字语言，但不是图上所有的东西都要写进文章，不能机械看图，生硬写图。比如一幅描写春天公园的图，作者不可能把公园里绿莹莹的草都画进图里，可能只画上几棵，以此告诉看图的人：春天来了，小草从土里钻出来了。但作者如果借此写成“公园的南面墙下有几棵草，北面的树上长了几片叶子”而写不出春天应有的景色，那就是囿于画面，没有创意了。

3. 不可曲解图。对画面意思不理解或理解不清容易造成曲解。比如某市某区小学六年级期中考试卷中有一幅图，画的是一个猫警察守卫着一处粮仓，高墙外边一个小老鼠手里拿着礼品向猫警察走去。这是一幅带有讽刺意味的漫画，是批评某种不良现象的，有的学生写成表扬猫警察改邪归正的文章，岂不南辕北辙，越走越远？

4. 不可篡改图。对画面的形象辨识不清就妄下结论或胡乱写来，也是不会取得好成绩的。比如画中画的是小鸭子，学生写成是小鸡；画中画的是西瓜，学生写成是黄瓜；画中画的是男生，学生偏写成女生；等等。都是对画面的随意篡改。

5. 不可孤立图。看图作文与“图”同时存在的，往往有几句说明性文字，那是对这次看图作文提出的要求或提示。这几句话是不可忽视的，同一幅图，要求不同，成文的形式也大不一样。向别人介绍画面内容，需要运用“说明”的表达方式；根据画面编写故事，需要运用“记叙”的表达方式；对图的中心意思进行评价，需要运用“议论”的表达方式。有的看图作文可能需要各种表达方式兼而有之，比如这样的提示：“小猫和小老鼠之间会发生怎样的一件事呢？你想通过这件事说明什么，或者表扬什么、批评什么？把这幅漫画的图意以及你的想法写下来。”根据这样的提示语，作文既要记叙一件事，也要有小作者自己的看法，即议论。所以孤立地看图，上来就写是不可取的。

看图作文是行之有效的作文训练形式，对于小学低年级的作文入门尤其具有不可忽视的特殊意义，必须予以应有的重视。

2012年6月

怎样写好考场作文

作文是语文试题中分值最高的一道题，从来都是被教师、学生、家长重视而得分又经常觉得不够理想的一道题。如果能够大幅度提高作文成绩，那么语文学科的总成绩就会得到改观。怎样提高呢？从理论上说，平时主要在于认真观察、感悟生活、多读多写，而考场上的限时作文，主要在于把握作文的要求。而要求的把握，我觉得可以分成四个层次。

一是写对，就是与题目相符、相配，这是基本的要求。

考场作文从命题形式看，有题目作文、材料作文、话题作文三大类。题目作文有全命题、半命题之分，另两种类型大都要求“三自”：自拟题目、自行立意、自选体裁。

不论怎样命题，考场作文对学生来说都是被动作文，是执行指令的作文，不是平时的写日记、随笔或有感而发的自由写作，所以也就有了“对”与“不对”的说法。所谓“对”，就是要符合试卷上印在作文题目下的所有文字，不论是题干上的还是“要求”里的。这大致包括拟题方式、文章体裁、内容题材、话题范围、材料使用、字数限定以及一些特殊的单项要求等。比如，2013 年河北省高考作文题目的题干是：“阅读下面的材料，根据要求写一篇不少于 800 字的文章。”这告诉考生下面有材料、有要求，并且限定了作文字数。关于切割钻石的材料引述后，又提出了这样的要求：“选择好角度，确定立意，明确文体，自拟标题，不要脱离材料内容及含意的范围作文，不要套作，不得抄袭。”这里的每一条、每一项都要落实到写作中才算是写对了。另外，高考语文考试说明中关于写作基础等级中的“中心明确；语言通顺，结构完整；标点正确，不写错别字”，也属于写对的范畴。需要特别强调的是，写“对”还指文章要体现正能量，符合社会主流价值观、道德观，反映生活的光明面和积极向上的精神风貌，也就是“感情真挚，思想健康”。“写对”是对考场作文的最低要求，起码要求；如果没有写对，即使是“一点点儿”没有写对，也将产生严重后果，容不得半点马虎。

二是写实，就是内容丰富、饱满，这是主要的要求。

考生在作文上犯的毛病大多情况不是写得不对，而是写得不实，内容空洞。所以写实是作文出彩的一个点。写实，可以使文章通过有限的文字反映比较丰富的信息，提高文字的表现力，显示文字的表达效果。而“虚”和“空”，是写作的大忌。

不同的文体，“实”的呈现形式不一样。写事情需要写清时间、地点、人物及事情的起因、经过、结果。特别要把笔墨放在写经过上，要在围绕中心的前提下把经过写得有详有略，有曲有直。只有写出事情的发展、变化，文章才显得波澜起伏，摇曳多姿。写人需要写出人物的个性、有别于他人的特点。描写人物之所以有多种方法就是告诉我们要从多种角度去写人。要写人的语言、动作、肖像、心理，还要注意写好人物某方面的细节，这样才可以把人物写得特点鲜明，充盈饱满。比如写人说话时，在“说”前加上个状语，把说话的情态写出来，就会既充实又生动；写人的行为时，如果善于使用富有表现力的动词，就会既直观又形象。鲁迅在《从百草园到三味书屋》中描写闰土捕鸟时用了一连串的动词，形象地写出了用筛子捕鸟的过程，读来不但清楚明白，而且印象深刻。写景要写出这一处景物与其他景物的区别，即景物的特点，要善于运用形容词和修辞方法，还要做到有层次、有重点。写说理文章就要遵循议论文三要素，论点鲜明、论据充分、论证严密，结构上分清引论、本论、结论。写说明文，要明确说明对象以及本质特征，说明顺序要合理，说明方法要恰当。

三是写美，就是生动、有文采，这是较高的要求。

美，不是堆砌辞藻，矫揉造作，无病呻吟。美在不同体裁、不同题材的文章中表现形式是不同的。记叙文，包括散文的美主要表现在构思的精巧、语言的生动上；议论文的美主要表现在说理的深刻、语言的严密上；说明文的美主要表现在层次的合理、语言的准确上。而不管什么文体，文章的结构呈现“凤头、猪肚、豹尾”的形式，才会给人以美感。大头小尾、两头大中间小、一段到底等结构形式都是考场上应该避免的。美还有一个重要的因素，就是“情”。文章传递的是思想，表达的是感情。没有感情，或者感情不真挚、不充沛的文章缺少生动的美，因而也很难感动读者。文贵有情，情贵真。要把文章写得美，不能排除方法和技巧。在中学阶段，学生学习了大量课文，阅读了大量文本，要善于借鉴，要有意识地运用到平时及考场的写作中，以提高文章的受众程度。比如欲扬先抑、首尾呼应、过渡照应、景物烘托、对比衬托、借物喻人、借景抒情、想象联想等等，这些耳熟能详的概念、名词术语学生能自主运用到写作中就可以使文章美不胜收。

四是写出新鲜感，就是要有创意，这是最高的要求。

成语有“独具匠心”这个词，意思是在技巧和艺术方面具有独到的灵巧的心思，具有创造性。中学生谈不上具有“匠心”，但是作文确实是创新意识和创造能力的一种表现。考场作文要想取得高分好成绩，就不能忽视这一点。新鲜感表现在哪些方面呢？能够出新的地方很多，可以尝试从以下几方面考虑：

立意出新。立意是确定文章中心。立意出新，就是观点鲜明、认识深刻。一则材料或一件事情从不同的角度分析理解，可以产生不同的认知结果。有的角度，虽然从众，但流于表面，就难以出新；有的角度，单刀直入，鞭辟入里，就可能产生令人耳目一新的效果。以 2013 年高考作文为例，如果根据材料中切割师精心设计、大胆实践的表现提出勇于尝试，勇于担当这样的观点就属于贴切而深刻，有新意了；如果写成注重事物的内在价值，不怕有缺陷，要追求梦想等等就非但不是出新，而且是文不对题，连“对”都谈不上了。再比如写《我的叔叔于勒》的读后感，大多数人会指责菲利普夫妇认钱不认人，批评资本主义社会的冷酷无情；但是有人提出如果于勒是你弟弟，你会认他吗？然后从人性的角度，分析于勒好吃懒做，挥霍父母钱财，侵吞哥哥应得的遗产等丑陋特性，得出“这样的弟弟不认也罢”的结论。如果行文论述得充分，这个立意不但可以让人心服口服，而且可以产生振聋发聩的效果。

结构出新。虽然不同的文体有不同的结构特点，但同一种文体也可以做到与众不同。记叙文大多采用顺叙的结构方式，但如果采用合理的倒叙或成功地写进了插叙，就会略胜一筹。议论文一般采用并联式结构，但如果恰当地采用对比式或递进式就会给阅卷老师带来新的喜悦。说明文很多人采用总分式结构，但如果较好地选用归结式，先介绍特征、用途、作用等，最后点明所介绍的事物，可能会给读者留下一点悬念，从而获得意想不到的好评。

材料出新。一切文章都是由写作材料组成的，因此材料是否新颖，关乎文章的新鲜程度。在考场作文中，材料雷同现象较多，因而形成了不是抄袭像抄袭的现象，不免影响成绩。材料出新就要打破常规，尽量不使用大家都熟悉的东西，像初中生爱使用大众英雄，如雷锋、张海迪、焦裕禄等等，高中生爱使用古代文章作者的事迹，如屈原、陶渊明、杜甫、辛弃疾、苏轼等等。使用这些材料也不是不可以，但要使出新意比较困难。新颖的材料可以使文章充满时代气息，耐人寻味，从而取得阅卷老师的好感。

语言出新。相对于前三者，这点应该是比较容易做到的。语言的新不是自己生造词语，而是巧妙使用熟语。很多作文平淡无味就是因为语言贫乏、苍白。为了使语言有新鲜感，在作文中要注意使用成语，言简意赅，信息量大；还可以使用流行语，生动有趣，富有时代气息；最主要的是恰当地引用古诗文，可以大幅提升作文的品位，为文章添彩增色。

彰显个性、独辟蹊径、不按常规出牌、反弹琵琶等都是出新。出新需要较高的理论认识能力、较娴熟的写作技巧、较丰富的语言积累，因此，才弥足珍贵，才会获得较高回报。但出新也是有风险的，需要一定的胆识。不能为了单纯地追求“新”而出新。“新”要为表现文章中心服务，要为凸显文章中心助力，不能以辞害意，弄巧成拙。

如果以上四个层次要求都达到了，作文就会进入高分段的行列，取得理想成绩。

考场作文还需掌握一定的应试技巧，审题要细，提纲要粗，构思要稳，成文要快。平时做生活的有心人，留心观察，深入体悟，善于思考，注意积累，在考场上才会写出有声有色、有血有肉的好文章。

2014 年 7 月

读出四个层次，解答多种问题

——现代文阅读指要

在语文学科的各级考试中，现代文阅读是仅次于作文的重要内容。现代文阅读分值高，阅读量大，设题灵活，变化多样，是考生失分比较多的“重灾区”。

中考考试说明对现代文阅读提出了具体而可操作的目标要求，这些既是考试命题的原则，也是应考复习的依据。怎样有效提高阅读能力，全面达成考试说明中的阅读目标，从而在考试中取得理想的成绩呢？我认为主要在于多读多想。孔子云：“学而不思则罔，思而不学则殆。”古代的“学”就是指读书，是广义的“读”，而现在试卷中的“读”又是一种学习，是狭义的“学”。在平时训练和考场答卷时，“读”和“思”是共存的、同步的，不可偏废其中任何一方。那么，落实到试卷中的阅读文本，“读”到什么程度，才能自如地解答出命题者设计的试题呢？我觉得以下四点需要注意。

一要读懂。任何阅读文本都有内容和形式两个呈现角度，就像物体都有里外两面一样。

内容是指写了什么，形式是指怎么写的。内容有虚实之分。实，主要指人、事、物、景。虚，主要指认识观念、思想感情。读懂就是弄清阅读文本的内容，这是读的最低层次，意在明了阅读文本的主题思想、主要人物、主要情节，或说明对象的主要特征，或阅读文本的中心论点及其支撑论点的主要事实和道理，阅读文本蕴含或直接表达的思想感情，等等。可以说回答所有关于阅读的问题都要以读懂为前提，比如对文章内容的理解、分析、概括，捕捉主要信息，指出写作原因，分析人物形象特点，等等。如2013年中考语文的第16题、17题就是这样。一道题问："选文第②段引用安子介先生的话意在说明什么？"另一道题问："根据选文第④段，你认为西方学者针对拼音文字提出的'开发右脑'的主张，是否适合使用汉字的中国人？请说明理由。"回答这两个问题，能离开读懂吗？无论是生活中的实用阅读还是考场上的应试阅读，"读懂"永远是第一位的，是起点，是基础，是底线。如果没有读懂，回答阅读题是不可想象的。读懂是对文本内容的整体认知和把握。

二要读透。所谓"透"，就是透彻，就是分析研究文本的表现形式。明白了阅读文本的中心和主要内容后随之要弄清文本在表现形式方面的特点，包括文本体裁、表达方式、写作手法、语言风格等等。把有关布局谋篇、选材组材、写法运用等各个方面的特点读出来，才算是"读透"。这是阅读的深入层次，可以从文本吸取营养、精华，模仿学习文本的手法。比如2013年中考语文试题的第21题"结合具体语境，分析选文中加线句子的表达效果"就属于这种情况。读透是对阅读文本表现形式的理解和认识。

三要读细。这是对阅读文本的深层发掘或进一步扩展，是结合自己的阅读目的或题目要求去反复品味、咀嚼相关段落、语句、词汇等，解决有关问题。这个"细"，包括段的主旨和作用，线索的呈现形式及用意，句子的含义和特点，修辞的选用及效果，运用语汇的功力和技巧，标点符号的用法和意义，根据试题指向到原文找出根据，等等。读细是为解决文本中一定区域内的内容和形式两方面的细微问题。既"细"，就不能粗枝大叶，不能走马观花，要沉下心思，仔细阅读，深入探究。2013年中考语文的第20题："选文中加着重号的'病人'一词的含义是什么？"回答这个问题就需要读细。读细是对阅读文本局部、细节的评价和赏析。

四要读出新意。语文学科《课程标准》要求"有创意地阅读"，即要创新阅读。"读"本身是吸纳、接收，不是如写作那样的输出、反馈。要做到“有创意”，就需要变被动地读为主动地读。自主探究文本隐藏的信息、深刻的内涵，品味作品构思的巧妙、内在的美质。像一千个读者心中有一千种哈姆雷特一样，关于一篇阅读文本新意的答案也肯定不是唯一的，而是百花齐放式的。比如2013年中考语文的第22题、23题，一道题要求根据选文内容，补写一段描写雪景的文字作为文章的结尾，另一道题问从那个风雪之夜的经历中，“我”得到了怎样的人生启迪？回答这类问题都需要从文本中读出新意，读到言外之意。如果能读出文本的新意，就可以出色地解答诸如写读后感、为人物写颁奖词、以人物的口吻写一段话、续写论据、给阅读文本提出有价值的问题、就文本的具体内容或写法谈出自己的看法等等许多开放性试题，从而夺取考查现代文阅读的最后胜利。读出新意是对阅读文本创造性地开发和升华。

怎样阅读才能达到上述四个层次的要求呢？方法多种多样，可以用浏览的方式快速阅读，可以用指读的方法深入阅读，可以用跳读的方法有目的地选读，还可以用默诵的方法反复阅读。当然四个层次不是一定要读四遍。平时进行阅读训练时，可以从读四遍入手，一遍解决一个层次的问题，随着阅读能力的养成和提高，只要仔细地读，深入地想，读两遍甚至一遍也可以完美地解答出一篇阅读文本的相关题目。

在动笔解答阅读题目的时候，还要做到四个“顾及”：一是顾及阅读文本的中心，不论是关乎整篇的题目还是牵涉局部的题目，答案都要从文本的中心出发。二是顾及阅读文本的体裁，记叙文、议论文、说明文各有特点，答题语言要注意体现、突出，学会使用语文知识术语。三是顾及作者感情，答案反映出的感情基调要与文本本身切合一致。四是顾及试题要求，问啥答啥，扣紧题干，赋分高的试题最好分条写出答案。阅卷时，老师不是看考生写了多少文字，是看答题要点是否完备。分条列出，利于提高自己思考时的逻辑性，也利于阅卷教师查找要点。

考查现代文阅读，跑不出八个字的范围：内容、形式；整体、局部。认识到这一点，可以打消心理上对现代文阅读的神秘感、负重感，从而轻松上阵，灵活应对。

读时注意四个层次，想时、写时注意四个“顾及”，就可避免答非所问、言不及义或不得要领、南辕北辙，进而无法得分的后果。

2014 年 6 月

让自己的细节生动起来

写文章时有一种描写人物的方法是细节描写。所谓细节描写是指抓住细微而又具体的典型情节，加以生动细致的描绘。细节描写是鲜明地表现人物个性的不可缺少的方法。人的细节很多，有动作的细节，如《荷花淀》中水生嫂“把一个手指放在嘴里吮了一下”的动作；有语言的细节，如《孔乙己》中“多乎哉，不多也”的话语；有肖像的细节，如《祝福》中关于祥林嫂眼睛的多次描写；等等。细节描写成功的例子不胜枚举，好的细节描写可以把人物最本质的性状逼真而又深刻地呈现出来，从而增强作品的真实感和艺术魅力。

由此联想到教师这个职业。教师，每天工作、生活在孩子们中间，也需要注意自身细节的表现，因为良好的细节表现会像文学作品中的细节描写一样，起到提升教师人格，增加教师亲和力的作用。不够好或随意而行的细节也许会影响教师自身的形象或在学生心目中的地位。

我觉得教师注意细节应该做到以下几方面：

一、谨言慎行

一位四年级的小学生对她的妈妈说：“我现在特别不喜欢我的外语老师，因为我回答问题错了后，老师带头嘲笑我。”问她怎么回事，她举了一个例子。她说，老师让把“我有一双蓝色的眼睛”用英语翻译过来，她举手回答说：“My eyes is blue.”老师听后笑了，而她却莫名其妙。后来经过老师解释，她才明白“is”用错了，复数应该用“are”。

老师情不自禁地笑是一个很小的细节，老师肯定没有嘲笑同学的成分，但却被同学理解为嘲笑，而且影响了她学习这门学科的积极性。这说明什么？在一孩儿化家庭出生、成长的学生都比较敏感、脆弱，在意老师对自己的评价，如果老师平时不注意，可能就会在无意识中伤害了某位学生的自尊心。作为老师，没有理由责怪学生小心眼儿，斤斤计较；只有理由注意自己的言行。

二、关注全体

有个小学生放学回家后，对家长说："我今天特别郁闷。"什么原因呢？她很动情地说："我在这个班待了三年，这个老师也教了我们三年，可是她连我的名字都不知道，叫我回答问题时说：'这个女生说一说。'"

有的班主任接新班后三天就把班里几十个学生的名字背下来，有的科任老师教多个班，也能够很快就把学生认全，上课可以叫名字提问。有的纪律差些的学生在新老师的课上故意违反纪律，就是看老师是否认识他，能不能叫出他的名字。这说明学生很在意自己在老师心目中的位置和印象，即使是小学生，即使是纪律稍微差一些的同学。那老师呢？就应该做到关心、爱护班内每一个学生，"一个都不能落下"。老师的责任就是不让任何一个学生感到他（她）在班级里受到冷落，受到歧视，受到压抑。

一次数学考试后，老师拍着一位考了80多分的同学肩膀亲切地说："该挨打了吧？"这个亲昵的举动让其他许多同学心生嫉恨：他是老师的"宠儿"，所以老师特别关照他，要不我得了90多分为什么没有得到老师的表扬呢？看来我不是老师"宠儿"。在学生的心目中，老师理应是公正的化身，应该一视同仁地对待每一个学生，无论是表扬还是批评都要客观，有说服力。不要关心了一个学生，而使大多数学生感到受了冷落，不被重视。

提问时叫不出学生的名字，对个别同学表现出理由不充分的过分亲昵，这些都是老师不由自主的行为，也是细节，但是却刺伤了一些同学的自尊心，这是老师始料未及的。

三、遵守承诺

还听到一个学生生动地讲述，他们的数学老师本事特别大，如果连着两节数学课，她可以第一节下课铃响不下课，第二节下课铃响还不下课，一直讲到第三节上课铃响。看到第三节课的老师站在门外时，她才不得不下课。学生在议论这位老师时，有几许愤怒，也有几许无奈。我听后很佩服这位老师的责任心，也担心这位老师累坏了。占用课间时间，也不是大事，但是效果如何呢？从学生的议论中我们有理由相信：学生不买账。有一位高中新生，第一天到学校报到后回家就跟家长说要调换班级，家长问其原因，她说班主任太磨叽，别的平行班都放学了，他们班老师还在讲，一直讲了两节课，同学们烦死了。

还有的同学说，老师让在单片纸上写作业，收上去后，既不批阅，也不下发，时间长了就当废纸扔掉了。有的学生说，到了期末，交到老师那里的作业本、作文本等等一概不返回给学生，老师都卖废纸了，自己挣钱。

这使我有颇多感慨。在学校里，铃声就是命令，这是学校向老师和学生发出的一种承诺，到时上课，到时休息。如果教师身体好，可以连着上几节课；那还要考虑学生的感受，一般学生是不喜欢拖堂的老师的。这样的老师在学生中威信都较低。学生写的作业、作文，不但学生应该看，有的家长也要看，有的家长还要给孩子珍藏起来，留作纪念。可是，学生花钱买的本子，家长一直看不见，这也是一种违反诚信的做法。

注意细节不是让老师都成为谨小慎微的君子，而是希望老师加强个人修养，提高自身素质，在练内功上下功夫。如果真的做到为人师表，“学高为师，身正为范”，那么就会在一颦一笑、一举一动中自然地表现出来，而不仅仅是课堂上；如果内功不修，即使刻意粉饰、伪装，也还是不自然，破绽百出。

我国古代第一本教育专著《学记》中有“亲其师信其道”之说，我想这个道理也是所有老师都信服的。但在实践中，如何让学生“亲”自己，却不是一个简单的问题，那尤其需要每一位老师注意自己的细节，让细节生动起来。

2010 年 8 月

中学语文老师上课不等于什么?

在中学语文教学中，有人将与课堂教学不相等的形式却与课堂教学画上了等号，由此产生了几个误区。有鉴于此，笔者提出几个“不等于”，供同行们思考。

1. 语文教学不等于讲座。讲座是一种教学形式，但不是课堂教学形式。这种形式由某一方面的专业人员或专家将某一方面的专题知识或专业理论系统地讲授给学生或学员。讲座的知识性突出，系统性强。语文教学中也可开设讲座课，但那适用于语文课外活动，如文学讲座、课外阅读讲座等等。成功的讲座会向人传递新的知识与信息，也会起到丰富头脑，开启智慧的作用。但讲座不等于上语文课。

2. 语文教学不等于演讲。演讲是就某一个话题向听众说明事理，发表见解或表达感情。演讲的目的在于使听众对所讲的问题有透彻的了解、深入的认识，并使听众心灵受到震撼，思想受到鼓舞。演讲往往是书面语言的口头表达或者是一篇口头作文。演讲的中心很集中，而且很具感情色彩。很多出色的演讲词被载入史册，成为人们不断学习的范文、经常品味的精神食粮，如恩格斯的《在马克思墓前的讲话》、闻一多的《最后一次讲演》等。但演讲不等于上语文课。

3. 语文教学不等于做报告。做报告是把事情和意见正式告诉上级或群众。老百姓或某一集体中的人员聆听到的长篇报告一般都来自上级或某方面的先进人物。报告的内容多具有社会性，如政治报告、工作报告、国情报告等。在我国，成功的、给人印象深刻的报告多是党和国家领导人在庄严的大会上做出的，如政府工作报告等。生动、精彩的报告使人了解政策法规、方针大计，让人受教育、长见识。但做报告不等于上语文课。

4. 语文教学不等于表演。表演是通过一定的动作、表情、语言、唱腔等将故事情节、思想感情或技艺天赋等表现出来，供人欣赏或评判。优秀的表演总是独具匠心，个性鲜明的，可以给人留下深刻的、历久不衰的印象。如著名影视、戏剧演员的表演，著名播音员的朗诵表演，著名艺术家、体坛明星的舞蹈表演、体育表演等。但表演不等于上语文课。

关于上语文课的不等式还可以列出一些，诸如上语文课不等于训话、不等于背教案、不等于耍贫嘴，中学语文课不等于小学语文课、不等于大学语文课等等。可为什么单单列出以上四种呢？因为我感觉上面四种活动有时很容易与中学语文课相混淆，而混淆者有时却浑然不觉。所以，有必要理论理论。那么，上述四种活动与中学语文课到底有什么区别呢？我以为至少有以下几点：

1. 对象不同。比较而言，上述那四种活动面对的人员成分较杂，年龄也参差不齐，大多情况下，都是十八岁以上的成年人，他们之间的关系也是松散的。而中学语文课面对的是单一成分的学生，年龄在成人的临界线及其以下。他们之间的关系是紧密的，是可以形成终生难忘的友谊的那种。

2. 形式不同。上述那四种活动总有台上台下或类似台上台下的区别。台上与台下之间有一定空间距离，更有一种无形的心理距离。那些形式可以不需要当场交流与反馈，台上的主要是在围绕某种议题进行传达、讲解或表演、作秀，表现、展示的是台上人的地位、学识与技能。台上的可以不去注意台下的听没听，愿意不愿意听，以至听懂了没有。所以看演出有座无虚席与卖不出票之别，听报告有目不转睛与呼呼睡觉之别。而中学语文课需要师生双向与多向交流，需要随时反馈。从某种意义上说，交流是课堂的灵魂。学生不是听众或观众，是学习的主人，要在教师的组织、引导、启发下参与教学的各个环节，自主接受知识，主动发展能力。语文课堂更多的是展示学生的才能与进步的地方。正因为学生是主人，也才不能睡觉，不能溜号。从这一点来说，课堂对“主人”带有一定的强制性，不论喜欢不喜欢这个学科、喜欢不喜欢这个老师，都要在课堂中学习。

3. 场地不同。上述那四种活动场地可大可小，大到几千人济济一堂，小到几十个人散坐其中。而中学语文课是按中学的建制，上在一百多平方米的教室中。整齐的桌椅、雪白的墙壁、高大明亮的窗户及墙上教育意义明显的布置营造了一种只能学习，不能也不好做别的事的氛围。

4. 时间不同。上述那四种形式一般不受时间限制，可长可短，按事先准备的程序，由主持人掌握。而语文课作为“课”的一种，有法定的时间限制，铃声就是上下课的命令。

以上四点以第二点最能显示本质区别。正因为有这些区别存在，语文教师上课就不能搞知识讲座，不能做报告，不能搞演讲，也不能搞表演。中学生上语文课也不等于听讲座，听报告，看讲演，看表演。如果将那四种“不等于”换成“等于”，那么，学生的语文能力、语文素养将很难在规定的学程内达到要求，语文教学的目的也就难以完成了。语文教师可以借鉴、学习那四种形式中对语文教学有用的成分，但不可专事于一种形式，劳累了自己而忽略了学生。

2010 年 6 月

凭技能自食其力，重人格不慕虚荣

——浅谈小说《简·爱》[①] 的人文价值

国家教育部 2011 年修订、颁布的《义务教育语文课程标准》在“课外读物的建议”中列入了《简·爱》一书，这表明当今中学生应知这部文学作品，21 世纪青少年应读这部小说。那么《简·爱》到底是一本什么样的书，有什么值得称道的呢？

我觉得，《简·爱》是一部发人深思的自传体小说、一部情节曲折的爱情小说，一部具有高度人文价值、充满正能量的励志小说。《简·爱》

① 原文节录自人民文学出版社《语文新课标必读丛书最新版〈简·爱〉》，1990 年 11 月版。

的人文价值主要体现在女主人公简·爱的性格品质上。

作者夏洛蒂·勃朗特1816年生于英国北部的一个牧师家庭。母亲早逝，八岁的夏洛蒂被送进一所寄宿学校。那里生活条件极其恶劣，她的两个姐姐因染上肺病而先后死去。夏洛蒂和妹妹艾米利不得不回到家乡，在荒凉的约克郡山区度过了童年。十五岁时她进了伍勒小姐办的学校读书，几年后又在这个学校当教师。后来她又做过家庭教师，但因不能忍受贵妇人、阔小姐对家庭教师的歧视和刻薄，她放弃了家庭教师的谋生之路。她曾打算自办学校，为此，她在姨母的资助下与艾米利一起去意大利进修法语和德语。然而由于没有人来就读，学校没能办成。但是，她在意大利学习的经历激发了她表现自我的强烈愿望，促使她走上了文学创作的道路。

《简·爱》写于1846年，是夏洛蒂的第二部小说，于1847年秋以柯勒·贝尔的笔名发表，随即在次年又相继两次再版。从此，这位名不见经传的作者——夏洛蒂·勃朗特进入英国著名小说家的行列。

1935年8月，《简·爱》被翻译成中文，由此进入中国读者的视野。从那时至今近八十载，期间随着我国国情的不断变化，小说翻译、出版的命运起起落落。但是这部小说始终对不同时代的读者产生着不同的影响，深受广大读者的喜爱。

《简·爱》的故事虽然是虚构的，但是了解夏洛蒂·勃朗特生平的人都可以从小说女主人公以及其他许多人物的经历、生活环境，甚至一些生活细节中，看到真实的夏洛蒂·勃朗特的影子。

《简·爱》用第一人称口吻叙述，讲了一个引人入胜的动人故事。

小说中的简·爱是个独生女，出生于一个穷牧师家庭，父母因染上伤寒，在一个月内相继去世。幼小的简·爱被寄养在舅父母家——盖茨黑德府里，不幸的是舅父又早早去世了，她和这个家庭的维系断裂了。寄人篱下的境遇和天生直爽坦率的性格形成了强烈的矛盾。她得不到舅母一家人的喜欢，因而只有到书里寻求快乐。小说一开始写的是冬天的一个下午，室外刮风下雨无法出门散步，大家都聚在家里，表姐妹和表哥围绕在舅母身旁说笑，舅母却对她说："找个地方坐着去，除非会说中听的话，就闭嘴别再作声啦。”简·爱一个人溜进早餐室，在书架上找到了一本自己喜爱的书，坐到窗帘后边的窗龛里津津有味地读起来。她读得很专心，“觉得很快乐，至少是自得其乐”。可是就因为这本书他遭到了表哥的羞辱和殴打，不顾事实真相的舅母下令把她关进了红屋子。

简·爱因为惊吓和哭泣而生了病，舅母带着自己的孩子们坐马车出去了。简·爱没有食欲，吃不下盛在珍贵的瓷器里的好吃的圆面饼，蓓茜问她想不想看书，“书这个字眼就像一种速效的兴奋剂似的发生了效力，我请她到书房去，把《格列佛游记》拿来”，有书的陪伴，简·爱暂时忘记了生病的虚弱和没有亲人在旁的孤独。

后来，舅母把她送进了寄宿学校。简·爱离开了盖茨黑德的舅母家，来到了洛伍德学校，开始了她人生历程的第二阶段。在这里，简·爱虽然还要忍受贫困的折磨和精神上的压抑，但是，她得到了友谊的滋润和榜样的引导，学到了可以凭此自立的知识与技能。

从这所学校毕业后，她留校任教，后又通过登广告谋求了家庭教师的职业。桑菲尔德府的女管家聘用了她。她成了不到十岁的小女孩阿戴尔·瓦朗·罗切斯特（阿迪拉）的家庭教师。这个小女孩的监护人是庄园的男主人罗切斯特。这是她人生历程的第三阶段。在这里，罗切斯特爱上了简·爱，简·爱也爱上了罗切斯特。当他向她求婚时，她答应了他。

婚礼前夜，简·爱在朦胧中看到一个面目可憎的女人在镜前披戴她的婚纱。第二天，当婚礼在教堂悄然进行时，突然有人出证：罗切斯特先生于十五年前已经结婚，再结婚就犯重婚罪。原来，他的妻子就是那个被关在密室里的疯女人。面对主持婚礼的牧师、执事和律师，罗切斯特绝望了，他疯狂地带着他们来到了那个关着他妻子的三楼密室。

> 仍旧紧紧抓住我的手，他走出了教堂。三位先生跟在后面。……
>
> 他走过她们，上了楼梯，仍旧抓住了我的手，仍旧在招呼几位先生跟着他走，他们都听从了他。我们走上第一道楼梯，沿着过道走去，一直爬上了三层楼。罗切斯特先生用万能钥匙打开低矮的黑门，

我们跨进了那间挂着帷幔、摆着大床和有图案的柜子的房间。

“你认识这个地方，梅森，”我们的向导说，“她在这儿咬过你，刺过你一刀。”

他撩起遮着墙的帷幔，露出第二道门，他也打开了它。在一间没有窗子的屋子里燃着炉火，炉火用又高又结实的围栏围着，一盏灯用链子吊在天花板上。格雷斯·普尔弯身向着火，显然正用平底锅在烧点什么。在屋子那一头十分昏暗的阴影里，有个身影在来回跑动。那是什么，到底是人还是兽，乍一看去是辨认不清的。它似乎在手脚着地地爬着，又抓又嗥像只奇怪的野兽。可是它穿着衣服，可观的头发黑中夹白，蓬乱得像马鬃似地遮住了它的头和脸。

“早安，普尔太太！”罗切斯特先生说，“你好吗？你照看的人今天怎么样？”

“我们还可以，先生，谢谢你。”格雷斯回答，一边把烧得滚烫的东西小心地端到锅架上。“有点要咬人，不过还不太狂暴。”

一声凶猛的吼叫似乎在戳穿她的有利汇报，这个穿人衣的怪兽立了起来，用后脚高高地站着。

“啊，先生，她看见你了！”格雷斯喊道，“你还是别待着好。”

“只待一小会儿，格雷斯，你一定得让我稍待一会儿。”

“那么小心点，先生！——看老天分上，小心点！”

疯子大吼起来，她撩开脸上乱蓬蓬的卷发，狂野地盯着来看她的人。我清楚地认出了那张发紫的脸，——那肿胀的眉目。

“别挡着，”罗切斯特先生说，把她推到了一边，“我想她这会儿没拿着刀吧？而且我也有防备。”

“谁也不知道她拿着什么，先生，她狡猾极了，常人的头脑摸不透她那套把戏。”

“我们最好还是离开她。”梅森悄悄地说。

“见你的鬼去吧！”他姐夫这样对他说。

“当心！”格雷斯喊道。那三位先生不约而同地直往后退。罗切斯斯特先生一把将我推到他背后。那疯子跳上去恶狠狠地掐住他的脖子，用牙齿咬他的脸。他们争持着。她是个高大的女人，身量几乎跟她丈夫一般高，外加还很胖大。在争斗中她显出男人般的力气——尽管他身体强健，她还不止一次地差点把他掐死。他本来满可以看准了一拳把她打倒，但他不愿意用拳头打，只愿意角斗。最后他总算抓住了她的胳膊，格雷斯·普尔递给他一根绳子，他把她的胳膊反绑起来，再顺手拿起就在近旁的另外一段绳子，把她捆在一张椅子上。这番行动在全是狂呼乱叫、拼命挣扎中完成的。随后罗切斯特先生向在场的人转过身来，带着一种既辛辣又凄凉的微笑看着他们。

“那就是我的妻子。”他说，“那就是我所知道的唯一的夫妻拥抱——那就是空闲时安慰我的抚爱亲热！而这就是我一心想要的，”（他把手放在我的肩头上）“就是这一位年轻的姑娘，她那么严肃、镇定地站在地狱门口，毫不惊惶地瞧着那恶魔活蹦乱跳。我需要她，正是因为在那道难以下咽的菜之后想用她来换一换口味。把这双清澈的眼睛跟那儿那一对血红的圆球比一比吧——把这张脸跟那一张鬼脸——这副身材跟那一个大块头比一下吧，然后，传播福音的牧师和维护法律的律师，你们再来裁判我，而且别忘了，你们怎样裁判我，别人也会怎样来裁判你们！现在你们走吧。我得把我的无价之宝关起来了。”

宗教阻碍了他们的爱情，疯女人的存在成了他们婚姻的障碍。这使两人陷入深深的痛苦之中。简·爱虽然热切地爱着罗切斯特，但是她是一个遵守道德的姑娘，她不愿成为别人婚姻中的第三者。在知道实情后的一个凄风苦雨夜晚，简·爱离开了罗切斯特，开始了一个人的寻梦之旅。在寻找新的生活出路的途中，简·爱风餐露宿，沿途乞讨，历尽磨难，最后在泽地房被牧师圣·约翰收留，并推荐她到当地一所小学校任教。这是她人生历程的第四阶段。不久，简·爱得知叔父去世并给她留下一笔遗产，同时她还发现圣·约翰是她的表兄，简·爱决定将得到的遗产与亲属平分。

圣·约翰是个狂热的教徒，打算去印度传教。他请求简·爱嫁给他并和他同去印度。简·爱拒绝了。

大概有心灵感应，就在简·爱拒绝圣·约翰求婚的那个晚上，她好像听到了远方的罗切斯特在召唤自己。她决定回到罗切斯特身边。可是，当辗转到达过去那座宏伟的宅子旁时，她看到它已经变成了一片废墟。经过打听，她得知罗切斯特的疯妻子纵火烧了庄园，自己坠楼而死；罗切斯特本人因为救妻子而受伤，眼睛失明，移住在三十英里开外的荒凉的芬丁庄园。简·爱听说了这一切，毫不迟疑地到那里去找罗切斯特。

他的手很快地一动，往前伸了出来，但因为看不见我站在哪儿，他并没有摸到我。“这是谁？这是谁？”他问着，样子就像是竭力想用他那双看不见的眼睛来看看清楚似的——多徒劳而痛苦的尝试啊！“回答我——再说一遍！”他不容违抗似地大声命令道。

“你还想喝点水么，先生？刚才杯子里的让我泼掉了一半。”我说。

“到底是谁？是什么？是谁在说话？”

“派洛特认出了我，约翰和玛丽都知道我来了。我今晚刚到。”我回答道。

“天啊！——我产生了什么样的幻觉？我让多甜蜜的疯狂迷住了啊！”

“没什么幻觉——也不是疯狂，先生，你的头脑太坚强了，不会有幻觉，你身体也很健康，决不会发疯。”

“说话的人到底在哪儿呀？难道只是个声音么？唉！我看不见，可我一定得摸到，要不我的心就会停住不跳，我的脑子也要爆炸了。不管你是什么——你是谁——让我摸到，不然我活不下去了！”

他摸索着。我抓住他那只茫然摸索的手，用双手牢牢地握住了它。

……

“这真是你——是吗，简？那么你真回到我这儿来啦？”

“是的。”

“那你并没有死在哪条沟壑里，淹没在水底下？也没有憔悴地流落在异乡人中间？”

“没有，先生，我现在是个能够自立的人了。”

“自立！你这话是什么意思，简？”

“我在马德拉的叔叔去世了，他留给了我五千镑的遗产。”

“啊，这是实实在在的——这是真事！”他大声喊道。“我真做梦也想不到。而且，还有她那特有的声音，既温柔，又那么活泼，调皮，它鼓舞起了我枯萎的心，使它重新有了生气。——怎么，简妮特！你是个自立的人？是个有钱的人了？”

“相当有钱，先生。你要是不让我跟你住在一块儿，我可以紧靠着你家大门自己盖一所房子，你晚上需要人作陪时就可以上我的客厅里来坐坐。”

“可是既然你有钱了，简，你现在准有亲友们会来照顾你，不会让你来跟着一个像我这样瞎了眼的残疾人吧？”

“我跟你说了我是独立自主的，先生，不光是有钱，我自己可以替自己做主。”

“你要待在我身边吗？”

“当然，——除非你反对。我要做你的邻居，你的看护，你的管家。我发觉你很寂寞，我要跟你做伴——为你念书，陪你散步，坐在你旁边，服侍你，做你的眼睛和手。别再那么一副愁眉苦脸的样子了，我亲爱的主人，只要我一天活着，就不会撇下你孤孤单单的一个人。”

简·爱以一个独立的、有钱的、健康的、不依赖男人的女人身份与罗切斯特结婚了。两年之后，罗切斯特的一只眼睛被治好了，他看到了简·爱为他生下的孩子，他们幸福地生活在一起。这美满的结局构成了简·爱人生历程的第五阶段。

下面这段话是简·爱对罗切斯特说的，被认为是《简·爱》一书中最经典的爱情宣言，请看：

> “你以为，就因为我贫穷，低微，不美，矮小，我就既没有灵魂，也没有心吗？——你想错了！我跟你一样有灵魂——也完全一样有一颗心！要是上帝曾赋予我一点美貌、大量财富的话，我也会让你难以离开我，就像我现在难以离开你一样。我现在不是凭习俗、常规，甚至也不是凭着血肉之躯跟你讲话——这是我的心灵在跟你的心灵说话，就仿佛我们都已经离开了人世，两人一同站立在上帝的眼前，彼此平等——就像我们本来就是的那样！”

是的，简·爱要的就是人格的平等，自我的独立。她的故事证明她是一个性格倔强、心地纯洁、善于思考的女性。她生活在社会底层，受尽磨难；但她凭技能自食其力，重人格不慕虚荣。她不羡慕别人的荣华富贵，不贪图安逸，对爱情忠贞不渝，勇于追求自由平等的幸福婚姻，这种精神为中外读者所赞赏。

《简·爱》以其特有的艺术魅力和东西方都认同的人文价值永远在世界文学宝库中占有一席之地。

2014 年 7 月

坚定的信念，不屈的意志

——再读《红岩》①，点赞革命者的气节与情操

《红岩》是一部“红②书”，叙述了红色的记忆，展示了红色的历程。

《红岩》的作者罗广斌、杨益言曾于解放前被共同关押在“中美特种技术合作所”的集中营里，亲身经历了敌人的种种野蛮暴行和不屈不挠的斗争生活。作为幸存者和最直接见证人，他们在写作革命回忆录《在烈火中永生》的基础上，进一步搜集、整理资料，挖掘、提炼素材，进行艺术创造，历时十年之久，才完成了这部气势恢宏、影响深远的作品——《红岩》。

这部优秀长篇小说讲述了中国黎明前最黑暗的1948年发生在四川重庆渣滓洞、白公馆集中营里的故事，赞扬了共产党人和革命志士在集中营这种特殊的环境中，为争取中国人民解放而展示出的顽强斗争精神和不屈不挠的意志。

坚贞不屈的江姐。江姐是催人泪下的女性革命者形象。江姐受上级派遣到华蓥山根据地送药品。她正满怀憧憬地想象未来的生活时，却发现自己的丈夫、华蓥山纵队政委彭松涛被敌人杀害，人头被高挂在城头。她强忍悲痛，坚决要求到丈夫生前战斗过的地方工作。可是，由于叛徒甫志高的出卖，江姐不幸被捕，被关押在渣滓洞里。在狱中，她受尽了折磨。

过了好些时候，人们听到了审问的声音：“你说不说？到底说不说？”

传来特务绝望的狂叫，混合着恐怖的狞笑。接着，渣滓洞又坠入死一般的沉寂中。

---

① 原文节录自中国青年出版社《红岩》，2012年12月版。

② 红：这里象征革命。如“红歌”“红色根据地”等。

听得清一个庄重无畏的声音在静寂中回答："上级的姓名、住址，我知道。下级的姓名、住址，我也知道……这些都是我们党的秘密，你们休想从我口里得到任何材料！"

江姐沉静、安宁的语音，使人想起了她刚被押进渣滓洞的那天，她在同志们面前微笑着、充满胜利信心的刚毅神情。听着她的声音，仿佛像看见她正一动也不动地站在刑讯室里，面对着束手无策的敌人。可是江姐镇定的声音，并不能免除同志们痛苦的关切。

大概是江姐的平静的回答，使得敌人不得不重新考虑对策，讯问的声音，忽然停了下来。

……

"不！"微弱的声音传来，仍然是那样的平静。"十指连心，考虑一下吧！说不说？"

没有回答。铁锤高高举起。墙壁上映出沉重的黑色阴影。"钉！"人们仿佛看见绳子紧紧绑着她的双手，一根竹签对准她的指尖……血水飞溅……"说不说？"没有回答。"不说？拔出来！再钉！"江姐没有声音了。人们感到连心的痛苦，像竹签钉在每一个人心上……又是一阵令人心悸的泼水的声音！"把她泼醒！再钉！"

……

一根，两根！……竹签深深地撕裂着血肉……左手，右手，两只手钉满了粗长的竹签……一阵，又一阵泼水的声音……已听不见徐鹏飞的咆哮。可是，也听不到江姐一丝丝呻吟。人们紧偎在签子门边，一动也不动……

谁也没有去理睬这只凶暴的野兽，大家踮着脚尖，朝签子门缝望出去。只见江姐被两个特务拖着，从铁门外进来了。通宵受刑后的江姐，昏迷地一步一步拖着软弱无力的脚步，向前移动；鲜血从她血淋淋的两只手的指尖上，一滴一滴地往下滴落。

江姐没有屈服。她傲然宣告："毒刑拷打是太小的考验，竹签子是竹做的，共产党员的意志是钢铁!”江姐忠实于自己的理想，不屈不挠，是一位伟大的女性，是一位坚强的共产主义战士。

聪明可爱的小萝卜头。在《红岩》中有一个儿童形象是读者难以忘怀的，那就是小萝卜头。他本名叫宋振中，出生不久就跟妈妈一起被捕，在监狱里长大。由于营养不足，发育不良，虽然已经九岁多却还像个五六岁的孩子，小手小脚的。而他的头发育比较正常，和身体比显得不太相称，所以大家都亲切地叫他“小萝卜头”。开始时，敌人不让他读书，后经过地下党的斗争，他才在监狱里上了学，由地下党员和爱国志士当他的老师，他也就懂得了谁是坏人，谁是好人。在白公馆关押了一段时间后，敌人要把他和妈妈转移到贵州，临行前，他像个真正的地下党员似的，向成岗交代自己没有办完的事情。

“啊,”小萝卜头忽然说道:“还有一件事情，我告诉你吧。”“什么事呀?”

“齐伯伯叫我打听的，一件重要事情。”小萝卜头低声说:“我，没有做好。”

说到这里，小萝卜头的声音停顿了。成岗不安地等待着。他看出小萝卜头在沉思，有些迟疑。“本来，我该直接告诉齐伯伯的。可是那里人多，不方便。刚才我上楼来，一个看守员还缠着我说话，我没有理他。”小萝卜头解释着，终于决定了。“我告诉你，你再转告齐伯伯吧。”成岗点点头，仔细听着。

“前几天，关进来一个很重要的人，就关在我们住的地牢底下，一间漆黑的地窖里，连窗子都没有。那条隧道深得很，没有关人的时候，我去探过，全是石墙，又矮又窄，腰都直不起来，霉臭得叫人发呕。老鼠的眼睛像鬼火，吱吱地叫，真吓人得很……”

……

小萝卜头的声音里，充满了未能完成任务的内疚和责任心。他变得那样痛苦，明亮的眼睛黯淡下来，难过得快流泪了。成岗也感到沉重，在孩子面前沉默了。那是谁啊，被封锁在密不通风的地窖深处？一个强烈的愿望涌现出来，成岗宁愿用自己去代替那个战友遭受的窒息，而让他回到阳光底下来呼吸一口新鲜空气。

一阵压抑、低沉、无能为力的痛苦，抓紧了成岗的心，为这生离死别的场面，带来更加沉重的苦汁。但是，成岗不愿意任自己的感情被暗影蒙蔽，更不能让孩子的心上永远残留着这种负疚的回忆，他想拂去孩子的痛苦，拂去种种不祥的魔影。成岗用力地捏着小萝卜头的小手，用满怀信心的口吻安慰着他：

“小萝卜头，你放心，我们有办法联系上的。”小萝卜头凝着泪水，望望成岗，似信非信地点了点头。

小萝卜头走了，离开了白公馆，但是仍然没能逃脱敌人的魔掌。敌人还是杀害了他们全家。中华人民共和国成立以后，他的原型被追认为烈士，成为中国革命史上年龄最小的烈士。

忍辱负重的华子良。在《红岩》中还有一个“疯子”形象也是深入人心的，那就是华子良。他被捕后，党领导指示他伪装疯癫，长期隐蔽，欺骗敌人。于是他抛弃个人利益，忍辱负重，包括承受自己同志的误解和厌恶。整天围着石榴树跑步，满头的白发，刺猬一样的胡须，拔光了牙齿的牙龈，呆滞的目光构成了他“疯癫”的形象特征。可是当组织需要他工作时，他一刻也没有懈怠。

一只手臂轻轻地触动了齐晓轩的肩头，他被惊动了。华子良像往常一样，又要乘这夜深人静的时候，告诉他新的情况和消息。齐晓轩微微翻身，听华子良轻声讲述当天的一些事情。他默默地听完以后，又思索了好久，才轻声问道：“渣滓洞的看守员，今天又没有见到？”

“没有。”

齐晓轩忧虑的是：联络中断，会造成地下党、白公馆和渣滓洞之间的情况不明，无法掌握配合行动的时机。华子良沉默了一下。“有件事使人担心。黄以声将军牺牲时，特务发现了匕首。就是我们送他的那把，敌人正在追查……”

突然，电筒光射进牢房，在熟睡的人们身上扫过，又停留在齐晓轩脸上。

齐晓轩和华子良一动也不动地躺着，像入睡已久，连电筒光线的扫射，也没有把他们从梦中惊动。

在地下党组织的领导下，华子良以超人的智慧和胆量与敌人展开了有勇有谋的斗争，克服了许多令人意想不到的艰难险阻，巧妙地周旋于监狱与交通站之间。他还和狱中的同志一起，通过机智的斗争，搞清了关押在“漆黑的地窖里”的人正是我党优秀党员徐云峰。

被捕前，身为重庆地下党书记的徐云峰，任何时候都不忘为党工作；被捕后，他被单独、秘密关押在一个阴冷潮湿的地窖里，也从未停止过战斗。他凭着磨破双手、鲜血直流也不停止的韧劲，从关押自己的牢房里挖开了一条秘密通道，把得到的消息及时报告给监狱内的地下党组织。后来，他自己被敌人杀害了。但是，被关押在白公馆的革命者从这条秘密通道越狱了。

在逃跑的路上，敌人发现了他们，而此时前面出现了一座巨大的悬岩，为了躲避警犬的追击，他们决定爬上悬岩。前面的人互相攀缘着肩头，爬了上去，抛下布绳，拽拉岩下的成群战友。疯狂的刽子手们追了上来，探照灯追赶着岩上的人群，流星一样的弹雨碰击在岩石上，石屑飞溅，火光四射，鲜血从洞穿的伤口流出，脚下的山岩变成了“红岩”。

突然，解放军的冲锋号响起，胜利的号角已经来临。原来，华子良带着解放军来了。伴随着解放军隆隆的炮声，成功越狱的战友们拥抱了嘉陵江上灿烂的黎明。

本书塑造的是英雄的群体形象，他们个个栩栩如生，感人至深。这些革命者身上闪烁着解放人民的理想光辉，体现着百折不挠的坚忍意志和前仆后继的高尚精神。

列宁说过："忘记过去就意味着背叛。"正是由于千千万万先烈们的流血牺牲，新中国才得以诞生，我们才有了今天的幸福生活。在新的伟大时代面前，我们有理由记住他们的英雄事迹，继续发扬"爱国、奋斗、团结、奉献"的红岩精神，构建新的人生梦想，奔向更加灿烂的明天。

"让我们迎接这个伟大的日子吧!"

2013 年 5 月

内外兼修，广纳博采

——浅谈高中语文教师的专业发展问题

（高中语文教师培训讲座）

2010 年颁行的《国家中长期教育改革和发展规划纲要（2010—2020 年）》（以下简称《改革和发展规划》）指出："国运兴衰，系于教育；教育振兴，全民有责。"我们本身就是教育工作者，对振兴教育，对昌盛国运理当负有不可推卸的责任。这个责任应该体现在每天的教学工作中，体现在每时每刻的班主任工作中，也体现在自身的专业发展中。

在座的各位已经大学本科毕业，已经从业多年，已经在教学上取得了很多成绩，就是说，我们已经是一名专业的语文教师，还有必要在专业上继续发展吗？答案当然是肯定的——需要。我们仍然需要继续学习，仍然需要坚持我们的专业方向，仍然需要发展我们的专业技能。这个理由是多方面的。

下面我要讲第一个大问题："教师专业发展"的必要性，即回答"为什么"的问题。

在多年以前，好像不提"专业发展"四个字，而是说"教师要提高素质""教师要苦练基本功""教师要加强自身建设"等等，就是没有"专业发展"的提法。时代前进，形势发展，我们现在强调"专业发展"，我想这和以前提出的要求并不矛盾，但是比以前更准确，更全面，更“专业”，要求也更高，更贴服社会进步、经济发展的大背景。

首先，国家教育改革和发展的形势在督促我们。《改革和发展规划》的内容一共有二十二章，勾画了我国未来十年教育发展的宏伟蓝图。其中将“高中阶段教育”列为一章，进行了专门的阐述。《改革和发展规划》指出：“高中阶段教育是学生个性形成、自主发展的关键时期，对提高国民素质和培养创新人才具有特殊意义。”还指出，高中教育要“注重培养学生自主学习、自强自立和适应社会的能力”“全面提高学生综合素质”“满足不同潜质学生的发展需要”。这些要求很具前瞻性，很有战略眼光。我们正在为完成这些教育任务贡献力量，这是历史赋予我们的使命，是时代赋予我们的责任，任重道远。国家对我们所培养的学生的要求在提高，我们不适时提升自己的专业水平，很难胜任这太阳底下最神圣的工作。

有资料显示，在全球二十一个受调查的国家中，中国孩子的计算能力排名第一，想象力排名倒数第一，创造力排名倒数第五。为什么会出现这样不协调的反差？答案多种，原因繁多，见仁见智，各有看法，但是不论多少原因和理由，最后总是要归结到教育体制上，特别是归结到全国统一高考上。“高考”是诟病最多但又最有生命力的事物，总有人在抨击，也总是年年在举行。而我认为，这种反差与教师自身的专业发展息息相关。在未来十年里，随着教师专业水准的提升，中国孩子发展不协调的情况肯定会得到改进。

其次，全民学习、终身学习的学习型社会在激励我们。由于国家对继续教育的重视，继学校教育之后，所有社会成员都要接受各种继续教育，构成终身学习体系的重要组成部分。建立继续教育机制已成为政府行为，成为各行各业、各部门各单位的常规工作，整个社会将形成一种人人学习、各个进取的崭新局面。随着灵活开放的终身教育体系的构建，随着继续教育资源被最大限度地开发利用，随着以卫星、电视和互联网等为载体的远程继续教育平台的搭建，各级各类教育将纵向衔接、横向沟通，为学习者提供方便、灵活、个性化的学习条件，满足个人多样化的学习和发展需要。置身整个社会这种浓厚的学习氛围，身为引导学生学习的教师更应该走在学习的前列，成为学习的模范、学习的积极分子、学习的带头人。

说到全民学习我想到一个事情，一个叫陈光的男子下岗后为供女儿陈思彤读书，换了几次工作，从清闲的门卫到又脏又累的保洁工，终于供女儿考上了吉林师范大学。女儿考走后，父亲捡起女儿的课本开始复习功课，也于 2010 年 8 月初，收到了江西中医药高等专科学校医疗系针灸推拿专业的录取通知书，开始了艰难的求学深造之路。这年陈光四十九岁。文章的本意是赞扬女儿回报父爱，边学习边打工供父亲上大学的，我从中看到的是全民的学习热情，大家都学习，教师能置身其外？显然不能。

再次，深入进行课程改革的需要在推动我们。改革开放以来，我国基础教育取得了辉煌成就，其中课程建设也取得了显著成绩。但是，我国基础教育总体水平还不高，原有的基础教育课程已不能完全适应时代发展的需要。为贯彻 1999 年出台的《中共中央国务院关于深化教育改革全面推进素质教育的决定》和 2001 年颁发的《国务院关于基础教育改革与发展的决定》，2001 年 6 月 8 日教育部决定下发《基础教育课程改革纲要（试行）》，大力推进基础教育课程改革，调整和改革基础教育的课程体系、结构、内容，构建符合素质教育要求的新的基础教育课程体系。应课程改革的需要，教育部组织制定的《普通高中语文课程标准》于 2003 年 4 月颁行。机遇与挑战并存。高中语文教师与其他各科教师一样面临着适应课程改革需要的新课题。2004 年开始课程改革实验在我国四个省、区率先进行，2009 年秋季开始河北省进入高中课程改革实验。新课程删减了原来教学大纲中一些“繁难偏旧”的教学内容，增加了许多与现代经济社会发展和科技进步紧密结合、息息相关的内容，更加强调学习内容的基础性、时代性和实践性，注重培养学生“学、思、知、行”的统一，让学生不仅要学会知识，还要学会动手，学会动脑，学会做事，学会生存，学会与别人共同生活，着力培养学生的自主意识和创新精神，充分体现了素质教育的本质要求。根据课程改革的要求，就一个语文学科来说，学生不能仅学一本教科书，要增加选修课，要学习校本教材。这么多新事物、新东西出现在我们的视野中，不及时充电，不发展专业水准是应付不了的。课程改革之前高中语文教材全国就只是人教版一种教科书，而现在有人教版、语文版、山东版、广东版、苏教版五个版本。其中人教版有五本必修课本，还有《新闻阅读与实践》《中国古代诗歌散文欣赏》《文章写作与修改》《外国小说欣赏》等选修专题。这么多新东西堆在面前，我们不积极推进专业发展怎么行呢？

最后，对教师的高标准要求在引领我们。《改革和发展规划》再一次提出了“建设高素质教师队伍”的要求。教育大计，教师为本。有好的教师，才有好的教育。严格教师资质，提升教师素质，努力造就一支师德高尚、业务精湛、结构合理、充满活力的高素质专业化的教师队伍迫在眉睫。我们有幸成为这支队伍中一员，怎能甘居人下？现在的教师队伍确实有不尽如人意之处。最近看到一个材料，说诗人邹静之曾辅导上小学的女儿写作业，看到老师留的作业里有这样一道题，根据句子的意思写出相应成语，句子是：“思想一致，共同努力。”邹静之告诉女儿答案是“齐心协力”，结果老师判为错，标准答案是“共同协力”。类似的情况还有，标准答案是“诸葛亮”，学生答成“孔明”不行；标准答案是“打比方”，学生答成“打比喻”也不可；标准答案是“万紫千红”，学生答成“姹紫嫣红”也算错。这样的师资水平，这样的评价机制对学生潜能、才智确实是一种扼杀。

仅上述四点我想已经足以回答“语文教师为什么要加强专业发展”这个问题了。我认为理由是充分的，是有说服力的。

那么怎样实现专业发展呢？网上的文章很多，各有各的说法，各有各的见解。别人谈过的我不想重复，大家可以从网上学习，我想谈谈自己的一点儿看法，与在座的业界精英交流，以期获得指正，以促进自己的提高和专业发展。

下面我要谈第二个大问题：“专业发展”的具体内容，即解决“是什么”的问题。

这个问题我在题目中已提示出来，就是要“内外兼修，广纳博采”。

这两个四字词是一个意思，就是从内外两个方面广博地采纳，我就从这两方面谈谈，按照“由表及里”“由外而内”的顺序，我先谈“外”，就是“外功”。

语文教师的“外功”指什么呢？说法很多，大同小异。如说写一手漂亮的粉笔字和钢笔字，说一口流利标准的普通话，写一手好文章，声情并茂的朗读，生动富有感染力的演讲，等等。有人认为，有了这几项拿手的功夫，可以应付70%的教学状况。也有人将“外功”总结为：语文教学口头表达能力、语文教学书面表达能力、语文教学阅读能力、语文教学组织能力等。这些我都很赞成。从上述归纳看，“外功”多属于能力范畴，是可以让学生直接感受到的。我觉得“外功”还可以包括以下四点：

1. 广泛的兴趣。英国哲学家伯特兰·罗素说：“幸福的秘诀是让你的兴趣尽量扩大，让你对人对物的反应，尽量地倾向于友善。”科学家贝弗里奇也说过：“成功的科学家往往是兴趣广泛的人。他们的独创精神可能来自他们的博学。多样化会使人观点新鲜，而过于长时间钻研一个狭窄的领域，则易使人愚蠢。”我们把“科学家”换成“教育家”我认为这句话的观点也是成立的。语文教师培养自己广泛的兴趣，既是培养各种各样学生的需要，也是为解读各型各类教材的需要，还是有滋有味地活着的需要。这个“广泛”特别指对语文教学、语文知识、语文能力之外的一些领域建立起比较浓厚的兴趣。比如登山、游泳、健走、钓鱼、打球等体育项目，唱歌、跳舞、表演等文艺项目，看电影、看电视剧，甚或看二人转等娱乐项目及旅游，以及上网聊天、种菜、偷菜、写博客等网络项目，作为一名语文教师都应有所涉猎，都需有些亲身体验。这样，我们在语文教学的天地就可以呼风唤雨，信马由缰，自由驰骋。如果对除了语文之外的事物都提不起兴趣，恐怕也很难讲好《动物游戏之谜》《凤蝶外传》《中国建筑的特征》《冰川的风格》等课文，恐怕很难胜任一些综合性学习的指导工作，恐怕很难激发学生学习语文的兴趣。

2. 浪漫的情怀。什么叫浪漫？据说有位青年作家将浪漫和浪费进行了一番比较，之后得出的结论是：“什么叫浪漫？明知那个女孩儿不爱他，还送给她999朵玫瑰；什么叫浪费？明知那个女孩儿爱他，还送给她999朵玫瑰。”这多少有些调侃的味道。但是“浪漫”一词好像总和爱情、恋爱、约会等联系在一起。家庭生活出现些不和谐，有时也归于一方缺少了当年的浪漫。其实，浪漫也是一种心性、一种情怀、一种志趣。词典上解释“浪漫”有两个意思，第一个是“富有诗意，充满幻想”，第二个是“行为放荡，不拘小节”。我觉得这第二个意思现在很少用到，也不是我要表达的意思，权且忽略不计。那么“富有诗意，充满幻想”，有什么不好呢？这种品性可以拉近我们和学生的距离，可以拉近我们和文本的距离，可以拉近我们与未来的距离。“浪漫”之后加上“主义”就成了一种文学艺术上的创作手法。我觉得能运用这种手法写出浪漫主义作品的人，现实中一定不缺少“浪漫”的生活姿态。战国时屈原命运多舛，身遭陷害却以想象奇特、辞采瑰丽著称；晋代陶渊明洞察黑暗，放弃仕途，却在归隐田园后，写出歌唱自然，歌唱劳动的美妙诗章；唐代李白对现实不满，疾恶如仇，却能把梦境中的天姥山写得千变万化，绚丽多姿。这些不都反映了作者浪漫的气质吗？同样，可以写出投枪、匕首般犀利文章的鲁迅，不也可以写出秋夜高而直的枣树和小粉红花的梦吗？可以写出高大背影，表达人间挚爱深情的朱自清，不也可以把烂漫的春天比成落地娃娃、小姑娘、小伙子吗？可以向苍茫大地发问的伟人毛泽东，不也可以从肃杀的冬天里写出“山舞银蛇，原驰蜡象，欲与天公试比高”的勃勃生机吗？我觉得这些都需要浪漫的情怀。“浪漫”不是爱情的专利，而是我们语文教师也应该具有的品性。你看，徐志摩的《再别康桥》中有浪漫，卞之琳的《断章》中有浪漫，郑愁予的《错误》中也有浪漫。不懂浪漫，怎能读出浪漫，讲出浪漫呢？

3. 乐观的性格。乐观是一种心态，也是一种性格、一种精神。《课程标准》要求培养学生形成“健康美好的情感和奋发向上的人生态度”，这离不开“乐观”。教师的“乐观”，外在一定会展露出来，也肯定会对学生产生积极的影响。我曾经看过一个电视节目片段，李咏、王冠主持的《向幸福出发》节目请来了一个嘉宾叫熊燕。熊燕由于四岁时被电击，失去了双臂，可是在节目里亮相时，她脸上闪着无忧无虑的笑容，充满朝气与活力。如果不看她的身体，只看她的脸部特写，你绝看不出这是一个残疾人。她在父母的关怀下，学会了自己吃饭、炒菜、做饭、修眉、化妆，用她自己的话说："没有我不能做的。"由此，我有理由认为，她虽然遭遇了巨大的不幸，但她肯定对于仍有双脚而沾沾自喜。

我学会开车后，买了一辆新车，心里挺骄傲的。可是同龄的姐们儿中有一个说："我不用学车，不管去哪，我们家那口子都开车送我。"一脸的骄傲自豪，令人羡慕。还有一个说："我差点儿去学车，没学就对了，省了十多万车钱。"一副能掐会算的精明，让人佩服。这两个人的心态是否也可以说是很乐观呢？

饺子包多了，连着吃了几日，家人说，天天吃剩饭，以后可得少包；又有人说，包一次后，天天吃饺子，以后还得多包。一件事两种说法，哪个乐观呢？不言而喻。

我们在分析阅读文本时，往往赞扬革命者坚定信仰的乐观主义精神或者赞扬那些在逆境、困境中挣扎的人具有乐观主义精神。其实在人的职业生涯中同样需要乐观的态度、乐观的精神。天生抑郁的人可能很少，但是在平淡而琐碎的教学工作中，总保持乐观也是难能可贵的。这里所说的"乐观"不是随着外界物质或精神条件的变换而变换的一种情绪，而是如一的性格，不变的常态。有些人工作有成绩时、受到表扬时、收入增加时都容易产生快乐的情绪；而反之则不高兴，这不能说是具有乐观的性格。具有乐观性格的人应该不怕困难，遇事能拿出办法，积极向上，充满朝气与活力；具有乐观性格的人容易具有幽默的语言、较大的亲和力、较强的沟通能力；具有乐观性格的教师容易博得学生的喜欢和爱戴，进而"亲其师，信其道"。爱因斯坦说："真正的快乐是对生活的乐观，对工作的愉快，对事业的兴奋。"我们应该把"乐观"当成一种"内功"去修炼。

4. 童稚的心性。"童稚的心性"就是童心。人教版高中语文选修课本《中国文化经典研读》中第七单元选入了明代文学家、思想家李贽的《童心说》一文。其在《童心说》中写道："夫童心者，真心也。若以童心为不可，是以真心为不可也。夫童心者，绝假纯真，最初一念之本心也。若失却童心，便失却真心；失却真心，便失却真人。人而非真，全不复有初矣。”他的意思是说：童心，实质上是真心，如果认为不该有童心，就是以为不该有真心。所谓童心，其实是人在最初未受外界任何干扰时一颗毫无造作，绝对真诚的本心。如果失掉童心，便是失掉真心；失去真心，也就失去了做一个真人的资格。而人一旦不以真诚为本，就永远丧失了本来应该具备的完整的人格。

我觉得，语文教师应该拥有一颗童心。孩子是天真无邪的，保持童心就是要保持心境的纯净和透彻；就是要诚实可信，不虚伪狡诈；就是充满希望与憧憬；就是具有好奇心，喜欢追根究底；就是具有多彩的梦想和丰富的想象；就是不掩饰自己的内心，永远以真实示人；就是以人为善，富有同情心；就是性格活泼，与大家共享快乐；就是言行一致，说自己要说的话，做自己真正想做的事情。

保持童稚之心，可以愉快、单纯、自然地生活，可以专注地享受每一个独一无二的当下，这也是一种积极的人生态度。

语文教师“金玉其外，败絮其中”显然不行，不是不许可，而是无法适应工作的需要。要做到表里如一，秀外慧中，锦心绣腹，那就还需要“内”里有东西，即“内功”。“内功”的内容更为丰富，我们在读本专业大学或研究生时，学习的有关专业知识和技能都应属于“内功”，如语言学概论、现代汉语、古代汉语、古典文学、现代文学、当代文学、外国文学、文章写作理论、常用文体知识、文章赏析知识、文学概论、古代文论、马列文论、美学知识、中国文学史、外国文学史及教育学、心理学等。这些“内功”，给人的感觉多属于知识性的，代表教师的内涵和修养，是一眼看不透的东西。我认为“内功”还有以下四点：

1. 辩证的方法。语文课本必修四的最后一个单元的写作训练是“做一点辩证分析”，所以，大家对“辩证”这个词都不陌生，也可以从课文中找出关于“辩证分析”的定义。在这里我不是将“辩证”作为“分析”的状语使用，而是把它看成一种思维方式，一种看问题的方法。所谓辩证的方法就是善于并且习惯用实事求是的、客观的、全面的、发展的、变化的方法看待事物，要看到事物的各个侧面以及事物之间的内在联系，从而对事物做出正确的、合乎实际的评价。包括对自己的学生，包括对自己的专业，包括对阅读的文本解读，包括我们遇到的各种事情。一位心理学家说："只会使用锤子的人，总是把一切问题都看成钉子。"这就是一种形而上的方法，实际上，锤子不是可以解决任何问题的，而问题也不都是钉子。禅宗还有一个著名的故事，说有一个老太太，她有两个女儿，一个卖伞，一个卖鞋。老太太天天哭，为女儿担心，认为下雨天鞋卖不出去，不下雨天伞又卖不出去。一个禅师告诉她，下雨了伞就能卖出，不下雨鞋子就能卖出。老太太听了，高兴了。禅师换了一个角度看问题，悲观的事变成了乐观的事。所以说，思维方法要科学，要辩证，才会认识真实的世界和真实的自我。掌握了辩证的方法就不会教给学生死的知识，就会引导学生灵活掌握各种知识和能力。在评课时，也要具有辩证看问题的方法。有一年我带着三十几位教师去沈阳听课，有一节是沈阳市52中学齐老师讲授初二年级的《小石潭记》一文。在整个一节课中，齐老师并没有说多少话，也没有摆花架子，没有搞什么名堂。表面看老师的才能似乎并未表现出来。下午要讨论评课，咱们市的老师都觉得其他老师的课好评价，唯独这节齐老师的课不好评，说什么呀？他都没怎么讲。下午开会时，我作为带队老师不能不发言，发言也不能光说别人的好话而冷落了这位老师。我考虑再三，终于找到了这节课的闪光点，我主要强调这位老师恰当地处理了"主体"与"主导"的关系。在课上，他让学生自己读、自己解、自己译、自己背；但也不是让学生放任自流，而是在教师指导、控制下进行学习。如果我说到这里结束，可能人家以为我客气，说了一些不痛不痒的话，我没有就此打住，而是总结了这节课中，齐老师主要做的工作：①掌握时间，如给学生两分钟时间读文章前两个自然段，结果大多数人读了三遍以上。②进行诊断性测试，即在限定的时间内检查同学完成规定学习内容的情况，如逐句检查翻译情况。③及时调整教学，如讲完第一段之后要求同学三分钟背下，通过检查举手情况，发现多数人没背下来，于是又加了两分钟，最后达到百分之九十的人背会。④矫正同学学习中的错误，如“心乐之”一句书下无注释，学生讲成“心里很高兴”，老师订正为“我喜欢听这种声音”。而且他在提问同学读、译、背时，不是只叫几个好学生，而是注意调动不同程度学生的积极性，了解好、中、差各个层次的情况，一节课中学生活动面占百分之九十。他的教学效果是：在四十五分钟时间里，使百分之九十的学生学会了课文1—3自然段。“学会”，包括会读、会译、会讲、会背。细细品味，我们会感到齐老师具有较高的教学水平。高就高在老师真正起到了“主导”作用，学生真正成了学习的主体，不仅仅是当听众，而是参与了教学过程。当这节课的反面印象占据大多数老师头脑时，为了达到学习观摩的效果，我努力地从反面中挖掘这节课正面的东西，即优点。本来大家都觉得这节课没什么优点可言，但是听了我的发言，又觉得恰如其分，心服口服。会后，咱们市的老师都冲我伸大拇指。

2. 创新的意识。我们要培养学生的创新能力，首先自己也要具有创新的意识。

曾经有一个笑话。某国际学校的老师出了一道开放性问题，问学生对其他国家食物短缺有什么自己的看法。非洲学生问：“什么叫食物?”欧洲学生问：“什么叫短缺?”美国学生问：“什么叫其他国家?”中国学生问：“什么叫自己的看法?”

这个笑话讽刺了中国学生没有自己见解的状态。课程改革反复强调“创新”，语文课程也不例外。《课程标准》中多次提到创新问题，如“追求思维的创新、表达的创新”“创造性阅读”“有创意的表达”等等。就是说，无论是吸纳的读和听，还是表达的说和写都要有创新。对一个文本能读出一般人读不到的内涵，并做出合理的阐释；对一个题目能写出别人写不出的语言，这就是创新。创新需要大胆的联想，丰富的想象，开阔的视野，活跃的思维，需要少一些禁锢，多一些开放；少一些束缚，多一些解脱；少一些限制，多一些鼓励。有一位老师领着小学生读一篇文章，题目叫《银梨》，开头写银梨在春天怎样抽枝长叶开花，怎样生机勃勃，使我感受到生活的美好，下边写银梨秋天结出了丰硕的果实，怎么好看好吃。

结尾说要感谢家乡的银梨，因为它给我们带来了巨大的经济效益，改善了我们的生活。阅读题目就有一题，问作者为什么要感谢银梨？学生照着文章结尾处的句子一读，答案就出来了。老师也认同了这个答案。下课后我与老师交换意见，我说学生回答得没错，但是如果这不是能吃的银梨，不能卖钱，是否就不感谢了呢？老师有些茫然。我说前文作者做了很多渲染铺垫，意在说明什么呢？不也在说银梨树给人们带来的精神的愉悦和性情的陶冶吗？虽然那时的银梨没有果实，不能卖钱，但同样也给人们带来了好处，这好处是精神层面的，难道不需要感谢吗？最后他也同意了我的意见。高考作文的发展层级中，“有创意”是很重要的一条。教师具有了创新的意识，就会以创新的言行影响自己的学生，有助于提高学生的创新意识和创新能力。

3. 严谨的细节。细节决定成败。语文教师的细节决定教学的质量。在能力不分伯仲的情况下，有时细节可以分出高低。我在市一中教书时，我们班曾经遇到两位化学教师，一位是公认的水平很高的男教师、老教师，据说“文革”前就是二级教师。一位是“文化大革命”期间毕业的老五届大学毕业生，是年轻些的女老师。男老师在高一时教我们班，女老师在高二时教我们班，结果成绩相差很多。那位年轻的女老师，被认为水平不太高，但教学成绩好，她教以后我们班不但自身比较有提高，而且与平行班比较也有提高。后来我问一名女生班长，她过去学化学很吃力，成绩很低，后来提高很快。她说那位男老师自习时不经常下班辅导，同学问问题时，他就说：“这都不会，上课干什么去了?”一句话把女生说得很不好意思，就再也不敢问了；而那位女老师每天下午自习时都到班里巡视，谁问问题，不论问题深浅她都耐心解答，同学们也都敢问。我觉得这就是细节带来的差异。

还有一个例子。我去市一中听一节高三语文复习课。内容是讲解某套综合练习题中的文言文阅读部分。应该承认，老师的指导还是有方法的。她从一段文言文中总结出解这一类题目的规律与方法，这对学生肯定是有帮助的。

但是在这节课上，老师出现了两个读音错误，而且不是口误，因为老师再三明确并强调了几次。

一为“簿”字。文中为“宁受簿责”“对簿度支”。老师告诉学生，此处的“簿”字读“bó”。实际上此字只有一个读音：“bù”。高中教材《项链》中有“老板查看了许多账簿”一句，出现了这个字。此字平时使用频率较高，如“对簿公堂”“户口簿”“练习簿”等。

二为“飨”字。这节课阅读的文言材料中并未出现这个字，是老师引进课堂的。文言材料中有“饕餮”一词，老师要求学生现场查字典理解这个词的意思，然后说报纸上常见到的“以 tiè 读者”的“tiè”就是这个“餮”字。这里又出现了错误，因为实际上不是“以 tiè 读者”，而是“以飨读者”。“餮”与“飨”是两个不同的字。“飨”字在高中教材中也出现过，《鸿门宴》一文有“旦日飨士卒，为击破沛公军”一句，显然也不是生字。

一位比较成熟的高中语文教师为何出现这样的问题？这是我听课后反复思索的。我觉得语文基础知识有漏洞是一方面，忽视细节是更重要的一方面。平时读书、读报不细心，观察不仔细。报上经常有“以飨读者”，却没有“以餮读者”，而这位老师却将这两个字混淆多年，说明够粗心的，也说明课前准备不细心。如果这位老师在准备这节课时对要涉及的这两个字有些疑惑的话，她也会查查字典把这疑惑解除，从而排除头脑中的错误记忆，输入正确的信息。她没这样做，说明她很自信。

把每一件简单的事做好就是不简单，把每一件平凡的事做好就是不平凡。

我们指导学生写作与阅读，也有个细节问题。有的老师总习惯粗放经营，不善于深耕细作，这对提高学生成绩是有负面影响的。

4. 丰富的情感。文章是感情的载体，解读文本是需要感情的。每天和各种阅读材料打交道的语文教师没有丰富的情感，语文课也可能就少了许多应有的色彩。有人总结出教学的三重佳境：第一重是人在课中，课在人中；第二重是人如其课，课如其人；第三重是人即是课，课即是人。一个内心没有涟漪，感情没有变化的教师，课能上到什么境界呢？我觉得，缺少感情的语文课，学生积极性会不高，兴趣会不浓，精神会不饱满，劲头会不足，听着不过瘾，看着不解渴，语文学习的目标将落不到实处，教学效果将会大打折扣。

有人说：一个合格的语文教师不但会注重训练学生熟练掌握运用母语的能力，还应该是一个理解文学之美的人，他能够引导学生在文学的诗性世界里徜徉，他能指导学生充分领略母语所创造的文学世界是多么美妙。如果语文教育不能给学生以美的享受，不能引导学生进入文学艺术的世界，无论如何都是不完满的。完成这两方面的任务，没有丰富的情感怎么行呢？

丰富的感情可以传递人性，可以散发热情，可以表达活力，可以体现生动，可以产生巨大的感染人的力量。

在语文课上，丰富的感情可以从以下三方面表现出来：

一是语言表达上宜抑扬顿挫。“言为心声”，有声语言的传播是课堂教学的主要形式，而语言也是最利于表达情感的媒介。一些语文课缺少激情，主要是由于教师语言平淡给人形成的印象。课上总是一个腔调，一个语速，没有节奏，没有重音，没有起伏，学生听着很容易倦怠慵懒。这类老师应该从基本功练起，从朗诵入手，提高口头语言表达的感染力，做到有声有色地进行教学。

二是课堂结构上宜张弛有度。“文似看山不喜平”，上课也是如此。平铺直叙的课难以给人留下深刻印象，要善于运用设问、悬念、铺垫等手法，使课堂呈现出起伏、急缓、张弛等变化，在设计教学时要预留出教学高潮出现的时机，引导学生达到思维力度的高峰。课堂上高潮迭起，气氛热烈，学生参与教学的积极性就会增加，课堂就会是一汪活水，而不是一潭死水。课堂结构上的高潮既是教师有意制造的，也是课堂流程发展趋势的必然结果。没有高潮的语文课，不是成功的语文课。

三是教学方法上宜灵活多样。教学有法，教无定法。中学语文课虽无定法，但却需要讲究教学方法。选择恰当的教学方法是教师备课的重要方面。结合学习的文本和学生的实际，每节课要有针对性地选用教学方法，而且应注意采用灵活多变的教学方法，使课堂面目不断推陈出新，使学生在教师富有创造性的教学过程中感受创新带来的学习乐趣。语文界前辈吕叔湘先生曾经说过："真正掌握一种教学法的教师，他是会随机应变的，他的教室里是生气勃勃的。……如果说一种教学法是一把钥匙，那么，在各种教学法之上还有一把总钥匙，它的名字叫作'活'。"我们在采用任何形式的教学法时，都不可忘了这个"活"字。

上面所说主要是我理解的"外功"和"内功"，实际并没有解决"修"的问题。修，即是修炼之意。怎么修炼呢？当然不是盘腿打坐，唱经念佛，烧香礼拜，暮鼓晨钟。

所以最后一个大问题我想谈谈实现专业发展的策略，即解决"怎么办"的问题。

怎样"练"上边提到的内功和外功呢？我觉得有以下四点：

1. 勤于学习。终身学习是时代对每个社会成员的要求。时代赋予教师全新的角色。外国有学者研究认为，教师的全新角色包括：组织者角色、交流者角色、激发者角色、管理者角色、职业角色、咨询者角色、伦理者角色、政治角色等。我国学者归纳出新课程中的教师有八大角色：知识的传授者、学习者、学习的引导者、课程的研制者、教学的组织者、团队的领导者、教育的研究者和文化的创造者。教师要成功担任这些角色必须有终身学习的思想，从某种意义上说：教师是一种需要一直学习的职业。

我们在大学已经学过了很多，还需要学什么呢？

首先还是专业知识，不要以大学毕业为满足，不要以从业多年为资本，不要以同一本书教过多年而掉以轻心。前面所举的语文老师在语文课上读错字的现象就可以有力地说明继续学习的必要。在专业知识方面有些东西是要烂熟于心的。这些东西是：《课程标准》制定的各项教学目标，必修课的五本教材即五个模块，选修课的五个专题，高考考试说明规定的考试内容，近年高考试题的结构、长度以及各题的位置、题型等。

其次要学习一些跨学科的知识。很早以前就有人提出"语文老师要成为杂家”，就是要通晓多方面的知识和领域，不能孤陋寡闻。这话很有道理。因为语文教材呈现的方式不像数理化教材那样系统、前后联系紧密，甚至和政治、历史、地理也不相同。语文的教材是文选式的，是由一篇篇文章组成的。文章涉及人类认知领域的方方面面，所以语文教师就需要广涉博猎，广纳博采，构建自己的立体的知识框架。

还有，要学习一点时尚的东西，学习前沿的理论和经验。课程改革后出台的教材与课程改革前比较有不少变化，但是我个人觉得，教材的经典性有余，时尚性不足；传统文化积淀下的精华有余，反映现代生活的优秀时文不足。所以语文教师学习一些与时代息息相关的东西可以弥补教材的缺陷。好多国家都把热销的《哈利波特》搬进了教材，在我们国家不大可能，起码现阶段不能。这是由于我们国家的价值观与别国不同的缘故。但是我们作为语文教师应该读读这类在世界有影响的作品以丰富自己的认知，再比如韩寒、郭敬明写的东西，是不是都是垃圾呢？为什么那么畅销？这些文化现象值得思考。

学习，可以让自己不断充实——这是语文教师专业发展的前提。

2. 善于思考。“学而不思则罔，思而不学则殆。”学习和思考是紧密相连的。语文属于文科，学文科不是不需要智力，也不是只有智力差的人才学文科。语文的好坏，不但可以反映一个人的情商，也同样可以看出一个人的智商。智力作用于语文，我想主要反映在认识问题的深浅上。在阅读方面，人的认识的高低决定对文本的把握和认识的程度。在写作上，写作能力实际就是人的认识能力的反映。所以我认为不善于思考同样也教不好语文。有一篇文章，题目是《美丽的谎言》。一位小学教师教这篇文章时，问：“老师的话为什么那么狠，那么伤家长的自尊？”这个问题将老师和家长对立起来，用家长对孩子的爱来对比老师对学生的狠。我坐在课堂上听老师解读文本，心里很不舒服，觉得老师为了突出家长的母爱的伟大，不惜把老师当作反面形象。下课后我和她交换意见。我说：“你也是一位老师，我认为文章中那位老师没有做错什么。她是一位敢于负责的老师。她的话之所以与家长的话不同，是因为二者说话的对象不同。老师是对家长说话，又是在家长会后，时间紧，等候交换意见的家长多，那么直截了当地介绍孩子的情况，是可以理解的。而母亲说话，对象是儿子，为了鼓励儿子，不得不撒谎。在学习这篇文章时可以引导学生讨论一下，老师、家长说话方式为什么不同。不要向相反方向引导学生。”还有一位高中老师，拿给我几篇学生习作，题目是“予人玫瑰，手留余香”。那几篇文章几乎都用具体事例说明做了好事之后得到了极好的回报，以此印证“手留余香”。老师觉得这几篇文章写得都很好。我当时指出学生认识上的偏颇：即陷入了“因果报应”的泥沼。我说，关键在于对“余香”的理解。“余香”一定是物质的回报、困境的帮助、相等的回馈吗？不是。我们做任何好事或者帮助别人，其目的不是等待那个回馈，而是自我心灵的一种满足。这种满足带来的精神的愉悦就是那种“余香”。当我们有了付出而不求回报时，我们才是快乐和轻松的。否则我们将会陷入患得患失的困境，反而痛苦。我想用这两个例子说明思考的重要，说明认识能力的重要。

思考，可以让自己更聪慧——这是语文教师专业发展的关键。

3. 勇于实践。要积极开展应对新形势的教学改革，创建真正意义上的“校本课堂”和“高效课堂”。教学改革是永恒的课题，只是不同时期有不同的改革内容。在推行课程改革的今天，如何从根本上改变课堂教学，真正把“自主、探究、合作”的学习方式引进课堂，怎样在教学中落实“积累与整合”“感受与鉴赏”“思考与领悟”“应用与拓展”“发现与创新”的课程目标应该是教学改革的重点。比如我们高中教学的阶段目标是应对高三毕业时的全国高考。怎样提高学生的写作能力和阅读能力就应该成为教学改革的主要内容。

比如作文教学，为了快速提高全体学生的写作能力，我认为有必要实现“三变”。

一是变重事后讲评为重写前指导。很多高中老师在学生写作前只是简单地分析一下题意，提一些写作要求就让学生动笔了，而在写后讲评时大讲特讲学生出现的问题。事实证明这样的效果并不好。学生最需要帮助的时候是在动笔之前，那时处于“愤悱”状态。什么是“愤悱”状态？《论语·述而》有言："不愤不启，不悱不发。"朱熹集注："愤者，心求通而未得之意；悱者，口欲言而未能之貌。"想说说不出来，想写写不清楚。可这时老师往往不做进一步引导，让学生在最困惑、最需要时做自我挣扎。好不容易写完了，学生自觉度过了一个难关，对老师后来的讲评就不怎么感兴趣了。所以要在写前下功夫。今年的高考作文是一道材料作文题。材料作文需要考生先阅读所给材料，从材料中提炼出话题或观点，再围绕这个话题或观点拟题，然后写成作文。材料作文不仅需要写作能力，还需要阅读能力、分析领悟能力、归纳提炼能力。在平时写作训练中老师应该花用一定的时间讲解写材料作文的程序和方法。

二是变个人独立完成作文为合作完成作文。作文确实是一项需要个体精神活动的劳动，但是我们可以充分利用课堂，这种集体教学形式，改变上述情形。在明确写作任务后，不急于让学生动笔，要组织全班同学讨论，让尽可能多的同学发言谈自己怎样构思这篇文章，准备使用哪些材料。特别要调动那些平时写作水平较高的同学在这个环节发挥带头作用，积极而认真地发言。这样那些写作水平相对低一点儿的同学就可以从中受到启发，打开思路，写起来会顺利些，写出的文章质量也就会比自己一个人冥思苦想的高一些。那些写作水平高的同学也可以在听别人发言时获得新的灵感或启迪，最终达到互利双赢的效果，从根本上提高课堂教学效率。教师在这一环节不要充当观众和听众，可以以一个成员的身份参加讨论，说出自己对这个题目的构思和选材情况，真正发挥教师的"主导"作用，在学生最困惑时给予点拨和启发。这个环节越充分，学生写起来才会越顺利。这样上课久了，全班的写作水平定会有大幅度提高。

三是变看见题目就写为先想后说再写。作文课不要上来就让学生写，要让学生先想后说最后再写。这是一种非常有效的训练写作的方法。而且这种方法符合《课程标准》提倡的"自主、探究、合作"的学习方式。我理解，兴趣造就"自主"，思考产生"探究"，而交流体现"合作"。所以，利用课堂教学的优势，搭建学生互相交流的平台，激发长久的兴趣，引导学生深入地思考，可以实现这种崭新的学习方式，也必将收到事半功倍的效果。

实践，可以让自己持续增长才干——这是语文教师专业发展的途径。

4. 惯于表达。语文教师应该成为写家。像学生学习写作需要很多积累一样，教师也要养成积累的习惯。平时记教学日记或个人成长笔记，上课后做教学随笔，研讨会多发言，论文比赛常参加，这对于提高自己的专业水平十分有益。有精力和兴趣的常写点文艺作品，拿出去发表，既对自己是一种鼓励，也是对自己学生的一种引导。同时，对于丰富自己的写作经验，更有针对性地指导学生写作大有裨益。不少人在这方面也做出了榜样，值得我们学习。

表达，可以让自己及时收获成果——这是语文教师专业发展的动力。

我的发言就“教师专业发展”问题，从“为什么”“是什么”“怎么办”三个角度谈了自己的个人见解，不揣浅陋，班门弄斧，贻笑大方之家，仅供在座的各位参考。

愿我们共同努力，走在专业发展的前列，迎接教育形势的新挑战，为教育事业的发展做出贡献。

谢谢大家。

2011 年 8 月

因文制宜，灵活运用课堂教学方法

（国培计划“网络研修与校本研修整合项目”线下讲座）

俗话说：“外来的和尚好念经。”很遗憾，我不是“和尚”，也不是来“念经”的。我是来自一百二十公里外的秦皇岛的本土专家、资深语文教研员，我是来和青龙县的同行们一起探讨语文教学的，也是借此机会来看望我青龙县的老朋友的，是来串门走亲戚的，当然也是来工作的。

感谢我的上级、省教科所的领导给我提供了这样一次机会。

我在这里的发言是在完成一篇命题作文，据给我布置任务的专家说，咱们县教研室提出要讲一讲文体教学的问题。我接到任务后抓紧时间思考、学习、起草，准备了这个材料。

问题是从教学一线的教学实践中产生的，具有一定的针对性，指向明确；我希望自己回答得好，能给大家的教学工作以一点启发，引起大家对文体教学的思考和重视。

我讲的题目是：因文制宜，灵活运用课堂教学方法。

我所讲的因文制宜是指，语文教学中的阅读教学要根据文章特点，组织有针对性的教学活动，构建生动活泼、有创意的课堂教学模式，避免千篇一律、千课一面，以增进学生学习语文的兴趣，调动学生自主学习的积极性、主动性，从而培养学生的创新意识，开发学生的创新能力，大幅度、大面积提高语文学习的效率，提升语文成绩。因文制宜，就是按文章体裁进行有效教学。

一、为什么强调采用灵活的教学方法？

为什么要“因文制宜”？因为文章从内容到形式是多种多样的；为什么强调灵活选用教学方法？因为教学方法很多。文体教学不是空穴来风，是有根据，有理由的。

1. 教材中文章的内容包罗万象。中学语文教材从全国来看，有人民教育出版社版、河北大学出版社版、江苏教育出版社版、语文出版社版等，都是以出版社名字称呼，就是通常说的人教版、冀教版、苏教版、语文版。这些都是由教育部全国中小学教材审定委员会于2002年初审通过的（当年上报了七年级上下两册），可以上学生用书目录，可以进课堂的合法教材。我从2001年开始参加冀教版初中语文教材的编写工作，至今已经十四年，对编写教材有实践、有体会，对教材本身有认识、有理解。2013年教育部基础教育二司又通知教材编写单位和出版社对现有教材进行修订，再次送审。冀教版教材经过细心认真的修订，七至八年级教材又通过审查，今年年底上报九年级的两册。

任何一套教材在编写时都要遵循《课程标准》提出的指导意见。2001

年颁布实验稿《课程标准》后，经过十年的实验，2011 年进行了修订。修订后的《课程标准》，在“教材编写建议”中提出了十条建议，其中 2、3、4 条都是从内容方面提出的，指出：“教材应体现时代特点和现代意识，关注现实，关注人类，关注自然，理解和尊重多样文化，有助于学生树立正确的世界观、人生观、价值观。”“教材要注重继承与弘扬中华民族优秀文化和革命传统，有助于增强学生的民族自尊心和爱国主义感情。”“教材应符合学生的身心发展特点，适应学生的认知水平，密切联系学生的经验世界和想象世界，有助于激发学生的学习兴趣和创新精神。”这些要求是多维多元全方位的，是丰富饱满的。

根据上述要求编出的教材在内容方面也是丰富多彩的。现分析一下人教版教材在内容上呈现的多种角度和侧面。全套教材三十六个单元，以七年级上册为例，如果按内容给每个单元拟一个小标题，可以这样总结：第一单元，生命与人生；第二单元，理想与信念；第三单元，四季美景；第四单元，大自然的秘密；第五单元，亲情和友情；第六单元，童话与寓言。说实在的第六单元不好归纳，还得落在形式上，而不是按内容归纳了。其他册的内容还有童年生活、少年时代、正义战争、伟人生平、风土习俗、英雄足迹、动物奇观、革命年代、关爱他人、建筑之美、科学前沿、奋斗人生、情感律动、讴歌自然、保护生态、民生大计等等。这么多内容包含在六册教材中，不能说不庞杂、不丰富、不全面。凡人类所拥有的健康、积极的情感在教材里都有体现，生活中可能出现的、遇到的各类问题在教材中也多有涉及。可以说，语文课本包罗古今中外，地域涉及广，时间跨度大，这么丰富的内容决定了不能采用相同的教学方法。

2. 教材中文章的形式多种多样。在基础教育中，语文学科区别于其他学科的主要特点是文选式教材，以课文为主要呈现方式。就表现形式说各种各样的文章类型在教材中大都存在。《课程标准》要求：“教材选文要文质兼美，具有典范性，富有文化内涵和时代气息，题材、体裁、风格丰富多样，各种类别配置适当，难易适度，适合学生学习。”编者在编选课文时，要考虑文章形式的多样与广泛，不可能拘于一种形式，一种体裁。那么在教学时就应该体现文体与文体的差异，反映出各种文体的特点。比如，我参加编写冀教版初中语文教材十四年，深有体会。这套教材的编者有省级教研员，有市级教研员，也有县区级教研员，还有一线教师。这么多来自不同地区、不同单位的语文教育从业者聚到一起共同编一套教材，就是为了避免孤陋寡闻、单线跑偏。而在选文时编者翻阅了浩繁的文字资料，包括名家专著、材料汇编、文学专辑等等，从中选出符合《课程标准》和学生认知水准又有较高审美价值和正能量的文章编到教材里。

我统计了一下人教版初中语文教材，六册书中共有课文一百六十九课，其中文言文四十五课，现代文（包括明清小说）一百二十四课。在一百二十四课现代文中，记叙文，包括小说、散文、新闻和四课明清长篇小说节选（《智取生辰纲》《杨修之死》《范进中举》《香菱学诗》因为是白话文，也统计在了这个类别），共六十九课，占现代文的55.64%；议论文六课，占现代文的4.83%；说明文十六课，占现代文的12.9%；诗歌十九课，占现代文的15.32%；剧本节选四课，占现代文的3.22%；寓言、童话、神话、传说、科幻六课（把《小圣施威降大圣》归为这个类别，因为人教版把《西游记》中的这段节选与《皇帝的新装》《女娲造人》《盲孩子和他的影子》《寓言四则》放在了一个单元），占现代文的4.83%；应用文（书信）三课，占现代文的2.41%；演讲稿一课，占现代文的1.61%。这是基本的划分，事实上，这种划分既可以合并，也可以再做进一步的分解。比如，如果就是按照表达方式划分，寓言、童话等想象文章也可以归入记叙文范畴，而记叙文也可以细化为散文、小说、新闻报道、人物传记、回忆录、游记等等。高中情况又不一样，高中《课程标准》把所有的文体分为三类：论述类、实用类、文学类。议论文、说明文属于论述类，书信等应用文、新闻等属于实用类，小说、散文、诗歌、戏剧属于文学类，高中不再特别强调初中的记叙文、议论文、说明文、应用文四种文体。这种划分不是十分严格的，也不是唯一的。语文教材中文章的形式如此之多，教学的方法就有必要灵活多样，不断推陈出新。

3.《课程标准》的要求分门别类。《课程标准》对语文教学的各项要求是按体裁类型分别提出的。依据《课程标准》推出的中考考试说明也按体裁类别分别提出要求。《课程标准》在第四学段的“学段目标与内容”中，明确提出了五种表达方式和四种文学样式：“在阅读中了解叙述、描写、说明、议论、抒情等表达方式。”“能够区分写实作品与虚构作品，了解诗歌、散文、小说、戏剧等文学样式。”这里出现的九个概念，是我们给课文分类、贴标签的依据，也是选择教学方法、探索新的教学模式的依据。不同的分类标准只有一个分类结果，但如果把这两个分类标准混在一起，那就出现了交叉。比如说鲁迅的《孔乙己》，从表达方式划分，属于记叙文，但同时它又是一篇文学作品，是小说。当然，因为语文不是文学，它是语言和文章的总和，在语文这个范畴，交叉是允许的。因为有这么多的分类，那么在课堂教学中也应呈现出百花齐放的灿烂景象、万马奔腾的生动局面。

4. 学生的个性千差万别。学生是教育的受体，是教育的对象。在研究使用何种教学模式、教学方法时，不能脱离学生的实际。每一位学生都是活生生的生命个体，每个个体都有着区别于旁人的特点。教师的工作不是抹杀学生的个性差异，批量生产同一规格的“产品”，而是要尊重学生的个性差异，通过语文学科的教学，通过优秀文化的熏陶感染，促进学生和谐发展，提高思想道德修养和审美情趣，使学生逐步形成良好的个性和健全的人格。《课程标准》在要求中一再强调学生“自己”，如“对课文的内容和表达有自己的心得，能提出自己的看法，”“欣赏文学作品，有自己的情感体验，并能够说出来。”“学会制定自己的阅读计划，广泛阅读各种类型的读物，”等等。这样的培养目标需要富有变化的方法有针对性地进行。

5. 学生的文体概念模糊淡薄。一切教学行为动作都是以对学生产生正面影响为终极目的，我们谈论文体教学也是从学生出发，再落实到学生。今天在这里强调文体教学也必须正视学生学习语文的现状。从应试角度检视学生目前学习语文的情态，学科成绩是比较好的，学生能力的提高也是明显的。但不可否认，问题还存在，反映在写作中的一个突出问题就是有不少学生文体意识不鲜明，写作时多不能正确选用恰当的表达方式，使写出的作文文体特点不鲜明，被称为“四不像”作文，因而影响考试成绩。这个问题的存在，也从一个侧面说明平时教学缺少文体理念，不能因文而异。有时是追风赶潮，大轰大嗡。推行启发式教学，就由满堂灌变成了满堂问，课堂回答问题此起彼伏；提倡多媒体教学就幻灯片闪闪，板书不见；主张自主学习，就堂堂讨论，教师退居二线。推行、提倡、主张的东西没有错，错在没有掌握好“度”。“差之毫厘，谬以千里”。学生出现的问题要从教学上找原因，就需要加强我们薄弱的地方。重视文体教学，突出文体特征就成了我县语文教学目前亟需解决的问题。

二、文章的体裁特征有哪些表现？

每一种文体都有区别于其他文体的特征。虽然文章类型很多，但初中语文教学还多以表达方式来界定各种体裁，于是有了记叙文、议论文、说明文三种语体文之说。这三种文体的特征在文章中是如何呈现出来的呢？比如男人和女人，一打眼就可以判断出来，因为人的性别的外在特征明显；再比如草和树，也是一看就知道哪是草，哪是树，因为特征鲜明。不同文体的文章的特征也是比较鲜明的，当然个别也有例外，比如以前教材中有一篇课文叫《第二次考试》，说的是一位有音乐天赋的女生因为参加台风救助工作，而影响了考试成绩的事，赞扬的是为别人而牺牲个人利益的精神，故事情节完整，人物形象鲜明。当时争论的焦点是这篇文章是一般记叙文或散文，还是一个短篇小说。为什么会出现这种混淆？我觉得是因为这两种文体本身在概念的内涵上有交叉，才使读者不好判断。我个人觉得，文章的文体特征有显性呈现和隐性呈现两方面。先说显性表现。

1. 文章题目。阅读和写作，前者是吸纳，后者是输出，是人认识客观世界、表情达意的相辅相成的两个方面。在写作教学中，我们教给学生判断应试作文体裁的一个方法就是看所给的题目，那么阅读可以反过来用，就是根据文章的题目推断出文章的体裁。像《我的老师》《再塑生命的人》《我的早年生活》这样的题目显示出文章或记人或写事，那就是记叙文，而《春》《济南的冬天》《在山那边》这些题目显示出散文的迹象，也属记叙文。而《中国石拱桥》《苏州园林》《故宫博物院》《大自然的语言》《旅鼠之谜》《大雁归来》等直接用建筑物名称或动植物名称做题目的，一般就是说明文。议论文的题目也较易判断，像《敬业与乐业》《事物的正确答案不止一个》《应有格物致知精神》《谈读书》《中国人失掉自信力了吗》这样的题目很容易看出是议论文题目。当然现行教材中，文章所处的单元有时也显示出文章的体裁。

2. 表达方式。任何事情都有例外，有些文章在不了解内容的前提下从题目上看不出体裁，比如张之路的《羚羊木雕》、马南邨的《不求甚解》、谈家桢的《奇妙的克隆》，如果没接触过原文，仅仅看题目，可能以为第一篇是说明文，第二篇是寓言故事，第三篇是科幻故事。但是打开原文阅读，可以发现第一篇的表达方式主要是叙述，第二篇的表达方式主要是议论，第三篇的表达方式主要是说明，由此可以确定这三者的体裁。

3. 作者身份。有的文章如果没有读过，仅凭题目看不出体裁，像宗璞的《紫藤萝瀑布》、贾平凹的《风雨》、何其芳的《秋天》等。但是如果了解作家宗璞、贾平凹是文学家，就不会把前两篇文章当成说明文，如果了解何其芳是诗人，也不会以为他写的《秋天》会是一篇散文。

上面是表明文体属性的显性特征，下面我们再说说隐性的特征。

1. 语言特色。简明、连贯、得体是对语言的一般要求，而编入教材的文章的语言一般都具有较强的示范性和较高的欣赏价值。

记叙文，特别是其中的散文的语言更生动，形象更突出，长于描写和抒情，语言优美、典雅，富有表现力，耐人寻味。下面咱们一起欣赏莫怀戚《散步》的语言：

> 这南方初春的田野，大块小块的新绿随意地铺着，有的浓，有的淡；树上的嫩芽也密了；田里的冬水也咕咕地起着水泡。这一切都使人想着一样东西——生命。
>
> 我和母亲走在前面，我的妻子和儿子走在后面。小家伙突然叫起来："前面也是妈妈和儿子，后面也是妈妈和儿子。"我们都笑了。
>
> 后来发生了分歧：母亲要走大路，大路平顺；我的儿子要走小

路，小路有意思。不过，一切都取决于我。我的母亲老了，她早已习惯听从她强壮的儿子；我的儿子还小，他还习惯听从他高大的父亲；妻子呢，在外面，她总是听我的。一霎时我感到了责任的重大。我想一个两全的办法，找不出；我想拆散一家人，分成两路，各得其所，终不愿意。我决定委屈儿子，因为我伴同他的时日还长。我说："走大路。"但是母亲摸摸孙儿的小脑瓜，变了主意："还是走小路吧。"她的眼随小路望去：那里有金色的菜花，两行整齐的桑树，尽头一口水波粼粼的鱼塘。"我走不过去的地方，你就背着我。"母亲对我说。

《散步》是一篇感情饱满，语言隽永，内涵丰富的精美散文，也是一曲真善美的颂歌。作者在这几段为读者描绘了一幅春日暖阳下一家人散步的和谐画面，通过两处对初春景物的描写，突出了春天的生机与活力，并隐含着对"生命"的讴歌。特别是后一段景物描写，可谓苦心孤诣，看景的人变成了母亲，其实是让母亲去直接感悟春天的召唤、生命的召唤，让母亲充满对生活的乐观、对生命的自信。也表现了作者对母亲健康长寿的祈愿，愿母亲的身体注入春天强大的生命力。写景也同样表现了"我"的孝心。写我和母亲走在前面，妻子和儿子走在后面，也是匠心独在，这样的走可以使"老者安之"，尽享天伦之乐。儿子的一番话，让一家人平添了几许的快乐气氛，也让母亲在散步中享受到了亲情的温暖。在走大路还是走小路上产生了分歧，这是文章的高潮，在这一问题的解决中折射出了敬老爱幼的中华民族的传统美德，折射出了中年一代的人性美，也严肃地明确了中年一代要背负承上启下的家庭的乃至整个社会的神圣职责。文章最后，在小路不好走的地方，"我"和妻子分别背起了母亲和儿子，实际上是背起了生活的重担，架起了两代人的桥梁，含蓄地折射了"我"这一代人赡养老人，抚育子女的重大使命。多处使用对称句，两两对举，句式规整，富有对称美感，句子信息量增加，语言更有韵味。语言的魅力在这篇记叙文中散发得很浓郁，很清醇，很芬芳。

下面再欣赏三段余秋雨《信客》中的语言：

闯荡都市的某个谋生者突然得了一场急病死了，这样的事在那样的年月经常发生。信客在都市同乡那里听到这个消息，就会匆匆赶去，代表家属乡亲料理后事、收拾遗物。回到乡间，他就夹上一把黑伞，伞柄朝前，朝死者家里走去。乡间报死讯的人都以倒夹黑伞为标记，乡人一看就知道，又有一个人客死他乡。来到死者家里，信客满脸戚容，用一路上想了很久的委婉语气把噩耗通报。可怜的家属会号啕大哭，会猝然昏厥，他都不能离开，帮着安慰张罗。更会有一些农妇听了死讯一时性起，咬牙切齿地憎恨城市，憎恨外出，连带也憎恨信客，把他当作了死神冤鬼，大声呵斥，他也只能低眉顺眼、听之忍之，连声诺诺。

下午，他又要把死者遗物送去，这件事情更有危难。农村妇女会把这堆简陋的遗物当作丈夫生命的代价，几乎没有一个相信只有这点点。红红的眼圈里射出疑惑的利剑，信客浑身不自在，真像做错了什么事一般。他只好柔声地汇报在上海处置后事的情况，农村妇女完全不知道上海社会，提出的诘问每每使他无从回答。

直到他流了几身汗，赔了许多罪，才满脸晦气地走出死者的家。他能不干这档子事吗？不能。说什么我也是同乡，能不尽一点乡情乡谊？老信客说过，这乡间不能没有信客。做信客的，就得挑着一副生死祸福的重担，来回奔忙。四乡的外出谋生者，都把自己的血汗和眼泪，堆在他的肩上。

透过余秋雨质朴深沉的语言，我们感受到一股力量，不由得深深地沉入历史，在灵魂的挣扎中体味出那独特而厚重的美感。《信客》正是这样。

《信客》一文写的是关于两代信客的故事，关于信任与不信任的警醒。语言质朴而不失典雅，精辟而又畅达。

信客有时还要充当代理人。某个外出谋生者死去，信客要代表家属料理后事，收拾遗物。回到家乡，要通报噩耗，吊唁死者家属，交出遗物。

上段的几句话把信客的辛劳、尽职写得生动传神。而信客遭受的无端怀疑、憎恨和诬陷在读者心里掀起波澜，不由产生对信客的同情、钦敬，对愚昧、多疑家属的嗔怨、责怪。信客身心俱疲，来往于城市和乡村之间，充当着那个“最敏感的神经末梢”。这样费力不讨好的事，放在现代，会有人愿意做吗？而我们对信客这种职业的了解，我们激起的澎湃心潮都是通过《信客》的语言获得的。

议论文是表达作者观点的，要有主张，有见解，所以语言要简洁、严谨、明朗，不能含糊其辞，模棱两可。下面我们从科学家丁肇中先生所写的《应有格物致知精神》一文节选一段，品味一下议论文的语言，体会其特点。

> 我觉得真正的格物致知精神，不但研究学术中不可缺少，而且对应付今天的世界环境也是不可少的。我们需要培养实验的精神，就是说，不论是研究自然科学，研究人文科学，还是在个人行动上，我们都要保留一个怀疑求真的态度，要靠实践来发现事物的真相。现在世界和社会的环境变化很快，世界上不同文化的交流也越来越密切。我们不能盲目地接受过去认定的真理，也不能等待“学术权威”的指示。我们要自己有判断力。在环境激变的今天，我们应该重新体会几千年前经书里说的格物致知的真正意义。这意义有两个方面：第一，寻求真理的唯一途径是对事物客观的探索；第二，探索应该有想象力、有计划，不能消极地袖手旁观。希望我们这一代对于格物和致知有新的认识和思考，使得实验精神真正地变成中国文化的一部分。

这是文章的最后一段，是对全文的总结，是在提出问题、分析问题之后的解决问题。在这段里，作者运用关联词“不但”“而且”，逐渐深入地说明格物致知精神需要领域的广泛，又结合当下世界和社会环境的特点明确阐明格物致知的两点真正意义，最后提出希望。语言中肯、明确，表明了鲜明的态度，不容置疑。段首使用的“我觉得”词语，使立论更加严密，无懈可击。

说明文是说明事物、事理或过程的文章。语言要求准确、简明。下面我们节选黄传惕《故宫博物院》中介绍太和殿的两段文字，进一步体会说明文语言的特点。

> 太和殿俗称金銮殿，高 28 米，面积 2380 多平方米，是故宫最大的殿堂。在湛蓝的天空下，那金黄色的琉璃瓦重檐屋顶，显得格外辉煌。殿檐斗拱，额枋，梁柱，装饰着青蓝点金和贴金彩画。正面是 12 根红色大圆柱，金琐窗，朱漆门，同台基相互衬映，色彩鲜明，雄伟壮丽。
>
> 大殿正中是一个约两米高的朱漆方台，上面安放着金漆雕龙宝座，背后是雕龙屏。方台两旁有 6 根高大的蟠龙金柱，每根大柱上盘绕着矫健的金龙。仰望殿顶，中央藻井有一条巨大的雕金蟠龙。从龙口里垂下一颗银白色大圆珠，周围环绕着 6 颗小珠，龙头、宝珠正对着下面的宝座。梁枋间彩画绚丽，有双龙戏珠，单龙翔舞，有行龙、升龙、降龙，多态多姿，龙身周围还衬托着流云火焰。

这两段文字，简练准确，把太和殿的整体气势、内部装饰介绍得清楚明白。即使没有去过故宫的人，认真读了这篇文章，也可以画出方位图，也可以凭借文章的介绍在故宫找到相对应的实物。

以上我们通过具体实例品读了三种文体的语言风格。

2. 写作顺序。由于写作目的不同形成了不同的文体，不同的文体在写作的顺序上也是有区别的。记叙文有的根据事情的发展，按时间推移的顺序来写，这是时间顺序。有的跟随人物的足迹，按照空间转换的顺序写，这是空间顺序。虽然记叙的顺序中还有倒叙和插叙两种，但总体来说还是按照时间先后顺序写的。如果是专门写人的记叙文，有按照人物的性格特点一方面一方面写的，这是逻辑顺序。前面所举《散步》和《信客》两文都是按照时间顺序写的。议论文一般先提出论点，再进行论证，最后得出结论。也就是按照提出问题—分析问题—解决问题的顺序组织文章，也叫作引论—本论—结论的顺序。前面举的《应有格物致知精神》一文虽然也是遵循了提出问题，再分析问题，最后解决问题的顺序，但是全文的论点是在最后一段明确的。说明文根据说明对象的特征，可以采用时间顺序、空间顺序说明，也可按照物体的外观、构造、功能、性质等逻辑顺序说明。逻辑顺序又有由分到合、由合到分再合（总—分—总）、由主到次、由表及里、由实到虚、由远及近、由浅到深等形式。《故宫博物院》是按照从南向北（从前到后）的空间顺序说明的，全文呈现总—分—总的结构形式。

3. 写作手法。不同的文体使用的写作手法也各不相同。记叙文多采用首尾呼应、渲染铺陈、衬托对比、以小见大等方法。《散步》运用景物描写烘托人物性格，通过平常小事赞扬孝老爱幼的传统美德。《信客》用典型事例表现人物的性格和命运。议论文的方法体现在用论据说明论点的论证过程，主要有摆事实、讲道理的方法，也就是事实论证、道理论证。另外还有对比论证、比喻论证、因果论证、引用论证等方法。《应有格物致知精神》一文采用了举例论证、道理论证和对比论证的方法。说明文的说明方法有很多，初中要求掌握的有下定义、作诠释、作比较、打比方、分类别、举例子、列数字、列图表、摹状貌、引资料等。《故宫博物院》一文采用了列数字、分类别的说明方法。

之所以有各种文体就是因为它们有不同的特征，教学中，除必须掌握文章的中心意思、主要内容（记叙文的人、事、景，议论文的道理，说明文的事物、事理）、写法特点外，还要引领学生认识并真正领会各种文体的总体特征，并能自觉运用到自己的作文中。这样，阅读教学目标才算是真正实现了。

三、怎样根据文体特点灵活选用课堂教学形式和方法？

既要体现内容差异，又要突出文体特征，这是我们确定教学方式方法的前提。那么到底怎样体现各种文体的不同呢？这里没有一定之规，只需灵活掌握。下面说说自己的看法。

记叙文是初中教材中数量最多的文体，教好记叙文就教好了大半课文。

记叙文按照六个要素来教是突出文体特征的好方法。例如，朱自清的《背影》，时间是那年冬天，地点是南京火车站，人物是“我”和父亲。事情的起因是家境衰落，父亲借到南京谋事的机会到火车站送我去北京念书。事情的经过是与脚夫讨价还价，帮我安置行李、座位，嘱我小心，父亲过月台买橘子。父亲肥胖的身体爬上月台的背影使“我”感动流泪。事情的结果是父亲肥胖的、青布棉袍黑布马褂的背影让我记忆至今。教学重点要放在研讨“事情的经过”上，找出描写父亲动作的词语，体会描写背影的句子为什么会有感人的效果等。经过几篇文章的训练，学生对记叙文的理解和认识会明确而深刻，也会提高自己写记叙文的能力。

记叙文包括的种类很多，不能一概而论。比如有的抒情散文或事理散文不好按照六要素解读，那怎么办呢？我觉得可以用“形散神聚”来引导学生学习散文。比如学习朱自清《春》一课，文章既没有时间顺序，也没有空间顺序，写风、写雨、写花、写草又写人。这么多材料涌入一篇文章，可读者并不觉得散漫凌乱，为什么？因为所有材料围绕一个“神”——精神、灵魂、主旨、中心——那就是赞美充满生机和活力的春天。而材料的组织是辐射式的，以春为中心，四散展开，合理有序。

归入记叙文中的小说以刻画人物为中心，通过完整的故事情节和具体的环境描写来反映社会生活。因此小说的教学可以以小说三要素为依托展开：体会环境描写的作用、搞清情节脉络、把握人物的性格。情节按照开端、发展、高潮、结局梳理。

议论文从三要素入手学习课文有利于体现文体特征。先明确论点，再整理论据，看看作者用什么证明论点的，然后探究论证方法，最后看作者如何进行归纳总结。鲁迅的《中国人失掉自信力了吗》是一篇驳论文，写得很有气势，很有说服力。先明确文章是议论文中的驳论，这个不用讨论，直接告诉学生就可以了。然后找出错误的论调。再看作者针对这个错误论调提出了自己的什么观点，也就是本文的中心论点。之后就可以按照立论的议论文来学习，作者用了哪些事实和道理来论述自己的论点，从而驳倒错误论调的；最后作者得出了什么结论。

说明文教学相对难度较小。以《苏州园林》为例，明确说明的对象，这是每一篇说明文都要做的工作。对象就是题目：苏州园林。这篇文章是介绍园林的，相对于一件物品而言，园林是一种大的事物，不好介绍清楚，而这篇文章篇幅不长，却很好地解决了这个难题。它不像《故宫博物院》那样按照空间顺序介绍，而是采用了逻辑顺序。对苏州园林进行归纳总结，从中提炼出几个特点。首先明确总体特点：不论站在哪个点上，眼前总是一幅完美的图画。从哪几个方面说明这个总体特点呢？第一，不对称，是美术画。第二，讲究假山的堆叠和池沼的设计。第三，讲究栽种和修剪树木。第四，讲究花墙层次和廊子的效果。第五，讲究角落营造的美感。第六，讲究门窗的设计。第七，讲究门窗栏杆墙面的色彩，衬托花的明艳照人。这么七点就把苏州园林的特点介绍清楚了，不愧是大家。显然，这篇文章说明事物采用的是逻辑顺序，由主到次，总分结构。

诗歌属于文学作品，突出的是情感、意境、意象和语言，因此适合采用吟诵法教学，不适合长篇大段地分析及一个又一个地提出问题。请看下面江河的《星星变奏曲》：

如果大地的每个角落都充满了光明
谁还需要星星，谁还会
在夜里凝望
寻找遥远的安慰
谁不愿意
每天
都是一首诗
每个字都是一颗星
像蜜蜂在心头颤动
谁不愿意，有一个柔软的晚上

柔软得像一片湖
萤火虫和星星在睡莲丛中游动
谁不喜欢春天，鸟落满枝头
像星星落满天空
闪闪烁烁的声音从远方飘来
一团团白丁香朦朦胧胧

如果大地的每个角落都充满了光明
谁还需要星星，谁还会
在寒冷中寂寞地燃烧
寻找星星点点的希望
谁愿意
一年又一年
总写苦难的诗
每一首都是一群颤抖的星星
像冰雪覆盖在心头
谁愿意，看着夜晚冻僵
僵硬得像一片土地
风吹落一颗又一颗瘦小的星
谁不喜欢飘动的旗子，喜欢火
涌出金黄的星星
在天上的星星疲倦了的时候——升起
去照亮太阳照不到的地方

这首诗很美，很朦胧。作者是朦胧派诗人的代表人物，诗作体现着朦胧诗的一些特征。学生读完一遍后，直感就是美，神奇，至于什么意思不太好理解。那就不要急于讲解，急于让学生思考什么问题，就是让学生读。老师简单介绍一下作者情况和诗写作的时代背景后，就让学生读，大声读，小声读；自己读，在全班读。读他十来遍，再研究诗中所写的意象代表了什么，诗人营造了怎样的意境，表达了什么样的情怀。弄懂了这么几点，课后的习题学生也可以解决，这一课也就学习好了。

戏剧是综合的舞台艺术，而剧本属于文学范畴，是戏剧文学。因为选进课本的都是剧本的节选，所以教师有必要介绍节选部分之前的剧情，然后再进入本课的学习。戏剧虽然没有要素之说，但是它有特点，要抓住特点进行教学，才能体现文体特征。戏剧的特点教材中有知识短文做专门的介绍。戏剧的特点一是剧情发展在时间、空间上高度集中；二是有集中、尖锐的矛盾冲突，通过矛盾冲突来展开情节和塑造人物，并且要以矛盾冲突作为情节发展的主要线索；三是剧本主要靠人物自己的语言和动作来表现自己的性格。

莎士比亚的《威尼斯商人》节选入课文的是全剧最精彩的一场戏，也是全剧的高潮，描写了威尼斯商人和高利贷者之间在法庭上的生死交锋。

一场戏，时间和空间是非常集中的，第一个特点有了着落。矛盾冲突是什么？一个要割肉，一个不让割，要割者振振有词，有理有据，看似合理却不近人情，剧情就是围绕这个矛盾冲突发展开来，并在解决矛盾冲突的过程中成功地塑造了夏洛克、鲍西娅和安东尼奥等个性鲜明且形象丰满的人物。

因为剧本的形式比较特殊，不适合从头到尾地朗读，只适合分角色朗读或者表演。但是不能上课就朗读，就表演，一定要让学生自己先在下边练习。然后挑选重点对话部分让学生试读，同学评价，老师现场指导或示范，之后让同学自己挑选喜欢的部分读给其他同学听。经过这样几上几下的磨合、训练，学生对戏剧的意思领会了，对人物的特点了解了，最后由几个同学协同作战，把课文读一遍。然后按角色分派任务，课下排练课本剧，找机会在全班演出。

上面是以几篇课文为例，谈了我对教授这几种文体的一点儿看法，不一定合适，就是想帮老师们打开思路，带来一些启发。

在这里还需要强调几点：

1. 要坚持贯彻新的学习策略。教学中，无论运用什么形式、方法，都不能忘记引导学生自主学习、合作学习、探究学习。这是教学改革的大方向，是达成教学目标的大策略。

2. 要引导学生多读书。阅读阅读，首先要读，读是头号任务。省教科所过去有位教研员李主任，他曾经说过，让学生大声读三遍，小声读三遍，哼哼唧唧再读三遍，这课老师不用讲，学生也会了。我曾在一所私立学校打工，学校让我负责教学管理，我曾提出过阅读教学十环节的教学方法，这十个环节中有五个环节就是“读”。仔细想想，每一篇课文，我们真正让学生读了多少呢？想办法让学生多读课文是语文老师的首要任务。

3. 要有感情地教学，不要像完成任务似的教学。对每一篇课文都要投入感情，对自己特别喜欢的文章，不妨在学习前当着学生称赞它几句，比如，“这课太好了，文字优美，我非常喜欢读，在家里还经常朗读呢。”“我从初中就喜欢这一课，百读不厌。我爱上语文就是从这篇课文开始的。”“这位作者是我十分钦佩的，由于读他的作品我喜欢上了文学，成了业余作者。”等等。这样既可以拉近与学生的距离，又可以激发学生的好奇心理，从而认真探究，完成学业。如果老师总是带着一种为谋生而教书的态度，并且已经让学生感觉到，那是教师的失败。

4. 要有意营造气氛，创设有利于学习的情境。比如要学习反映战争、灾难的课文，就可以用一些媒体资料或教师用自己的语言、声音、神情营造出肃穆的气氛，以利于切入正题。学习诗歌，就要有诗一样的语言，诗一样的氛围。有个词语叫“诗意地栖居”，我们要诗意地教学。要做到这点就需要深入研究教材，熟练把握教材内容，掌握文体特征，突出重点难点。

5. 要重视整体感知课文，不要把一篇文章拆解零碎了。我不提倡进教室就布置问题的做法，我不认为让学生回答一堆问题就是阅读教学，就是启发式。整体感知就是自由读课文，默读，小声读都可以。在学生对课文内容有了大致了解后，再走进课文，解读课文，品读细节；最后归纳整理，巩固所学，训练能力。阅读的顺序是由篇到段，由段而句，再到关键词语。就一篇文章来说，阅读教学永远是从整体到局部的，不能反其道而行。就是黑板上写了一大堆思考题，学生也应先把课文看一遍，再抬头看题。要把第一遍读课文的时间还给学生，不要侵占。当然指定一名同学朗读或教师范读，其他同学看书也可以。

6. 要讲练结合。这是老生常谈，道理显而易见。教练讲得再多，示范动作再到位，如果不下水实练，学员永远学不会游泳；同样，老师讲得再精彩，再动人，如果不提供足够的时间和恰当的形式进行练习，学生听说读写的能力也难以培养并提高。因为语文学科是实践性很强的学科，而不是具有严密的知识体系，靠知识引领的学科。

7. 要坚守岗位，恪尽职守；不要轻易下岗，随意放权。提倡自主学习了，有的老师就自动靠边儿站了，课堂上变着花样地让学生活动，看不到老师的主导作用、核心地位。这是一种倾向掩盖另一种倾向，不值得称道。我听过这样的课，老师问一句话用了什么修辞方法，一排学生一个接一个地说，好几种方法都说到了，老师也没有表态。课堂挺热闹，效果无处找。

四、实施什么样的攻略，可以不断改进课堂教学面貌？

“教学有法，教无定法”是我们经常说的一句话。这句话本身好像有点儿矛盾，仔细想想又很有哲理。教学方法是教师和学生为了实现共同的教学目标，完成共同的教学任务，在教学过程中运用的方式与手段。教学方法既有基本的方法，也有具体的方法；既有传统的方法，也有现代的方法；既包括教师教的方法，也包括学生学的方法，是教法与学法的统一。像启发式、讲授法都是基本的教学方法。而“教无定法”，我理解就是说教学是一种动态的行为，有具体的情境，有不可预知的情况，教师需要随时应变，随机掌控。所以，具体的教学方法一定要灵活，要随文而变，因文制宜；天天有新意，堂堂有惊喜。这样，学生学习的积极性才会持续保持，不断发扬。

教学方法不是冥思苦想出来的，而是根据实际情况确定的。这些实际情况有以下几方面：

1. 依靠《课程标准》，落实各项阅读要求。机械工人操作要依照图纸，裁缝做衣服要根据人的身材，教师教学的依据就是《课程标准》。对于怎样进行阅读教学，怎样评价，注意什么，《课程标准》都有论述，那是我们的方向指南。有的老师说谁看那个，没用。可是，“考试说明”等应考文件都是根据《课程标准》衍生出来的，教材也是按照《课程标准》编出来的，不学不看不可以。比如《课程标准》提出的第四学段的学习目标有：“欣赏文学作品，有自己的情感体验，初步领悟作品的内涵，从中获得对自然、社会、人生的有益启示。对作品中感人的情境和形象，能说出自己的体验。品味作品中富于表现力的语言。”“阅读简单的议论文，区分观点与材料（道理、事实、数据、图表等），发现观点与材料之间的联系，并通过自己的思考，作出判断。阅读新闻和说明性文章，能把握文章的基本观点，获取主要信息。阅读科技作品，还应注意领会作品中所体现的科学精神和科学思想方法。阅读由多种材料组合、较为复杂的非连续性文本，能领会文本的意思，得出有意义的结论。”

《课程标准》中关于阅读教学的建议是这样表述，我把它原文抄录，咱们一起学习一次：

阅读是运用语言文字获取信息、认识世界、发展思维、获得审美体验的重要途径。阅读教学是学生、教师、教科书编者、文本之间对话的过程。

阅读是学生的个性化行为。阅读教学应引导学生钻研文本，在主动积极的思维和情感活动中，加深理解和体验，有所感悟和思考，受到情感熏陶，获得思想启迪，享受审美乐趣。要珍视学生独特的感受、体验和理解。教师应加强对学生阅读的指导、引领和点拨，但不应以教师的分析来代替学生的阅读实践，不应以模式化的解读来代替学生的体验和思考；要善于通过合作学习解决阅读中的问题，但也要防止用集体讨论来代替个人阅读。

阅读教学应注重培养学生感受、理解、欣赏和评价的能力。这种综合能力的培养，各学段可以有所侧重，但不应把它们机械地割裂开来。

在理解课文的基础上，提倡多角度、有创意的阅读，利用阅读期待、阅读反思和批判等环节，拓展思维空间，提高阅读质量。但要防止逐字逐句的过深分析和远离文本的过度发挥。

各个学段的阅读教学都要重视朗读和默读。各学段关于朗读的目标中都要求“有感情地朗读”，这是指，要让学生在朗读中通过品味语言，体会作者及作品中的情感态度，学习用恰当的语气语调朗读，表现自己对作者及其作品情感态度的理解。朗读要提倡自然，要摒弃矫情做作的腔调。

应加强对阅读方法的指导，让学生逐步学会精读、略读和浏览。有些诗文应要求学生诵读，以利于丰富积累，增强体验，培养语感。

在阅读教学中，为了帮助理解课文，可以引导学生随文学习必要的语文知识，但不能脱离语文运用的实际去进行“系统”的讲授和操练，更不应要求学生死记硬背概念、定义。

要重视培养学生广泛的阅读兴趣，扩大阅读面，增加阅读量，提高阅读品位。提倡少做题，多读书，好读书，读好书，读整本的书。关注学生通过多种媒介的阅读，鼓励学生自主选择优秀的阅读材料。加强对课外阅读的指导，开展各种课外阅读活动，创造展示与交流的机会，营造人人爱读书的良好氛围。

认真品味这些内容，是不是给予我们很多教学方法的启示？

2. 借助单元提示、课前提示、练习题题干的表述来确定教学模式。通过参加编写教材，我体会到，写到教科书中的编者的话都是编者煞费苦心写上去的。包含着编者思考的成果、经验的总结、各种信息的提取等等。每一句话，都经过反复推敲、斟酌，都经过专家的审读、领导的认可。所以我们在使用教材时不能不把这些内容当回事，也不要以为是编者很随意写上去的。而编者的话里有许多就对教法做了提示，比如“朗读全文”

“分角色朗读课文。朗读前，先默读几遍”“分甲乙丙三个小组”“就一场家庭矛盾冲突的是非展开辩论”“默读课文，画出文中所写的七件小事”“快速默读”等等，这些对学生说的话，不也是对教师教学方法的提示吗？

3. 从学生实际出发。农村学生和城市学生有差别，沿海和内地也有不同，就是同一个县也有各种各样的差异。教学要从本年级本班的实际出发，采用最有效的教学方法。有的老师这方面做得就很好，一个老师教两个班，两个班学情不同，有的老师在这两个班上课就采用不同的方法，有的老师在第一个班上课时发现自己教学中有不完美之处，下一个班就采取措施及时改正、弥补。这是值得提倡的。

4. 关注上下衔接。七年级要注意与小学的对接，九年级要考虑与高中的衔接。与小学对接好办，因为小学、初中都属于九年义务教育，《课程标准》就编在了一起。要知道学生小学学了什么，可以翻看《课程标准》。而学生到高中后要学什么，教师也应该知道一些。好在我们的教师队伍中青年教师居多，离开高中校园时间不算很长，还能回忆得起。我在这简单介绍一下。现在高中语文学习实行学分制，课型是必修课和选修课两种。学生要发展（不是培养）的语文能力有五个方面：积累整合、感受鉴赏、思考领悟、应用拓展、发现创新。必修课从阅读与鉴赏、表达与交流两个方面设置，我觉得前者就是读和品，后者就是说和写。两个方面的目标，组成语文一至语文五的五个模块，就是五册教科书。选修课设置五个系列：诗歌与散文、小说与戏剧、新闻与传记、语言文字应用、文化论著研读。必修课修满为 10 个学分，选修要从五个系列中选择四个模块学习，为 8 学分，对于语文学习兴趣浓厚，希望在这方面进一步深造的学生可以再从选修课中选择三个模块，获得 6 学分。这样学生学习语文最高可以获得 24 学分。

我这次讲座的结论是：阅读教学是一项方法灵活的艺术，可以因课文的不同而采用不同的教学方法。灵活，可以表现教材的区别；灵活，可以体现教师的智慧；灵活，可以展示教学的创新；灵活，可以带来教育的生机。

说到这儿，想起从杂志上看到的一则金庸的故事：20 世纪 80 年代初，香港女作家林燕妮、亦舒分别给金庸主编的《明报》写专栏。每日一篇，很辛苦。转眼过了一年，到续约的时候，林燕妮跑到金庸那要求涨稿酬，金庸不同意，一本正经地对她说：“你那么爱花钱，给你再多也全花光，不给！”过了几天，亦舒也跑过去要求涨稿费，金庸还是不同意，也是一口回绝：“你那么节俭，给你再多你也舍不得花，不给！”你看，金庸的目的只有一个：不涨稿酬，但是对不同的人理由不一样，说话方式够灵活吧！我们语文教学的目的也是一个：教会学生。教学的对象在一段时间内是固定的，但是由于教授的课文不同，就要采取灵活多样的教学方法。

2014 年 11 月

在新形势下积极构建新型语文学习方式

（国培计划“网络研修与校本研修整合项目”线下讲座）

一、哪里寻求新型语文学习方式?

我们谈构建新型语文学习方式，那么是否存在新型语文学习方式呢?

语言文字是人类最重要的交际工具和信息载体，是人类文化的重要组成部分。语言文字的运用，包括生活、工作和学习中的听说读写活动以及文学活动，存在于人类生活的各个领域。语文学习是学校教学的重要组成部分，是基础教育的一个方面，是教育界乃至整个社会关注的焦点之一。每个国家，每个民族都不容忽视学习本国本民族的语言文字以及文学艺术。因此，语文教师是十分光荣而神圣的职业。语文教学从它诞生那天起就开始了教学改革的漫漫征程，这个征程是没有尽头，无法结束的，它将与语文教学本身一起前行。“路漫漫其修远兮，吾将上下而求索。”这个“吾”，就是所有的语文教师。

我从参加教育工作开始就看别人进行或跟着别人进行或自己进行或带

着别人进行教学改革，几十年过去了，干了一辈子语文教育，进行了一辈子教学改革。今天我已经退下，但是学校主抓教学的领导和一线上课的教师仍在进行教学改革。教学改革名目繁多，花样翻新。但目的单纯明了，就是使学生最大限度地学好语文，用好语文。我猜想，医院也要进行改革，从技术角度说就是提高医疗水平，更好地救治病人，多救死，多扶伤，使病人少痛苦，少花钱。医院改革中医技改革是一方面，还要有医疗器械的改进、新药物的研发等。比如利用显微镜施行微创手术，病人创伤小，花费少，疗程短，痛苦少，这就是一件十分有功德的事情。同样语文教师在不断的改革中追求的也是这样一种境界，寻找最佳的学习语文的方式方法，让学生用比较短的时间，比较少的精力，学到尽可能多的语文知识，掌握尽可能高的语文能力。改，就是探寻，就是实验，就是突破，就是提高。

我们知道，暮年的李清照也“寻寻觅觅”，她寻觅的是什么呢？她晚景凄苦，百无聊赖，每天如有所失，不得不东寻西找，可寻到的却是“冷冷清清”，是“凄凄惨惨戚戚”，寻来寻去，还是孤寂凄冷，凄惨忧戚。我们没有李清照那般“闲适”，没时间去凄凄惨惨戚戚。我们是为自己寻找一条多、快、好、省的教学之道，是为学生寻找一条便捷高效的学习之路。路在何方？路在哪里？在哪里呀在哪里？众里寻他千百度，蓦然回首，他在灯火阑珊处！

此处是何处？我觉得就是《课程标准》所指之处：倡导新型学习方式。

相对于其他学科，语文是一门比较古老的学科，有教育就有语文，即使不叫“语文”；有师傅就有语文，即使不叫“语文老师”。也就是说语文学科已经形成了一套以诵读和写作为主要形式的、比较完善成熟的教学方法和学习方式。既然如此，还需要改变，需要改革吗？回答是肯定的，需要。而且事实上也有这个空间，有这个余地，有这个可能。这种改变和改革不是故作姿态、标新立异以哗众取宠，而是遵循人们认识事物的客观规律，把学习的主体请上主人的位置，引导他们自己去学习，去获取，去锻炼，去提高。

在2001年，语文教育领域发生了一件具有划时代意义的大事，就是教育部于当年7月正式出版发行了实验稿《课程标准》。当然其他学科也都发行了相应的《课程标准》。这不是一件小事，因为在此之前，语文教学遵循的具有权威性的文件是《语文教学大纲》。这不仅仅是名称的改换，而是对语文教学认识的一个飞跃，是对基础教育课程改革基本理念的系统总结，是对当时语文教育大讨论研究成果的有利吸收，体现了一种全新的教育价值观及教育理念，对语文教育的理论建设做出了积极的贡献，具有巨大的突破性和创新意义，具有重要的里程碑价值。《课程标准》体现了当代教育以“学会认知、学会做事、学会合作、学会生存”为特征的时代精神，与以往的《语文教学大纲》存在着本质差别。

经过十年的扎实实验，通过总结实践经验，在对实验稿《课程标准》进行修订、充实、提高后，2011年教育部又发行了新版《课程标准》。去掉了“实验稿”三个字。两个版本比较，2011版显然更科学，更严谨，更有指导作用。

先进的理论是从正确而富有成效的实践中总结出来的，经历了由感性认识到理性认识的归纳提升过程，在一段时期内，在一定条件下具有对新的实践的指导作用。2011版《课程标准》正是从教育实践中产生的一种全新语文教育理念的集合体，是我们进行一切语文教育活动的依据准则，是我们规范语文教育行为及检测语文学习效果的标准。在世界进入“互联网+”的时代，在中国进入第十三个五年计划的新时期，进一步贯彻落实《课程标准》的精神实质及各项要求，具有现实性和紧迫性。

简言之，新型语文学习方式存在于《课程标准》的“基本理念”中，而基本理念不是《课程标准》的编者凭空臆想，空穴来风，杜撰出来的，而是从长时间、大面积的语文教学实践中总结出来的。新型语文学习方式代表目前最新的语文教育理念。

二、构建新型语文学习方式要关注什么？

也就是说，我们为什么要构建新型语文学习方式。这里解决的是构建的必要性问题，是说构建的理由。被动地说是为了贯彻落实《课程标准》，主动地说是为了大幅度全面提高学生的语文素养。构建新型语文学习方式的终极目的是使我们的在校学生语文学习如鱼得水、生龙活虎，使我们培养出的学生能够运用语文这个工具更好地接受上一级学校的学习以至终身学习，使我们培养出的学生能够从语文这个承载着历史文化、文学艺术的人文学科中吸取生命的养料，更好地生活和工作。

现在，日历已经翻到了 2016 年，在构建新型语文学习方式时，我们的眼界需要关注哪些问题呢？我觉得有三个方面不可少。

首先要关注国家的政治经济形势。就是说我们今天谈构建新型语文学习方式离不开社会这个大背景。某些学校领导认为我搞的是基础教育，无关时事政治，我不会说错话，不会犯错误。我觉得这么看，反映了作为领导干部的一种无奈，以及对语文教育的一种“隔行如隔山”的错觉。毕福剑吃饭，也无关政治，可是他却在本与政治无关的饭桌上犯了政治错误。教育离不开经济，离不开政治，语文教育更离不开时政。紧紧贴附于时政的语文教育才会散发出时代的魅力和源头活水的动力。今年中国最大的事就是两会了：全国政协十二届四次会议和十二届全国人大四次会议。这是当前最大的政治，也是各行各业都要关注的焦点。两会的热点之一是“十三五”规划。李克强在向大会做的政府工作报告中，“改革”与“创新”是出现频率最高的两个词语，其他关键词还包括“经济增长预期”“供给侧结构性改革”“新经济”“扶贫攻坚”“反腐倡廉”“重拳治污”“新型城镇化”“民生改善”等等。词汇本身就是语文学习的内容，这些敏感词汇包含的意义，作为语文教师更不能置若罔闻，熟视无睹。知识分子要做到“风声雨声读书声，声声入耳；家事国事天下事，事事关心”。这不是做样子，是工作需要，生活离不开。“十三五”时期是全面建成小康社会决胜阶段。要积极适应，把握、引领经济发展新常态，全面推进创新发展、协调发展、绿色发展、开放发展、共享发展，确保全面建成小康社会。规划的指导思想又强调了坚持发展是第一要务，牢固树立和贯彻落实创新、协调、绿色、开放、共享的发展理念，保持战略定力，坚持稳中求进，统筹推进经济建设、政治建设、文化建设、社会建设、生态文明建设和党的建设，确保如期全面建成小康社会，为实现中华民族伟大复兴的中国梦奠定更加坚实的基础。“十三五”规划的起止时间为2016年至2020年，我们现在的初中生在这个五年计划内大都是在校读书的学生，他们大学毕业后我国已经建成了小康社会，他们肩负着向第二个百年奋斗目标进发的使命，那怎样学好语文，对他们来说具有更为特殊的意义。这是我们要关注的国家背景。

其次要关注语文教学改革的现实状况。语文历来是教学改革最活跃的一个学科，《课程标准》颁行的这十六年，教学改革的方向更明，步子更大，成果更辉煌。出现了以上海高润华为代表的剥笋派，以上海陆继春为代表的得得派，以上海特级教师于漪为代表的情感派，以上海陈钟梁、徐振维为代表的设疑派，以北京宁鸿彬为代表的畅想派，以上海钱梦龙、辽宁魏书生为代表的规格派，以及以河北邢台张孝纯、张国生师徒为代表的大语文派，等等。这是公认名气比较大，效果比较突出的几大派。另外还有许多教研员和一线教师在自己的岗位上积极探索，默默耕耘，进行了许多有益的改革和大胆的尝试，同样取得了骄人的业绩。如高效阅读、读写结合、“双自主”学习、主体参与教学、回归阅读教学、微课教研、同课异构、以写促读、语文教学中的问题意识、质疑教学、对文言文的咀嚼语言教学、对名著加大阅读力度等等。可以说，语文教学改革的百花园里，繁花似锦，姹紫嫣红，满园春色，生机勃勃。形势喜人，形势大好。但是同时我们也须看到，当今世界，经济全球化趋势日渐增强，现代科学和信息技术迅猛发展，新的交流媒介不断出现，给社会语言生活带来巨大变化，给继承中华民族优秀文化传统和规范运用语言文字带来新的挑战。

近几年微信进入人民大众的生活，男女老少，基本人人在用。这就是一个新的媒介手段，可以归入“自媒体”一类。什么是自媒体，找“度娘”帮忙，“度娘”解释为：“自媒体（外文名：We Media）又称‘公民媒体’或‘个人媒体’，是指私人化、平民化、普泛化、自主化的传播者，以现代化、电子化的手段，向不特定的大多数或者特定的单个人传递规范性及非规范性信息的新媒体的总称。自媒体平台包括：博客、微博、微信、百度官方贴吧、论坛/BBS等网络社区。”根据这个定义，人人都可以创建自媒体。时代的进步要求人们具有开阔的视野、开放的心态、创新的思维，这对人们的语言文字运用能力和文化选择能力提出了更高的要求，也给语文教育的发展提出了新的课题。

在这样的新形势下，积极构建新型语文学习方式是水到渠成、势在必行的事情。这是我们要关注的行内背景。

再有就是要关注自己任教年级、班级学生的学情，包括语文知识基础、听说读写能力水平等。心怀天下也好，放眼世界也罢，最后都要立足本职，站好本岗。学生关心的是自己的成绩，家长热心的是自己孩子的成绩，老师看重的也是自己任教班级的成绩。这个目标是一致的。我们构建新型学习方式的出发点和落脚点也都是为了提高学生的语文学习兴趣、语文学习效率，最终提高语文学习成绩。按照既成的习惯工作，采用一成不变的方法上课，按部就班地处理学生作文、作业，学生成绩肯定也说得过去，也会逐渐提高和进步，但是如果帮助学生构建起新型学习方式，学生成绩的进步与提高肯定会速度更快。

现在谈到教学改革，在讲改革的必要性时，有人总是先把过去否定一番，总要先捋出几条存在的问题。我不这样看，问题永远存在，不是这样就是那样，但是今天的语文教学现状比对十五年前不是退步了，而是进步了，并且是大大地进步了。这一点毋庸置疑。但不是进步了，有了成绩，就不需要改革了。有问题需要改，取得了成就也还需要改。《课程标准》颁行的这十六年，语文教学改革的力度是巨大的，语文教坛呈现出前所未有的活跃，所取得的成绩也是有目共睹的。吕叔湘先生曾在一次座谈会上发言批评语文教学存在着“少慢差费”的严重弊端，那是1978年的事，当时这话确实切中要害，振聋发聩。但是时间已经过去了近四十年，如果还用那个观点来评价今天的语文教学，但凡有一点儿辩证唯物主义常识的人，都会觉得不妥。

还有些人一张口或一下笔就是教材内容陈旧、教学方法落后、忽视基础知识等等。我觉得这些都是不实之词。我参加冀教版七至九年级语文教材的编写工作，正是从《课程标准》颁行那年开始的，已经历时十六载。这工作，使我真正体会到了一套教材从孕育到编成，到教育部审查，到上市使用，到再次修订送审这个过程的艰辛和繁重。教材的编者都在力图避免落入“选材陈旧”的窠臼，都在努力体现时代特色，散发时代气息。但是教材的选文永远是在“过去”中选，没有人能把未来的名著编进教材。这是真理。而且文言文与现代文、经典与时尚、农村与城市、名家与新人等各个方面都要兼顾，还要体现中国国情、时代特点。而课文数量多少，篇幅长短，成书后页码多少、定价高低等各种因素都在制约一本教材的框架和内容。说别人容易，自己做起来实在太难。现在教育部批准的几套初中语文教材，包括冀教版可以说都是经过千锤百炼的，即使不是钢铁，也是正在冶炼中的铁水。

简言之，构建新型语文学习方式，我们要关注的不仅仅是自己身边的小天地，还有语文教育领域的大气候以及整个国家的大形势。

三、新型语文学习方式包括哪些内容?

学习方式，是从学生角度而言的，不是教师自身构建，是引导、帮助班里的每一位学生构建起系统的学习语文的方式。语文的学习方式多种多样，归纳不全，列举不尽。听说读写既是语文学科培养的四种能力，也是学习语文的四种方法、四条途径，既是过程，又体现着终极目标。语文课程致力于培养学生的语言文字运用能力，提升学生的综合素养，为学好其他课程打下基础；为学生形成正确的世界观、人生观、价值观，形成良好个性和健全人格打下基础；为学生的全面发展和终身发展打下基础。语文课程对继承和弘扬中华民族优秀文化传统和革命传统，增强民族文化认同感，增强民族凝聚力和创造力，具有不可替代的优势。语文课程的多重功能和奠基作用，决定了它在九年义务教育中的重要地位。

语文课程是一门学习如何运用语言文字的综合性、实践性课程。义务教育阶段的语文课程，应使学生初步学会运用祖国语言文字进行交流沟通，自觉吸收古今中外优秀文化，提高思想文化修养，促进自身精神成长。语文课程是工具性与人文性高度统一的课程。

正因为语文课程有这些特点、性质，所以学习语文要最大程度地调动学生的积极性。帮助学生构建新型学习方式主要有以下四方面内容，这四方面内容是老师们不陌生的，也是《课程标准》大力倡导的。

1. 强调自主，让课堂教学主体的学生成为学习语文的真正主人。为什么强调“自主”？为什么“自主”就是新型的学习方式呢？因为在很长一段时间里，语文教学都是老师讲，学生听；老师灌输或填鸭，学生被动地接受；老师尽情地展示自己的功力、才能，学生像看表演一样痴痴地欣赏或冷漠地发呆；老师的才能水平发挥得淋漓尽致，学生的本事只有在考场上，在答卷时才有显现；老师激情四射，学生无动于衷；老师费神费力，学生有劲使不出；老师按照教案走一遍，学生记下笔记一大篇。学生的学习热情被长久地压抑，学习兴趣丧失，学习动力不足，学习积极性缺乏，学习效果必然不尽人意，也才有了“少慢差费”之说。

自主的含义有哪些呢？自主就是自己主动。学生到学校学习是为了自己的成长，是为了自己学到本领，将来可以在社会上实现自己的人生价值。学习本来就是学生自己的事，就应该由学生主动地进行。当我们认识到这一点时，就要赶紧把学习的主动权交给学生。学生在哪些事情上可以表现主动权呢？对浅易语文知识的自学，对一篇新课文的初步认识并发现问题，对阅读材料的主动认知，对写作题目、题材、形式的自我理解等，都属于自主的范畴。

2. 重视合作，让课堂教学空间的教室成为互相交流、沟通的平台。为什么强调“合作”，为什么“合作”就是新型学习方式呢？因为在过去很长时期的语文课堂中，学生都是一个个的个体，单打独斗，孤军作战。大家共同面对一位教师，教师面对一个班的学生。千条线只纫教师这一根针。如果说有交流也只是师生之间的交流，而在一节课上，由于时间、内容的限制，教师与学生交流的数量也是很有限的。这样的情形产生怎样的后果呢，就是课堂沉闷，学生厌学，学生思维打不开，不去积极思考，只是被动地接受老师的一面之词，无法解放思想，进行想象与联系。很显然，长此以往，学生的智力开发受限制，思维能力的提高受限制，沟通交流能力的培养受限制。

合作学习，就是群策群力，互通有无，教学相长，共同提高。合作的本质不是形式上的团队，而是在分享学习成果的过程中互相启发，互惠多赢。一种观点，不说出来而深藏在心永远是一个人的认识，如果说出来，得到共识，那就成了很多人的认识和观点。两会开过之后，为什么各基层单位都要学习文件精神，集体讨论，交流心得体会？通过学习交流，把不明确的明确了，把不具体的具体了，把肤浅的提高了，把偏执的纠正了，让大家的认识统一到中央领导的高度，好同心协力一起参与到建设小康社会的劳动中。这些工作就类似于课堂上的合作学习，当然我们课堂上的合作学习不是要求认识完全统一到老师那里或某一个观点那里，但却是要求认识都在原有水平上提高一步，上升一截，进步一点。就像农村专业合作社，不是为了合作而合作，而是要提高合作社每个成员的收入，改善生活，使低收入的贫困户能在合作社中受益，尽快脱贫致富。团队合作的力量，肯定要大于一个一个个体的相加之和。所以合作学习是从整体上提高学习效率的极好方式之一，学生在合作学习的过程中不但可以学到有关语文的知识、认识，还可以学到与人交流沟通的能力、技巧，树立起团队意识，形成合作理念。合作学习也是我们语文教学经历了反复讨论，不断认识，长期实践后，发现和总结出来的一种新型学习方式。

3. 勤于实践，让语文课堂教学进行的流程成为学生听说读写思的活动过程。为什么强调“实践”，为什么“实践”就成了新型学习方式呢？实践就是行动，就是要动起来。过去很长时期内，人们认为上课就是听课，学校学习就是听老师讲课；语文学科就是死记硬背，学习成绩高不高就看能不能背。所以学生才有了死读书，读死书，读书死的恶性循环和噩梦连连。今天我们认识到，语文学科本身是实践性很强的学科，语文培养的终极目的是能力，能力是练出来的，不是听出来的。所以在新时期教语文学科，教师头脑中要有实践第一的意识。《课程标准》指出：“语文课程是实践性课程，应着重培养学生的语文实践能力，而培养这种能力的主要途径也应是语文实践。语文课程是学生学习运用祖国语言文字的课程，学习资源和实践机会无处不在，无时不有。因而，应该让学生多读多写，日积月累，在大量的语文实践中体会、把握运用语文的规律。”教师应把上课作为学生实践的重要机会，而不是把课堂留给自己，让学生在课下找机会实践，那只是口头的实践，是走过场的实践，很难落到实处。只有把每一节课利用好，让学生在每一节语文课上都有实践的机会，都能得到锻炼，才可以收到日积月累的效果。根据《课程标准》编写的新教材，都增加了综合性学习板块。这也是为了体现语文学科实践性的特点，为了给学生创造实践的机会。综合性学习既符合语文教育的传统，又具有现代社会的学习特征，有利于学生在感兴趣的自主活动中全面提高语文素养，应该积极提倡。实践本身就是学习，对学习语文来说，那是一种新型学习方式。

4. 不断探究，让课堂教学媒介的课本成为开发智力，培养最强大脑的训练材料。为什么强调“探究”？为什么“探究”成了新型学习方式呢？探究就是探索研究，是通过表面深入到内里，一看究竟，一探虚实。在过去很长时期中，人们，包括语文老师本身普遍认为语文就是学习一篇篇课文，从认字解词，分段分层，归纳段意，到总结中心，明白写法，就学完了，而这些工作也主要由教师自己按照课前准备的教案一步步完成，千篇一律，千人一面，千课一式。总觉得只有数理化等学科才有可探究的问题，才有需要探究的价值，才有应该探究的可能，而语文学科无需探究，只需记诵。学生学习语文的效果只是从试卷的对错、分数的多少上反映出来。

而今天我们教学语文的终极目的是全面提高学生的语文素养。《课程标准》要求语文课程应激发和培育学生热爱祖国语文的思想感情，引导学生丰富语言积累，培养语感，发展思维，初步掌握学习语文的基本方法，养成良好的学习习惯，具有适应实际生活需要的识字写字能力、阅读能力、写作能力、口语交际能力，正确运用祖国语言文字。语文课程还应通过优秀文化的熏陶感染，促进学生和谐发展，使他们提高思想道德修养和审美情趣，逐步形成良好的个性和健全的人格。《课程标准》还要求九年义务教育阶段的语文课程，必须面向全体学生，使学生获得基本的语文素养。上面表述中连着出现了四个“能力”，一个“发展”，还有思想道德修养、审美情趣、良好的个性、健全的人格等语汇。这样的高标准新要求，没有新的学习方式作为支撑，很难实现。这就需要把探究式学习引入语文学习。课本教材是连接学生和教师的纽带，是学生学到知识，得到能力的介质，那么探究的对象就是从课本发现问题，从阅读的文本发现问题，从写作的题目发现问题，进而进行深入的研究，最终达到解决的目的。探究是需要开动脑筋的，是需要有智力依托的，是需要大脑坚强的。在探究的过程中，学生会变得越来越聪明，越来越有智慧，越来越有解决语文实际问题的能力，越来越不容易上当受骗，这就全面培养、提高了语文素养。这种学习方式尤其在语文学习中不是新型的吗？不是非常需要的吗？

语文课程丰富的人文内涵对学生精神世界的影响是广泛而深刻的，学生对语文材料的感受和理解又往往是多元的。因此，应该重视语文课程对学生思想情感所起的熏陶感染作用，注意课程内容的价值取向，要继承和发扬中华优秀文化传统和革命传统，体现社会主义核心价值体系的引领作用，突出中国特色社会主义共同理想，弘扬以爱国主义为核心的民族精神和以改革创新为核心的时代精神，树立社会主义荣辱观，培养良好思想道德风尚，同时也要尊重学生在语文学习过程中的独特体验。这种正确把握语文教育的特点的教学离不开对教材、对文本的深入探究和挖掘。通过探究式学习使教材这个资源呈现出开放式的多种功能。

语文学科不仅仅是培养学生听说读写能力，而是要全面培养学生语文素养，所以没有探究式学习是达不到这种要求的。探究是实践的一种，实践包括探究。

上述四种学习方式之间有什么关系呢？互相依存，互为依托，彼此映衬，相辅相成，你中有我，我中有你。自主，可以激发自身潜能，产生热爱学习的愿望，是动力；合作，可以巧妙借鉴他人为我所用，是桥梁；实践，可以快速提升能力，增加本事，是途径；探究，可以大中探微，粗中找细，浅中入深，可以发现别人可能发现不了的真理或真相，是深层次的学习，是开掘。总之，自主是动力，合作是手段，实践是途经，探究是开掘。四种方式构成了新形势下的新型学习体系。在课堂教学中，这四种学习方式往往是交叉进行的，是混合使用的，不可能相互并列，一项一项逐一进行。

那么，学生掌握了这些学习方式，教师的作用体现在哪里？回答是：教师是课堂教学的组织者、引领者、合作者。

组织者，就是要制定教学目标，规划教学结构，把控课堂进程，总结提升课堂效益等。

引领者，就是在学习处于困难时进行点拨，帮助同学走出困境；在认识困顿处进行启发，帮助同学打开思路。正如孔子所言“不愤不启，不悱不发”。愤：心里想求通而又未能通。悱：想说又不知道怎么说。课堂上，不到学生苦思冥想也弄不明白，从而着急、郁闷乃至悲苦的时候，不去启示、开导。就是要先让学生积极思考，再适时进行启发。适时，就是要善于掌握时机，因势利导，循序渐进。只有教师“启”得及时，“启”得恰到好处，学生才能“发”得深，“发”得远。所以说，启发要有精准性和适度性。在学生“愤悱”之际启发，这是精准。国家扶贫现在提出的要求是精准扶贫。教师的点拨和启发也要精准。适度，就是不能说得过多，要一语中的或几语中的，要言简意赅，要恰到好处。这样才能化解学生心中的谜团，促进学生思维的发展。举一个现实生活中的小例子。我孙女初三时，我多次要求给她辅导作文，都遭到拒绝，理由是“我档期紧，没有时间”。这说明她对自己的作文很有信心。可是经过几轮复习、模拟考试后，她的作文遇到了瓶颈，成绩总是滞留在一个层面上。这时，她主动找我要求给她讲几次中考作文，我拿到她的模拟考试试卷，分析了几篇作文，提出了一些考场注意的问题，她觉得很解渴，中考作文成绩比较理想。这是在学生“愤悱”之际予以点拨、指导，才会收到好的效果的例子。

总之，帮助学生构建新型学习方式，使学生成为课堂的主人，教师的工作不是少了，而是多了，不是简单了，而是复杂了，备课要备到点子上，准备工作要做到刀刃上。只有这样进行语文教学才真正是正确把握了语文教育的特点。

合作者，就是要把自己放到与学生人格平等的地位。课堂上以学习一员的身份参与教学的各个环节，以学生助手的身份帮助学生解决疑难问题。

学生是学习的主体。语文教学必须根据学生身心发展和语文学习的特点进行。教师要爱护学生的好奇心、求知欲，鼓励自主阅读、自由表达，充分激发他们的问题意识和进取精神，关注个体差异和不同的学习需求。

语文学习应注重听说读写的相互联系，注重语文与生活的结合，注重知识与能力、过程与方法、情感态度与价值观的整体发展。

教学内容的确定，教学方法的选择，评价方式的设计，都应有助于这些新型学习方式的构建与形成，都应有利于培养学生主动探究、团结合作、勇于创新的实践精神，

四、构建新型语文学习方式有什么策略?

构建新型学习方式，不是文件上的号召、嘴皮子上的口号，而是要落实在课堂教学中，要有可操作，可调控的方法策略。《课程标准》颁行后，很多老师在教学实践中摸索总结出了不少行之有效的方法，有的甚至形成了可资推广的经验。我本人考虑到以下四点。

1. 让位于学生，让学生真正享有自主学习的权利。教师不要大包大揽，学生可以自己做到的老师坚决不代为处理。学生自己可以完成的学习任务，老师抢着完成，不是积极的工作态度，是越俎代庖。中国有句俗话，叫作“母勤子懒”。在家庭生活中，母亲不辞辛苦，任劳任怨，事事亲力亲为，不能说不贤惠，不善良，不高尚，但是从这样的家庭走出来的孩子，可能生活自理能力比起在家承担些家务的孩子要差一些。有的到了不得不离开家庭到外地求学或工作时，还什么都不会，连基本的洗袜子、洗内衣都做不到。有的女儿出嫁到婆家后也是横针不摸竖线不动，挑不起过日子的大梁，自己感到不便，夫家也常有微词。这就是在家时家长没有放开手脚，让孩子学习自主处理问题造成的。辽宁特级教师魏书生在放权、培养学生自主能力方面堪称典范，他上课完全尊重学生自主学习的权利，并且创造条件、提供平台让学生尽情发挥自己的聪明才智。他创造的

“六步教学法”现在可能已经过时了，但是他那种让学生自主学习的理念并没有过时。这六步是：定向、自学、讨论、答疑、自测、自结。从名称看，六步中有三步的题目带有“自”字，其他三步虽没有“自”，但是在实际操作中，也主要引导学生自主完成。如果将这“六步”完全用“自”表达，就是自定、自学、自说、自答、自测、自结。魏书生上课很轻松，听不到他的长篇大论，看不见他口若悬河，滔滔不绝的样子，他总是那么慢慢悠悠，和风细雨，娓娓道来。但是学生学习语文的积极性却非常高，能力提高明显，成效显著。所以我们没必要总端着“传道授业解惑”的教师架子，不要舍不得课上的时间，不要信不住学生的能力。（没有否定教师“传道授业解惑”职能的意思，强调的是不要端着架子。）

2. 改变班级内部组织形式，使之有利于合作学习。一个教学班几十人，人多而空间小，参与的范围广而时间有限。在这种情况下，要化整为零，变几十人的一个大班为几个人的一个小组，或前后位成组，或左右邻居成组，或打乱座次自由结组，或教师指定优差搭配。先组内学习、讨论、总结，然后在全班汇报学习成果。既要合作学习，就要有组织，就要有建制作为保障。没有什么组织形式，还是一个大班，那是不好进行合作学习的。我市第六中学在这方面很有创新，他们开展“学伴互助”教学改革，在解决问题时，一人遇到了困难，前行受阻，学伴马上起身相助，大有“两肋插刀”的气势，很令人赞叹。组织形式可以不必各班划一，根据实际情况进行，可大可小，可远可近，可固定可不固定，可长期可临时。

3. 开展丰富多彩的语文活动，创造语文实践的机会。语文课上是可以搞活动的，其实讨论也是一种形式的活动。不一定到综合性学习时搞活动，所有的语文课型都可以设计出有趣味的活动。阅读课的分角色朗读，演课本剧是活动；写作课的现场采访，调查研究也是活动。我们冀教版语文教材中设计了不少好的活动项目，有的可能与人教版类似，有的完全是原创。比如，让学生自己设计语文活动就是一次活动，包括读书心得交流会、开展“我爱文学”读书周、编排课本剧、办手抄报等。还有争当故事大王、我谈流行歌曲、欣赏大自然的美丽神奇、搜集对联编写对联、谈谈生活中的幽默艺术、寻找身边的美、校园礼仪周、慰问敬老院老人或贫困地区同学、为爸爸妈妈做件事、为老师当小助手、再造绿色家园、回忆昨天放眼今天畅想明天、在书海中遨游、告别母校座谈、老照片展示、书写毕业赠言、给母校写信等等。形式无尽，出彩不止。活动是进行语文实践的最好形式，语文实践离不开活动。

4. 设计有价值的问题，激发学生探究的兴趣。探究离不开课题，离不开问题，离不开神秘。屠呦呦研究青蒿素是她的课题，她的使命。那是科学领域的名副其实的探究。为了从众多中药中找到抗虐新药，为了从青蒿中找到有效部位，为了提取到有效成分，屠呦呦做过两百多个中药，提取方法用了三百八十多种，做实验达到一百九十一次。这是什么精神？这是一种锲而不舍的探究精神，是一种百折不挠的实践精神，是追梦人应有的拼搏实干精神。没有这种精神，青蒿素的面世可能还会推迟。屠呦呦在研究过程中，不仅仅是做实验，她还查阅大量有关中医中药的古籍文献，最后是我国东晋葛洪的医学专著《肘后备急方》上的一句话启迪了她，成就了她。这句话是："青蒿一握，以水二升渍，绞取汁，尽服之。"正是这句话提示屠呦呦在提取青蒿有效成分时改用低沸点溶剂乙醚，并最终获得了成功。我对这个细节特别感兴趣，还写过一篇文章谈感想，在我市的日报社上发表。我总是想，每个追梦者的生命中都有可能存在着成就你的一句话语，只有肯于付出千辛万苦的人才可能寻觅得到；而在"对"的时间，真的遇到了那"对"的话时，要紧紧抓住，才不会擦肩而过，失之交臂。有些人可能一辈子没有寻到那句话，有些人可能寻到了又轻易地放弃了，错过了，所以始终没有完成自己的梦想。这是由探究说到屠呦呦的课题。

对我国初中生来说，完成一个大的课题，可能不太现实，但国外是有的。比如一篇文章介绍一位美国中学生完成作业的情况，文章是这样写的：

一个周末上午，作者突然接到一个陌生女孩打来的电话。这个女孩名叫珍妮，正上初中一年级。原来是她的语文老师布置了一道周末作业：向三位陌生人讲解一道语文题。作者开玩笑地对珍妮说："好的，但我语文很糟糕，不一定能听得懂啊。"珍妮却当真了，诚恳地说："请让我试一试，如果第一次不行，我还可以尝试别的讲法。即使您最后还是不明白也没关系，您就把这当成一次有趣的经历好了！"看来她事先早就准备好台词来应对各种情况，这显然也是作业的一部分。征得作者同意后，珍妮开始一板一眼地讲起课来。这道题的题目是：保护环境与我们的生活有什么关系？题目要求要让听的人接受你的意见。在她讲解的过程中，作者故作听不懂，问了好几个问题。珍妮非常耐心，回答得也不错，看样子早有准备。最后作者说听懂了，问她怎么向老师证明作业完成了。她说："我要写一个报告，详细记录我给每个人打电话的过程。结束之前，我还要问您一个问题，您对我的讲解满意吗？您认为我有哪些地方需要改进？"作者一听，不由得佩服起珍妮的语文老师来，这道作业题有交流，有反馈，设计得全面而实际。

中国语文老师听了有何感想呢？我觉得我们不禁由衷地对珍妮的语文老师竖起大拇指。在这位语文教师手中，一道语文作业竟然包含着如此多的能力训练，不仅使学生掌握了知识，还锻炼了学生的交际能力、表达能力、应变能力、组织能力，也培养了学生的勇气和口才。这算不算一道探究性问题呢？我觉得对于探究来说，这道题有广度缺少深度，但对我们有很大的震撼度。我们一般想不起来留这样的作业，学生也没有足够的时间去完成。

课堂上的探究学习，主要还是以围绕与阅读文本相关的问题形式出现。在学习了《春》这篇课文后，一位老师在拓展探究环节先出示一副自编的对联：春风春雨春草依依蝶曼舞，花香花艳花树丛丛鸟争鸣，然后让学生根据《春》的内容再写一副对联，同学之间可以合作完成。这就是比较好的探究学习，其中也贯穿着合作学习。

近几年的中考试题中出现了不少很耐人寻味的探究性问题，值得我们在课堂教学中借鉴。试举出 2015 年中考试题几例，来开阔我们的视野，打开我们的思路。

☆“城春草木深”一句中“深”字用得好，好在哪里？

☆《醉翁亭记》一文中，作者到底“乐”些什么？请简要回答。

☆小说中的对话往往有推动故事情节发展的作用。请你选择一处对话，简要分析在推动故事情节发展中，这处对话所起的作用。（北京，《超级智能住宅》。）

☆本文标题“评语”不能改为“误读”，请简述理由。（上海，《评语》。）

☆请简要分析结尾第⑦自然段在文章中的作用。（天津，《燕子来时》。）

☆本文情节安排上最大的特点是设置悬念，试举一例并说说其作用。（重庆，《我的暖，一寸长》。）

☆作者推崇的“北京这种东方式的弹性距离感”体现了中华民族的什么精神实质？你赞赏这种精神实质吗？请简述理由。（广州，《地铁客的风格》。）

以上是外省市的。我省 2015 年中考试题中哪些属于探究性问题呢？

☆请从内容方面对春联“天增岁月人增寿，春满乾坤福满门”做简要分析。（第一部分第 5 小题。综合性学习，看图答题。）

☆选文第二段运用了两个实例，删去一个好不好？请说出理由。（第二部分，第 14 小题。）

2015 年中考试题中第二部分第五道大题的四个小题都具有一定的探究意味，咱们一起回顾一下。

☆选文多次写天气的寒冷，这样写有什么作用？

☆“我还是换一辆吧！我怕……”中，省略号省去的内容是什么？

☆请简要赏析选文中加横线的句子。

☆结合选文中加着重号句子的内容，谈谈你阅读后的感悟。

探究性问题有些什么特点呢？我要说特点就是“探究”，这不是回答，有些同语反复的味道。我觉得有这么几点：

一是这些题目的认知层次比较高。布鲁姆把教育目标分为三个领域，分别是认知领域、情感领域、运动技能领域。其中认知领域的目标划分为六个层级，分别是：识记、理解、运用、分析、综合、评价。而探究性问题一般属于从分析开始的较高层级，包括分析、综合和评价。而前三级问题属于初级层次的认知问题，一般有直接的、明确的、毫无歧义的答案。

二是探究性问题的答案一般从上下文找不到，需要答题者自己思考出结果，需要自己组织语言，谈自己的认识，而不是像很多题目那样可以照抄原文。

三是探究性问题通常没有唯一的正确答案，从不同的角度可以有不同的回答。所以探究性问题的答案是开放式的，允许仁者见仁智者见智。当然试题中的这类题目还是规定了统一答案，一是因为试题中的探究都是有限的探究，有提示的探究，规定了方向的探究；二也是为了阅卷老师易于掌握评分标准，便于操作。

五、怎样使新型语文学习方式成为课堂教学的新常态？

为了应景，一时一课做做样子，调动调动学生，课堂上热闹一会儿，那不是教学改革，真正的改革是起点明确，与之前的教学分界明显，并要贯穿于常规教学中的。以前我曾写过有关目标教学的文章，题目就是《对目标教学常规化的思考》，文章发表后被一些语文期刊转载，那篇文章的价值在于对一种教学改革模式提出了常规化的建议。今天，帮助学生构建新型语文学习方式，我们教师的态度要积极，工作要扎实，要使新型学习方式成为课堂教学的新常态。万事开头难，坚持下去更难。为了成为新常态，持之以恒，从根本上改变课堂教学面貌，我觉得要从以下六个方面努力。

1. 经常学习《课程标准》，重视培养学生的创新精神和实践能力。《课程标准》是我们教学的纲领性文件，我们现实中的一切教改行为、教研活动都没有离开它的范畴，而有一些我们并没有做到，所以经常学习学习，拿出来看看，重要的理念、观点记在心里是必要的，也是值得的。《课程标准》中高频词语是“创新”和“实践”，今年两会的高频词语是“创新”和“改革”，两者都有“创新”一词。学习《课程标准》，就要在语文教学中注重语言的积累、感悟和运用，注重基本技能训练，让学生打下扎实的语文基础。尤其要注重激发学生的好奇心、求知欲，发展学生的思维，培养学生的想象力，开发学生的创造潜能，提高学生发现、分析和解决问题的能力，提高语文综合应用能力。

我国现阶段的创新体现在各个层面，对此，我深有感触，在准备材料的过程中，我从网上看到一个新闻，说一些高颜值、高智慧的年轻女性担任两会的同声传译，表现出色，成为一道靓丽的风景线，为两会的召开贡献了力量。还说一位帅气十足的小伙儿担任新闻人，在发布会上，侃侃而谈，知识渊博，大方得体，最后得出结论说他是颜值担当。我特意上网查“颜值担当”的意思，解释说是一群人中最漂亮，最帅的。这条新闻我觉得有两点创新，一是报道这件事本身的创新，在以前是不会出现这种题材的新闻的。二是语言的创新，公共媒体也用了大众流行语汇，表现了一种从众的亲和姿态。所以我们的思想可以再解放些。

2. 研究教法，努力体现语文的实践性和综合性。在这里我讲的都是构建学生的学习方式，而帮助学生构建的过程，也是教师改进自己教学方法的过程，教法不改革，学法无从构建。我们应努力改进课堂教学，整体考虑三维目标的综合，注重听说读写之间的有机联系，加强教学内容的整合，统筹安排教学活动，促进学生语文素养的整体提高。

同时，还要重视学生的读书、写作、口语交际、搜集处理信息等语文实践活动，提倡多读多写，改变机械、粗糙、烦琐的作业方式，让学生在语文实践中学习语文，学会学习。善于通过专题学习等方式，沟通课堂内外，沟通听说读写，增加学生语文实践的机会。充分利用学校、家庭和社区等教育资源，开展综合性学习活动，拓宽学生的学习空间。

3. 钻研教材，重视学生情感、态度、价值观的引导。教材无非是例子，也是教学的媒介，还是承载着世界观、人生观、价值观的文化、文学作品。无论进行怎样的改革，教材是不能丢的。教师应认真钻研教材，正确理解、把握教材内容，创造性地使用教材，充分发挥教材的人文功能，培养学生正确的思想观念、科学的思维方式、高尚的道德情操、健康的审美情趣和积极的人生态度，并帮助他们掌握学习方法、提高语文能力。应该根据语文学科的特点，注重熏陶感染，潜移默化，把有关情感态度价值观的内容渗透于日常的教学过程之中。

4. 发挥师生双方在教学中的主动性和创造性。要打破通常观念，不走寻常路。学生是语文学习的主体，教师是学习活动的组织者、引导者、合作者。语文教学应在师生平等对话的过程中进行。

语文教学应激发学生的学习兴趣，培养学生自主学习的意识和习惯，引导学生掌握语文学习的方法，为学生创设有利于自主、合作、实践、探究学习的环境。应尊重学生的个体差异，鼓励学生选择适合自己的学习方式。

教师应确立适应社会发展和学生需求的语文教育观念，注重吸收新知识，不断提高自身的综合素养。积极开发、合理利用课程资源，灵活运用多种教学策略和现代教育技术，努力探索网络环境下新的教学方式；精心设计和组织教学活动，重视启发式、讨论式教学，启迪学生智慧，提高语文教学质量。

5. 确定研究课题，及时申请立项。有志进行教学改革的教师，应心怀梦想，勇敢追求。可以围绕新型学习方式这个母课题，设定符合自己条件的子课题，积极进行教学改革，探索省时高效的新路，为语文教育事业做出自己应有的贡献。在县市省开始申报课题时，要抓住机会，积极申请，争取立项。我于上个世纪 90 年代在秦皇岛市组织“主体参与”型教学改革实验，后来申报省级立项，被批准。被批准后又进行了六年实验，我于 2001 年写出一万多字的实验报告，在杂志上发表，并于 2003 年被河北省教育厅评为“河北省优秀教学成果二等奖”。这项评比是政府行为，根据省人事厅的奖励规定，这个省级优秀成果奖，可以有四名主研人员晋升一级工资。我以及另外三名参加实验的语文教师都得到了晋升工资的奖励。说这个，不是显摆我自己，而是鼓励在座的教师要积极进行教学改革。

6. 做好统计和分析，积累素材，及时总结。“书到用时方恨少，提笔难成章”，是说平时读书不够，写文章时就写不出来。我们有些老师往往是“总结用时方知少，没话难成章”。在教学工作中要做有心人。不论是否立项，每个学期都要进行总结述职。为使自己在写总结时有话可说，有数可报，可以“呈堂证供”，就要在平时注意积累材料，过程要记载，数字要统计，典型要备案。这样在需要时才会有事可陈，有理可论，有情可表。

六、在构建新型语文学习方式时要注意什么？

构建新型学习方式是一个系统工程，需要各学科协同作战，需要教师循序渐进，需要学生积极参与。在进行这项工程时，我觉得应该注意以下五点。

1. 宜有序有节，忌临时起意。就是说构建新型学习方式要有一个长期计划，还要有短期安排，循序渐进地进行，不要有人听课或搞教研活动了，课上体现一下，之后又弃之不顾，我行我素，一会儿风，一会儿雨的，弄得学生也丈二和尚摸不着头脑。构建需要学生的认同，最终成为学生在课堂上的学习方式。所以要把这件事同日常教学紧密结合起来。有张有弛可以，忽冷忽热不可取。

2. 宜趣味盎然，忌枯燥呆板。兴趣是最好的老师，尤其对初中学生，兴趣在学习中所占的因素是较大的。老师动脑筋要在怎样激发学生兴趣上下足功夫，使语文课成为学生最喜欢的课程之一。语文教师应做到每节课都要有惊喜，有亮点，有高潮。要给学生留下深刻而美好的印象。这样才利于学生接受教师的学习建议、所传授的知识与所培养的语文技能。

3. 宜发散思维，忌思维定式。对一件事有不同的认识是客观存在，是正常现象，同样对一篇文章的理解也可以存在不同的认识。老师不要强求学生都接受自己的观点或者非要把对一个问题的看法统一起来。比如高中语文教材中有莫泊桑《项链》一文，对玛蒂尔德、佛来思节夫人、玛蒂尔德丈夫如何评价，就可以百花齐放，百家争鸣。只要言之有理，可以自圆其说，又不违背基本的道德标准就允许成立。

4. 宜群策群力，忌孤军奋战。在一个学校里，教学改革的范围越大，效果可能越显著。因为同样进行一个项目的改革，多一个同事，多一份智慧，可以一起备课，一起研究，发现问题一起解决。如果单枪匹马，不免势单力薄。如果是学校或上级部门指定一位教师搞实验，其他老师也不要袖手旁观，要积极出谋献策，像对待自己的事一样上心。因为实验取得成果，其他老师也可学习、采纳、受益。

5. 宜讲求实效，忌表面文章。任何一项教改实验都需要有脚踏实地的精神和实事求是的科学态度。我们搞教学改革就要注重实效，在追求实效上下功夫。一切改革的出发点和立脚点都是学生的语文素养，这素养里理所当然地包括考试成绩。因为现在考试，即中考，也在改革，考试内容和试题形式与我们的教改进程是一致的，考试也遵循《课程标准》，每年的中考考试说明和《课程标准》都是一脉相承的。不可能在搞教改时提倡一套，考试时又完全脱离地另搞一套。因为我们执行的是同一个《课程标准》。就是全国同时使用的若干套不同版本的语文教材，也都是共同遵循《课程标准》编制而成，又经国家教育部审定通过才上市使用的。我的亲身体会是搞教改一般没有失败一说，搞教改的，学生的中考成绩都比不搞的高。因为所有语文教学改革，说白了，就是变着法折腾学生，不折腾不算教改，方法不多不算会教改。这里的折腾没有贬义，而是一种通俗带有调侃意味的说法。先是教师有意折腾，后是学生自愿接受折腾。折腾是怎么回事呢？就是让学生动起来呀，手动起来，脚动起来，眼睛动起来，耳朵动起来，嘴动起来，鼻子动起来，身体动起来，大脑动起来，思维动起来，情感动起来。“动”是啥？就是语文实践。实践的机会、平台多了，学生能力怎么会不提升？成绩怎么会不提高？魏书生是怎么折腾学生的？魏书生老师要求学生每天要做“七个一分钟”和“八个学习习惯”，这就是实践，在这里不妨再重温一下。

七个一分钟是：

(1) 每天至少做一分钟家务；
(2) 每天至少写一分钟日记；
(3) 每天至少唱一分钟军歌；
(4) 每天至少练一分钟踏步走；
(5) 每天至少读一分钟经典著作；
(6) 每天至少练一分钟演讲；
(7) 每天至少练一分钟专注力。

八个学习习惯是：

(1) 培养学生制定学习计划的习惯；
(2) 培养学生预习的习惯；
(3) 培养学生自学的习惯；
(4) 培养学生自己留作业的习惯；
(5) 培养学生筛选学习资料的习惯；
(6) 培养学生整理错题集的习惯；
(7) 培养学生相互出考试题的习惯；
(8) 培养学生做小事的习惯。

魏书生制订的学生一日常规是：

(1) 清晨入校，向校门口的值周老师问好，并虚心接受值周师生的检查指导。

(2) 每节课(包括自习课)前三分钟要坐好，全身心投入课前一支歌的活动时要坐直，目视黑板中缝的中点，意念想象中点出现歌词描绘的画面。

(3) 每堂语文课前，积极地、全心全意地投入口头作文的活动。说文时要解放自我，心无顾忌，声音洪亮，怎么想就怎么说。

(4) 语文课一般要经过“定向、自学、讨论、答疑、自测、自结”六个步骤。

(5) 每节课的课间按照学校规定，戴班标在走廊、操场活动，不违纪。积极参加“无声日”。

(6) 第二节后，除值日生外，都到操场活动10分钟，站队做课间操时，要做到快、静、齐，课间操必须按学校规定着装，有事必须向体育委员递交400字的请假条。

(7) 上午第四节课课前，做眼保健操时，要求放松、安静，要全身心沉浸在保健操的音乐里，取穴位准确，节奏明快。

(8) 中午放学路上，开展背一个单词的活动，不准边走边低头看书。不背英语，背其他学科知识点亦可，但决不许骑自行车看书。

(9) 在开展“独来独往”的活动期间，路上自觉约束自己，不与别人往来。

(10) 中午两小时要求在家休息、午睡，不反对到校来，到校来的同学需要安静自习，12点40分至1点20分之间关校门，为保证愿上自习的同学达到目的，在此期间内不许随意出入教室门，更不准出入校门。

(11) 下午第三节课为活动课，需在完成男5000米，女3000米的跑步任务之后，再自由进行各种文体活动。

(12) 临放学前，服从体育委员指挥，认真做仰卧起坐或俯卧撑，以磨炼意志，增强体质。

(13) 每天写一篇日记，老师或日记负责人布置题目时，必须完成布置的题目，无统一布置时可自由选题。

（14）按要求完成量化作业：政治0.5页，语文1页，数学2页，英语2页，物理1页，化学1页，生理0.5页，史地每周各3页。学习尖子生可不完成老师留的作业，而自选适合于自己的难题。后进生在写完老师留的作业后，有精力的可再选做一些适合自己的题目。语文作业均由每位同学根据自己的实际情况确定。

（15）每天报夹子上要按时夹上班级日报。班级日报要做到以下十点：

①规格统一，长54厘米，宽39厘米，

②本班内容占60%以上版面。

③写清办报的具体时间、办报单位、办报人姓名。

④当天日报在当天中午12:00之前夹到报夹子上。

⑤日报须用碳素墨水或彩笔誊写，以利于长期保存。

⑥必须设文章病院专栏。

⑦报道昨天班级纪律卫生、出席、课间操、眼保健操、练气功得分情况。

⑧明确设立昨天值日班长工作分析专栏。

⑨每期日报必有图画点缀。

⑩日报上面留3厘米装订线，以利装成合订本。

（16）每天早晨要用5分钟时间规划一下当天共有多少项任务，按轻重缓急确定做事的顺序；每节自习课前先确定学习目标及具体任务量。

（17）做事的时候要定向、定量、定时，开展自我竞赛，不断超越自我，增强效率感。

（18）晚间统计一下一天“三闲”的数量，即大致说了多少句闲话，做了多少件闲事，闲思用了几小时。订出明天减少一点“三闲”的具体措施。

魏书生就是这样严格折腾学生的，这个“折腾”就是“培养”。当然，魏书生的这些“折腾”的办法不仅仅有利于提高学生的语文能力，而且有助于学生各个学科的学习以及良好思想品德的养成。这样“折腾”的结果，效果是非常明显的。如果教改真使学生成绩下降了，那真是教改失败了，但也没有理由嫁祸给教改，要从教师自身找原因，因为那失败的教改肯定违背了语文学习的客观规律。所以我们搞教学改革最终学生一定要受益，成绩一定要提高。学生没受益的教改就是花架子，是表面文章。

学生是语文学习的主体。让“主体”参与到教学的各个环节，参与到训练的各个方面，是建立自主、合作、实践、探究学习方式的必要条件，是现代教学改革发展的必然趋势。我们只有真正调动起全体学生学习语文的积极性、主动性、创造性，语文教学才能不断焕发生机与活力，才能呈现出鲜活生动、扎实高效的喜人局面，才能全面提高学生的语文素养。那将是语文教学科学性与艺术性完美结合的最高境界。

2016 年 3 月

参编教材十九载感悟

在全国教育界课程改革大潮的推动下，河北省教育科学研究所于 2001 年 1 月正式成立了初中语文教材编写组，着手编写一套九年义务教育七至九年级的语文课本，顺应“一纲多本”的教学改革需求。并于 1 月 3 日至 1 月 10 日召开第一次编写会议，省教育厅、省教科所领导都有出席并讲话。我非常荣幸地被吸收进编写组。

经过一年多的紧张工作，七年级上下册教材定稿，之后陆续编出了其他各册。2004 年全套上报，经全国中小学教材审定委员会初审通过，进入中小学教材用书目录，走进课堂，供师生语文课上学习使用。之后根据国家相关大政方针和教材专家意见，教材又进行了多次修订。继 2004 年审查通过后，国家教育部又进行了多次复审、复查、审定等工作，这套教材每次都得以通过。当时与教材一起启动的还有配套的三本书：教师用的《语文教师教学用书》即教学参考书、学生用的《教材出版社专配教辅练习册》、扩大阅读量用的《语文读本》，全套书共四种二十四本。

近年，随着国家形势的发展变化，中学教材在编写、使用政策上有了新的精神。教育部要求全国各省全部使用部编语文教材，变为一标一本。这样，我们编写的教材在十九年后的 2019 年暑假将结束它的历史使命，退出中学语文教材的舞台。作为编写者之一，我觉得有必要把这十多人集体编写、修订，使用了近二十年的教材进行一下总结，这对于进一步深化语文教学改革，提高语文教学质量有一定借鉴意义。

我个人认为这套教材在编写上有以下四个突出特点。

1. 立足中国国情，选择、使用传统篇目。启动编写新教材是在《课程标准》颁布之际，当时全国的教育形势出现了蓬勃发展的良好势头。践行社会主义核心价值观，育人为本，德育为先，就是当时最大的国情，是我们编写教材的立足点。党的十八届三中全会通过的《中共中央关于全面深化改革若干重大问题的决定》中关于“完善中华优秀传统文化教育”的指示精神和教育部召开的教材修订工作启动会精神又成了我们 2013 年最后一次修订教材的依据。

语文教材，从学生具有一定的识字量后就是文选式教材，通过一篇篇课文传授语文知识，培养语文能力。编写一套新教材（以下称“冀教版教材”）是无法完全避开原来统编教材中的篇目，全部另起炉灶，再搞一套的；我们选中了的篇目如果与原来统编教材相同，就在创新、发展、提高、完善上下功夫，就在习题设计、知识能力切入方面体现出新的特色。借助具有经典性的文本弘扬祖国传统文化，彰显民族光荣传统，为处于社会主义初级阶段的经济建设服务，为国家改革开放、创新发展的战略方针服务。

通过反复论证，大量调查，冀教版教材选取的课文与原统编教材篇目相同的大约占总课文数量的三分之一，以此作为基本要素来构建冀教版教材的新框架。我们觉得这样做符合教育发展的形势要求，符合当时语文教学改革的良好趋势。我们选用的传统篇目不都是当时被广泛采用的，其中也有过去曾经较长时间使用，后来又被撤换下来的。我们不是一味地尾随某一套教材的脚步，人换我亦换，人留我也留，而是根据实际情况遴选适合本套教材宗旨的篇目。比如陈毅的《梅岭三章》适合我们设立的反映中国革命斗争历史、表现峥嵘岁月的主题，所以我们采用了。讴歌无产阶级革命先驱的高尔基的《海燕》、揭露封建帝王昏庸虚伪的安徒生的《皇帝的新装》也在一段时期内被我们选进了教材。严文井的《小溪流的歌》应和了那个单元形式上体现想象联想写作特点，内容上赞扬为达目的坚持不懈、英勇顽强的精神，我们也使用了一个阶段，后来换成了表现同一中心的《大雁与鸭子》。而鲁迅的作品我们遵从高校聘请来的主编、现代文学教授、鲁迅研究专家王富仁先生的意见，在每册中都保留了一定数量。其他统编教材有过的文言文，如《陈涉世家》《五柳先生传》《出师表》《醉翁亭记》《桃花源记》等都有较深刻的思想内涵，也都选入了我们的教材。

2016 年教育部基础教育司对义务教育阶段的道德与法治、语文、历史三科教材进行核查，我们也顺利通过。我们引以为自豪的是，在历次审查、排查中，我们教材在思想政治方面都是得到肯定的。

2. 立足教材编写的指导思想，自主研发新篇目。自主研发的课文是体现编者理念与智慧，反映教材特色的部分。我们团队在这部分做足了功课，下足了功夫。文学宝库，浩如烟海，淘洗出适合编进教材又适合编进河北省教材的不在少数。这是个耗时费力的工作。我们凭借高校图书馆、相关研究部门图书室的平台，广泛涉猎，深入挖掘，开发利用。选取新篇目首先要看篇目的思想价值，其次要看与教材编写指导思想的契合度，而“立德树人”就是我们这套教材的指导思想的精髓。开发新教材不是一劳永逸，一成不变的。在这近二十年的时间里，自主研发的教材也在不断更改、变化。比如，这套教材的第一课是三则中国古代神话，这是主编建议研发的。经过反复比较筛选，我们确定了《女娲补天》《夸父逐日》《精卫填海》三则。这几则神话的人物形象、故事情节都突出了中国古代先民不怕困难，百折不挠的精神。这几则神话的人文价值也被国外学者肯定。这三则神话自始至终，一直是我们这套教材的开篇课文。我们曾经研发了反映中国人民革命精神的长篇小说《红旗谱》节选《护钟》，反映北美印第安人风情的《观蛇舞》，反映中国人自古奉行孝道的《宝莲灯》（节选），为引导学生学习叙事手法，同时结合培养想象能力，我们还在一定时间内选用过格林童话中的《金鸟》、严文井的《小溪流的歌》，为表现农村的变化，我们节选了铁凝的《哦，香雪》，为表现伦理亲情，我们还选择了刘蕊的《父亲的谜语》，还有本土作者承德市杨林勃的《四季交响曲》，英国作家培根的《论读书》，当代诗人曾卓、牛汉、田晓菲的诗歌，阿城《棋王》（节选）。为了帮助学生了解中国古代文化的博大精深，古代四大名著每一本在教材中都有涉及。《水浒传》我们自主研发，选取了描写人物特点突出、人物形象十分鲜明的《鲁智深倒拔垂杨柳》一节，情节简单，特色鲜明，人物可爱，非常适合七年级学生阅读。《西游记》我们研发了《龙宫“借”宝》一节，让学生了解神通广大的孙悟空不离身的宝贝武器金箍棒的前尘往事，利于激发学生学习的兴趣。还有李宝嘉的《官场现形记》节选《制台见洋人》，西班牙作家塞万提斯《堂吉诃德》节选《堂吉诃德大战风车》。还有一个单元专门描写动物的，有法布尔的《蟋蟀》、周建人的《蜘蛛》、布丰的《天鹅》、刘成章的《牛群》等。这些自主研发的课文都是编者细读原著，仔细斟酌，划定段落，引入教材的。既注重继承与弘扬中华民族优秀文化，树立正确的世界观、人生观、价值观，又引导学生理解和尊重多样文化，关注现实，关注人类，关注自然。

冀教版教材面向农村，为广大农村学生服务，同时兼顾城市。所以我们研发的每一篇课文都从这点出发。不求另类奇异，只求朴实、有用，饱含正能量；不求高大上，只求有内涵，接地气。这套教材的编写方向和呈现出来的人文内涵一直得到上级领导、专业人士的充分肯定。

3. 立足落实《课程标准》，确定体例、栏目。我们编写教材的十九年期间，《课程标准》也在不断发展、完善。2001 年 7 月《课程标准》将九年义务教育阶段划分为四个学段，分段从识字与写字、阅读、写作、口语交际、综合性学习五方面提出具体要求和量化指标，而且有了教材编写、课程资源开发与利用的内容。十年后，修订后的《课程标准》的教育理念越来越明确，教育发展方向越来越清晰，语文教学的要求也更加具体。《课程标准》要求语文课程要致力于培养学生的语言文字运用能力，提升学生的综合素养，这是就学科工具性的属性提出的；为学生形成正确的世界观、人生观、价值观，形成良好的个性和健全的人格打基础，这是就语文学科包含的思想人文性说的；为学生的全面发展和终身发展打下基础，这是从人的长远发展和国家的长远需求阐述的。要求明确，标准也很高，怎样在教材中呈现呢？作为文选式教材的语文学科，要贴合《课程标准》提出的听说读写全方位提高能力的指标要求，同时落实《课程标准》中的“教材编写建议”，仅靠有限的课文是不能完成这些任务的，编者一定要从思想上树立大语文观念，构建语文素养的立体框架。这就需要在语文阅读文本之外，编写必要的能够全面落实《课程标准》要求的内容，使课本真正担负起培养高素质人才应有的作用。

鉴于此，我们除了选好文章作为课文，培养学生阅读能力外，还开阔思路，大胆地在教材中设计了“想一想·做一做”“写一写·用一用”“写作实践”“拓展链接”“综合性学习与口语交际”“诗词诵读”多个栏目。

“写作实践”是为有效提高学生写作能力而设立的。由两部分组成：语言简明的指导短文和可供选择的练习题目。这样做意在改变过去写作训练无着无落，无章无法，随意散漫，要求难以落实的状况，把训练纳入教材，纳入课时，使写作能力的培养和提高不再是无源之水，无本之木。比如九年级上册在学习了散文诗单元后，我们安排了一次以《发现并歌颂生活中的美》为题的写作实践。短文介绍的是散文诗的特点和写法，以及怎样表达感情，怎样使语言优美等知识。“写一写”中有三个写作题目，一个侧重表达感情，一个侧重描写自然景物，一个侧重叙写旅游景点。每个题目都只是提供写作范围或写作意向，而不是命题。

我们还把《课程标准》对阅读和写作等各项能力的要求分解开来，在教材中逐一落实。重点能力的培养进行反复多次的训练，以求达到学段目标。例如，《课程标准》中阅读的要求有这样一项："在通读课文的基础上，理清思路，理解、分析主要内容，体味和推敲重要词句在语言环境中的意义和作用。"我们把这项要求主要落实在八年级上册第四、五单元。这两个单元一个是表现多元文化的，一个是表现生命的多姿多彩的，表达形式以叙述、描写为主。《课程标准》中对写作有这样的要求："能与他人交流写作心得，互相评改作文，以分享感受，沟通见解。"我们集中在九年级下册第一单元解决，这个单元的写作主题是"生活就像七彩阳光"。需要明确的是，能力训练的分配不是绝对的，是以此目标为重点加以突出。

"拓展链接"的任务主要是引导学生扩大阅读面，一是把《课程标准》关于"课外阅读物建议"中提到而没能选作课文的书目引进课本，还给教师一个重视的理由，引导学生阅读；二是就博大精深的中华文化中的一点深入挖掘，引导学生认识中华文化源远流长，无处不在，从而激发对祖国文化、历史、传统的认同和热爱。比如，七年级上册的第一个链接，我们专题介绍了英国女作家J. K. 罗琳风靡世界的畅销书《哈利·波特》，既有摘录，又有缩写，最后还提出了阅读建议。在八年级下册我们还设计了引导学生阅读《简·爱》的拓展链接，编者动手撰写评价和介绍文字，摘录原作的精彩段落。我们还以"坚定的信念，不屈的意志——谈《红岩》中革命志士的情操与气节"为题，对红色小说《红岩》做专门的介绍。九年级上册第四单元由于课文多为描写景物的散文，特安排编写了"行旅之中见文化"的拓展链接，引导学生感受在旅行中的山水文化、民宿文化、楹联文化。这些具有时代特点、有现代意识的设计，既可以激发学生的阅读兴趣，又引导学生继承革命传统，增强民族自尊心和爱国主义感情。

"综合性学习与口语交际"栏目是为落实《课程标准》中关于开展多种形式语文活动、培养说话与倾听能力而设计的。之所以把这两项放在一起，因为综合性学习离不开有趣味的活动，活动又离不开交流讨论，而交际也可以通过具体活动进行，这几项是相辅相成，密不可分的。比如九年级上册，我们安排了一次题为"昨天·今天·明天"的综合性学习，意在激发学生幻想的兴趣。要求搜集古代神话故事，看古代劳动人民的幻想如何变成了今天的现实；阅读现代科幻小说，预测若干年后人类将会实现哪些今日的梦想。还安排召开以“一百年后的今天”为主题的班会，让学生插上想象的翅膀，尽情地、大胆地、有创造性地想象百年后的人类和世界。要求发言时注意做到清楚、连贯、不偏离话题，并要求活动结束后，把幻想的内容整理成文，与同学交流，彼此分享。既有课下的搜集、整理，又有班会的口头发言，还有之后的书面总结。一次活动，学生得到了多方面的锻炼与提高。

每单元之后，都安排了两首古代诗词，栏目名称为“诗词诵读”。所选诗词全部为《课程标准》要求背诵却没有作为课文的古诗词。六册书共安排了七十二首古诗词。每首诗词之前，加上了简短的说明，提示诗词的主旨、中心及主要写法特点。

我们还对《课程标准》中提到的“语法修辞知识要点”进行梳理，按照由浅入深的原则，每册教材加进若干内容，作为“附录”放在书后。关于写字和书法，我们也在附录中做了简洁明了的介绍。比如八年级上册课本，我们安排了两个附录：一个是表格，以“短语结构类型表”为题列出并列、主谓、动宾、偏正、动补五种主要短语类型，简要介绍结构特点，并举出实例；另一个是“学好行书，提高书写速度”，内中介绍了行书的点画技法、行书的间架结构和行书的书写布局。其他方面的内容，如怎样写应用文、如何使用工具书等说明短文也放在了附录中。

初中语文教材，插图是必不可少的。这也是教材的一个组成元素，目的是使课本有轻松活泼之感。我们一方面在课本的扉页前面安排几个与本册教材相关的彩色插页，如七年级下册插入了人民英雄纪念碑、长城、陶渊明、刘禹锡、电影《红旗谱》海报、天鹅、蜘蛛、长江风光几幅图片；另一方面是在课文中、古诗词中插入素色图案。比如古代神话《女娲补天》，插进了一幅女娲手捧五色石升空而去的栩栩如生的简笔画，《从百草园到三味书屋》一课插进了三味书屋的情境图。这些插图有效地体现了课本生动有趣的风格。

为了保证教材的价格符合教材用书要求，同时为减轻学生负担，以及为使教材的印张控制在规定的范围之内，我们充分利用一切空间，使教材在有限的页码之内包含尽可能丰富的内容。为此，我们还采取了卡片补白的方式，在卡片上介绍如何提高阅读能力、写作能力的知识，比如八年级上册我们安排了介绍“成语”“通假字”“古代著名家训”“文言文诵读当中的停顿”等卡片补白。

4. 立足师生实际情况，编写单元提示、注释、习题。冀教版教材立足河北，面向全国；放眼农村，兼顾城市，所以教材编写力求有地域特色，有受众特色，努力使教材成为方便、实用、经得住实践检验和时间考验的好教材。

在组元方式上打破了过去传统的、按照文章形式，即体裁组元的方式，而是根据具体情况组元。大多数单元是按照内容组元的，少数单元是按照文章形式组元的。这样做的好处很多，一是可以让学生认识同一种思想、观点、中心可以用不同的形式来表现，了解到表达方式的多样性；二是便于通过文本对学生进行潜移默化的情感熏陶、思想感染、觉悟提升，便于进行语文学科固有的、一切文本材料内在的“德育”“美育”的渗透。

课本中编者自己撰写文字力求简洁、明了、连贯、得体。在编写指导思想确定后，编者的工作除了遴选课文，设计体例，组织单元外，还要自己撰写必要的文字材料。这部分从文字数量、篇幅看，在整套教材中所占份额较小，但是却是检验我们文字功底的重要部分。为此，我们特别在意自己撰写的文字，字斟句酌，步步为营，绝不掉以轻心。

每册教材的开篇都有编者撰写的篇首短文《当你拿到这本书的时候……》，虽然每册的题目一样，但不是同一篇文章，而是一册一篇。虽然只有一页之短，但是文笔流畅，语言优美，用文学语言高度概括了本册的大致内容，巧妙地告诉学生本学期语文学习的要点、重点，情真意切地提出学习的希望。这是编写者的倾情奉献。

每单元前面，我们也撰写了一段提示语言，揭示本单元学习目标，强调本单元的学习重点。对这段文字我们都是千锤百炼的。比如九年级上册第一单元有鲁迅的《雪》、泰戈尔的《对岸》、高尔基的《海燕》、宋词《水调歌头·明月几时有》《破阵子·为陈同甫赋壮词以寄之》等几篇课文。单元前的提示文字是这样写的："本单元课文，通过作者的语言，我们仿佛看到在凛冽的天宇下的江南的雪和朔方的雪花；陶醉于对岸的田园风光，感受此岸的家乡亲情；欣赏勇敢海燕的飞翔雄姿，体会革命先驱者的豪迈情怀；理解古人豁达的胸襟，体会词作者渴望杀敌立功的气概……学习本单元，要感悟文章、词作幽远深邃的意境，品味富有韵味和节奏感的语言，理解作者的思想感情。"

课本内练习题存在的价值在于及时巩固所学的知识与技能。我们设计习题要求必有可操作性，体现语文课程的实践性之属性。虚的、花里胡哨、华而不实的东西，不允许搬进课本。栏目名称"想一想·做一做"，可以看出我们的良苦用心。我们教材的练习题是从知识与能力、过程与方法、情感态度与价值观三个维度，多角度、多层面地设计出来的。这要求编写者本人必须吃透课文，掌握精髓；表述的文字要求准确、鲜明、言简意赅。

为了体现教材的基础性和阶段性，注意与前三个学段的衔接，同时也是为了帮助学生积累词汇、积累语言，我们把每课需要掌握的生字、词语提取出来，放到课后的"写一写·用一用"中，前三个学段出现的这里不收，前面出现过的后面不取，避免前后重复。这些字都是《课程标准》"义务教育语文课程常用字表"中规定的三千五百个汉字里边的。

课文注释是体现教材质量的重要方面。我们考虑到这套教材的受众面，适当增加了一些注释，特别是背景特殊的文章、外国作品、文言诗文。每单元的"诗词诵读"因为不需要老师占用课时教，而由学生课下自学、背诵，所以在字句上做了详细注释。注释的质量，我们从严把关，参考文献必须是权威出版社出版的权威版本，工具书要使用《现代汉语词典》或《辞海》。有拿不准的注释还请教高校教授、知名学者、出版社高级编审等。这些努力都是从一线教师使用方便，减轻教师备课负担，便于学生自主学习及随时获得知识考虑的。

2001年组队开工，同年下半年从七年级上册开始小面积试用，到2004年全国中小学教材审定委员会初审通过，开始大面积推广，延续至今，教材走过了一条曲折但总体是不断前进的道路。编写队伍虽有过调整，但主要编写人员一直参与始终。编者在编写教材的过程中得到历练，对于《课程标准》的精神实质，对语文学科的性质、任务、责任、作用有了全新的认识，极大地提高了自身的语文素养与语文能力。编者队伍中有三位是在教材编写过程中被评定为特级教师的，包括我。但不是因为参加编写教材提高了身价，而是因为编写教材提高了自身的能力与素质。如果按时间由远及近的顺序把冀教版教材的不同版本浏览一遍，我们可以清楚地感受到这套教材不断修订，不断丰富，不断提升，不断完善的过程。正因为质量上乘，使用顺手，冀教版教材始终获得上级领导部门以及语文教材专家的认可，也得到了广大师生的好评。

参编教材近二十载，之所以能够成功地完成省里交给的任务，我觉得有这样几点：头上有政策支持，编得踏实稳健；背后有专家把关，编得放心大胆；面前有师生检验，编得信心百倍；身旁有同仁共做，编得干劲充足。没参加编写工作之前对教材和教材编写的认识是肤浅的，认为找几篇名家名作，弄点习题上去就是语文课本了。通过亲身参与编写实践，深入体会揣摩，自己的认识有了提高。

怎样编写出一套高质量的教材呢？我的感受主要有以下四点。

1. 集体合作协调。中学的语文教材不同于高校的专业教材。高校的专业教材有的就是一位专家独自编写完成的，体现个人在这个领域的研究成果，独到建树。而在我国，一套成功的中学语文课本，既要符合各种要求、规定，又要受学生、老师的欢迎，必须汇聚大家的智慧，合作完成。一个人的思路容易狭窄，认识难免偏颇。大家互相交流，各抒己见，才可能做出准确判断，找到正确的方向。

2. 反复修订打磨。编教材像琢玉，需要反复多次地琢磨、修订，才有可能越来越臻于完善。在编写过程中，甄选出的课文我们多次与原文核对，自己撰写的文字反复推敲研究。初版教材编写时，我们曾经有过四级检查制度。每人按照体例、要求编写出自己负责的那部分初稿后，第一级是由结对的另一人阅读检查；第二级小组内部交叉看稿；第三级由现场副主编逐字逐句审查；第四级是由外部聘请的专家教授及课本主编审稿。对每一级提出的问题，及时讨论，统一认识，修改解决。最后交出版社责任编辑审稿。

3. 选文比例恰当。教材遴选的文章既要有经得住时间考验和文字推敲的经典作品，也要有反映现代生活的美文、好文；既要有古代的，也要有现代的；既要有中国的，也要有外国的；既要看重文章作者的人文立场、“三观”态度，又要兼顾文章的文学性、可读性、趣味性。而且这些还要有恰当的比例，不能顾此失彼。我们的教材之所以十九年能站稳脚跟就是在这方面处理得比较恰当。

4. 突出语文素养。以前的语文教学大纲强调的是听说读写的语文能力，现在的语文课程标准突出的是学生的语文素养，这是全国性语文大讨论的成果，是认识的提升与进步。素养是什么？《辞海》解释为两个意思：①经常修习涵养。②平素所豢养。《现代汉语词典》的解释很简单：平日的修养。语文素养，我理解就是既要能熟练运用祖国的语言文字，继承优秀文化传统，又要具有较高的思想道德修养、审美情趣，有良好的个性和健全的人格。编者要把这些要求放在心上，在编写时，时时对照，篇篇落实，处处体现。

本人的教育生涯中，有十九年时间能够参与到编写教材的工作中，成为这样一套教材的主要编写者，我觉得这是我作为市级语文教研员的荣幸，也是作为语文特级教师的一份福报。

亲身参加编写教材使我深深地感到：教材形成不易，编写千辛万苦。怎样使用教材才能不辜负编者的良苦用心呢？我觉得，不限于冀教版教材，使用哪套国家批准的语文教材都应该注意以下问题。

1. 深入体会编写者的意图。任何一套教材都有编写目的、编写指导思想；任何一套教材都有所遵循，有所继承和发展；任何一套教材的产生都有它一定的时代背景。教师拿起课本首先要想一想：编者为什么要把这些内容编进来，为什么要用这样一种呈现方式。只有明确编者的意图才利于将教材的使用效益扩展到最大化，才能最利于学生语文素养的培养。

2. 立足整本教材，整体把握。语文教材一课一课、一个单元一个单元排序，看着各有各的重点，各有各的要求，但是它们内部是有知识与能力的衔接与联系的。要采用先总后分，由整体到局部的方式处理教材。不能只见树木，不见森林。先看整册书的结构布局，再一个单元一个单元地看。备课时，以单元为单位进行。一个单元的阅读、写作、口语交际等各方面的重点都了然于胸了，再分课设计教学，完成教学方案。

3. 处理教材有点有面，讲解有详有略。使用任何语文教材都没有必要从第一课一直讲到最后一课。要结合自己所教班级的实际，确定每个单元的详略。每个单元详细研究一至三篇课文，老师带领学生采用合作、探究的方式共同学习，以优带差，共同提高。剩下的一至二课，由学生分成小组自主完成学习任务。只有教师的授课方式灵活多样，学生学习才会情趣盎然。

4. 切实帮助学生建立和提高语文素养。一个人的语文素养，体现着语文课程的两方面属性：工具性和人文性，二者互为表里，高度统一。要使义务教育阶段的学生获得基本的语文素养，光靠老师讲解不行，光靠几篇课文也不行。要把师生手中课本利用好。课本耗费了编写者的时间、精力，体现了编写者思考和研究的成果，倾注了编写者的心血，从某种意义上说，代表了当前语文教学改革的高度。课本是最好的例子，是有力的凭借手段，是登山的拐杖，是过河的桥梁。学生语文素养就好比那山之顶峰，河之对岸。教材编写出的各个板块，各项活动，以至各道习题都要予以重视，落到实处，达成目标。课堂上，要走进课本，利用一切机会，安排尽可能多的时间让学生自己动脑、动笔、动口。课下要走出课本，深入社会、深入农村、深入社区，在活动中有意识地自觉接受训练，培养各种语文能力。

2016 年暑假后从七年级上册开始推进的部编语文教材是在吸收了之前各省市教材（包括冀教版）编写的经验教训基础上成功出版的，它反映了近二十年课程改革的丰硕成果。冀教版教材同样对我国的中学语文教材建设贡献了一分力量。

目前，全国教育改革有了新的动向，即将发生历史性变革。这种变革对于读书少、不读书、不思考、少思考、语文基本功不够扎实的学生而言，是新的挑战。语文学不好，不仅仅是语文成绩低，也会影响其他学科的学习。提高阅读能力，不只是学习语文的一个目的，也是所有学科都需要的一种能力。对任何科目的考察都首先是对应试者语文素养的考察。这个道理是显而易见的，教育改革又把这种意识极大地强化了。这就向语文教师、语文课程、语文教学和学习提出了新的更高的努力方向，培养、提升语文素养势在必行，没有任何延缓的理由。

2019 年 3 月 18 日，习近平在人民大会堂东大厅主持召开思想政治理论课教师座谈会，众多一线优秀教师代表和教育工作者出席了会议。他说："思想政治理论课是落实立德树人根本任务的关键课程。""党和国家高度重视学校思政课，今后只能加强不能削弱，而且必须提高水平。"还指出，青少年是人生"拔节孕穗期"，最需要精心引导和栽培。

我们党立志于中华民族千秋伟业，必须培养一代又一代拥护中国共产党领导和我国社会主义制度、立志为中国特色社会主义事业奋斗终生的有用人才。基础教育是立德树人的事业，要旗帜鲜明地加强思想政治教育、品德教育，加强社会主义核心价值观教育，引导学生自尊自信自立自强；用新时代中国特色社会主义思想铸魂育人，引导学生增强中国特色社会主义的道路自信、理论自信、制度自信、文化自信，厚植爱国主义情怀，把爱国情、强国志、报国行自觉融入坚持和发展中国特色社会主义事业、建设社会主义现代化强国、实现中华民族伟大复兴的奋斗之中。

习主席对思政课教师提出的要求，也是对语文教师提出的要求，必须努力践行。

2019 年 4 月

家长也要担当起引导和栽培的职责

2019年3月18日，中共中央总书记、国家主席、中央军委主席习近平在人民大会堂东大厅主持召开思想政治理论课教师座谈会，众多一线优秀教师代表和教育工作者出席了会议。习总书记听取了大家的发言，并做了许多重要指示。我仔细阅读了报纸上的报道，很受鼓舞和启发。

这件事好像纯属教育系统的事、老师的事，似乎与大多数家长没有多大关系。但是我觉得，母亲和父亲一起是孩子的第一任老师。老师就要担负起教育的职责，从这个角度说怎么能与家长没有关系呢！教育总是与家庭、社会、学校息息相关的。

习总书记说，青少年阶段是人生的“拔节孕穗期”，最需要精心引导和栽培。我觉得这个“引导和栽培”的工作，离不开思想政治课教师，离不开其他学科教师，当然也离不开学生家长。家长更要自觉担负起“引导和栽培”的职责。根据现在中小学学生的实际情况，我觉得家长应该从这样几方面加以引导和栽培。

首先是提倡沟通，避免封闭和孤僻。法国作家、《红与黑》的作者司汤达说：“向随便什么人征求意见，叙述自己的痛苦，这会是一种幸福，可以跟穿越炎热沙漠的不幸者，从天上接到一滴凉水时的幸福相比。”由于前些年实行计划生育，各家各户孩子都比较少，特别是在城市。身为父母的70后、80后大多只生了一个孩子，娇生惯养，宠爱至极是普遍现象。这种众星捧月式的家庭环境容易使孩子形成孤僻、内向的性格。走出家门，这样的孩子会把自己封闭起来，不善与人沟通，不善与人讨论，不善与人共事。这种性格在孩子小的时候负面作用不甚明显。但如果真的形成，不利于培养孩子的团队意识与合作精神，影响孩子长大后的人际关系。

家长在与孩子接触中要给予孩子以正确的引导和有效的示范。让自己孩子多看到别人孩子的优点、长处，学会赞美别人、欣赏别人、羡慕别人，让孩子多与同学聊天、互相交流学习生活的体会、经验教训。当别人有困难需要帮助时能够伸出援手，热情相助。也要学会在自己有困难时善于向身边的同学或老师求助。有了好吃的分给别人一起享用是最低层次的分享，是对幼儿园小朋友的希望，因为现在的孩子大多不把物质的东西看得很重要。上学后，特别是上了初高中后，善于向别人学习，长于交流各方面的心得体会却是更重要的。我这里强调与人分享更多的是指这种精神层面的东西。黎巴嫩作家哈·纪伯伦说："一场争论可能是两个心灵之间的捷径。"也可以说，善于沟通、勤于交流也是一个人成长的捷径。

其次是鼓励勤俭，反对懒惰和浪费。唐代诗人李商隐有诗句云："历览前贤国与家，成由勤俭败由奢。"勤劳节俭的品质对孩子一生影响极大。勤劳就是喜欢劳动，勤快，有眼力见儿，眼中有活儿，能够料理简单的家务，比如起床叠被、打扫卫生、整理房间、换洗衣服等等。孩子走到哪里哪里一片整洁，自己身居其中舒适，别人看着舒心。俭朴就是要如明代朱伯庐《治家格言》中所言："一粥一饭，当思来处不易；半丝半缕，恒念物力维艰。"虽然今日之勤劳节俭与过去是有不同的，但是不能因不同而丢掉。勤劳节俭是我中华民族的光荣传统，是从古至今都被肯定的美德，是我们居家过日子和建设现代化强国都需要的基本素质，不能在我们孩子一代丧失。

现在在家庭生活中，在父母身边，能够料理家务的孩子不多，家长也总是不让孩子参与这些所谓的琐碎事情，一心希望孩子把全部精力都用在学业上。出发点是好的，实际效果有时适得其反，不但学习没搞好，基本生活能力也没有养成。到了需要住校或者离开家庭独立生活时，这种能力匮乏带来的后患就显现出来了。有的孩子不洗袜子，穿脏了攒起来，打包带回家，由父母洗；有的穿一双扔一双，一个学期下来扔掉几十双。孩子是因为学习忙顾不过来吗？显然不是，有时是懒惰，没有养成勤劳的习惯，有时是无能，真的不会做这些事情。谁的责任呢？不言而喻。因此，在家家长要指使孩子做家务，在外家长要指导孩子料理自己的饮食起居。不能让孩子坐在一旁拿着手机当看客。有的家长在这方面就很成功，我的一个邻居，孩子过年跟奶奶一起包饺子，在群里发了视频。奶奶自豪地说孩子十岁了，跟她包六年饺子了。这样的孩子将来走到哪里家长都放心，本人自信，生活会安排得井井有条，工作也不会差到哪里。

再有是引导自立，杜绝依赖和任性。美国作家、人际关系学家戴尔·卡耐基说：“为了成功地生活，少年人必须学会自立，铲除埋伏在各处的障碍，家庭要教养他，使他具有为人所认可的独立人格。”从小要注意引导孩子养成独立人格，克服可能产生的依赖习惯和任性特点。而这类毛病往往是由于家长或祖辈的溺爱养成的。由于孩子少，家长对孩子的关注度就格外高，凡事替孩子打算，替孩子做主，替孩子办理。凡是家长能想到的，都替孩子做好，孩子只有赌现成的。长此以往，孩子不再操这方面的心，在需要他自己考虑、自己规划、自己设计时，他会因为不具备这方面的能力而束手无策。在生活中处处依靠家长做主，事事听凭家长安排，这样不能自立的人，在社会上很难担当大任。当然，在人生的道路上每个人都可能会遇到麻烦，自立能够增强我们的勇气，但不意味着在需要时拒绝别人的帮助。接受别人的帮助也是良好沟通、健康交际的成果。

我国教育家陶行知说：“滴自己的汗，吃自己的饭。自己的事情自己干，靠人靠天靠祖上，不算是好汉。”从小要对孩子灌输这种独立不屈的意识，让孩子在成人之时适时具备独立的人格也是我们做家长的一种义务。

家长在思想、认识、品德、行为方面的教育和引导作用主要体现在日常生活中，体现在与孩子的接触交流中，体现在自我的言传身教中，如春风化雨，在潜移默化中熏陶、感染、影响孩子。家长们，给孩子心灵埋下真善美的种子，引导孩子扣好人生第一粒扣子，形成良好的个性和健全的人格，思政课教师责任重大，孩子的家长同样责任重大。加油吧！

2019 年 5 月

凡人小事

相对于自然的伟大和神奇，我们人都是平凡的，我们所做的一切都是微不足道的。

——题记

吉林火车站送别

姐们儿来疗养院看望我们

刻在心灵上的印记

在微信里听到这样一首歌，歌名是《我们这一辈》，里边的歌词有“我们这一辈，和共和国同年岁。上山，练过腿；下乡，练过背”。是啊，我就是共和国的同龄人，我就是这一辈中的一位。歌词引起了我的共鸣，也是我们这一辈人的共鸣。上山下乡是我们共同的记忆。

我出生在吉林市，知识青年上山下乡时，我被分配到吉林市所属的永吉县的一个生产队。河北省把知识青年集中的地方叫“青年点”，吉林省叫“集体户”。我们是个大户，初中、高中，男生、女生，共二十人。很荣幸，我被选为集体户户长。

为了尽快和贫下中农打成一片，我们住下后没几天，准备到老乡家串串门。有一位社员，听说他是“盲流”，就是从外地迁来、没有户口的人。虽然是“盲流”，但他是生产队干活儿的“打头的”，就是干活儿又好又快因此被批准领着其他人干活儿的人。我们来到他家的小房前，从外面看，黄土坯砌墙，房上苫着枯黄的秸草，窗户上没有玻璃，挂着破布帘子，用木条儿钉成的门歪斜松散；走进房里边，光线很暗，凭着房门射进的光，可以看到一铺小炕，没有炕席，炕上堆着破破烂烂的被子，地下锅碗瓢盆凌乱地摆着，整个房间到处都是黑乎乎的。他家没有拉电线，没有电灯，晚上要点煤油灯。而村子里其他人家是有电灯的。在市里我家是非常普通的家庭，我的邻居们和我家差不多，都不太富裕，但是我做梦也想不到解放近二十年了，还有如此贫困的家庭。他家的情形深深地触动了我。后来我们又到了生产队队长家，也是这个样子。据说“盲流”穷，是因为没有户口；队长穷，是因为孩子多。这是我在农村上的震撼心灵的一课——农村人贫困的生活状态是我们在城市里怎么也想象不出的。

下乡前，作为一名高中女学生，家境虽然不富裕，但是还能在国情和家情允许的前提下努力去满足自己的爱美之心。到农村后，就没必要了。我们刚到农村时是冬天，农活儿主要是倒粪，那粪既不是人粪，也不是牲口粪，而是一种像土似的黄黑色的东西，在地面堆成高约一米、宽约两米、长十米的长方体，社员说那是炕洞土。把这些粪从一侧向另一侧翻腾一遍，就是倒粪。当时正值数九寒冬，粪已上冻，需要用镐头刨。为了干活儿方便，也为了保暖，更为了表现“一不怕苦，二不怕死”的革命精神，我当时头上戴了一顶男式蓝布棉帽子，像雷锋曾经戴过的那种款式，上身穿黑色制服棉袄，下身的棉裤外罩着打了补丁的蓝单裤，脚上蹬着黑色的棉胶鞋，腰里还系着一根黄色的草绳子。这出打扮使我完全丧失了青年女性的特征。因为我在集体户十个女生中排行老六，集体户的女同学们都叫我“六哥”。我当时是很以此装束及称呼为豪迈的，还以这身行头与我的同伴们合影留念。现在想起来，那真是一个泯灭了性别差异的时空地带。

春天来了，我们跟社员一起打垄、点种、踩格子。当地的农作物主要是谷子，而薅谷子被认为是最累的农活儿之一。这个活儿主要由妇女干。就是在小苗长到一拃左右时，一边薅草，一边间苗。干活儿的人必须蹲着跨在一条田垄上，手边干脚边往前挪。站着够不着苗，坐着会把苗压倒，只能蹲着——这大概也是由妇女干的主要原因。那田垄一眼望不到头儿，现在估算一下至少得有一公里长。虽然季节还没到伏天，但在空旷的田地里，天上的太阳还是显得格外毒热。我们蹲在田垄上，一会儿腿就麻了，身上就出汗了，和社员的距离就越落越远了，只有拼命追，才会少落下些。我们“知青”个个脸色涨红，气喘吁吁，汗流浃背。那时那地，真正品尝了“汗滴禾下土”的滋味儿。

干过这一季活儿后，我忽然发觉自己的一条腿不听使唤，走路一甩一甩的，好像两条腿不一般长了。这不成了瘸子吗？我赶紧找赤脚医生，赤脚医生让我回市里治疗。我回到家，母亲很着急，怕治不好落下残疾，便带我到地方医院看，到部队医院瞧。有的大夫说这是腓肠肌麻痹，是着凉和压迫神经所致。压迫神经我知道是由薅谷子的蹲姿造成的，着凉是怎么回事呢？先不管这些了。我打针、吃药、针灸、按摩，凡是当时凭我家条件可以采用的办法都用上了。后来医生说需要注射维生素 B12，营养神经。我在吉林市没有买到这种药，最后还是在秦皇岛的朋友托人买了十盒针剂给我寄了过来。阿弥陀佛，我终于痊愈了。

返回集体户后我查看我睡觉的地方。我们集体户住三间正房，东西屋，每屋对面两铺炕，中间是厨房。我因为是户长，主动睡在了炕梢，就是炕上离灶台最远的地方。我掀开炕席一看，吓了一跳，炕席下的土还是湿的，呈泥状。这才想起那年冬天时我们这个灶坑总不好烧，天天从灶眼儿往外冒烟，社员帮助修了几次，也没有修好。经过一冬一春的烧火做饭取暖，到夏天了炕还是没有烧干。我这个傻丫头就在湿炕上睡了一冬。这是我在农村上的刻骨铭心的一课——感受到了劳动的艰辛和生活的困苦。

在我的一生当中，知青生活是短暂的，但是经历的那些事情却深深地刻在我心上，成为永远的印迹。在那里，我感受了农村的闭塞、农业的落后、农民的贫穷，也感受到了农民的善良与朴实。四十多年的光阴过去了，但记忆并未尘封，而是经常想起，因为那是我踏入社会的起点、是我今天一切成绩的基础。回忆，使我看到时代的进步、社会的发展；回忆，使我坚信未来的美好、前程的辉煌。

正因为有这些抹不掉的印迹，我在返城后的工作、生活中才能够勇敢地面对前进路上遇到的困难和挑战，不气馁，不退缩，不怨天尤人，并取得了自认为对得起人生的成绩；正因为有这些抹不掉的印迹，今天每一项惠农政策出台，我都由衷地感到兴奋，因为我知道，我国的农民太需要了。

2013 年 8 月

补袜子的联想

现在还有补袜子的？有，那就是我。前几年，我闲着没事也补补袜子，也穿补过的袜子。

尼龙袜子时代早已经过去了。那时的尼龙袜子结实，很难穿破，也就很少有补袜子的。后来，人们还是觉得纯棉的东西好，于是尼龙袜子惨遭淘汰。时兴纯棉袜子后，有一次，我一气买了十来双比较便宜的袜子，这下麻烦了。袜子确实舒服，吸汗保暖；可是不结实，不禁穿。尤其我这脚，有时脚指甲稍微长了点儿，袜子前边就顶出个洞；脚后跟皮肤略微干燥点儿，袜子后边就磨出个窟窿。没几天，五六双袜子都成了残疾。老伴儿让我赶紧扔了。我端详这几双袜子，其他地方都挺新，只是出现了些硬伤，扔掉实在可惜。我想到了补袜子。

我腰腿不太舒服，去按摩院按摩。我把补袜子的想法跟按摩师——一位农村进城打工的小姑娘说了，我本以为她会反对，没想到她说，补袜子有啥？不磕碜，不丢人。而且她还给我传授经验：没有补袜子的料，可以铰一双旧袜子补两双。我觉得这个主意很好，回家就照做了。

我虽然是近视眼，但岁数大了后看近处反而不用戴眼镜了。我找出针线不费力气就把针纫上了，再把一双旧袜子剪开，就有了材料，然后比着需要补的袜子下料，开始缝补。

拿起针线的感觉很奇妙。老妪手中线，老妪脚下袜。补袜子是个慢活儿，技术含量也不高，可以边干活儿边随意地想事。我想起了我的妈妈，在我小时候，妈妈为我们补袜子、补衣服、补裤子是常事。有了缝纫机后其他衣服可以用缝纫机补，而袜子不行，还得要手工。穿了多少妈妈补过的袜子不记得，只记得补过的袜子更暖和，好像带着妈妈的体温。我还想起了我儿子的妈妈，就是我。年轻时工资低，生活不富裕，虽然不记得补过袜子，但是要为儿子做衣服。从未受过裁剪缝纫训练的我，一次，照葫芦画瓢，给一岁的儿子做棉裤，当然是开裆裤。连夜裁剪、絮棉花、缝制，完工后很有成就感。儿子穿上后发现裆开大了，腿露半截，小屁屁露半截，自己看了都觉得可乐。但就那样也给我儿子换着穿了一冬。老家的妈妈来了看见后，就不是乐了，她差点儿掉下眼泪。说我光会教书，不会干针线活儿，说可怜她的外孙子了。写到这儿，我是又想哭又想笑，但是还不能用“哭笑不得”这个词。

手拿针线，不能说飞针走线，只能说笨笨磕磕地穿针引线。我又想起了我高中毕业下乡当知青那会儿的事。那时年轻气盛，满怀理想和抱负，曾写下一首小诗表达心志：

莫悔平生不是男，志女岂容炊黹缠。
挥戈重辟巾帼路，擎旗顶起苍天半。

这首诗当时在我的圈子里流传较广，以至我父亲、报社的老师等都写了和诗。回首过往，当年的理想也算是实现了。大半辈子光跟书本笔墨打交道，确实没有被做饭、做针线缠绕，也就使我至今不会补袜子。几十年前，很多家庭都有补袜子用的袜底板，就是用纸壳缝的、立体的、袜子形的、便于补袜子的撑子，像绣花要用绷子绷紧绣品似的。我现在没有，补起来就很不得劲，现做一个又不值当。但我还是克服困难补上了，而且成功了——一只袜子只剩一个法定的洞了，虽然补得不够平整，不算漂亮。

秋冬季节，有几回，我穿着补过的袜子进了按摩院，进了美容院，这些都是需要脱鞋上床露袜子的地方，我观察动静，却没有引起诧异，没有引起质疑，也没有人笑话议论。我觉得补袜子，穿补过的袜子真是一件平常的事。有的老年人，也补，也穿，只是不像我这样写出来。是我太多心了。

拿起针线的感觉真的很奇妙哦。

2014 年 3 月

二妹的苦乐人生

我们家姐弟五人，都赶上了“文革”，也都赶上了知识青年上山下乡。

在农村二妹能干、热情、连人①，很受贫下中农喜欢，于是就有人给二妹提亲。有一家的儿子当时是现役军人，在部队服役，他的父母看中了我二妹，于是替儿子追求起来。他们家平时做了好吃的就叫我二妹去，逢年过节也叫我二妹去，特别是我二妹身体不舒服时，更是端汤送水，关怀备至。一来二往，我二妹动了心。与那家儿子见面后也觉得不错，这样就处了起来，最终嫁给了那个农村青年。妹夫复员回到村里，他们夫妻就在农村过起了小日子。婚后，二妹生了两个儿子。

后来政府对在农村落户的知识青年出台了一些扶助政策，给一定的就业补贴，二妹得到500元安置费。她用这笔钱做资本，在村里开了一家经营烟酒茶糖、日用百货的小卖店，于是手头活泛起来了。当时，和我们在市里生活的几个兄弟姐妹比，二妹的日子过得很滋润。记得有一年暑假，我儿子去他二姨家住了些日子，回来说，在他们家没喝过白开水，渴了就喝汽水，我听了很是感叹。

孩子渐渐大了，二妹考虑到儿子的教育问题，有了返城的想法。那时除了在当地结婚的知青，其余的都已回到城市了。二妹返城，根据当时的国家政策，孩子可以随母亲户口进城，丈夫却还要留在农村。回市里没有房子怎么办？当时房屋没有公开买卖，居民大都住单位分配的公房。二妹没有工作，没有单位，也就没处要房。有人出主意，帮她花钱买了一张“房票”，就是别人把分配给自己的公房转给她住，她花钱买来居住权，每个月要向房产局交纳几元钱的租金，大致相当于现在的政府廉租房。开始几年，妹夫依然在农村承包水田地，妹妹带着两个孩子住在市里。后来妹夫年纪大了，孩子也都毕业了，他把承包的地退了，也来到市里。

一家四口团聚了，但是妹夫的户口还在农村。二妹家的生活开始走下坡路。辖区派出所的女民警看到二妹家困难，动了恻隐之心，主动提出把二妹夫的户口迁到市里。迁户口是大事，当时是要走后门，托关系，送礼，但是我二妹没花一分钱就办成了，在外人看来有些不可思议。她很感

---

① 连人：方言，亲近人，和别人没有距离感。

激那位女民警，但又拿不出像样的礼品回报，只好给她所在派出所写了一封感谢信。从此，二妹夫成了名正言顺的城里人。

两个儿子已经到了娶媳妇的年龄，但因为家境不好，找对象成了难题。经过多方努力，二妹的二儿子先结婚了，并贷款买了一处小房。可她大儿子的对象一直找不妥，二妹很犯愁。在持续几年的反反复复的相亲中，她大儿子终于和一位大龄女孩儿一见钟情，女方也不嫌他家穷。双方很快确定了关系，不久也结了婚。虽然和公婆一起住在简陋的公租房里，可在娘家是独生女的大儿媳妇没有丝毫怨言。过了一年多，二妹大儿媳家早就给女儿买下的房子竣工了，于是，我听到了二妹大儿子装修房子、搬家的喜讯。二妹的两个儿子，一个给她生了孙女，一个给她生了孙子。

儿子的生活有了着落，二妹、妹夫的心里踏实了。可是自己的晚年生活成了问题。在街道的帮助下，他们老两口儿先后办成了“城市低保”，每个月可以从政府那里领取几百元的低保金，加上妹夫打打零工，也勉强度日。我每年也要资助她一点儿钱物什么的，但是肯定解决不了多大问题。那时，我每次给二妹打电话，电话里首先传来的都是二妹的唉声叹气声，张嘴是“没钱”，闭嘴是“穷”，弄得我心里很不好受，只能尽自己所能帮帮她。过了几年，二妹家的公租房要拆迁。这是喜讯，但也让二妹纠结。因为她住的房子还是公房，不属于私产，拆迁、搬家、回迁等都需要钱。经过上访申诉，他们省政府有关部门就此事专门做出指示，开发商对我二妹这样的低保户进行了“特事特办”，先是由开发商出资把公房买下来，然后根据我二妹的意见又在其他小区为我二妹买了一套面积相当的新房：两室一厅一卫，并且还额外给了二妹 5000 元的装修费。

从政府和开发商的角度看，这个问题解决得很圆满、很漂亮。二妹呢？也非常知足，非常开心。当年农历七月十五给我父母上坟时，她在坟前诉告说：“爹、妈，我现在生活好了，公产变成私产，小房变成大房，旧房变成新房了。二老不必惦记。”

大约是 2010 年吧，二妹打电话来，说政府又有新政策，对他们这种返城后没有正式工作的知识青年，可以办“社保”，就是一次性交点儿钱后，按月领取社会保障金。这是天大的好事，我们姐弟妹都支持她办理，帮她凑够了上交的钱。二妹从 2011 年春节就开始领“工资”啦！转年，妹夫也办了“社保”。他们的社保金和退休职工的退休金一样，每年都增加一点儿。二妹虽然没有上过班儿，每月却有了可以满足温饱的收入，我们都放心了。

现在和二妹通电话，首先传来的就是二妹嘎嘎的笑声，底气十足，很富有感染力的那种。聊天中不是夸大儿媳妇孝顺，就是赞二儿媳妇懂事；不是说孙女当班长了，就是说孙子考试得 100 分了；不是说过生日儿子们请他们吃饭，就是说母亲节儿子们送她礼物。那个自豪劲儿啊，溢于言表！现在每次和她通电话我都开心，都兴奋，心里甜滋滋的。

“扳不倒儿，尖尖腚儿；啥样人儿，啥样命儿。”二妹的人生旅程起起落落，结果是好的。我们都说二妹命好，仔细想想，二妹的“命”好在哪呢？我看就是二妹赶上了好时代，这个时代的特点就是政府关心平民百姓，关注民生疾苦。有这样的政府，普通老百姓才有活路，才有奔头，才有希望。

二妹，你好好活吧，更好的日子还在后头呢！

2012 年 10 月

难忘儿时捡废品

我出生在东北的一个小城市。小时候，没有吃过什么苦，没有遭过什么罪，基本上衣食无忧。

但不知什么因缘，不知从哪件事情开始，我有了捡拾废品的经历。那时学生上下学都是自己步行，不用人接送；自行车是稀罕物，更甭提小汽车了。而叫作废品的东西也不像现在这样丰富。我在上下学的路上看到铁钉、铁丝就捡起来，看到碎玻璃也捡起来，回家放在一起攒着，够一小筐了，就到废品站卖掉，换回几分或几角钱。现在回想起来，那时的路是石子路，都是小石块，能藏下不少可以卖钱的东西呢。

印象深刻的是捡马铁钉的事。那时城市交通不发达，街道叫马路，载人、运货大都是马车。马车经过时，在家里可以听到得得得的马蹄声，那自有一种情趣。马需要钉马掌我是在那时知道的。在我家附近有个铁匠铺，铁匠铺的业务很杂，其中一项重要工作就是钉马掌。马被牵去后，绑在像双杠似的柱子上，固定住，然后抬起马的一条腿，使弯曲，脚掌朝上，再往脚掌上钉铁掌。在钉新铁掌之前先要把上次钉上去、已经使坏了的铁马钉和铁马掌起下来，然后再对马掌进行修整，就是用刀一层层地削去角质皮，使掌面平坦。修整完后，师傅把铁匠打制好的半圆形带眼儿的铁掌放到马掌上，用钉子钉牢。师傅们修马掌、钉铁掌时，我心里很难受，替马感到疼痛。但吸引我从头看到尾的是被起下并丢在地上的废马钉和废马掌。师傅们干完活儿，我们这些放了学的小孩儿，就去捡。捡一颗钉，如获至宝；捡一片掌，喜出望外。如果没有竞争对手，我一个人远远地蹲在铁匠铺旁，先是聚精会神地卖呆儿，看师傅工作，然后从容不迫地把那些废料捡走。当时，铁比玻璃碴值钱，又压秤，所以我喜欢捡马掌铁。尤其免费参观师傅钉马掌好像也是一件很刺激的活动。现在想象一下，一个扎着两条辫子的小姑娘蹲在铁匠铺旁看钉马掌，那应该是一幅很有情趣的画面吧。

回家问父亲，才知道，马蹄外面一层角质相当于人的手指甲，没有神经，不会疼。而给马钉掌就相当于给马穿上了鞋子，为的是让马能更长距离地行走或负重，就是让马更好地干活儿。我知道这个知识后再看热闹时就不揪着心了，而是带着新鲜好奇的心情欣赏。现在想来，那给马钉掌不就是给马做美甲吗？

我还捡过其他东西。当时有的小药瓶盖是用铝做成的，我就在大人打开药瓶后把铝盖存起来。还有其他旧作业本、课本什么的攒一块儿也可以换点钱。

能换钱的废品卖钱干什么呢？父母是不要的，因为也顶不了什么用场。我不馋，所以也不买零食。但是我有两个爱好。一是爱美。我用这些零钱买头绳。杨白劳卖豆腐换钱给喜儿买了二尺红头绳，那是旧社会。我用自己的手捡拾废品，换钱买各种各样可以扎成蝴蝶结的绸子条儿、缎子条儿头绳，臭美。白天放学后，或者周日休息时，就和妹妹们扎上这些头绳，看哪个漂亮。不用时，我把花花绿绿的头绳一条一条地缠好，放在一个精致的小盒子里，那盒子是北京的表妹来我家时送我的。二是爱看电影。那时每个学期，学校都要组织学生集体看几场电影，接受革命传统教育。但不是每次家长都允许我看的，因为一次一般要交一毛钱。

有时妈妈说别看了，下次再说；或者说别看了，你上次都看了一次。这时如果我特别想看就可以打开自己的小金库完成爱看电影的心愿了。

随着年级的升高，在学校待的时间变长了，不知从什么时候开始我没时间捡废品了，但这短短的经历却使我养成了节俭、攒东西的习惯。

结婚后有了儿子，儿子小时候喝牛奶得加橘子汁。总买橘子，总剥皮，扔掉觉得可惜，我就把橘子皮放在暖气片上烤干后装到袋里，存上，时间长了攒了一大袋子。我知道这是药材，就找到收购的地方卖了，钱不多，但感觉比扔掉快乐。

时代在进步，社会在发展，新的形势要求我们在该舍弃时要善于舍弃，在该扭转时要能够痛快地扭转。这些道理我都懂。但是，我觉得不论到什么时候、什么年代，虽然不一定要积攒旧物，但是节俭的作风不能丢，因为节俭不是抱残守缺，不是固守僵硬，不是守财如奴；而是一种美德，一种好作风，一种高素养。不是有很多人为了环保，为了美化环境，为了再生，为了变废为宝，为了化腐朽为神奇而捡拾废品或垃圾吗？明代朱柏庐《治家格言》曰：“一粥一饭，当思来处不易；半丝半缕，恒念物力维艰。”这就是在提倡节俭。中国传统家风提倡“德从宽处积，福向俭中求”也是这个意思。当然捡废品只是节俭的一种形式。节俭的含义是多方面的。我们不一定人人要去捡废品，但是人人都要从我做起，从现在做起，从小事做起，厉行节俭。

女作家张洁有《拣麦穗》一文，那是一篇张扬人性美的文章，文中的姑娘们拣麦穗换钱是为了备嫁，改善自己的生存状况。我小时捡废品仅是一种玩耍，但是却使我养成了一个懂节俭善存储的习惯。时至今日我也认为这个习惯是好的，有必要继续发扬。

2016 年 1 月

俭朴成性的三妹妹

我回吉林时，总要到每位弟弟妹妹家走一趟，串个门，看望一下，这么多年，已经成了习惯。记得前些年有一次去三妹家，唠唠家常后，要玩一会儿小麻将。她家没有麻将机，便把一个小炕桌摆到了床上。又从柜子里拽出一个小夹被铺在上面，当垫布。我一看这个小夹被吃了一惊。这不是我儿子小时候的夹被吗？大约一米见方，红底儿大花儿被面，条格布被里。一看就想起了我儿子的婴幼儿时期。而当时再次见到这个小夹被时我儿子已经当爸爸，我已经有了一个可爱的孙女了。这么多年过去，我妹妹竟然还保存着我当年送给她的小夹被。肯定她女儿小时候也用过，之后她没有丢掉而一直保存并使用着。这是我第一次感受到三妹的俭朴。

三妹退休前是中学数学教师。年轻时不但要照顾孩子，还担负着照顾婆婆的任务。丈夫也帮她，但是她觉得丈夫上班较累，一般不要求丈夫干啥活儿。其他弟妹都知道，有时她下班较晚，回家后还要现做饭、料理家务，十分辛苦。即使这样，三妹毫无怨言，一家人和和美美，幸福快乐。

三妹夫在市级企业工作，收入较少，后来企业下马，他也就下岗了。下岗后，每月只有几百元的生活费，直到正式退休，领到退休金。虽然妹妹收入尚可，但是维持一家人的生计，还是有些紧巴。在这样的家境里，妹妹也就养成了节俭的优良习惯，发扬了俭朴的中华美德。

他们住的房子是妹夫单位的福利房，后来房改，就买下了。房子五十多平方米，老式的两居室，没有电梯，他们住六楼。屋子不大，但是被妹妹拾掇得一尘不染，干净利索，整整齐齐，井井有条。我们都很佩服她。

最近又一次回吉林市，姐儿几位相约去三妹家串门，四妹发现她家用的椅垫还是二十多年前四妹亲手绣制送给她家的。椅垫用到现在，虽已发白，但是还很透笼、清爽。因为是夏天，三妹穿着一件紫色加杠的短袖背心。这不是几年前我送给她的吗？那年我一共买了十几件，送给亲戚中的女士每人一件。我问二妹还穿么，二妹说她那件早穿坏了；我又问四妹，她说领子处沾上了油污，已经不穿了。我自己那件只穿了几次，就不知扔哪里了。只有老三这件依然穿在身，虽已失去了簇新时的光泽，但还是干净利落。以前总是冬天春节期间回老家，所以没有发现。

再看她家的家具、摆设，新买的东西几乎没有，都是二十年以上的。我的亲妹妹呀，你也太会过了不是！她怎么说呢，她说能使能用就行呗，什么新旧的。

但是，她家有一样一般家庭没有的宝贝，那可是高投入换回的，那就是她的女儿——一位海归大博士。妹妹省吃俭用的根子原来在这里。她女儿，我的外甥女，从小聪明伶俐，学习刻苦，高中毕业顺利考上“985”名牌大学；又因学习成绩优异，本科毕业后获得保研指标，在原校读完了硕士研究生。后经导师推荐，自己申请，获得国家留学基金委的资助，到英国读博。在英国读书六年，只有前两年享受留学基金委按月发给的生活费，后四年就需自费了，自费就要家长拿钱。三妹妹与妹夫含辛茹苦地生活就是为了把自己的孩子培养成对社会、对国家有用的人才啊。

在国外留学的，特别是读博的，有很大一部分拿不到学位，因为国外的高校“宽进严出”，博士的毕业论文很难通过。我的外甥女经过苦读苦钻，完成了几万字的毕业论文，答辩时受到现场三名导师的一致好评。她终于获得了英国斯特灵大学颁发的博士学位，也终于可以回国报效国家和父母了。她目前任职于国内一家大型企业，年薪 30 万。三妹两口子的愿望终于实现了。眼下，外甥女已经工作两年了，可是妹妹的生活习惯并没有改变，她还是那样俭朴，一如供孩子读书时。

三妹说她家下一个目标就是换房了，要买一套电梯楼，因为年岁大了，上下楼确实感到吃力。

早点买吧！老三，你是该换套房了。

2018 年 8 月

园丁的浪漫

一次去游泳馆游泳，结束后我穿好衣服往外走，突然听到有人喊了一声“周老师!”我循声望过去，见一位中年男子从大堂侧面快步向我走来。我停下脚步，他来到我身旁。“周老师，你好吗？我是罗鸣啊!”我仔细打量这位学生，个头不高，身材适中，肤色微黑。圆圆的脸上一双明亮的眼睛热切地注视着我。我从他变化不大的脸庞看到了他少年的影子。对呀，这是罗鸣，当年那个坐在教室前排，爱搞小动作，善接下话的调皮鬼。当年课堂上的情景不由得浮现在脑海里。对，我还教过他姐姐罗韵呢！一位热情、开朗、爽快的女生。我赶紧说：“罗鸣，你好吗？现在在哪里工作？你姐姐好吗?”罗鸣一一回答了我的问题。还说他的血脂偏高，想通过运动降脂，所以来游泳；我说我经常伏案写东西，颈椎不好，想通过游泳缓解。我俩站在大堂边上聊了十多分钟，后来感到他是刚进来还没去游泳呢，所以赶快结束了聊天，握手道别。罗鸣嘱咐我多保重身体云云。

在一个公共场合，被一位多年前的学生认出来，我觉得这件事很浪漫。

我在学校工作期间，正是教师待遇较低的年代，没有什么补课费、课时费、绩效工资等额外收入，就是那几十元的工资。大约在我要离开一中的后两年赶上了发放班主任费，按照当时国家规定，每月七元钱，不论班容量大小，都一样。但就是这种待遇，老师们工作都很努力，不计工作量，不计分内分外，不计报酬。我记得有一年一位同一年级同科的女老师休产假，学校就把她教的两个班的语文课分给了我和另外一位老师。在她两个月产假期间我担任三个班的语文教学工作，每周十八节课，很忙，很累，而代课是无偿的。但是我们没有任何怨言，也没有向领导提任何要求，好像那是理所当然的。

那时我一直担任班主任，家访成了我业余时间的主要工作，记得有一届班级，我对每一名学生都进行过至少一次家访，海港区的自不待说，班里有几个北戴河区的，我也没有落下，向和寨、拨道洼、南大寺等都去过。记得儿子四五岁时，我带着他家访，好像是到文化里。家访后我牵着儿子走出房门就朝一侧拐去，儿子马上说："妈妈，不对了，咱们是从那边来的。"也就是从那时起我才知道自己空间定位能力很差，爱转向。

教师真的是只讲耕耘，不求回报吗？当然不是，可那时的回报真的只是学生学习的进步、成绩的提高，老师没有接受过学生家长的礼物、购物卡、现金什么的，当然家长也没有"送"的想法和习惯。

后来我被调到教育机关工作，就不直接接触学生了，也很少见到教过的学生，除几名成了我同行的学生外。有时在大街上或商场里或什么公共场所，会意外地遇到曾经的学生，当然都是被他们认出的。定睛一看，有的能叫出名字，有的叫不出名字；有的依稀可以看到当年的模样，有的已经完全看不出当年的样子。当他们惊喜地与我打招呼时，我都感到一种作为教师的荣耀与自豪，内心深处也油然涌起一种浪漫的感觉。随着自己年龄的不断增加，我早年的学生也开始迈入退休的队伍。我想起来了，我教过的最早的学生只比我小四岁。真是人生苦短，岁月弄人啊。

中国古代有供奉"天地君亲师"牌位，顶礼膜拜的习俗，表现出中国民众对这"五圣"的崇尚与感激。现代社会中很少见到供奉的牌位了，但是人们的尊重和感恩还是长存在心里。其中的"师"，也许不包括我等小"师"之辈，仅指那些"大师"之流，但是把"师"列入"五圣"之中，多少反映了中国人尊师重教的传统，对"师"怀有感恩之心凿凿可见。作为"师"之一份子，我倒觉得，教师培养学生是职业的体现，也是教师个人生活的需要，天经地义，理所当然，不需要感谢；学生努力学习是在未来社会安身立命的需要，学习好了，自己受益，国家受益，也不需要感谢谁。老师和学生谁也不欠谁，老师不需要学生永远记住。如果在未来的某一天学生想起了自己的某位老师，真的想念，打个电话就可以了，如果没办法联系，在心里祝福一下也好。

如果说，红酒加玫瑰表现的是情人告白的浪漫，“待我长发及腰，少年你娶我可好?”表现的是从纯真青涩到沉稳笃定的浪漫，和相爱的人一起慢慢变老是夫妻相濡以沫的浪漫，那么教师——园丁的浪漫是什么呢?我觉得就是在与学生擦肩而过时，被学生认出来，亲切地问候一声：“老师，您好吧?”这里有不期而遇的喜悦，有发自内心的尊重。这种师生之间的纯洁情感不似恋人之间的厮守，不像父母孩子之间的惦念，不如兄弟姐妹之间休戚相关。平时各自忙着各自的工作、生活，也许不曾想起，不曾记挂，但是相见时，一句问候勾起如烟的往事，这种情感更单纯、更真切、更自然、更没有负担。

这就是园丁曾经用心血浇灌的浪漫之花。这种浪漫不需要人工刻意地打造，不需要丰厚物质的大肆铺垫，它是纯精神与情感的，是油然而生的，是自然而然的，是真实而单纯的。

2014 年 3 月

我的“三意”退休生活

退休后，有过帮儿子带孩子的忙碌经历，但那就是几年的事；现在孩子大了，基本不需要我们帮忙了，我过起了悠闲自在，轻松快乐，但又不是无所事事的生活。我每天慢节奏地做着自己想做的事，没有过无事可做、闲得发慌的感觉。虽然没干什么“正经”事，但是每天也很充实，很忙碌，觉得时间不够用。我认为自己是上班时属于事业型女性，退休后属于有事干女性。归纳一下，我的退休生活可以概括为“三意”。

1. 时间支配上随意。可供自己支配的东西有三种：身体、时间、金钱。退休前自己有这三样，但却不能随心所愿。退休了，物归原主，可以自己说了算了，想干啥就干啥，想买啥就买啥，想上哪就上哪，不用请示，没有顾忌，无须汇报。当然这些以不影响别人、家人，遵纪守法为前提。我想做健身操，可以每天去广场；我想美容，可以每周去美容院；我想穿得亮堂点，可以专买颜色新鲜的衣服；我高兴了，可以上午穿一款式，下午再换一款；我想逛街，可以一天走几个商店，逛到走不动为止。我喜欢戴首饰，退休前要考虑影响，要注意身份形象，现在可以自由选择，任意搭配，只要自己看着舒服，觉得好看，没人反对。今天我心血来潮，想去集发观光园游览现代农业，那就说走就走；明天我灵机一动，想去老龙头看看天开海岳，也没有谁阻止。上午我去栈道观海听涛，下午我到植物园看鲜花争奇斗艳。只有想不到，没有做不到。你说随意不随意？

2. 生活享受上惬意。什么是享受？无论是物质的还是精神的，自己舒坦乐呵就是享受。退休前享受的是事业的建树，成功的愉悦。现在这些享受没有了，但是其他方面的享受更多了。享受老两口儿重过二人世界，享受亲手做出丰盛的美食，享受在网上淘来一件宝贝，享受孩子们送来节日礼物，享受远方的亲戚朋友前来相聚，享受在线观看好莱坞大片，享受汗蒸房大汗淋漓。冬天一场大雪过后，带着照相机走出家门，到广场拍摄“千树万树梨花开”的雪景；春日的清晨登上公园的假山，欣赏春满天下的万紫千红；夏天的傍晚，在街旁漫步，看霓虹闪烁，听市井喧腾；秋天，邀上三五好友郊外游玩，赏层林染红，听溪水叮咚……一切都是这么美好，一切都是这么尽如人意，一切都是这么赏心悦目，为什么不尽情地享受呢？兴之所至，打开电脑，写点小稿，描画美好生活，书写人生感受。在职时写东西为了发表，为了出成果，具有明显的功利性；现在真正是“我以我手写我心”，这不是很惬意的事吗？我每天都在享受生活。

3. 栖居上诗意。我虽生在城市，长在城市，但从小热爱大自然，喜欢山水，且矢志不渝，微信昵称特为“喜山乐水一小妞”。工作的四十来年间，寻找机会，创造条件，走进自然，亲近山水。因为喜欢向往这种生活，退休后在山里买了套小房，过起了“隐士”生活。当然，这个“隐士”只能加引号，因为那也是个楼盘小区，“隐”得很不彻底。但自认为也算是居有诗意了。每年春夏秋来这里住上几个月，很觉浪漫。虽没有陶老先生“采菊东篱下，悠然见南山”的超然，也有“采菜西山坡，鸟鸣我应和”（自创）的趣味。上山采野菜、采蘑菇、采榛子、采花椒、采鲜花，不计较采的东西多少，而在意那与大自然零距离接触的美妙感受。白天，与邻居姐们儿带着吊床，走进洋槐树林，甜腻的花香沁入心脾，不由得想起了槐花蜜。槐花盛开，树冠一片洁白，侧耳细听，持续不断的嗡嗡声萦绕林间，那是追随槐花的蜜蜂在紧张忙碌地工作。晚上，市里华灯齐放，这里寂静漆黑，举目仰望，深蓝色的天宇繁星密布，银河显示出波澜壮阔的气势。这是在市区看不到的景色啊。平日里“开荒南野际，守拙归园田”，翻地、播种、浇水、施肥，回归人类最原始的农耕生活。有汗水的付出，有果实的收获，其乐无穷，流连忘返。我觉得，这就是最接地气的居住方式，也是最有诗意的。

随意、惬意、诗意，这就是我退休后的生活，自己很满足，你羡慕吗？

2016 年 5 月

抬腿就走的乐趣

这些年我的锻炼方式主要是走路。在市里住的时候，乘公交车到植物园、到汤河公园等地走，时间短就在家附近的人民公园绕圈。在农村住的时候，每天从小区出发到九门口水上长城景区门口走一趟，来个每日一游。当然我的“走”不是孙悟空的一个筋斗十万八千里，也不是神行太保的日行八百里，连运动员的健步走也谈不上，就是凭自己的体力，能走多快走多快，走累了就放慢速度。有人认为，走时达不到一定的速度不管事，达不到锻炼目的。我不这样认为，我不是参加比赛，也没有参加比赛的想法，我也没有什么事需要“管”，我觉得走就比在家待着不走强。所以，我的走不在意速度，在意时间和距离。一般走一个多小时，有的时候也走两小时，一般步数在六千到一万步。退休至今走了十几年，尝到了不少甜头，获得了不少乐趣。

乐趣之一：距离不再是问题。市区范围内，不论去哪里办事，只要时间允许，我都步行前往。也多亏所在城市小，面积不大，我家又在市中心，到哪都够得上。以前出门想到的是乘公交、打车，开车那几年当然是自驾。现在车也不开了，到哪去首先计算的是时间，不知道的地方用高德地图搜索。如果步行在一个小时以里，我都会抬脚就走，不带打奔儿的。例如，步行去医院，步行去商场，步行去菜市场，步行到单位办事，步行去美容院，等等。走路，在我看来是十分舒服的事，绿色环保，社会效益；经济实惠，个人利益。距离真的不再是问题。

乐趣之二：困难不在话下。我本是一退休干部，生活中没什么大困难，就是一些琐碎的小事，以前会觉得麻烦、棘手，事情没干先发愁，现在这些心理都没有了。说包饺子就弄馅，说包包子就和面。以前一些大件衣服，像羽绒服之类的，我都会送干洗店洗，现在觉得这都不是什么大事，就自己解决了，而且洗得比干洗店还干净。干活儿不打怵，做事不犯难。跟团旅游也可以跟上队伍，到恩施大峡谷七星寨景区，来回是三十里地，又是上坡又是下岭，我和另一位女伴，硬是没坐滑竿，没乘电梯，走完全程，还没少拍照。去江西庐山的三叠泉，去武夷山天游峰也都走完全程。随驴友爬山，中等以下强度，基本也不会被落下。这些克服困难、战胜困难的勇气与毅力，都是我长期步行锻炼的结果。

乐趣之三：病痛踩在脚下。人吃五谷杂粮，小病小痛在所难免。以前我爱发烧，一感冒就上扁桃体。经过锻炼，现在抵抗力增强了，很少发烧。有个头疼脑热，休息一两天就过去了。自我感觉身体很结实，很健康，别人也很羡慕，都说我身体好。身体好靠坚持锻炼，而锻炼又促进了身体健康水平的提升，这是一个良性循环。

走路的乐趣还有很多，比如走路可以看风景，走路可以呼吸新鲜空气，走路可以增长见识，走路可以改换心情。其实，走路还可以思考问题，我有些文章的题目、思路、结构都是走路时想出来的。走路的乐趣真的太多了。

我走路，我健康，我步行，我快乐。你也迈开双脚，走起来吧！

2018 年 5 月

老伴儿种菜二三事

老伴儿退休前是国家大二型企业的中层干部。退休后先是自己干了几年，因为加工业不景气，挣不到钱，也就不干了。干什么呀？本来是待不住的人，没点营生日子不好打发。正巧这时遇到一个卖楼的，楼盘在农村。我们特意买了一楼，为的是可以利用房前屋后开点菜园子，种菜。物业划定的园子面积不大，但老伴儿种的菜品不少，但凡北方人能想到的菜，都种了一点儿。他体会，种地像上班工作一样，也需要摸索。通过不断实践、改进，他种的菜越来越好。而最突出的是红皮大萝卜和大葱，他种的萝卜在小区里首屈一指，人送他外号“萝卜王”。

他种萝卜的经验可以归纳为“播一、肥二、间三、铲四、拔五”一组数字。

播一，就是播种一次。农谚有“头伏萝卜二伏菜，三伏种荞麦”之说。他严格遵守这个要求，在入伏之前就把要种萝卜的地准备好。因为地少没有空闲地，他是利用春天种马铃薯的地种萝卜的。入伏后把马铃薯收获完毕，把地翻一遍，用耙子搂干净土豆秧杂草，再平整好，晾晒几天。赶上下一场透雨最好，天放晴了，地晒得半干不干的时候是播种的最佳时机了。他一般是在下午三四点钟时开始播种，在平整好的园子里按垄按埯种下萝卜种子，一埯放五六粒，分散开，不聚堆。

肥二，就是上肥两次。因为是自家食用，不使用化肥，完全使用农家肥。我家的农家肥是从开鸽棚的学生那里运来的鸽粪。第一次施底肥，播种前在坑里下底肥，底肥上面放些土，之后再放萝卜籽儿。追肥是在萝卜叶长到手掌心大小时，在垄台旁边各划开一条小沟，把粪肥撒在里边。有时追肥时间早点儿，叶子也不大，就在两埯萝卜苗之间追肥。

间三，就是间苗三次。第一次是在小苗长出两厘米左右时，间一次，拔掉一两棵小苗；第二次是在萝卜长到两寸高的时候，再间一次苗，再拔去两三棵，这时坑里只剩下一两棵了；最后一次是在萝卜长到一拃高时，拔掉多余的苗，每埯只留下一棵生长茁壮的苗。

铲四，就是铲四次地。铲地也是耪地，作用很大，有松土透气之功效。用锄头逐垄耪一遍，边松土边除草，铲的同时还要多往萝卜上培土。这样垄沟不断变深，垄台不断变宽，萝卜也就不断变大。

拔五，就是拔五次草。这是个虚数，根据实际情况，有草即除，见草就拔，反正就那么几垄萝卜，有空就看看，有活儿就干点。

这里还有一件重要活计没说，您猜到了吧，对，就是浇水。萝卜跟其他青菜一样，真正是水做的，如果天不下雨，要隔一天浇一次水，每次浇透。这个工作是没有遍数的。

由黄色的小颗粒种子变成绿油油的小苗，在不知不觉中，苗下面出现了红红的萝卜，萝卜越长越大，叶子也理直气壮地伸展开来，逐渐覆盖了垄沟垄台。看着自己辛勤劳动的回报，老伴儿心里那个高兴就甭提了。在萝卜生长期他每天都要站在园子边看了再看，看不够。到了秋季的最后一个节气霜降前后就可以起萝卜了。

拔出来一看，哇，萝卜又大又红，干干净净的，谁见了谁喜欢。今年我好信儿，挑了个最大的上称一称，三千两百多克，六斤多。哈，好大呀。

萝卜丰收了，肯定吃不完，分送给亲家、儿子家、老同学、老同事、邻居、和我一起锻炼的姐妹们等。

称老伴儿为“萝卜王”，当之无愧吧！

老伴儿栽大葱与别人也不太一样。

一般在头一年的秋末找一块地儿把葱籽撒上，入冬前小葱出苗了，浇几次水就可以不管了。开春再浇几次水，葱秧子长到有一尺半高了，就可以栽了。

栽葱的垄相对于别的植物要宽些，利于以后培垄。打好垄之后先浇水，水渗下去后打底肥。之后是摆葱秧子，一棵一棵距离要均等，不能太稀，也不能太密。这几步和别人可能都差不多，下一步是他自己独创的。一到这一步，平时不让我下地干活儿的老伴儿会打发我去外面田头果树下割草。草割回来了干啥呢？他把草捋捋齐，一把一把地放到垄沟里，就是在葱根上方先垫上一层草。这有啥作用啊？他说一是保持土壤疏松，二是草腐烂后可以做肥料，增加地力。然后把土埋上，踩实，这葱算是栽完了。再以后就是过段时间培一次土，就是背垄。背垄要深，培的土越多大葱的葱白越长，长得越粗壮。别说，我家这几年的大葱都得到邻居们的夸奖。人家越说好，我家老伴儿越来劲。看来，人不分长幼都喜欢听好话。哈哈哈！

老伴儿干活儿的优点是细，细致，细心；老伴儿干活儿的缺点是慢，慢条斯理，不紧不慢。别人一天干完的活儿，他得搭进去两天到三天。别说，这么侍弄出的菜园子，长势就是喜人。

2016 年 12 月

我完成了一个心愿

哩哩啦啦用了近半年的时间，把自己 2009 年出版的语文教学教研文集《杏坛落英》一书中所有的文章上传到了自己的博客。

此举好像有些本末倒置。因为一般的规律是先在博客上成文，再结集出版或再行在纸媒上发表。可是我的这本书是文集，文章是一篇一篇写就的，跨越二十年时间，当时还没有博客这玩意儿，即使后来有了，等我想起并学会应用时，此书已经出版。但我觉得，现在发表在博客上也不算晚。

此举好像有些多余，都出版七八年了，似乎没啥必要。我当然不这样认为。这本书一共收录了我一百五十四篇文章，共计三十四万字，绝大部分发表过。只有几篇寄出了没有回音，也收进来了。为什么要花费这么多时间和精力干这件上传的事情呢？原因只有一个：我觉得这些东西还有用。于我个人来说，这些都是我学习与工作经历的产物，是我心血的结晶，敝帚自珍嘛，感觉这些东西还是很珍贵的；于他人来说，那些经验也好，成果也好，感悟也好，都是有益的，充满正能量的，读读看看，特别是对青年教师还是会有帮助的。而且我自己有时翻阅这本书，觉得里边的观点、看法都没有过时，遵循了语文教学与语文研究的基本规律，反映了教学的问题与现状，并提出了有参考价值的解决方案。因为经费原因，当时印数较少，现在有了互联网，可以更好地传播和推广，可以有更多的人看到，说不定对谁有点启发呢！

基于这样的考虑，我上传了这本书，当然还有一点，就是自己退休在家，有足够的时间；而且个人著作（如果这本书称得上著作的话）颇少，上传得起。人家著作等身或著作超身之名流、学者、大家绝不会干这等事的。自己毕竟是小小老百姓、普通一书生、一介凡夫俗女。有此等人生“成就”，也很沾沾自喜，显摆显摆又何妨！

当然在上传的过程中，也遇到了一件不可思议的事情，就是这百多篇文章中，独独有一篇从原稿复制粘贴到博客后，总发不出去，显示说“系统繁忙，稍后再试”，可是试了几十遍也过不去，存草稿箱也存不上。我只好越过这篇，接着粘贴下面的文章，奇怪的是都非常顺利地过去了。全部粘贴完后，我回过头来专门研究这一篇稿子，先是题目不变，把内容换成别的，竟然过去了；我又把这篇稿子在电脑上重排，再复制粘贴到博客还是过不去。我终于想到，肯定是我这篇文章中有系统不认的什么东西，于是我一段一段试着粘贴，最后终于找出了这段蹊跷的文字。可是虽经反复修改，还是过不去。无奈只好删掉了这一段，文章上传成功。谁能发现是哪一篇吗，当然是博客上现在排在“杏坛落英”最后面的一篇喽。是哪一段呢？你是不会发现的。

别说，书稿全部上传博客后，我自己受益了。现在只要手机在手，我的那本书可以随时查阅。比如，天女木兰花开了，我搜出我的《寄语天女木兰》发给朋友，供大家应时品读。有人要去北京参观圆明园，我搜出《圆明园，你在哪里》发出来，开阔一下思路。对人对己，都是好事啊！

我的博龄到现在只有三岁多一点，博客的访问量很少，关注度也很低，但是我开起来了，先有了这一本书的文字量，不是挺好吗？

完成了这个心愿，我很高兴，很快乐。这也是我的一种生活状态，想好了干什么事情就一定要干成。这不也成功了吗？我佩服我的韧劲，我赞赏自己像上班时一样的一如既往的认真劲。

为我点个赞吧！

2017 年 2 月

李家三姑娘

李家是我们亲家，三姑娘是我儿媳妇的妹妹。李家生了三个姑娘，个个大眼睛双眼皮，漂亮端庄。我家有幸娶了他家的大姑娘。

李家三姑娘从河北中医学院本科毕业，被一个好单位——秦皇岛港口医院接收。通过介绍，与毕业于河北某高校的三姑爷结婚。三姑爷原本在我市一家私企工作，搞销售，待遇很不错。婚后，他们生了一个很帅气的小男生。一家三口，有体面的工作，有优厚的薪酬，过着不愁温饱的小康生活。可是三姑爷的销售能力被上海一家私企看中，人家用重金挖他，并承诺帮助在上海买房安家。去还是不去呢？三姑爷的父亲表态说去，这体现了我儿子的价值，为什么不去？三姑爷到上海发展了。三姑娘犯了寻思，追随丈夫吧，就要放弃目前这个很好的单位以及这份很好的工作；不放弃眼下的工作吧，就要夫妻两地，父子分离。可是去上海又谈何容易？

上海，那个国际化的大城市，进去不亚于移民他国。

经过短时权衡，三姑娘毅然决定，拿起书本考研，报考上海高校的研究生，实现去上海的目的。说是轻巧，做起来很难，已经大学毕业几年，孩子都两岁了，行吗？把“吗”去了吧，只剩一个字：行。三姑娘开始了新一轮的学习生活，一边上班，一边复习，一边照顾孩子。容易吗？不容易。孩子小，离不开妈妈，只要妈妈在家，就缠着不放。为了专心学习，有时三姑娘在家也要假装出门，然后自己一个人躲在一间小屋里学习，孩子问妈妈哪去了，家里人就撒谎说上班了。就是这样复习了大半年，国家研究生考试，她顺利通过，如愿以偿地被上海某高校录取。一家人终于在上海团聚了。

三年硕士毕业，可是在上海找一份与自己学历匹配的工作比考研究生还难。要想进入高校或科研单位或医院，硕士学历显然没有优势。三姑娘又接着攀登学习的高峰了。硕士毕业后报考了博士研究生。她报的专业的导师只招收一名弟子，够分数线的有三人，于是又进行面试、答辩。三姑娘又一次通过，开始了读博的历程。这时她的儿子也进入上海的小学读书了。

博士总算毕业了，工作可以解决，但是一家三口还不能在上海落户。为了尽快申请到人才引进的名额，三姑娘没有气馁，没有停歇，博士毕业又进入复旦大学博士生工作站做起了博士后。一晃又是两年，去年从工作站出站，被上海一所高校录用，聘为大学教师。作为引进上海市的专业人才她可以携带家属落户。现在的三姑娘一家三口都成了名副其实的一线大城市的上海人了。“阿拉上海人呢。”多么值得骄傲自豪的事情啊！

我们亲家公和亲家母看到自己闺女这么有出息，自是不胜欢喜。当得到上海传来的三姑娘一家落户的好消息后，亲家忙不迭地在秦皇岛设宴请客，高调庆祝了一番。我照了几张照片，把这件事发到朋友圈，微友们纷纷点赞，评价说这个故事太励志了！但三姑娘自己不骄不躁，听了大家的祝贺后，发表视频答谢，表示要好好工作，教好书，搞好科研，做一名优秀的高校教师。

三姑娘了得吧？念书念到这份儿上不多见。可贵的是在学习期间，她尊敬导师，认真负责，总是任劳任怨地完成导师布置的各项工作，查找、翻译资料，撰写论文，给本科生上课，协助导师出诊，等等，不论分内分外，都认真踏实地干好，不计较得失，不怕付出辛苦。而且她不仅学习、工作努力上进，人品还特好，孝顺，仁义。每逢寒暑假都回丈夫老家及秦皇岛，孝敬公婆、父母以及年近九十高龄的姥姥。亲戚朋友谁有了就医问药方面的需求，她都有求必应。把脉开方，推荐治疗方案，提出建议。2014 年我去英国要办理签证，英语的签证申请是她帮助填写的，其他签证所需材料也是她帮助翻译的。

这丫头真懂事，真能干，我喜欢！

孩子本事哪家强？秦皇岛李家三姑娘。

2017 年 11 月

请把这些留在记忆里

2016 年夏天注定是难忘的，不仅仅因为天气特别炎热，也不仅仅因为多雨水涝，而是因为在这年夏天我们周家五姐弟一起做了一件大事——到老家探望二叔二婶和老姑老姑父。

我们姐儿四个已经退休，老弟利用年休假，我们于 7 月 15 日、16 日分别从吉林市和秦皇岛市出发，到大连汇合。

大连是浪漫之都，我们在这里住了三宿。17 日游览了老虎滩海洋公园，参观了极地馆、珊瑚馆、海兽馆、鸟语林，在欢乐剧场看了海洋动物表演。当天是初伏第一天，遵循民间“头伏饺子二伏面三伏烙饼卷鸡蛋”的习俗，我们决定晚上也要吃饺子。为了找一家比较好的饺子馆，我们无意邂逅了饺子名店——喜家德，门口排着小队，座位需要等候。落座点了店里所有的六种馅的饺子，最后发现都很好吃。18 日步行两千两百米美丽栈道，到达棒棰岛景区，嬉戏玩耍，踩水踏浪，远望小小棒棰岛，近看长长大海带，忘不了那扎脚的小石子。19日乘“生生2号”海轮前往威海，海风很大，但船很平稳。我们在船上过得很愉快。

叔伯妹妹携夫带女及女婿，领外孙到码头接船，晚上山庄吃饭，亲友作陪。妹妹腾出三居室大房中的两室让我们姐儿四个住，妹夫带老弟到朋友家借宿。麻烦了五天，盛情感人。20日兵分两路，老弟和三个妹妹去刘公岛，结果因天气原因码头停运没有去成而在海边观光浏览。我与叔伯妹妹去南海新区会见高中同学，在南海公园参观了沙雕展览。21日叔伯妹妹陪同我们游览西霞口神雕野生动物园，在里边转了五个多小时，累得筋疲力尽，但游兴不减。出园后又不顾劳累游览了对面的隆霞湖。22日气温高达36摄氏度，妹妹的女婿开车带我们参观市容市貌，浏览了华夏山海城，在慈圣寺用斋饭，最后到威海海洋公园游玩，在路上我还与另一名男同学见了一面，这是高中毕业后近五十年的一次会面哦！

7月23日我们完成了此行的主要任务——去文登看望老姑老姑父和二叔二婶。老姑老姑父住敬老院，有人陪护，生活无忧；二叔二婶居家养老，身体健康，生活自理。看到四位老人都很幸福，我们很是高兴。父母地下有知，该是多么欣慰呀！中午妹夫做东请大家吃了顿文登大餐。下午妹夫载着我们姐儿四个去乳山看望我二大姑姐家的大闺女，她在那里开了一家眼镜店。

7月24日，我们乘大巴车来到了烟台，住在车站附近的一家小旅馆。25日冒着35摄氏度高温游览了蓬莱阁，登阁看人间仙境，游船看海分两色，导游带领我们看民俗馆，观矿物馆。26日乘车到济南，换乘高铁，于半夜十一时到达山海关。我老伴儿在山海关接站，把姐儿几个拉到我家农村房子处，辽宁葫芦岛市绥中县李家乡新堡子村的水印长城小区。由于连日阴雨，加之劳累，在这里过了几日田园生活，每日做饭、玩牌，很是休闲。8月1日，到附近景区九门口游玩，登明代长城，钻长城隧道，赏九门，览九江河。8月2日，驱车前往葫芦岛东戴河新区的大秦花海，观赏小菊花、格桑花等花卉。

8 月 3 日回到秦皇岛的家。住在市里的儿子、媳妇上阵，款待他们远道而来的姨姨和舅舅们，在世纪港湾吃圣比特南美健康烤肉，在海鲜居吃赶海大餐，解馋又过瘾，席间弟弟妹妹们还给我孙女包了一个大红包。8 月 4 日，我老伴儿与老弟返回水印长城收获玉米，我们姐儿几个在市区逛街购物，买短裤，买裙子，买 T 恤，不亦乐乎。8 月 5 日游览秦皇求仙入海处，与秦皇大帝同框合影，祈福长寿安康。8 月 6 日，吃过“上车饺子”后，把弟弟妹妹们送到山海关火车站，他们乘车返回吉林，结束了为时二十天的行程。

姐弟组团探亲，同游渤海之滨，孝心感天动地，亲情山高海深。

愿父母在天之灵庇佑他们的子孙后代生活富足，身心健康，精神愉悦，事业发达。

做此文以记之，愿把这一切记在心里，留在记忆中。

2016 年 10 月

我的老师真多呀

在农村买了个小房，可以种地。小区的周大哥在部队是师级干部，退休后，也来种地。他种的庄稼长得好，菜园里总是绿油油的，一派生机。立秋后的一天早上，周大哥在自家收获完玉米的地里干活儿，我路过。见他好像在翻地，从地头开始，呈“一”字形，横着在挖一条深沟。他身后的地上七零八落地铺着掰下玉米的秸秆，已经被切剁过。我问周大哥在做啥，他说把玉米秆埋到土里。只见他把地下的玉米茬子翻上来，用锹刃剁碎，然后连同地面上的秸秆一起埋到土里。埋一行之后，再翻下一行。他指给我看前几天已经翻过、埋好秸秆的一小块地，那地块平整、干净，什么都没有。他说那就是埋后的效果，还说埋上后来年春天再种地时这些秸秆已经腐烂成肥料了。难怪周大哥家的蔬菜长得好，原来“人勤地不懒”

啊。我问周大哥，你小时候种过地吗？他说，没有，这招是自己琢磨出来的。原来周大哥种地不只靠力气，还靠大脑。周大哥已经过了古稀之年，在职时身居高位，现在当起农民也是有模有样，有声有色。人，真的要不断地思考学习啊。

退休前我的职业是老师，可现实生活中称得上是我老师的还真不少，无疑周大哥是一个。

我的老师中比周大哥岁数还大的是我的叔叔。大约是1999年，我首次回山东老家探望亲人，心情难以平复，回来后写了一篇小文发表在《秦皇岛日报》副刊上，文中提到叔叔的女儿，我称她为“堂妹”。我还把登有我文章的报纸寄给了叔叔。十五六年后的今年夏天，我再次去山东看望叔叔、婶子。没想到他老人家还记得那篇文章，他说我文中有一个错误，我一愣，忙问什么错误，他说，“堂妹”用得不对，应该是“叔伯妹妹”。我惊讶地问，这二者有区别吗？他说有，叔伯姐妹是一个祖父的，血缘关系近；而堂姐妹是曾祖父以外的，血缘关系远。我很感谢叔叔的指教，但事后还是上网搜了，也查了字典。结果是叔叔说得对。叔叔今年八十三岁了，小时候读过高小，文化程度肯定没我这个大学本科生高，但是在这个问题上，叔叔成了我这个语文教师的老师。

我的老师比我小的也有。孙女读高二，喜欢读书，虽然课内学业繁重，她的兴趣也没有泯灭。我平时喜欢科幻电影、科幻小说，这次暑假她从学校回家，问我读过刘慈欣的书吗，我不以为然地反问，刘慈欣是谁呀？孙女嘲笑我out了，告诉我刘慈欣是当代著名的科幻小说作家，很出名。说他的小说在高中生中很流行。我这才知道，高中女生爱读琼瑶，高中男生爱读金庸、古龙的时代已经过去了。我自愧落伍，赶紧让孙女给我推荐一本刘慈欣的小说，孙女返校时果然给我留下一本，我现在还在看呢。这不，孙女也是我的老师呀！

当然更多的时候我是以“度娘”为师的。我在小区的空地上辟出一块，种了当地人很喜欢的草本花。这种花像灌木似的，一墩一墩的，叶子很大，茎蹿得很高，沿茎开出一朵一朵的花朵。花以红色居多，还有粉色、黄色、白色等，虽不名贵，但在夏季大片的绿色背景下还是很鲜艳抢眼。旅游季节当地人把这种花朵插到用柞树叶编制的帽子上，很漂亮，很得女孩子欢心。我当然也喜欢这种花。小时候，在姥姥家见过。但是这是什么花，叫什么名字，我不知道。当地人有叫"大麦熟"的，有叫"鞭杆子"的，还有叫"熟季花"的。我搞不清楚，只好找"度娘"。我输入拼音"shujihua"后，度娘自动显示出"蜀季花"三字，点击一看，有文字，有图片，介绍得清清楚楚。真是恍然大悟，收获不小。

我爱学习，爱思考，遇到的老师也多。我感谢这些年长或年轻的老师，感谢有形或无形的老师，他们使学到老的我有的可学，使我的晚年生活丰富多彩。

2016 年 7 月

我删除了她的电话号码

整理手机里的电话簿，从字母 A 开始往下顺，在 L 字母下看到了她的名字和号码，知道她的号码是应该被删除的，因为她已经离开了这个热闹纷繁的人世，去了另一个世界。于是关于她生前的点点滴滴不由得浮现在脑际。

她是个积极上进的人。她早年曾有过一段短暂的婚姻，什么原因不得而知，反正是离过一次婚。她不安于命运的安排，不向现实低头。离婚后为了改变环境和心情，从东北原籍七百多公里外只身来到了秦皇岛。她大学上的是师范，职业是教师。调到秦皇岛后重新入职，找对象，生孩子，有了幸福的家庭。后来她想在本市调动工作，换一所学校，打听到我这个老乡，找到我帮忙。我帮她联系了新的单位并带她去见了校长，她的调动如愿实现。从她一路走过的轨迹看，她很有勇气，敢于闯荡，心中有目标，有追求。

她是个倾心于时尚的女人。她大高个儿，高挑优雅，即使到最后身材也没有什么变化，这一方面归于遗传基因，一方面也在于她善于保养。和大多数女人一样，她爱美，喜打扮，每天都穿戴得精精神神地上班，衣服花样翻新，很会赶潮流，追时尚。给人感觉是位精致而漂亮的女人。业余时间她喜欢跳交际舞，在舞场是不少男士追逐的舞伴。五十岁之后吧，她还去美容院做了拉皮、切眉手术，更显得年轻有朝气。她呈现在世人面前的总是一副活不够，活不完的样子，生机勃勃，充满活力。令人羡慕得不得了。

她是个看重孩子的母亲。她第一次结婚，没有孩子，第二次结婚生了个如花似玉的女儿。得孩子较晚，对孩子无比珍惜、呵护。人说女孩要富养，她的女儿正是这样养大的。要风给风，要雨给雨。为了养育女儿，当然也是为了提高自身生活质量，她还在下班后辅导学生，上课，补习，办班。她很能挣钱，也确实挣了不少钱。家里的生活固然不错，也更能满足女儿的各种要求，不论合理的还是在别人看来不合理的。有一次她给我打电话，说她女儿在读高三，校方规定女同学不许留披肩长发，而她女儿偏偏想留，想求我去跟学校说说，通融一下。这回我拒绝了，因为我觉得她女儿的要求无理。但从这件事可以看出她是多么爱自己的女儿呀！

造化弄人。就是这样一个人，竟得了脑胶质瘤，多次手术，没能挽留住生命，她走了。

认识她的人扼腕叹息，她的生前好友伤感难过，她的亲人们痛哭流涕。

死亡是残酷的，但是每个人都躲避不了。死亡不是谁说了算的事，只有命运有权决定。她六十几岁离世，不算夭折，也不算长寿，对一般人而言也说得过去，但是相较于她积极而乐观的生活态度、她对生命的执着和热爱，六十几岁毕竟还是短了些。

死亡是人生最后要跨越的坎儿，每个人都在向这道坎儿走近。她走向这道坎儿的时间虽不算久长，但是她患病前活得充实，活得快乐，活得有理想，活得有意义。这，就足够了。

死亡是通向永恒的唯一的途径，她的灵魂得到了永恒。

我删除了她的电话号码。

阿香，你走好！

2017 年 2 月

我的小人与贵人

濮存昕在《朗读者》电视节目中回忆曾经帮助过他的人，感谢生命中有贵人相助。这使我想到了自己。在我人生的旅程中有过贵人，也有过小人。我觉得世界上绝大多数的人都是如此。

贵人和小人，先说哪个呢？先说说小人吧。我给我的小人下的定义是：背后作祟，企图阻碍我发展，在一段时间内也确实给我造成负面影响的人。当时我恨他们，随着时间的推移，现在写这篇文章时，我已经释怀了。

我认为我最早遇到的小人是在我二十岁的时候，当时我高中毕业下乡接受再教育。那时的知识青年真正想留在农村扎根务农的人可能不多，绝大多数人心里都想返城，特别是在下乡一年半，开始有了返城指标以后。我的小人就是在那时阻止我返城的人。

我从小喜欢写作，好动笔写点东西，下乡后也没放弃。曾在当时吉林省的《红色社员报》上发过几篇小稿。这引起了吉林市《江城日报》群工部的注意，在组织第十七期工农兵通讯员培训班时，报社群工部的一位产部长来到了我所在的人民公社，指名要我参加为期三个月的通讯员学习。因为是指名，公社要换成当地知青、公社某干部亲属的打算没能实现，我如愿以偿地回到市里，到报社参加学习。学习期间，我的写作能力得到了有限展示和大家的初步认可。学习班即将结束时，有消息说报社准备从这期学员中录用几位留在报社工作。十七名学员中，我是公认的尖子。但是结果出来后却没有我，这对我打击太大了。这是我人生遇到的第一个挫折。我心有不甘，想办法打听原因。后来终于被告知，在讨论人选时有工宣队员评价我“业务上的尖子，政治上的白丁，这种人最可怕！”报社属于上层建筑，当时正处在“文革”中，报社里进驻了工宣队、农宣队、军宣队。报社的大权实际上被这些宣传队控制着。

想我一位二十岁的女青年，出身工人家庭，一直积极上进，却只因能写点儿小文章就被称作“危险分子”。滑天下之大稽！最后留在报社的几名通讯员，政治面貌确实很好，都是中共党员，但是他们有的不爱好写作，不写文章，有的连标点符号都用不好，在报社没待多长时间又都被陆续调离了，这是后话。而我经过长时间的不懈努力，也依次入团、入党，而且一直没有停止写作。在那样一个特殊的时期，极左分子是业务能力强的人的天敌，是必然的小人。我不知道是哪位评价我的，但是我一直把这个人看成是我人生的第一个小人，当然这个小人不是由于个人恩怨产生的，而是时代衍生出来的。

再一小人，是在我入党问题上杀出来的。我要求入党十多年，一直没有解决，还是因为我的业务能力。记得中学时，因为学习好，有人说我走白专道路，我就入不了团。最后还是在农村入的团。入党又步步受阻。20世纪80年代，党中央要求大力发展知识分子党员，被校党支部及时暗示现写申请书的人都填表、讨论了，而我一直没有消息。我稍流露出一点点意见，有人马上说我经不住考验，和别人攀比。后来一名领导跟我谈话，说有人对我评价很不好，接着领导说出了两个词，八个字。这八个字才真正够阴损的，一般是用在阶级敌人身上的，今天我不想写出来。想我一位三十几岁的青年教师，心怀坦荡，正大光明，教学骨干，积极进修，钻研业务，却落了个如此的“高度评价”，天理何在？最后到底是那个给我“高度评价”的人先我入了党，我在她之后不久也入了党。我向领导提出这八个字的问题，要求对这样诋毁同志的人进行批评。领导又矢口否认了，说人家没说过这样的话。当初拖延我入党是以这个人的言论为理由的，现在准备发展我入党了，就不承认那个人说过此话了，这位领导也是翻手为云覆手为雨的高手。我认为，曾经给我“高度评价”的这个人是我名副其实、地地道道的小人，她凭借各方面的关系，用阴损的语言攻击我，实现她嫉贤妒能的阴暗目的。如果我真是她说的那样，组织也不可能发展我入党。

还有一小人，堪称“疯子”。在上个世纪 90 年代，个人认为，我工作处于“辉煌”时期，各方面工作都很突出。这个小人也跳出来表演了。她罗织罪名，四处告状，还对我进行人身攻击。比如说我非法编写资料，向学生出售啦；不服从领导，跟主任吵架啦；走后门送亲属考学啦；等等。本来我是出色的教研员，她这一折腾，弄得我处境很尴尬，有些人迫于她的疯狂性，也不敢替我说话，搞得我很被动，高级职称也得不到及时聘任，我所在的党小组长还起草报告要求党委给我处分。这个疯子的告状材料从市委转到我们局里，局纪委同志找我谈话，逐一了解，最后倒是都澄清了，没有什么政治后果。党小组长提议的所谓处分也没有被党员群众通过，而是不了了之。但是我个人的发展却受到了阶段性的压制，起码表面上是这样。我的辉煌业绩也因此化为乌有。当然是金子总要发光。我的工作成绩和能力体现是什么造谣污蔑都抹杀不了的，所以才有了后来的转机。

我认识到这些小人虽是我前进路上的障碍，但并没有怎样我。我应该庆幸，有许多因为长得漂亮或有才干的人甚至遭到毁容或被暗害的结局，我没有，不是值得庆幸吗？再说遇到他们是我命中注定。唐僧西天取经经过九九八十一难，才取到真经，我的成长和发展又怎么应该一帆风顺呢？“不经历风雨，怎能见彩虹？”应该经过多少“难”我不清楚，反正这些小人都像《西游记》里的妖精一样，也是有来头的，所以他们害了别人，自己并没有遭到什么报应。

老天有眼，我不是总倒霉，我生命中也遇到不少贵人。有人说贵人是开拓你的眼界，纠正你的格局，给你正能量的人。这话有些大，不好理解。我觉得贵人就是在不知不觉中帮助你、引领你、成全你实现梦想的人。

1978年，秦皇岛市第一中学恢复重点校名誉，确定为河北省十七所重点学校之一。为了提高学校的教学质量，市教育局决定从全市各中学抽调一定数量的教学骨干充实到一中教师队伍，并同时从市一中调出同样数量的老师。当时我来秦皇岛才六年，不到三十岁。知道这个消息后，我根本没往心里去，因为觉得此事与我无关。可是名单公布后，我竟然单上有名。这绝对出乎我的意料。很多人剜门子盗洞子想去一中，但是名单上没有。我是被调入一中的二十五名教师中年龄最小、教龄最短的一个。既然上级调我，我还是很有自信的，但我始终不明白：我，一个外来的青年教师，何以被调到省重点中学。多年之后，我终于知道了，是市一中的一位老教师推荐了我。原因是我寒暑假参加青年教师进修学习时成绩突出。我才想起，这位先生在我们进修时曾给我们授过课，而我在进修时考试成绩总是优异，现场作文还被进修学校老师当作范文讲评，我也在海港区、山海关区、北戴河区的青年教师培训会上就这篇作文谈过写作经验。贵人来了，挡都挡不住。因为我当时并不认识这位老先生，后来荣幸地成了他的同事，他也被指派成了我的入党介绍人。

张老师，我谢谢您！我在这里向您鞠躬了。

2001年，根据全国教育形势的发展和当时课程改革的政策规定，河北省教育科学研究所决定编写一套适合我省需要的初中语文教材。要组建编写组。这一动态，我并不知晓。得到通知到省里报到，才清楚自己未来的任务和工作。在教材组一待就是二十年，成了教材组的主要编写者。我诚然有一定写作基础，但是参加省里的教材编写肯定是我之前做梦都没有想到的。后来得知，是省教科所的二位直属领导抬举了我。他们知人善任，充分发挥教研员的特长，对我来说，他们就是我的贵人。由于教材组成员的共同努力，我们的教材二十年来通过了各种审查、复审、再审，成为全国中小学教材审定委员会审查通过的初中语文教材之一。需要说明的是，被通过的语文教材数量在全国只是个位数。

二位小张老师，大姐谢谢你们！

2003年评特级教师时，我第四次申报。再不报就没有机会了。前三次都没有出线，因为名额少。这次报的人更多，分配给我单位的名额只有一个，竞争自然很激烈。我的教学研究成果丰富，论文百十来篇，获奖证书一摞子。岁数比我大的老人儿也都退休了。自己觉得信心满满，胜券在握。材料报上后，焦急地等待本市教育局的结果，本市出线是最终评上的第一步。教育局负责这项工作的人事科长是从市政府新调来的，我不熟悉。可是有一天他把我找到办公室，问我有无全国性的教学改革项目，我说有哇，语文学科自主学习研究这个课题已经报到全国中语会，并且被批准立项了，有证书为证。他说那你为什么没把这个证书放进材料里呢？我说因为立项刚一年，没有结题呢。他说那你把这个证书拿来吧。我很听话地把这个证书加进了材料袋。当然，材料是评定特级教师的一个方面，但是文件规定的硬性指标都需要有证明材料支持，空口白说是没用的。我终于出线了！后来我又到石家庄进行面试：封闭抽签定课题、自主备课、现场讲课、答辩。经过了这许多流程，特教评定的工作才算结束。我评上特级教师，实现我心中梦寐以求的愿望，那张证书未必起到多大作用，但是这个人事科长成人之美，助人之需，我觉得他也是我生命中的贵人。

李科长，谢谢您！

我是一个无权无势的小人物，我的父亲、丈夫、儿子也都没有足够的、可以沐浴我的光芒。所以在职场上既没有可以罩着我的“爹”，也没有可以拢着我的“夫”，还没有可以衬着我的“子”。我的进步和发展完全凭借自己的实力，以及正义和光明的帮衬。我得到了我满意的最终结果。事实再次证明，历史的车轮任何人也阻挡不住，是金子总要发光，即使晚些。

小人也好，贵人也罢，都在我不知情的情况下干预了我的生活，这就是我的宿命。我用我的耐性和实力战胜了小人，我用我的努力和成绩报答了贵人。我取得了我人生的胜利，我笑到了最后，得到了我想得到、我努力追寻的东西。我很知足，我很快乐。

贵人和小人一起成就了今天的我。我感念生命中的贵人，贵人帮助了我，贵人成全了我。我不怨恨生活中的小人，小人磨炼了我的心性，小人让我看到了生活的本真。

鲁迅曾说过著名的话："我的怨敌可谓多矣，倘有新式的人问起我来，怎么回答呢？我想了一想，决定的是：让他们怨恨去，我也一个都不宽恕。"

我没有能力伤害过、妨碍过任何一个人，所以怨恨我的人的理由都是不光明不光彩的。曾经有人深深地伤害过我，但我现在不怨恨，因为这种怨恨没有意义。这一点我和鲁迅不一样，他们可以没有理由地怨恨我，其实也有理由，那就是嫉妒。但我宽恕了他们，因为他们不如我，所以嫉妒我。曾看到过一句话，大意说当你比别人强一点时，别人忌妒你；你比别人强一些时，别人羡慕你；你比别人强一大截时，别人依赖你！那就是说我虽然比嫉妒我的人强，但是确实没有强多少。无法让她羡慕，只有嫉妒的份儿。

每一个成功的人的背后都有一个或几个贵人，也会有一个或几个小人。没有贵人，世界将失去辉煌；没有小人，社会将失去精彩。世界上的事情是复杂的，是我的贵人，不一定是所有人的贵人；是我的小人，肯定不会是所有人的小人。

2017 年 4 月

小叙几次就医经历

我绝无冒犯医生的胆量，因为我也吃五谷杂粮，也会生病。我的病除了自愈的小病外，最终还都是医生治好的。所谓的医患矛盾，其实都是个例；而个例在哪个行业都有，不足以说明问题。但是我在求医问药的经历中，也还是对某些医生有些看法。不妨说来你听听。

我气管不太好，感冒后爱咳嗽，有时咳嗽时间较长，用了很多药也没有效果。有一次，我又咳嗽了，咳嗽本身不太厉害，不是躺不下、睡不着觉的那种，而是气管里不得劲，发痒，不舒服。我到一家三甲医院看病，事前就料到必然要做 X 光透视。透视结果出来后拿着报告单给接诊医生看，她看了后告诉我可能是肺部感染，还要我去拍胸片。我有些不耐烦了，说肺部感染还拍什么片子啊？她说，你要就是肺部感染还好了呢！我一听这话里有话的话，毛了。拿着单子六神无主，但是没有最后结论之前，我想先不要惊动家人。我首先想到了当时联系较多的一位女学生，是一名法官。我拨通了她的电话，告诉她大夫说的话。她在电话里似乎也感觉到了我的恐慌，其实我尽量装作若无其事地与她通话。她说，老师，你在医院等我，我一会儿过去，咱们换一家医院再查查看。我在等学生的过程中，有些心烦，又想到我家的一个邻居也是本院大夫，我就去找她了，正好她诊室暂时没叫人。她听了我的说明，立马起身，对我说，走，我跟你去看看。她带着我又来到放射科，找到负责胸透的一位主任，跟他嘀咕了几句，主任让我进到胸透室，站到机器前。我乖乖地照做了。我透过窗玻璃，密切注视我认识的大夫和主任的表情，他们俩一会儿指着屏幕，一会儿交谈几句，又让我一会儿左转身，一会儿右转身的，非常仔细、认真，然后示意我出来。我连忙穿好衣服，走出去。我认识的姐们儿拿着单子说，没啥事，咳嗽时间长了，肺部感染，是有片阴影，但是非常薄，不像占位的东西。我悬着的一颗心落地了。谢过了那姐们儿又去迎我学生，她已经到医院，什么话都没说，把我拉到车上，向另一家医院驶去。到了另一医院，她也是找了放射科主任，主任认真检查了一遍，说法与上一个医院一致。我说肺部感染怎么办？他说输几天液就好了。我在这个医院开了药，每天去输液，几天后，咳嗽止住了，没事了。从那以后，我好几年没去那个三甲医院看病。

时隔多年后，因同样的病，我又一次去了那所三甲医院，挂了呼吸内科的普通号。排队进诊室一看，还是那位女医生。这回她没有那么复杂，给我看了病，开了药。临走，我对她说，我给你提个意见。她说咋的啦。我把那次就诊的经历说了一遍，她面有羞赧，辩解道，我不那么说该怎么说。我没有和她多费口舌，只说了句：你要实事求是，不要吓唬患者，更不能夸大其词地谎报军情。

一场虚惊使我对有些医生的话有了怀疑，不再是深信不疑。

之后有一次，早上起来解大手时，发现手纸上有血，鲜红的，新鲜的。我不明就里，有些慌张，忙去医院挂号。接诊的肛肠科主任大夫让我侧躺在床上，他瞄了一眼，让我起来，什么也没说，刷刷刷，开了一张单子，说去肠镜科预约，做肠镜。我交了费，预约上了号。可是当天不能做，要等。我到底是咋回事，心里没底，等不了。没办法又去找我认识的医生了。她听了我的叙述，说，你不愿意做肠镜，可以退了，去海军医院看。我说都交钱了能退吗？她说可以。我去退款，收款处说要开单的医生签字。我只好硬着头皮再次来到肛肠科。那位主任好像下午要出差，正在向护士交代事情。只听他说，刚才去化验的那位回来后把这个给他，让她开药、吃药。我在旁边听了心想，那位患者的化验做得真多余。不化验大夫都知道是什么病、用什么药了，还非让患者去化验。但我不敢说话。他处理完了那个，转向我问啥事？我递过单子小声说，麻烦给我退了，我不做了。他看了看单子，也没有问理由，二话没说，就签了字。

我办理了退款手续，不敢耽搁，直接坐公交车来到了海军医院。挂号时，人家说肛肠科的主任退休了，现在没人。你要是能等就挂，我们通知大夫下午过来。我说等。因为距离较远，中午我没回家，在外面吃了点东西，就返回医院在候诊的椅子上休息。

大约两点半钟，大夫来了，一位慈祥的老军人。听我诉说病情，他也让我侧躺床上，检查了一下，让我起来。我说，大夫，咋回事？他平静地说，痔疮。我问用做肠镜吗？他笑了，说，痔疮做什么肠镜。我给你开点药，按要求治就行了。我取回药，根据说明，外用、热熏、坐浴。没有一星期，好利索了。而且以后也没有再犯。

前一个医院的过度检查使我对医院的检查单子有了恐惧。明明简单的病症，大夫心里很清楚，为什么还要做不相关的检查呢？结论只有一个：利益驱使。

有一天早上起床感到头晕，天旋地转的。感觉是和以前有过一次的血管痉挛不一样的眩晕。我去医院了，先挂了内科，到了门诊，医生一听病情，说不对，让我换成五官科，并解释说，属于耳朵的毛病。我又换了五官科。大夫听完主述，没告诉我什么病，就说先输三天液，不好再说。我满怀希望去取药。路上遇到我熟悉的一位医生，她问我来干什么。我说了一遍。她说这是耳石症。我知道耳朵里有管平衡的器官，但是不知是哪个“shi”，这回清楚了。回家上网查找资料，明白了耳石症的发生原因、治疗方法。其中主要强调用手法正位，没有说到输液的事。我输了三天液，没什么效果又去挂那位医生的号。这回他让我横躺到床上，头冲侧面，伸出床外，他给我转了转，问我向哪个方向看感觉头晕得厉害，我才发现这眩晕是有方向性的。他摆弄几下，也没费什么事，完活儿。我的“耳石症”好了。其实第一次就诊时，以这位大夫的经验、水平，他就可以看好，结果非让我来第二次；而且他故弄玄虚，明知道是啥病，偏不说，不告诉你。你说为啥呀？利益驱使。

还有一次，一个手指甲下面的手指上鼓了一个小泡，也就小米粒那么大，我没在意。但是它见长，又疼起来，后来发展到黄豆粒大小，里边有一包清亮的水，用力挤，还挤不破。我不知道怎么回事，也不敢用针扎。学生介绍我去了一家医院。大夫看了说是腱鞘炎，得住院做全面检查，然后还要动手术。并说长得位置不好，手术不太方便，因为离指甲太近。最后这个大夫跟我说，你给拿 200 元钱，我在门诊给你做了，你也不用挂号、住院。因为没有手续，我不敢答应，就打电话问学生，学生说，那你别在那看了，换家医院。又介绍我去了骨科医院，让我去找一位院长。我拿着挂好的号去见院长，院长已经接到我学生的电话，他看了看我手指，说是不太好办，但有一个方法可以试试。他叫来了另一位大夫，交代他说把泡里边的水抽出来，然后加压试试。这个大夫就拿来一只注射器，扎进我手指的泡里，把水抽出来了，是黄水。然后用力把泡压扁，上了点药水，又用胶布、绷带把手指紧紧缠上，说回去吧，过几天再来换药。我交了处置费和药费就回家了。过了几天我又来到医院，大夫打开后看了看说可能没事了，再换一次药吧，但也有可能还长水。万幸！两次，好了。这是医生用他们丰富的医疗经验换来的快捷治疗方法。

结论是，医生都是好医生，有知识，有技术，有经验，但由于利益驱使，他们有时会不实事求是，小病说大，没病说有，过度检查，过度用药，拿患者当白痴，故弄玄虚，不告诉实情。在医患两者关系中，以前认识与不认识、熟与不熟起很大作用。如果认识并熟悉，得到的治疗会更接近实际，更能听到真话、实话。所以，当老师的要鼓励学生将来学医，家里有孩子念书的，不论是儿子辈还是孙子辈也要让他学医，毕业当大夫。家族中有一位医生，全家受益。我这几次棘手的就医过程就是沾了学生的光、邻居的光。如果家里没有医生就选个医生做邻居吧。

2019 年 4 月

消费维权的几件事

作为消费者，自己见到或听到别人上当受骗的事多了，常常心有余悸，一接触卖家就担心他们在欺骗自己。以至这种心态成了常态。后来网上订购商品，下单之前先做好上当的准备，心里盘算一下，如果买 5000 元的东西，先问下自己如果这 5000 元打水漂了，能不能承受得了。觉得能承受就下单。别说，有了这种心态后购物倒轻松了。因为我想通了一个道理，就是，活在当下的人，是离不开商家的，一举一动都要和商家发生联系，一盐一醋都要从商家那里买来，不可能事事靠自己，物物自己动手做。所以首先是不要怕人家挣你的钱，也没必要计算别人通过你的消费挣了多少。别人挣你的钱是理所当然的，无利不商。要不然给你工资，给你退休金干啥？不就是用来消费的吗？其次要弄清楚自己是否需要这件商品，这件商品买到家会给生活带来哪些方便或好处。只要是自己需要的，自己喜欢的，该买就要买。如果真的上当受骗了，要想方设法维权，力争损失最小化。我在消费的过程中，有过几次与商家发生纠纷的小经历，也算是维权的经历吧。

我冬天易感冒、犯鼻炎。中医院有了冬病夏治的贴伏方法后，我基本上坚持每年三个伏天到医院贴伏。最近几年，夏天我都是住在乡下，山里。有一年头伏的前一天，我特意从农村家赶回市里家，第二天起大早去医院，因为要先排队买票，就是挂号。到医院一看，跟往年一样，医院门口人头攒动，拥挤不堪。工作人员开了几个口卖票。我排了一个小时左右的队，把头伏、二伏、三伏的票都买到手了，省得下一次再来时现买还得排队。接着又去找相应的贴伏的大夫，因为病种不同，贴的穴位不一样。在大夫这里也要排队，一个接一个，大夫干会儿活儿，还要处理点别的事，一会儿站起来走了，一会儿又回来了。大家都耐着性子等待。终于轮到我了，我贴好后，如释重负地回家待着去。伏天天热，不动都出汗；活动多了出汗会更多，会使贴上去的药贴掉下来。

我在家看书、上网，安静地休息了大半天，看看贴的时间够了，我决定把药贴摘下来。身体前面的摘完，撕后背上的，因为家里没别人，只好自己够着摸，身后沿脊椎两侧有八个贴。我撕下一个看看，早上贴上的绿色的膏状药剂都干了，变成了圆形的小饼，一撕扯碎成一小块一小块的粉末。剩下最后一个药贴了，我拽下一看，圆贴洁白无污染，中间装药的小圆圈空空如也，洁净无瑕。我用手摸后背，也没有摸到药渣。我意识到这个贴里没药，他们把一个空白的圆贴给我贴上了。

我的心情可想而知。想我为了贴这个药，几十里奔波赶回来，早上五点不到起床去排队，排了两次队，结果给我弄个没药的贴贴上了。我怎能善罢甘休？一股被耍弄的恼怒涌起。我把这八个贴排好，拍了照，并把这八个贴用纸包好，留作证据。第二天，我回到了农村家，上网查到这医院的网址、邮箱，给这个医院写了一封电子邮件反映这个情况。过了很长时间，没有反应，估计他们邮箱只是摆设，根本没人打理。我开始打电话。先给院长打，听了我的反映后，他让我找主管业务的副院长，主管业务的副院长让我找负责贴伏的科室，负责贴伏的科室说你记不得当时给你贴的大夫，我们不好办。我没招了，又不死心，于是找卫生局，找受理投诉的科室，找了一溜十三招，终于有个人接待了我，听了我的申诉后，他问我有什么诉求，我说假一赔十，按十倍的贴伏费用赔偿我。他又和医院协商、沟通，回答是不同意。这个工作人员很会办事，又开始做我的工作，最后，我只好不再坚持，他们医院把我的贴伏费用按原价退回。我自己到医院取回了钱。讲给闺蜜听时，有人问我：你缺那点钱呀！我肯定不是为了钱，为的是维护消费者的尊严，就是患者的尊严，为的给失误者一点教训，让他们以后做事认真些。这件事费了我很多时间和精力，但是我坚持到有了结果。我认为值得。

还有一次，是和有线电视公司之间的事。有线电视收费按说没啥问题，一是一，二是二。但是我却遇到了问题。我市里的家有两个电视，一个主机，一个副机。有线公司搞什么优惠活动，交多少钱可以赠送什么，详情我不记得了。我去办理时被告之，这个活动只针对主机。这样，原来我家交费，主、副机都是同步的，他们搞这个活动后，我家的有线电视交费出了差头：两样。再交钱还是不同步，一直延续下来。为了记住每个电视机续费的日期，我让办理业务的人员在收据的背面写上起止日期，并署上经办人的名字。去年年末，有线电视公司打来电话，说我家的有线电视该续费了。老伴儿怕影响观看，麻溜就去交了钱，回来跟我说主机交了多少，副机交了多少。我拿出上次交费的收据核对，觉得不对劲。老伴儿说，人家在网上查了一次次的交费记录，都跟我说清楚了，没错。我拿着上次交费的收据来到有线电视公司，经办人员查了记录，把跟我老伴儿说的话又跟我重复了一遍。我听她讲完说，你说的都对，但是上次交费你们服务人员是这么写的，我翻开收据背面，让她看，上面清楚地记着主机到哪年哪月，副机到哪年哪月，上面还有签名。她仔细地看了，承认是她们人员写的。她说她写错了。我说过错方不在我吧？那谁的过错谁承担责任。你们写的就按你们写的办。经办人员想了想说，现在看来是差了一年的副机费用。可这个人已经调到其他营业厅了。这样，我跟领导反映，看如何解决。过了几天，有线电视公司来电话说，领导让那个服务员承担了一年的副机费。我又去柜台办理了认证手续，此事就算解决了。这件事让我认识到，商家搞什么优惠呀、促销呀，说得天花乱坠时，要听清楚他们的要求以及自己能享受到的好处。

这两次都是跟所谓的公家打交道，事情似乎好办些。跟个人呢？

我在农村居住时，每天沿着止九公路散步。去年的一天，正走着，从地头走出来一位农村妇女，问我买苹果不？是前一年的苹果，冷库储存的。我说多少钱，她说十块钱三斤，买家总是要讲讲价钱，我说十块钱四斤吧，她同意了。说她正在苹果地里稀花呢，平时都在景区门口卖。我挑了八个苹果，她过称说八斤，二十元钱，我也没想什么就拎着苹果回家了。八个苹果吃完后，觉得她家苹果挺好吃，口感好，水分足，脆生。而且这个季节还存有苹果的人家也不多，我就到景点去找这个人，还真找到了。我又买了八个苹果，还是二十元钱，八斤。这次回家的路上，我犯嘀咕了，到家后问我家老伴儿，这个苹果一个够一斤吗？他瞅了一眼说，那哪够呀？咱家不是有秤，你称称呀。这句话提醒了我。我赶忙拿出电子秤，一称，两千多克，这不是四斤多吗？我感到奇耻大辱。当时天色已晚，我没有马上出去。第二天一大早，我去赶集了。在集上买东西时我说起这件事，周围人都说在景点买东西谁给你够称呀，你也不用找，下回别去那儿买就是了。我不理解很多人不让我去找的心理。下午我出去散步又顺便来到景点门前，找到了那个女的。她看我来以为又买苹果。我说我今天来不是买苹果是跟你说点事，你看在哪说。她做贼心虚，忙说到那边说，就把我引到没人注意的一旁。我把她不给够秤的事说了，并说，你也太不够意思了，我天天在这条路上走，很多人都认识，知道我是小白楼（当地人对我们小区的称谓）的，你还糊弄我？我说没别的要求，买你两次苹果，一次差四斤，两次八斤，再赔我十六个苹果完事。她理亏，但不承认差了八斤，只承认差了六斤。我也没坚持，她就按六斤赔偿我十个大苹果。她还一再让我再去她那里买水果，说大樱桃、油桃都有，过些日子，夏苹果也下来了，如何如何。可是我从那以后，再没买过她家东西。

今年开春我又来到农村家，一次傍晚散步时，看到一个老太太坐在路边摘野菜。他把小根蒜捋齐，用布条捆成一捆一捆的，看着很整齐，旁边的塑料口袋里还装着不同种类的野菜。我凑过去，问她怎么卖，她说了价钱，我看她坐在地上，寻思让她早点儿回家，就把小根蒜包了，又买了一袋荠菜，一袋婆婆丁（蒲公英），她还剩下一袋婆婆丁。往回返的路上，遇到一位骑自行车遛弯儿的邻居，他看我手里东西多，提议帮我把东西先捎回小区，让我自己慢慢走。我求之不得地答应了。等我走到家，进屋见老伴儿正在摘菜，一边摘一边嘟囔："你买的啥玩意儿？都是烂的。我想摘点蘸酱，都挑不出来。"我一听忙走过去看，可不是，烂糟糟一袋。老伴儿说这菜不定放几天了，遇到你这么个傻娘们儿。我说，我真是好心帮她，让她早点儿回家。她却用烂菜骗我。第二天，我顺着每天的路线散步。走着走着，听见有人和我打招呼，一看，是一个老太太推着一辆自行车，这不是昨天的那人吗？我答应一声，走到近前问，昨天是你卖给我的野菜吧？她说是呀。我说我诚心帮你，你怎么给我一包烂菜呀？她脸上露出愧疚之色，说，我弄混了，不知那袋是不好的。走，到我家我给你捞点新鲜的，今天上午我刚采回来的。我说你家多远？她说就在前面，我跟她走到门口，一个挺大的农家院，上房、下房都有，木柴、农具堆得整齐，鸡舍猪圈样样齐全。一个老头儿在院里站着用斧子凿什么呢。老太太进屋里去了，我没有跟进去，站在大门口跟老头儿唠嗑。他家有三个孩子，都成家另过了，现在就是老两口在家侍弄果树，老头双侧股骨头坏死，不能干重活儿，在家里做饭，在院子里干点小活儿。老太太忙活外面的活儿。说话间，老太太拿出一大包野菜，连汤带水的，递给我，我说这么多？她说这回肯定新鲜，拿回去吃吧，又说家里还有柴鸡蛋，要不？我说我家里刚买了鸡蛋。农村人就是这样，卖东西时，连哄带蒙，也许都是跟市里人学的；可真要是打交道，她们并不坏。这也算是我消费维权一例吧。

说起市里人，我也真经历过一件事。我爱吃海鲜，却从来不买，因为不会挑，买的事都是孩子或者老伴儿干。一次随儿媳妇去市里一家大型农贸市场，她要买皮皮虾，刚上市，比较贵。她来到她经常光顾的摊位，询问价格，回说 50 元一斤。我们前面有一个年轻小伙子正在一个一个地挑着，他挑的都是大的、活的，女老板手拎黑色塑料袋跟着装。我在外围看着，早听说过卖海鲜的会调包，我想看看这位怎么操作。年轻人挑好后，准备上秤时，女老板稍微弯了一下腰，再起身时，手里的塑料袋已经被换掉了，当然还是黑色的。她把手里的被调了包的塑料袋放在秤上，报了重量。年轻人可能要送人，要求用保温箱打包。女老板一切照办。年轻人高高兴兴地拎着保温箱走了。轮到我家了，儿媳妇上手要挑，我说大的、好的都被挑走了，咋买呀？女老板从柜台底下拿出小伙子挑好的那袋，微笑着说："刚才那袋我没给他。"说着把这袋倒回装皮皮虾的铁盘子里。我说我在这儿都看见了，儿媳妇很诧异地说："你还干这种事呀？"女老板有些不好意思，帮我们挑了几斤，把我们打发走了。一路上，儿媳妇一再说，我真没发现，她还这么干；我说我一直在盯着她，她调包的动作也就是几秒钟，不注意根本发现不了。后来，我儿媳妇就不再去那家买海鲜了。女老板就这样损失了一个长期顾客。

和人面对面地打交道，交流比较方便，和远程商家怎么办呢？一次乘飞机由海南返回，飞到天津后再转火车回秦皇岛。天津下飞机后要乘地铁去火车站。在地铁上，我发现拉杆箱往外流液体，我知道那是酱油。因为在海南自己做饭，买了一瓶好酱油，走的时候，没舍得扔，用塑料泡沫包好放箱子里了。老伴儿嫌麻烦，说，到火车站再说吧，我说那得多长时间，里边的东西该都被污染了；地铁还要运行几十分钟，处理这个箱子，几分钟就够了。于是在车厢里大动干戈，好在人不多，有空间。我把箱子打开，找到污染源，那瓶酱油，把它取出来，放到垃圾桶，又把能擦的地方都擦了擦，收拾停当，盖上箱盖，又用手纸把地面擦干净，前后不到十分钟，搞定。我还说呢，从秦皇岛来的时候，箱子里装了好几瓶液体，包括白酒，都没事，回来怎么出了这么个状况？肯定是机场装卸人员不够轻拿轻放造成的。

在天津火车站按时登上火车。车上人很多，但是我们有座位，也挤不着。可是老伴儿安置拉杆箱时又发现了问题，拉杆箱的手提把坏了，掉渣了。我说，得，跟酱油瓶碎一样，都是一次惹的祸。我心里有些不平衡，马上掏出手机拍照，我要找他们理论。我们乘坐的是首都机场的班机，我打通了他们的客服电话，反映了这个情况，他们说要拍照取证，并把照片发到他们指定的电子邮箱。过了一会儿，他们发过来一个邮箱地址。我趁热打铁，在火车上用手机流量发送了电子邮件，按要求办理完毕。到家后，过了十来天，没有回音。我又拨打电话，这回对方让我直接找负责行李托运的部门，并给了我另一个电话号码。我打过去，对方说，邮件看到了，但是不清楚，让我再发一次。我想起来了，因为当时是用手机发送的，我把图片压缩了。这回我在电脑上重新发送。没过几天，回话了，问我怎么处理，我说赔我一个拉杆箱吧。对方说，可以，但是需要你自己来天津取，不能邮寄；并说你要是在天津机场发现，直接就给你换了。我说着急倒火车没顾得细看，没及时发现。对方说，赔你点钱吧。最后商定了一个数目，我又把我的银行卡照片发过去。又过了好几天没有音信。我再次打过去电话，接电话的负责人好像很吃惊，说钱还没到账啊，我问问咋回事。这回没两天，赔偿金就到账了。机场是讲理的，箱子坏了，肯定赔，他们预备了很多准备赔偿的拉杆箱。可是我希望他们在搬运行李时要按规操作，文明装卸，少一些这类事情发生。

三亿人都在拼的拼多多可能玩手机的人都认得。一次，手机直接跳出一个拼多多页面，我浏览了一下，发现了一款我需要的东西——床单，很便宜，农村家使用正合适。我马上下单，也很快寄过来了。但是因为当时在市里生活，我没有打开验视。过了二十多天，该去农村家了，我带去了这条新买来的床单。到家打开包装往床上一抖，发现了一个惊人的秘密——床单上有个大窟窿，乒乓球那么大，不是跳线，不是开线，是布料本身的毛病。布料是残次品。我一看，来气了，莫非三亿人都得给残次品买单？我在网上找到商家说明情况，要求退货。店铺说，时间这么长，怎么才想起来？我把真实情况叙说一遍。他抓住时间长这一点说事，我强调产品质量有问题。虽然钱不多，但是我要让商家长记性，残次品不能卖，必须退。他们不办理，我申请拼多多介入，又申诉理由，又拍照证明。最后拼多多与商铺沟通同意退货了。可是，退货产生的邮费谁负责？店铺不同意负担。我又找拼多多，强调谁的过错谁要承担责任，不能因为你产品有质量问题而要顾客承担邮费。经再三协商，商家给退回了邮费。

自从有了交易、买卖，人就离不开这种形式，每天都要进行。买卖双方不站在一个角度，矛盾难免产生。所以才有了“3·15”维权日，才有了消费者协会，才有了什么打假英雄之类。我，一个小家小户，小门小脸的消费者，没经历过什么惊天动地的要案、动辄上千万上亿元的大案，只有这些小鼻子小眼的维权小勾当。我体会，作为消费者，首先要树立维权意识，不能听之任之，由人摆布；其次发现问题要及时想办法解决，不能拖延；再有一定要留存必要的证据，物证、票据、照片等；最后诉求要合情合理。一般来说老百姓购物上当的损失都能承受得了，不赔也没啥了不起，但是我觉得赔偿的意义主要在于教育不良商家，促使其诚信经营，信守合同，而不仅仅是那点钱的事。我觉得，和谐社会需要买卖双方共同努力去经营，去创造。

2019 年 5 月

我还是那位自信、精明、干练的我

前两天在微信里看到一个帖子，说的是一个自信而不服老的外国女士亲口讲述的故事。这位女士说，她下班时发现车钥匙不见了，便断定车钥匙落在车里了，于是急匆匆来到停车场，可是没有找到自己的车，于是断定车子被盗了，连同车钥匙一起。

她的第一个举动是给警察署打电话，报案；第二个举动是给老公打电话，报忧。老公在电话里沉默了一会儿，说：“你个白痴，早上是我开车送你上的班。”这个故事告诉我们即使是多么精明、干练、自信的人，随着年龄的增长，在记忆力方面都会出现一些衰退。这是自然规律，是不可避免的。

我看了这个帖子后，在下面留言说：“这位自信、精明、干练的女士的情形我也遭遇过；我不也是位自信、精明、干练的人吗？这件事不影响她是位自信、精明、干练的女士。都是岁月惹的祸。”留言中故意将三个词语重复了三遍，意在强调。其实那位女士不是很糟糕。其一，她还在上班，说明岁数不算大；其二，她知道报警，说明不糊涂，也许对她来说只是个习惯动作，因为外国法制社会，出了状况，很自然地选择报警；其三，她及时通知老公，说明他知道谁是她要依靠、最亲近的人。所以根据以上理由可以认为这位女士就是一位自信、精明、干练的女士。她有资格不服老。外国人的坦诚度比国人高，所以这种在有些人看来不利于自己正面形象的事也会讲述给别人听。当然，也不排除这只是个杜撰的故事。

近些年，微信上传出世界卫生组织对年龄阶段的新的界定方法，不断地将青年、壮年、老年的界限往后推延。是真是假不清楚，但老年朋友看了都很高兴，很兴奋，包括我。但前面引述的留言中所说的“我也遭遇过”的事情是什么呢？

一次，我准备去一家医院开药，步行需要四五十分钟。我边走边规划着行走路线，从小区北门出去奔十字路口。到了十字路口，我突然发现自己没带手机，因为口袋里没有。现代社会，不带手机是够痛苦、别扭的，我决定回家去取。于是按原路返回，开门，进屋，在惯常放手机的地方找，没有。这就怪了，哪里去了呢？我再次检查我的裙子口袋，右边一摸，没有；左边一摸，哈哈哈，有。它在这里也不出声。原来我是带着手机出门的。虚惊一场，浪费了半个小时时间。我真觉得自己可笑，第一次在路口检查时，怎么没摸摸左边的口袋呀！

一次回家，我手里拎着些东西，进家门后就把门反锁上了，这是每次回家的习惯动作。老伴儿在农村家呢，城市家里就我一人。我一会儿看电视，一会儿收拾东西，一会儿洗澡，忙活了好一阵子。想想，觉得都妥妥的了，没什么事情了，踏踏实实地上床睡觉。关键在第二天早上，我要出门办事，梳洗打扮，收拾停当。美不滋地开门出去，这才有了一个惊人的发现：我家的钥匙还挂在门上呢！冷静下来想一想，原来我昨天手里拿着东西进门，忘了把钥匙拔下来。钥匙在门上挂了一宿诶！这是以前没有过的事情。我很懊丧，觉得这是个不应该犯的错误。好在我们小区治安很好，外人基本进不了楼门。那也不能这么大意呀！这是我对自己的忠告。

还有一次，是晚上，我准备洗澡，把淋浴器通上了电，一般通电半小时就够洗一次澡了。所以插上电源，几十分钟后，就可以把电源断开，开始洗澡。那天我觉得我也是这样做的，痛痛快快地洗了澡，很舒服，很解乏，没啥事就休息了。可是第二天晚上当我准备再插上电源时，发现电源原本没有断开，插头还插在插座上。我赶忙去拔插座，已经热热的了，打开水龙头一放，哇塞，水都要开锅了，滚烫滚烫的。我这个后悔，一是浪费了电能，二是浪费了热能，因为第二天我又要回农村家，不再使了。

尽管大家都说我长得年轻，不像那么大岁数的人，但是这几件事给我敲了警钟：在有些事情上，我得服老了。我把自己的这几件事讲给周边人听，讲给家人听，他们都说，这算啥？这种事，别说是你，很多岁数不大的青年人也都有过。真的吗？还是安慰我？那就不管了，反正听了这些话心里很受用，沮丧、懊恼的情绪得到些缓解。

天真是我的本性，真实是我的本质，永远说真话是我与生俱来的特点。我敢于解剖自己，说了自己的坏话，你不要以此做把柄揭我的短，也不要笑话我哦！

其实，我没有老，也依然自信、精明、干练。我手机、电脑操作不但比同龄人高出一筹，比有些岁数小的人都强，上网购物、支付、认证、转账、汇款、发电子邮件、做美篇相册、抖音等等，我都会。这样一显摆，能不算自信？老伴儿图清闲，甘当甩手掌柜，所以我打理家里家外的大小事情，没有缺吃少穿没钱花，能不算精明？到现在我还写东西，自认为写得还顺畅、明白，有的还被发表，能不算干练？

卖了一把瓜。自卖自夸呗，反正吹牛不上税。

2019 年 5 月

你让我欢喜，让我烦恼

谁让我欢喜让我烦恼呢？是我老伴儿？不是！是我儿子？不是！是我孙女？不是！你别猜了，不是指人。那是谁呀？告诉你吧，网络。

记得退休前有一次到北京参加高考备考会，会上高考研究专家北京教师梁捷作报告，里边插了个自家生活小段子，她介绍她女儿在美国读书，她怎么给女儿发电子邮件等等，听得我目瞪口呆，羡慕至极。回来后我下决心，要学会使用电脑和网络。正巧，机会来了。市人事局举办干部电脑培训班，脱产半个月。我赶紧报名，每天准时准点去听课，仔细记笔记，认真上机练习。结业考试我取得了96分的好成绩，完成了我的关于电脑的启蒙教育。后来，我也学会了发邮件。我肯定属于人群里先学会的那波。这样，上达省里的公事、回复编写任务、向报纸杂志投稿等都实现了网络化。渐渐地，随着腾讯QQ的普及，使用QQ邮箱的人也多了。通过与陌生人聊天，进一步了解了QQ的多种功能及如何应用。后来我用QQ空间存储照片，至今里边有三万多张照片。我爱写稿，以前是用稿纸誊写，信封寄出，有时担心遗失，还要挂号；后来就发电子邮件，即发即到。网络让工作变得高效而快捷了。哈，多么欢喜呀！

网络也解决了很多生活问题，以前购物逛商店，利用休息日走一天累得腰酸腿疼不见得买到称心的东西，现在我利用上厕所、睡觉前的时间，分分钟就可以搞定。以前存钱、取钱去银行排队，现在手机上一倒腾，钱该存的就存上了，该花的就转到支付软件了。以前与远方的亲人联系要写信、打电话，急事还要拍发电报。现在视频聊天，多远都如在眼前，交流变得轻松及时了。哦，多么欢喜呀！

可以说，自从有了互联网，自从二十年前我学会了上网，我就与网络结下了不解之缘。现在像所有人一样，我每天都要触碰它。说实在的，网络给我的工作、生活带来了巨大的便利，使我真切地感到有网就是好！我要感谢发明网络的科学家，他们把地球空间似乎变小了，他们使过去的不可能变成了今天的可能。我年龄虽然大，但是我对网络的利用率不比现在的年轻人差，与我同龄的一般没法与我比。呵，多么欢喜呀！

这不都是欢喜吗，哪来的烦恼啊？别急，听我慢慢道来。

有一件事让我觉得不可思议。我的文章公开发表后，喜欢上传到自己的博客，以便和大家交流，也便于自己以后查阅。可是有一篇“力作”，起码我认为是力作——发表时编辑把题目放在了封面的头条——可是我准备在博客发表时，遇到了问题。稿子粘贴好了，插进了图片，分类、标签都填写完毕，点击“发博文”，系统却显示说“文中有敏感词，请修改后再发”。我不知道“敏感词”指什么，就把插入的照片删掉了，可还是发不过去，试了几十遍，捅咕了一晚上，也没能成功，你说烦恼不烦恼！最后只好把稿件存到“草稿箱”里了。然后我在百度上搜寻“敏感词”包括什么，结果没有找到答案。在万般无奈的情况下，我点击了“帮助中心”，又点开了“常见问题”，没有相关内容，但提示我向他们邮箱发送相关信息，承诺一至四个工作日处理。我照做了，又有点儿等不及，就又点击了新浪的客服。机器人小新值班，我跟她说啥，她都要求我从备选情况中选择数字，我看与机器人交流不畅，转换成人工服务。我费了很多口舌，耐心讲解，接待的服务员终于听明白了我的问题，记录下去了。过了几天，他们发来邮件，通知修复成功，要求我尽快登录，发送博文。我打开电脑一试，终于发出去了。

还有一件事，差点儿让我崩溃。我准备发一份电子邮件，因为内容较多，手机操作不了，只好从电脑端上网，我的邮箱是网易的。输入账号、密码，勾选验证码后，电脑提示说：账号或密码错误，登录不上。手机验证码登录也没有成功。一晚上我也没能打开邮箱，搞得我心烦意乱。我只好向网易申请账号修复。修复需填写表格、上传身份证照片。我用手机拍照身份证，然后传到QQ空间，再从QQ空间下载到电脑本地，再发送到申请材料上。可弄完了，过了一天，收到手机短信，让我到预留的另一个邮箱查收邮件，我打开电脑，看到邮件说："需在电脑端补充凭证，24小时有效。"原来要求上传的照片需手持证件，证件上的信息还要清晰。我如法炮制，自拍了手持正反面证件的照片，可进入上传页面后，发现与系统提供的样式不符，人家要求手持证件在胸前，要露出两个胳臂肘。哎呀呀，麻烦死了。你说恼不恼？正是中午，老伴儿已经做好了饭，我也没顾得吃。忙让他帮忙照出了符合要求的照片，上传。过了一天，短信通知："恭喜z＊＊@163.com修复成功，请前往联系邮箱查收邮件，尽快重置安全信息，48小时内设置有效。"谢天谢地！我又可以发邮件了。

再有一件事让我近似绝望。我有一款苹果7 Plus手机。苹果手机比较"各色"：不能使用安卓系统，要使用它的系统。我按照要求设置了ID账号和密码。可是使用一个阶段后出现了问题：我要更新某款软件，按提示输入ID账号和密码后，手机显示说，我的账号处于未被激活状态。反复操作了N次，都不行，气得我真想把手机摔了。我纳闷。我天天收发微信、接打电话，功能正常呀，其他软件也都可以使用，怎么会"没激活"呢。到实体售后店咨询，服务员说手机没问题，是系统的事，他们也无能为力。没办法，我又上百度寻找解决方案。查看了很多相关条目，都没有真正的解决办法。正心灰意冷，一筹莫展之际，看到了一个网友发的帖子，他详细介绍了自己解决这种问题的过程。靠他的指引，我拨通了帖子提供的一个苹果技术顾问团队的电话号码，按要求提供了相关信息，回答了我设置ID账号时预留的三个密保问题。大约十几分钟吧，对方告诉我账号恢复正常，可以更新和下载APP了。我马上上网，操作，一切如愿。

唉唉，烦恼都过去了，剩下的都是欢喜了。我觉得，上面出现的问题说明我还没有完全摸透网络的脾气，摆弄它的专业知识还不够全面。

网络，想说爱你不容易，说不爱你也是假滴。哈哈哈！

2019年9月

真情永在

亲情、爱情、友情可以丰富我们的生活，可以愉悦我们的精神，可以滋养我们的生命，从而让我们的生活多姿多彩，让我们的心灵充满阳光，让我们的生命之花长久绽放。

——题记

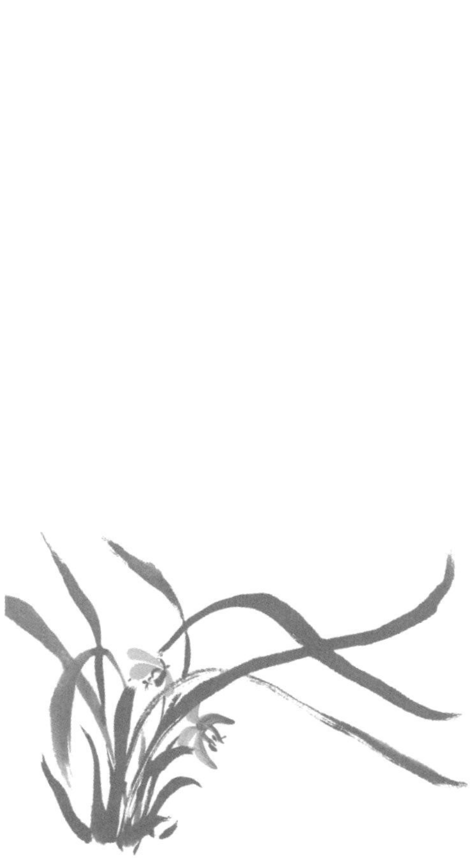

四十九年前的我们——恰同学少年，风华正茂

四十九年后的我们——踏遍青山人未老

那时他们还小

今日我们未老

进群，让我打开了记忆的闸门

忽然接到一则短信，忙打开看，原来是初中的班长发来的。我们已经好几十年没有联系了，我深感意外。班长在短信中问候了我的生活情况，然后说我们初中的那个 6 班已经建立了微信群。我连忙要求班长把我拉进群里。撂下电话没多长时间，我在微信上就看到了新的群名，那就是我们初中同学群。

入群仪式大概都差不多，群友们纷纷表示欢迎。班长用文字表示：欢迎周树华同学回家，其他同学有用文字的，有用语音的，有用表情的，总之群里热闹了好一阵子。我点开群右上角的双人图标，看到了所有的群成员。这个群因为成立时间不长，人数还不太多，但是班里的活跃人物都进来了。尤其看到和我同名不同姓的另两名同学也在群里，好不开心，好不激动。

班里有三位“淑华”（我当时名字也用“淑”），用现在的词来说都是名副其实的学霸，各科均衡发展，人人不甘落后。高淑华性格活泼，能歌善舞，爱说爱笑；程淑华说话风趣，幽默健谈。我清楚地记得历史老师是一位学识渊博的老先生，说话发音清晰，语调铿锵，他课上提问时总爱把名字相似的同学作为一组，一连串地发问。我们三个淑华就被他这样提问过好几次，以至于叫到一位淑华，另两个就紧张，赶紧准备应对。

我们几个虽然爱学习，但也心性贪玩。记得当时中午不回家，带饭在学校吃。吃完午饭我们几个女生就到松花江对面的团山去玩，我校在松花江边上，有一条铁路桥贯穿两岸。我们顺着铁路桥边上的人行道过江。团山就在桥那头，山不高，因其山形圆钝而得名。我们很喜欢山里的环境，在山上赏山景，捉迷藏。我们还采酸浆，一种像菠菜样的大叶植物，放在嘴里嚼，有一股很好吃的酸味。我们还揪黑天天，一种像野葡萄粒大小的浆果，熟透了很甜。我们还够树上的山丁子，味道像海棠果，形状却只有黄豆粒大小，一串串的。到了团山，如同少年鲁迅到了百草园。那时学生没有戴手表的，我们玩起来有时就忘记了时间。下午上课迟到了，我们很害怕。但是逃学是不可能的，我们只有硬着头皮进教室。次数多了，终于被教导处发现。教导处孙主任是个矮个子老头儿，身材不挺拔，因为胖，抬头时，脖子后面就堆起了褶。我们根据他的这一特点，背地里给他起外号，叫“二道沟”。现在想起来真觉得年少不懂事，可气又好笑啊。

玩是玩，正业是不能丢的。平时学习、玩耍两不误，期中、期末考试前，晚上放学后跟家长打好招呼，便来到一位同学家。肯定是要学习的，但是也肯定要打扑克，这样学学玩玩一直到天明，接着去学校参加考试。这种连轴转的经历培养了我们战胜困难的毅力。

我的值得炫耀的事也不少。到了初三，大的考试后，班主任赵老师喜欢把同学按名次排队抄榜张贴在教室。我也曾高居榜首过，开家长会时，很多家长都打听哪个学生叫周树华，当时我心里很有些沾沾自喜。我们那时每学期都下乡劳动，时间大约两周。六月初要到县里的公社插水稻秧，大家和社员同吃同住同劳动，那种生活既艰苦也令人难以忘怀。我下乡劳动时曾被学校抽去办报纸，一种通报进度、表扬好人好事的油印小报。我负责写稿，排版；大队辅导员，一位梳着辫子的年轻女老师负责刻板。这件事也使我觉得很光荣，并促进了我对写作的热爱。

当然，我也有不光彩的事。我曾经收到过后桌男生的纸条，其实人家根本没写什么，我却交给了班主任。这件事对那位男生产生什么影响没有，我不得而知。后来班主任给我重新安排了座位，并把我带到她家里长谈了一次，主要是告诉我女生遇到此类情况应该怎么办，最后她从她家庞大的书架上抽出一本书借我看，书是苏联女作家写的《马克思的青年时代》。我十分认真地阅读了那本书，摘抄了大量的笔记。参加工作后我自己还特意买了一本，至今仍珍藏在我自己的庞大书架上。现在想起来，班主任赵老师多么善于做学生工作啊，真是位好老师。当然初中阶段还有才华横溢的班主任孙老师、和我亲如姐妹的教俄语的刘老师等等。

啊，记忆的闸门一经打开，往事如滚滚江水一泻千里，不可阻挡。对我的家乡来说，我是漂泊在外的游子；对我的同学来说，我是身处异乡的故友。这些往事尘封心底几十年，因为周围新结识的同事、朋友和我没有共同的经历，也就缺少了回忆这些往事的机缘。现在，走进初中同学群，我美好快乐的少年时代回来了！

2017 年 3 月

四友归一友，我们是朋友

高中时，我和班里的四名女同学成了好朋友。我们五个的共同特点是学习好，上进心强；喜欢大自然，爱游山玩水。由于我们赶上了“文化大革命”以及后来的那些历史事件，因此我们的友谊经历了学友、战友、农友、网友四个阶段。

初中时我们分别在不同的学校或不同的班级，升入高中了，缘分使我们走到一起，成了学友。我们属于志同道合那类，能学到一起，说到一起，做到一起，玩到一起。我们非常羡慕毛泽东在湖南第一师范学校读书时经常与志同道合的朋友到橘子洲，到岳麓山畅谈国家出路，畅谈自己抱负的那种友谊，向往“同学少年，风华正茂，书生意气，挥斥方遒”的生活。我们经常在一起研究功课，交流各自读过的书籍，讨论各自的理想抱负。周日一起外出逛街或到野外游玩。我们在一起真是畅所欲言，无话不说啊。

我们共同经历了那场“史无前例”的运动，参加了同一个战斗队，同在一起活动，也算是“战友”吧。说实话，当时我们对哪派哪线的不太感兴趣，我们感兴趣的是走出去大串联，闯荡世界。我们五人一起从家乡吉林市出发，连续在外四个月，到了辽宁、上海、湖北、江西、湖南等省份，经历了不少有趣的事情，其中有一件事记忆犹新。

那时我们在大连住了几天后，要去上海，但是每天登船的人数有限，需要等待，就是说我们要滞留在大连了。大家心里又着急又苦于没有办法。那天我们去码头，看其他“红卫兵”排队上船，我们把一位准备登船的同学的船票借过来，跟我们手里的船票比对，发现印制的一模一样，只是我们手里的船票在左上角“申”字旁有个红圈，当日登船的船票没有，仅此而已（当时的船票没有注明日期）。这个发现使我们如获至宝，我们连忙商量办法，大家想到了化学课学过的漂白粉，于是赶快去买，买来后用水沏了一点儿，轻轻地涂在那个红圈上，红圈理所当然地消失了，我们顺利登上东方红一号客轮，去了上海。这个因耍小聪明而钻的空子使我们窃喜了好几天。

后来我们响应号召，一起下乡接受贫下中农再教育，成了名副其实的农友。我们在同一个集体户，河北叫“青年点”。集体户除了我们五人外，还有十五个初中生。在农村可圈可点的事情也不少。其中莹姐给我们做红烧肉的事最难忘。农村生活条件艰苦，缺菜少油。由于我们计划不周，到春季吃了上顿没下顿，要吃返销粮。在这种状况下，生产队有时帮我们买点肉改善生活。有肉这天对我们来说就是盛大的节日了。我们五人中的莹姐自幼家境好，所以会做红烧肉，这时，她的厨艺派上了用场。莹姐做的红烧肉色香味俱佳。做好后，东西屋到处弥漫着诱人的肉香。吃的时候，分配每人一小碗。因为这难得的美食，集体户里的男同学对我们这位莹姐佩服得五体投地。现在写到这里我似乎又闻到、吃到了那香喷喷、红通通的大肉块儿。

两年前班级组建了微信群，我们又成了时髦的网友。现在我们五人除了我在秦皇岛外，另四位还都生活在吉林市，她们都来我家串过门。我们五人身体都很健康，五个家庭也都儿孙孝顺，幸福美满。谁有了困难别人知道后一定会伸手相助。有位同学前两年家里出了点事儿，一时经济紧张，知道消息的莹姐马上慷慨解囊，拿出自己的私房钱帮忙。在网上，每天见字如见面，听声如见笑脸，有事说事，没事聊天，分享有益资讯，交流生活经验。有时语音聊天可以一气儿聊上一个多小时，还像当年那样有说不完的话。网络，使我们仿佛又回到了几十年前，可以天天感受到彼此的气息、脉动。

无论我们是什么“友”，我们都是一生一世的好朋友。

我曾经有一个观点，最真挚、最纯洁的友谊往往建立在学生时代，尤其是高中学生时代。现在我仍坚持我的观点。

2016 年 8 月

朋友圈里的诗词达人

我自认是一介文人，但实际也就是当年的知青变成了今日的“知老”。退休后幸运地赶上微信诞生。通过微信，和几十年没有音信的各学段的同学都建立了密切联系。在经常性的交流、分享、聊天中，我发现朋友圈中的一些人十分喜好诗词，不仅是喜欢读读背背，在群里朗诵给大家听，有不少人还亲自操刀，创作诗词。其中有三位简直到了痴迷的程度。

一位是同事，我们在一个单位共事十多年。这位燕老兄原本是研究英语教学的，但是对中国诗词的感情不比他对英语差。他自己没有微信时，时常打电话给我，在电话中朗读他的诗作，并诚恳地要求提意见。偶尔单位有活动聚到一起，他也逮着跟我谈诗论词，把他的近作背诵给我听，研究用词用句、诗词的主旨与表达等。对了，后来我才知道，他早已是河北省诗词学会的成员。他的诗词涉及旅游、悼念父母、回忆亲人、自己经历的大事等。据我所知，他还在《老年世界》杂志上发表过一首。至今此老兄已经写出近百首诗词。今年 5 月 30 号，他写了一首五言绝句《望月》怀念他的母亲，现抄录于此，与大家分享。

凝眸明月光，伤逝泪成行。
母爱银辉里，断肠两世茫。

一位是同行，同属教育系统，也是我的高中同学。这位仁兄本是数学教师，教了一辈子高中数学课，可是退休后竟鼓捣起诗词来，学习诗词的劲头不亚于《红楼梦》里的香菱诶。他脑瓜灵光，反应快，作品多。他写诗的题材十分广泛，各种节日、各个节气、群里的热闹事、良好的天气、到哪里游玩、群友过生日，都可以成为他赋诗的由头。他已经写了近三百首。2017 年，他参加吉林市机关事业单位退休人员诗歌散文大赛，凭借一首《沁园春·毛泽东》获得三等奖。他对自己的作品要求严谨，反复推敲琢磨，力求尽善尽美。他对诗词韵律、平仄的学习虽然不能说登峰造极，在我们圈里也是绝无仅有的。这让我好生佩服。一次游过吉林松花湖后，他写了首五律《仙游松花湖》：

缥缈山湖雾，逍遥仙境心。
人思悬世外，霞色自氤氲。
山秀青腰岭，水清灰鹤群。
天边平水岸，坡顶静山林。

在我过生日时，他还赋七律一首，以示庆贺。他写道：

七　律

树华生日快乐

2017 年 6 月 9 日

暗影孤灯入睡难，贺福澄澈比山泉。
汇成浩浩秦皇水，流过悠悠热浪天。
闺蜜同窗齐贺岁，杏坛亲友共怜欢。
阿华生日福星照，不负红尘未了缘。

他的同学之情难能可贵。

一位是同学，小学同班，初中同校。这位发小退休前在企业工作。我们认识的时间最长，但联系上的时间最晚。当年因为男女生不说话，尽管同学十多年，交谈加在一起不足十句，也许一句也没说过。时隔半个世纪，通过一位女同学联系上了，这位女同学把他送的诗词书找出来让我看。书名叫《岁月留痕》，尽管不是正式出版物，但是印刷很精美，里面收进了不少照片，他自己从小到大的，父母的，自己从结婚到生子到儿子结婚，孙女出生的，很系统，链条很清晰。光看这些照片就知道这是一位心细如发，重情重义的男人。除了前几页的照片，其他就是他自己创作的诗词，洋洋洒洒三百多首诗。在这位女同学的帮助下，我和这位发小加了微信。通过简短的几次聊天，知道他对自己以往的作品还不太满意，还在学习诗词格律，还要按要求创作新的作品。这又让我大大地感动了一番。继第一本书之后，他又陆续写出了三百来首，准备 2019 年印出，书名已经起好了，叫《夕阳回眸》。为了记叙我们联系上这件事，他写了首《忆王孙》：

昨晨又喜忆从前，
往事烟云几少年，
数载同窗猜旧颜，
庆今天，
岁月古稀再续缘。

下面是他于 2009 年 9 月为纪念父母去世写的一首小诗：

洒泪祭双亲，一年又一年。
敢问天庭寒暑，秉香诉思念。
幽梦江湾小楼，声声儿时呼唤，哽咽亲慈颜。
膝下集儿孙，四世同心欢：
着新装，游世界，尝百宴……

夜半梦回，泪湿枕巾难入眠。

人有悲欢离合，事有进退成败，往事如云烟。

子孝亲不待，人生大遗憾。

这三位年岁大的已逾古稀，小的也近七十，在我眼中他们都是诗词达人。能写出自己作品的人，肯定读别人的东西多，厚积薄发是规律。三位达人之所以能写出数量多、水平高的诗词与他们平时广泛涉猎，勤于读书息息相关。同事燕先生喜欢读古代散文、唐诗三百首、宋词三百首、古代汉语教程等书籍，这些纯中国语文方面的书籍丰富了他的阅历，奠定了他的写作基础。同行杨先生读书较杂，但爱不释手的是工具书。如《现代汉语词典》《汉语成语词典》《唐诗宋词鉴赏辞典》等等。他看工具书不是查找，而是从头至尾地看，所以他的词汇占有量较多，诗词中语汇丰富，富有表现力。同学高先生喜欢读休闲类、历史类书籍，如金庸的武侠小说，二月河的“康雍乾三部曲”《红墙内外》等等，从中吸取有益营养，涵养自己的学识和能力。

三位达人对诗词的痴迷令我感动，对中华诗词的感情使我感染。我发现，热爱诗词可以没有年龄界限，没有学科制约，没有职业障碍，没有性别区分。身为长期从事中学语文教学与研究的教研员，在上述三位面前，我自叹弗如。

诗词何以有如此强大的魅力，竟然吸引了如此众多各不相同的人呢？我觉得，那是因为诗词浓缩了中华文化，诗词传递了华夏文明。诗词博大精深，诗词含义隽永，诗词陶冶性情，诗词洗涤心灵。

我爱中华诗词，我敬佩诗词达人。

2017 年 12 月

五十年的默契

回老家吉林市，少不了到学生时代的好朋友家串门，按照电话提供的信息找到她新搬进的小区，揿响了她家的门铃。因为是新房，进屋之后，自然要参观一番，评论一通。确实不错，布局通透合理，装修简洁大方，布置精致得当，鲜明地体现着我这位同学的特点，鲜艳而不俗气，明快而不单调，氛围热烈而又温馨。

突然，我看到了她家布艺沙发上的靠垫。靠垫嘛，哪家沙发都有，可她家靠垫竟与我家外飘窗窗台上的垫子是同一种花色诶，天蓝色底儿上印着红黄错落的花朵，很艺术很新颖。刚移开视线，又发现她家的小椅垫和我家的也是同一花色，粉底儿紫花儿，田园风格。正连声惊叹，又瞥见她家窗口摆放着纯白色的小栅栏，里边插着几束清新可爱的小花，而我家入室处也摆着这样的栅栏假花。我边欣赏边惊诧，边向老同学介绍我家的摆设。说话间进到主卧，举目观瞧，又有一惊人发现，墙上挂着幅油画，是数字油画，因为我家也有！都有数字油画不足为奇，可是她家挂的和我家挂的是一样的画面，那幅画的名字叫“海边小屋”，蓝天白云碧海白帆，欧式小楼，很浪漫很引人遐想的那种。我家的是我从网上淘来自己画的，因为是数字油画，只要视力允许，谁都能画。

我真是感慨万端！世上竟然有如此默契之事？

她比我年长一岁，五十年前，我俩考上同一所高中，分到一个班级，一同参加“文化大革命”，一同串联，一同下乡，一同返城进师范，一同步入教师队伍，同教语文，先后成家，孩子相差一岁。

“忆往昔，峥嵘岁月稠。”当年，不知为什么，不知在什么情况下，不知从什么时候开始，我们几个女生走到了一起。在学校时经常往一起凑，谈上课听讲的体会，谈作业中的问题，谈考试后的成绩。放学后也经常相约，一起上街，一起去书店，一起逛公园，一起郊游。一起谈天谈地，谈文学，谈历史，谈看过的书，谈未来打算。用现在的一个词形容，那就是“闺密”啊，可那时没有这个词，也不知道将来会有这么一个词来概括这种关系。

“文化大革命”开始后，我们上大学的愿望破灭了。但我们对各派之间的辩论、斗争什么的不感兴趣，对给老师贴大字报也没有什么积极性，还是经常聚在一起讨论看过的书。记得当时我们谈论较多的有两本书：李锐写的《毛泽东同志的初期革命活动》、苏联作家写的《马克思的青年时代》。前者打动我们的是毛主席青年时期的宏伟抱负、远大理想以及他和湖南长沙第一师范同学的友谊。书中叙述，那时毛主席和他的朋友们经常到湘江游泳；经常在橘子洲畅谈天下大事；经常爬上岳麓山，在爱晚亭观景抒怀。那真是一群“指点江山，激扬文字”的有志青年啊。那本书激起了我们对湘江，对橘子洲，对岳麓山的无限向往。后者使我们刻骨铭心的是马克思和燕妮的爱情。出身贵族的燕妮不顾门第之差爱上了比她小几岁的青年马克思，他们相识相知相恋相爱，克服经济拮据带来的生活困难，战胜四处漂泊产生的精神困顿。燕妮毕生追随马克思，对马克思的爱情始终如一，直至逝世。那真是一对琴瑟和鸣、相濡以沫的情侣啊。那本书在我们懵懂之心激起了对真正爱情的认知和羡慕。

我们分别结婚后，人生的轨迹发生了变化。她仍在吉林市，我因夫妻两地生活，调到秦皇岛。之后的二三十年，人们都在忙孩子，忙家务，忙工作，忙事业，属于爬坡期，彼此之间少了许多联系。渐渐地，孩子们成家立业了，我们自己也退休了。时间充裕了，联系恢复了，旧日的友情之火又重燃起。蓦然回首，发现年龄增加了，阅历丰富了，皱纹加深了，可那些习惯，那些爱好，那些情愫，并没有随着时间的推移而发生变化。我们的爱好秉性未改初衷，走了一圈，又回到原点。

到她新居串门之后，她应邀来秦皇岛的我家做客。哦，相识五十年，真有说不尽的曲折经历和人生感悟呀。

有了微信，我们的联系更多了，有空就聊。我们聊看过的电影，而科幻电影是我们的共同所爱。我们聊《地心引力》，聊《星际穿越》，聊《火星任务》。她深有感触地说："今天的科幻，已经不只是写地球上的事，而是写地球之外的事了。"我们聊旅游，她谈去厦门的感受，我总结郭亮村和云台山的特点，我们还相约再上一次井冈山呢！她向我介绍侄女所在的美国的名胜，我向她描述去看望在英国读博的外甥女时的见闻；我们聊这几年看过的书，她说《平凡的世界》的确不平凡，我说《蛙》实在不是写蛙的。我们有来有往，有分享，有共勉。

我总觉得，人生中最纯洁、最可贵的友谊往往是在学生时代建立的。这友谊，没有利害关系，没有功利因素，单纯，简明，干净，值得坚守一生一世。

五十年的友谊，五十年的默契。我想说，为了这友谊，我好想再活五十年！

2015 年 11 月

认识你是我的幸运

我整理手机中的电话本时，看到了你的名字和手机号码。往事又浮现在脑海。

2010 年春节我没有在秦皇岛市度过，我是正月十六才回到本市的。平时本就联系不多，当然也不知道你的信息。我阅读积攒多日的《秦皇岛晚报》，读到了王雅静编辑的文章，得知你已经去世。那一刻我情不自禁地掉下了眼泪。当即打电话找到我并不认识的王雅静女士，询问了你去世的经过。

我自幼喜欢文学，长大后忝在文学青年之列，走到哪都爱舞文弄墨。移居秦皇岛，在对自己的本职工作熟悉起来，孩子也越来越省事后，又做起了文学梦。我记得是通过向《秦皇岛日报》副刊"潮汐"专栏投稿，认识你的。说来奇怪，你我接触不多，交往也不深，但是并不帅气的你却给我留下了深深的印象。是你的朴实，抑或是共同的爱好？当然我是不能与你相提并论的。在秦皇岛你可以称得上是一位作家，而我仅仅是你负责的栏目的一位作者。你给我修改、发表了多少篇稿子，我没有统计过，但就是在那个我的写作欲望比较强烈的阶段，我结识了你，而你及你的栏目成全了我。这也许是人生的又一种收获。后来，你组织编辑《昨夜樱花·秦皇岛散文选》一书，还收入了我的一篇散文。在作者的眼里，在投稿者的眼里，编辑，特别是自己喜欢的栏目的编辑总是神圣的、高大的，但我从你那里并没有感到那种笼罩着光环的无法接近的气场。你是那样的憨厚朴实，又是那样的平易近人；不炫耀张扬，不盛气凌人，不矫揉造作。

记得我曾有幸参加过一次你组织的笔会，地点在祖山，时间是夏季中的两天。几十个人中，你是当然的首领。你把活动安排得井井有条，却没听到你对文学的夸夸其谈，也没有对时事的高谈阔论，你只是领着大家爬祖山顶峰，赏仙女云床，看山坡野花，听林中鸟鸣，议文学写作。

随着相处时日的增加，我敢于与你交谈了，像一个怯生生的学生与她敬佩的老师那样。不知哪次聊天，我们论了一下生日，才发现我比你虚长两岁，从那以后你总是叫我“大姐”，就是在送我的书的扉页上也是这样称呼的。我对你敬畏感觉中的“畏”慢慢消失了，只剩下一个“敬”，我的心里感到很温暖。

你先后送过我四本你自己的书，一本是《柳篱抒情散文选》，一本是《艾艾兄妹奇遇记》，一本是《海滩上的小屋》，一本是《人性梦语》。每当我收到你的书，我都认真拜读。因为是自己认识的作家写的书，别有一种亲切在里边。在读了《海滩上的小屋》后，我还写了一篇算不上书评的读后感，发表在《秦皇岛晚报》上。我称那是“蓄满真情的小屋”。而今，人已去，“屋”还在，书中真情依旧，斯人却驾鹤西去！这怎能不叫我们这些曾经受到过你提携的人扼腕叹息！

你不是一道亮丽的风景，但你是一首隽永的短诗；你不是巍峨的山峰，但你是一泓清澈的山泉；你不会是甜蜜的情人，但你肯定会是值得信赖的朋友。

记得年轻时背诵过一首诗，其中的几句还能想起来：“放下又拿起的，是你的信件；拿起放不下的，是我的思念。”今天，我放下又拿起的是你的作品，拿起放不下的是我对你的感戴。

我很不情愿地删掉了储存在我手机中的你的电话号码，但是你憨厚的容貌却留在了我的记忆深处。你虽木讷少言，但你是那“下自成蹊”的桃李，你虽朴实无华，但你是那藏在蚌壳中的珍珠。认识你，的确是我的幸运。

我想，在秦皇岛怀有这种心情的不会只有我一个。毕竟是“死者长已矣，生者常戚戚”嘛！

人生苦短，人生多变，人生不可预料。在七年后的今天，我只能“将这作为后死者的菲薄的祭品，奉献于逝者的灵前。”

刘立勤老师，您走好。

2016 年 10 月

我敬佩的队长们

我参加了鸿雁晨练队，每天早上去我市人民广场做健身操。

晨练队虽然是个民间组织，但形式还是很健全的。有队长及教练三人，大家亲切地称她们为玉华队长、艳子队长、荣荣队长。晨练队虽然是个松散组织，但内部事务也不少，三位队长负责队里的大事小情。跟队时间长了，我感到三位队长真是可亲可爱，值得敬佩。晨练队长有什么特殊的活儿呢?

首先是日常管理——点名。点名的作用是促进出勤，督促队员坚持每日锻炼。最初，晨练队的点名册是队长自己设计、画表、手工抄写的，后来有人帮忙打印出来。每天早上做操到一半左右时，玉华和荣荣两位队长就要牺牲自己的做操时间出列点名。时间长了，队长像学校班主任一样，把二三百人的姓名都记在脑子里了，所以不用每天喊一遍，而是根据点名册中的姓名在队伍中找人。这样队长麻烦些，但是不打扰队员做操。

其次是拉赞助。晨练队要保持整齐划一，需要统一着装。服装从哪里来？需要找赞助单位。三位队长利用自己在社会上的人脉，想方设法说服一些企业的老总为老年人、为晨练队、为全民健身做点贡献。募集到资金购买服装后，还要考虑发放的合理性问题，既要保护经常出勤队员的积极性，鼓励出勤，又要把服装发放到位。队长们可是动了心思。最后决定根据前期出勤情况发放，坚持出勤的，直接领走；出勤不达标的交押金后领取服装，在后期如果达标了，押金可以退回。这个办法使大家都很满意，人人无后话可说，个个争取多出勤。方案制定出来了，真正发放还有一些细节，比如把服装弄到广场，就很费周折，有车的队员又出手相助，把服装运到人民广场。真正发了，队长们有的点名画勾，有的收押金钱，有的开具收据，还要请人帮助拿服装。因为服装是按照号码来的，一人一号，所以不能发错。服装发到队员手里了，也不是万事大吉。有些队员回家一试穿，不是大了小了，就是肥了瘦了，长了短了。第二天保准有人找队长要求调换。队长好脾气，在队员之间帮助协调，尽量做到有求有应，人人满意。

还有就是教动作。既是锻炼身体的操，那就要动作规范、到位，教练是少不了的。我们艳子队长是教练。她岁数不大，高挑个儿，长得很漂亮。看着年轻吧，可是对老年人很有耐心。每学一套新健身操她都反复教练。先是一节一节地教，再一段一段地连起来练，然后反复做多遍，这样一套操要学一周左右。学会了，能跟着做下来了，但是还有动作不标准、不到位的，艳子教练就逐行观察，发现问题当面纠正，手把手教。前面方队的正式队员学会了，再重点教习后面的群众队伍。这时艳子队长就从全队最前面领操转到群众方队带操了。

制度、生活、技术，哪方面队长都操心费力。遇到刮风下雨天气降温，队长在微信群里提醒队员加衣保暖，防止感冒。个别队员之间有闹意见的，队长还要出面调解说和，实在不行，还要调换做操位置。

队长们的辛苦大家都看在眼里，记在心上。在微信群里，队友们总是情不自禁地向队长们表达自己的感激之情。有些人还主动分担队长的工作，比如做操前取音响设备，做操后送走，帮助队长取服装等。

三位队长素质高，觉悟高，人品好，身上有着满满的正能量，所以我们晨练队是个和谐的大家庭。在市里有关部门举行的健身操比赛中，我们鸿雁晨练队多次获得优胜奖和精神文明奖。

晨练队长，没有工资，没有报酬，做的是公益事业，尽的是自己主动承担的义务。她们图的是啥？我想，她们图的就是兄弟姐妹们都有一个快乐的心态，都有一个健康的身体，都有一个幸福的晚年。

据统计，我市有几十个健身队分布在各个社区，有早练的，有晚练的，有做操的，有跳舞的，但是都有队长在负责，在操持，在管理日常工作。我想别的队的队长肯定也像我们鸿雁队长一样不为名不为利，勤勤恳恳地为大家服务，默默无闻地贡献着一份爱心。“只要人人献出一点爱，世界将变成美好的人间。”

我十分敬佩这些队长们。

2016 年 10 月

感恩有你，我的学生们

作为曾经的知识青年，从农村被抽调回城后，先是到师范学习，后到中学任教。从那时候开始，教育工作一直是我的职业。我的工作经历，大体可以分为两部分：前部分是在学校工作，带班、教书，直接接触学生；后部分是在教育机关工作，专门研究语文教育，直接接触语文老师。虽然在三尺讲台没有从一而终，但是始终没有离开教育队伍，直到退休。三十几年的教龄中前十五六年与学生朝夕相处，教过初、高中不少学生，积累了学生的人脉，沉淀了师生的情谊。我很庆幸，教育行业选择了我（那时只有分配一说，没有选择一说）；我很知足，我一直没有脱离这个职业，即使在工资很低、待遇很差的时候。我以我有许多学生为自豪，我以我有一些优秀的学生为骄傲。我和他们保持着“只思念不联系，只关注不打扰”的关系。但是退休后的几件事使我感到我和学生之间有时还是需要“联系”和“打扰”的。

一次在人民公园散步后，准备从公园北门回家。正要穿行曲别针门，忽然听见有人喊“周老师!”我回身望过去，是一位中年女士，面孔白皙，略有皱纹；身材微胖，穿着一套红色运动服。她正专注地看着我，兴奋地笑着，一脸灿烂、明媚的表情。她说，老师，你不认识我了吧？遗憾，我真的想不起来是谁了。只好支吾着说，你是……哎，你们班的班干部都是谁呀？一般我记不起学生名时，爱问他们班的干部名字，因为老师对学生干部印象会深刻些，想起学生干部就知道她是哪届的了。她当时报了几个人名，我似乎想起了，就说认识认识，怎么不认识？接着她夸我年轻，这么多年变化不大。我问她在哪工作，孩子多大了。她简单介绍了情况，又说自己已经退休了。我感到很意外，再一想，我刚参加工作时教的学生比我小不了多少，我都退休好些年了，她们退休也正常。我们在一起聊了十几分钟，就匆匆分手了。说实话，以后再见到这位学生，如果不是她先认出我，我还是认不出她。

茫茫人海，熙来攘往，我已经不认得的学生主动上前认出我，这使我非常高兴，那天一整天我都沉浸在莫名的兴奋中，似乎是一种与老友邂逅重逢的喜悦，抑或是被当众喊了一声“老师”的小确幸。

离开工作单位很长时间了，离开学生时间更长。有时拿出当年的班级合影，一张一张翻看。时间离得近、记得名字的，会想想他们此时在干什么？工作可舒心，生活可美满？叫不上名字的也再三端详，在记忆中搜寻。想念之情，不时涌起；但打扰是不敢的，因为我知道他们都很忙。2008 年的一天忽然接到一个平时有些联系的同学的电话，说是要举行师生聚会，庆祝高中毕业二十周年，地点在市一中体育馆。那时聚会之风好像刚刚兴起。我在退休前的十七八年就已经调离了一中到机关工作了，这是我在一中所带的最后一个班级，但是没有把他们送到毕业，我走时，他们高二结束。我自然很高兴，甚至用“高兴”不足以形容我当时的心情，是激动。因为学生毕业这么多年，现在竟然还想着我！

像小孩盼望过年一样，我在心中倒计时计算着相聚的时日。日子不慌不忙地来到了，我如约而至。不但见到了多年没见过的学生，还见到了更长时间没有见过面的老同事。相互述说分别后的故事，赞叹学生在各自岗位取得的业绩，抒发心中的惦念之情。着实过了一把欢聚的瘾。

2010 年我又接到了市七中同学聚会的邀请，这届学生是我刚从吉林市调来时教过的，算是在秦皇岛较早的学生。那天整个年级去了几百人，规模、阵势都很隆重。2017 年这届学生再次聚会，不但邀请我参加，还委托我写一首适合在大会上朗诵的诗歌，我欣然接受任务，按时完成。在诗中我回顾了他们在学习期间为学校建设做出的贡献，回顾了他们走过的学工学农的历程，回顾了他们在那个特殊年代经受的磨炼。两位声音富有感染力的同学在现场做了声情并茂的朗诵，引起很大轰动。组织者还要求我代表老师讲话，我也奉命做了热情洋溢的发言。

2018 年我教的最后一届学生举行高中毕业三十周年庆典，我又接到了通知，欣然前往。学生更成熟，已然成为各行各业的精英、骨干。有的身居要职，负有很大的责任；而老师们更见衰老了，虽然老，但是到场的人都还是精神焕发，神采奕奕。

工作繁忙，事物冗杂，每个同学的时间都很宝贵。在社会、职场压力巨大的生活中，他们算不上日理万机，也是脚步匆匆；不说是负重前行，也是爬坡上坎。在这种情况下，还有学生想着我、念着我。我真的非常高兴，不夸张地说，晚上睡觉做梦都笑醒过。

写到这儿又想起一件事。去年夏天，有位退休前一个单位的同事给我打电话，问我住在哪里。我以为他找我有什么事。他说不是他，是我的一个熟人想见我，打听到他那里。我问是谁，他故作神秘地说，见了你就知道了。并与我约好了见面的时间。过了几天，他们开着车跑了几十公里的路程，找到了我农村的家。我同事，认识，不用介绍；可是他带来的那位想见我的人，我看了并没有印象。同事说，你不认识？这是你的学生。学生姓于，是七中 1976 年的高中学生。他从手机里找出一张翻拍的当时的班级合影。还真是！这么多年了，我上哪认出来！当年的英俊少年，现在已经是帅气的半大老头儿了。他刚刚退休，不知怎么想起了当年的语文老师。他说："老师，你不记得我了？当年上语文课时，你特别爱提问我读课文；你爱看书，还让我找我爸爸从市党校图书馆借书来读。"因为学生多，一茬挨一茬，这些往事我真的不记得了。同学，请不要怪老师健忘，实在是时间太久，经历的学生太多了。

漫漫岁月，时间无期。在这中间还有人记着我的好，并千方百计打听我、寻找我，不顾路远前来看望我，我觉得非常幸福。这是教师所能享受的、与其他行业不同的幸福。今生从事教育工作，半生与学生直接打交道，我精神上幸福满满，获得感浓浓。

亲爱的同学们，不是因为你们认得我、想着我、记起我，我才高兴、幸福。在你们的人生道路上，有过我的辛劳与汗水，我助力过你们的成长，这是我引以骄傲一生的事情。而我取得的每一点工作成绩，都与你们息息相关。我庆幸今生从事了教育工作，我感谢生命中遇到了你们，你们启发我创立可供研究的课题，你们给了我探索教育、教学规律的灵感，你们学习、品德的进步、成绩给我提供了教育立论的佐证！从这个角度说，是你们成就了我的事业，丰富了我的人生，提升了我生命的质量。

感恩有你，我的学生们。

2018 年 8 月

大铁锅熔亲情

外出旅游，导游把我们带到了一个卖锅具的购物店。年轻漂亮的女讲解员说得头头是道：德国工艺，304 不锈钢，曼斯坦因品牌。又重点推介了一款铁锅，并现场演示了一番。我被洗脑了，也可说我被打动了。我是经常被洗脑、被打动的一个。这时，我想到的是儿子来我家，总要亲自上灶，为全家做上一桌好菜。而最近儿子总说我家的锅不好使，不是粘就是慢。想到此，我购物的冲动劲上来了，不再多想，掏出信用卡，现场刷卡买下了这个炒菜铁锅，又加两元搭上了个电热水壶。

千里迢迢拿到家，习惯性地放到小房间的学习桌下，才发现家里还有两个带包装盒的、没使用的炒菜锅，一个是九阳牌的，一个是德世朗牌的。马上又想起几个月前看电视优购物节目，当时正在宣传德国爱乐仕七周年感恩回馈锅具十五件套，实际就是五个锅及一些赠品，五个锅有炒锅、蒸锅、煎锅、煮锅、又蒸又炒锅。我当时就打电话订了一套。货进家门，立马上岗工作，于是原有的六个铝锅只好退役下岗，被扔掉了。因为我买的套锅都是不锈钢的，我总想买一个好使的铁锅，以充分施展我儿子以及老伴儿还有我自己的厨艺，使家里人能吃得更营养、更健康、更有味道。这不，想法变成了现实，真的又拎回一个铁炒锅。

家里不久前买的五个锅，已经用上；还存着两个没开封的铁锅，这次又带回一个锅，印证了老伴儿对我的评价，他说我有个特点，一个阶段认准啥就总买啥，比如认准羊绒衫，就左一件右一件，认准皮靴，就前一双后一双的。现在认准锅了，就源源不断地往家买。其实，他说的对了一半，我还是有变化的。原来我买的东西给自己的多，给别人的少；现在我不太给自己买东西，都是给家里买，注重的是家庭基本建设。比如，蚕丝被套、真丝床品、乳胶床垫枕头，过年特意跑到农村买猪肉，到迁安建昌营回民区买牛肉等。去江西景德镇，我带回四套餐具，你说我顾家不顾家！你说哪位导游不愿意带我这样的游客！

400 元钱又买回一个铁锅，不是图便宜吧？因为并不便宜，确实是相信它的质量和功效。虽然暂时也许还轮不到它上岗，但是我这锅里锅外可都是情啊，一群钢锅溢真情，一只铁锅熔亲情。我觉得我是个多么爱家、爱家人的家庭主妇啊！

2018 年 5 月

组团探亲记

说是组团，其实就是我们姐弟五个搭伴；探亲，是到山东看望二叔、二婶、老姑、老姑父。父亲原籍山东文登，十几岁闯关东，一直寄籍吉林，在吉林市成家立业，我们姐弟五个都在吉林市出生。父亲家兄弟姐妹六位，二男四女，因此我们有四位姑姑，一位叔叔。现在我们父母已去世，山东的老一辈也只剩下上面提到的四位老人。我们姐弟几个很惦念这些亲人，计划一起去看望他们。我们觉得，人生在世，血脉亲情，骨肉相连，这种缘分比天还大！虽然我们自己也都是六十岁左右的人了，但是作为晚辈，前去探望也是表达一份孝心；看看他们晚年的生活，以解惦念之情。

我们姐弟五个中四位姐姐已经退休，只有老弟还在上班。于是老弟申请了年休假。我们于今年 7 月 15 日分别从吉林和秦皇岛出发了。姐弟五个只有我这个老大和弟弟这个老小曾经去山东探过亲，剩下的姐儿仨都是生平第一次回老家。大家内心多少都有些激动与期待，恨不得一步跨入山东地界见到亲人。

经过舟车劳顿，我们一行五人顺利到达家住威海的二叔的女儿、我们的叔伯妹妹家。

去看望老人那天，我们姐弟五个，加上威海的妹妹、妹夫，他家的女儿、女婿、外孙子，一行十人，开着两辆汽车直奔文登。沿途所见，道路平坦宽阔，楼房鳞次栉比，城市干净漂亮。比之十几年前我第一次来这里又发生了很大变化，农村城镇化在这里体现得非常明显。

汽车开到了文登市区，我们第一站要去看望住在敬老院的老姑、老姑父。听说老姑夫身体一直不太好，由老姑照顾，可如今老姑也病了，照顾不了了。他们有两个女儿，因为忙于工作，抽不出很多时间，只好把父母送进了敬老院。

车停在“幸福晚年”敬老院门前。这是座四层的小楼，很朴实。绕到楼后面的院子，在楼外的门厅就见到一些老年人正坐在椅子上乘凉、休息。进到楼里，见到了更多的老年人，他们都很随意，有的站在窗前眺望，有的几人在聊天，有的在走廊里活动身体，像在自己家一样。有的房间门开着，可以看到里边的布置跟宾馆的标间相似，不同的是这里更生活化一些。见有生人来访，有人询问我们找谁，接着便指引我们来到一个房间。进屋后看到两位老人，正是老姑和老姑父。老姑瘦小，坐在床边，姑父高大些，拄着四爪拐杖。两位老人看着虽体弱，但穿戴整洁，头手脸都干干净净。叔伯妹妹一一介绍了我们姐弟五个。亲人见面，喜极而泣。老姑拉着我们的手直擦眼泪。我们询问敬老院的生活，他们表示很不错，很满意：吃饭有人送到房间，卫生有人打扫，身体不舒服有人护理。两个女儿和女婿也常来看望。聊了一阵家长里短，我们拿出事先准备好的红包交给老人，他们再三推脱，我们坚持送给。他们十分过意不去地收下了。我们感到，敬老院就是一个大家庭，有服务员们儿女似的贴心服务，老人的身体会得到康复，精神会得到抚慰。

离开了敬老院，我们驱车继续前行，不一会儿来到农村张家产乡。二叔的另外两个女儿和二女儿的儿媳妇、孙女早已到达叔叔家，我们这一辈同一祖父的周家姐弟八人首次团聚。

老两口住在一处小院子里，院子里养了几盆花，种了些蔬菜，有韭菜、甜菜等。三间平房，中间厨房，左边卧室，右边储物间。家里收拾得干净利落。二叔、二婶坐在炕上迎接我们。二位老人同岁，都八十三了，但精神矍铄，面色红润，特别是婶子，跟我十几年前见到时没有多大改变，叔叔稍稍见老。两位老人都不胖，这是很利于长寿的。二叔的女儿端出早已准备好的水果：水蜜桃，又红又大，鲜艳艳的，看着令人垂涎；茄梨，又黄又大，水润润的，看着就想吃。我们边吃水果边话家常，唠我上次走后的变化，聊他们现在的饮食起居。他们都觉得现在的生活很好，一定要保养好身体多活几年，看看社会的发展。二叔说他不愿待在城市才由威海回到农村生活的，现在政府每月给他们每人100元补贴，他现在每天下地干点活儿，种点蔬菜、果树，不但能满足自己吃用，还可以让三个女儿分享。威海妹妹说，他父亲手脚灵活，反应快，现在还可以蹬三轮车赶集；除了耳朵稍微有点儿背以外，基本没什么毛病。闲谈中我们发现叔叔知道的一点儿也不比我们少。他知道怎样吃保健，怎样喝养生，怎样做有利于身体健康，让我们放心。我们看了、听了，既高兴又踏实，也奉上了早已准备好的红包。叔叔是父亲唯一的弟弟，与父亲相差九岁。如果父亲地下有知，看到今天我们来探望他的胞弟、胞妹，该是多么欣慰呀！

中午，二叔家的三个妹妹请我们到饭店吃了一顿大餐，二叔二婶和这些周家的后代们欢聚一堂，个个兴奋，人人激动。

四位老人不论是社会养老还是居家养老，都衣食无忧，医药有保，孩子孝顺，生活幸福。托时代的福，他们得以高寿，尽享天年。

我们在依依不舍中挥手告别了二叔二婶，这次组团探亲画上了圆满句号。我们在心中祝福周家老一辈健康长寿，祝福周家同辈幸福吉祥，祝福周家下一代快乐成长。

2016年9月

难忘姥姥的炒三片

我现在早已当上奶奶了，可是总忘不了姥姥的炒三片。

说实在话，吃了二十多年妈妈做的饭，没有留下印象很深的菜肴。大概因为那时家里孩子多，生活水平一般，也没吃到什么过于高档或有特色的食物吧，这真有点儿对不起妈妈了。操劳一辈子，女儿说出这样的话，会不会伤心啊？

“炒三片”是我起的名字，饭店的菜谱上没有这道菜。小时候，我家在市里，姥姥家在郊区。去姥姥家是非常令人向往的事情。那里山清水秀，草绿花红，景色非常优美。但我喜欢去姥姥家不在看风景，那时还没修炼出“采菊东篱下，悠然见南山”的情趣。重点是到姥姥家吃好东西，解馋。

印象中好像十几岁时，妈妈常指派我去姥姥家传话、捎东西或看望姥姥，那时没有手机，没有微信，甚至家里也没有座机，写封信吧，又不值当，只有人亲自到场。我每次都是高高兴兴地领命而去。当然一般都是在寒暑假。姥姥见外孙女来了，除了用自家出产或山上采摘的水果招待我外，还经常抓小鸡给我炖着吃。但是我对吃鸡没有太深的印象，而姥姥的拿手菜——炒三片却是我至今经常回味的。

炒三片是地道的农家菜、家常菜，就是炒土豆片、辣椒片、黄瓜片。先把三样菜洗净、切好，然后放锅加油。土豆片先下锅，防止糊锅，可以添少许水，土豆片变软时放上辣椒片，辣椒断生，再把黄瓜片放里边，翻炒几下完事。那时食用油很珍贵，肯定放不了多少，调味主要靠酱油。

炒好，出锅，装盘，端上桌子，就是一道美味。土豆片已软面，但完整没碎；辣椒片没过火，但也不格楞格生；黄瓜炒倒了，但还水润。三样食材搭配在一起，放在嘴里，既有土豆的绵糯，还有辣椒的爽口，更有黄瓜的鲜香，就着高粱米水饭真是好吃得不得了。

现在饭店里的“地三鲜”中也有土豆和辣椒，但那都是过了油的，香是香，就是油太大，不利于健康。而炒三片，不过油，用的又都是新鲜的时令蔬菜，清淡素雅，是纯粹的健康菜肴。如果馋肉，也可以加点肉片，那就是炒四片了。

自己成家后，每到夏天蔬菜多的时候，我就经常做这道菜，可味道总是不太像姥姥做的。我体会这道菜做好的关键是掌握火候，我还要继续努力，争取做出和姥姥一样口味的炒三片。

我体会，所谓造就佳肴，就是会合食材、调料以及火候的系统工程。三者或合理或奇异地组合与搭配，就可能产生出美味。三者中，我觉得火候、时间是关键所在。

姥姥已经去世好多年了，但是我的脑海中有时还是会浮现出姥姥的形象。她一生爱干净，总是收拾得利利索索。她的头发好极了，现在很少能看到那么好的头发。你想我妈是姥姥的最后一个孩子，我都十多岁了，姥姥的头发依然很长很密乌黑锃亮，她每天早上对着镜子自己梳头，把头发拢齐，抹上点头油，然后在头顶盘一个大大的纂儿。这么好的头发难道是吃炒三片吃的吗？

姥姥，我想您了。

2016 年 8 月

听老伴儿讲那过去的事情

我和老伴儿差两岁多点，算是同龄人，所以他经历过的事情我本也不陌生；但是由于小时候我俩生活的环境不同，人生的起步阶段还是有差异的，所以听他讲那过去的事情也很觉新鲜。我生在城里，长在市里，是名副其实的“街溜子”。他出生在农村，长在城市附近，就是郊区。我家是市民，他家是菜民。区别就在这里。过去的事情就是他小时候的事情，他在郊区度过的时光。他在初中毕业后就离开家，到外面求学了，那以后的学校生活就大同小异了。

我们青少年时代都赶上了三年困难时期，他家有点儿自留地，可以种种玉米、地瓜、蔬菜之类，处境比市里孩子好些，但肚子里的油水还是少，加上正处在长个儿发育期，经常感觉很饿，所以他那些过去的故事多是对付饥饿的办法，他对这些事记忆犹新，我听这些事如醉如痴。

他记忆最深的是放学回家后的加餐。好像是上小学，他每天下午放学到家总是感到很饿，进屋就要让他妈妈盛上一碗饭。饭是有，但没有菜。他就到园子里摘几个辣椒，放到妈妈做饭的灶火上烤，辣椒烤膨大后，放到碗里，切上点葱花，倒上些酱油，一拌，这就是菜。有时到地里拔一把小葱，撅巴撅巴放点大酱汤（不是韩国料理的大酱汤，而是真正的自己家做的酱浮在上面的汤）也是一碗佳肴。就着这自制的美味他可以把一碗米饭吃完，吃得很香甜，很舒服。吃完后就心安理得地去写作业了。听了老伴儿的讲述，我很羡慕，因为我们市里孩子没有这福分，起码我家没有这个待遇。我除了一日三餐外，不记得在非吃饭时间加过什么餐。

他觉得最有意思的事情是在干旱季节到河里找泥鳅。河水干涸了，一群小男孩光着脚在河床上踩，发现哪块儿的泥比较软，再用铁锹挖，一锹下去可以挖上来许多活泥鳅。把这些泥鳅用清水冲一冲，放到碱面或小苏打水里泡，水变浑浊了，换一次水，再泡。经过这样两次，泥鳅把肚子里的脏东西基本吐净了。这时掐一些大葱叶，特别是长了骨朵儿的葱叶，把活泥鳅顺向塞进葱叶里，一根葱叶放一条泥鳅，再拿到火上烤。一会儿，葱叶糊了，泥鳅也熟了。去掉葱叶，干干净净的泥鳅呈现在眼前，放到嘴里，好吃得不得了。既有鱼的鲜，还有葱的香！完美搭配。听老伴儿说到这里，我不禁偷偷咽了几口唾沫。想想就香，别说吃了。

他最忘不了的是用班费“下馆子”的事儿。春天，班主任老师让他们到田野里采集野生刺梅或挖小根蒜，收上来后到集上去卖，得来的钱老师用来当班费，搞集体活动。什么活动呢？比如说挖野菜卖钱那天，班主任请大家吃午饭，每人五分钱，一碗高粱米饭、一碗萝卜汤。饭虽不怎么样，但是同学们在一起吃，觉得很有滋味儿。吃饭后老师再给每人花五分钱，请大家坐船横渡松花江，再给五分钱进江南公园游玩。这样每人花掉了用自己劳动换来的一毛五分钱，过了快快乐乐的一天！想想市里孩子，班费是要自己交的，当然也不多，一学期也许就是一毛钱。但那一毛钱也得伸手向家长要哇。

他最动心思、在我看来是最没出息的事有一件。那是学校组织背稻子劳动，就是在收稻子季节把割下来的水稻从水田地背到干爽地方晾晒。那活儿较重，中午伙食相对也好些，主食是新大米掺小玉米碴子的二米饭，菜是水豆腐。饭菜虽不限量，但是最后总是什么都不剩，老伴儿有时没吃饱，饭就没了。一位比他岁数大的同学悄悄告诉他，第一次盛饭不要盛满，盛多半碗，这样很快可以吃完。第二次盛饭时再盛得满满的，压实，这样就可以多吃到一些。老伴儿利用这种方法，果然奏效，劳动期间基本都吃饱了。他说这件事时自己先笑了，说：“嘻嘻，小聪明用在多吃几口饭上，当时觉得自己占了便宜，现在想起来觉得很可笑。”

唉，饥饿的年代，孩子们降低了对食物的要求，却增加了生存的智慧，丰年不使用的方法都想出来了，平常不以为然的食物都成了美食，这也是一段有趣而苦涩的经历吧！

还听老伴儿讲过关于烧烤的事。现在年轻人都喜欢烧烤，老伴儿小时候也喜欢，但那时有烧无烤，有菜无肉。这里的“烧”，不是现在红烧肉、烧茄子菜品中的“烧”，而是用食物直接接触火的那种真“烧”，使用的是“烧”字的本义。

小时候总是饿，有点儿像莫言所说的小时候，但老伴儿比莫言的境况好些。老伴儿讲起小时候烧东西吃的事总是津津有味。

他印象中可烧的东西不少，烧苞米是主要的。秋天不上学的假日，他爸爸带着他到山坡上打柴，说是柴，其实就是长了一春天一夏天的草，草长得有多半人高，用镰刀割下来捆成捆儿运回家冬天烧。打柴是重活儿，干两个多小时就饿得肚子咕咕叫。他父亲告诉他歇会儿，自己去给他弄吃的去了。他到自家地里掰回几穗苞米，当然去别人家地也是可以的，赶上谁家是谁家了，这跟鲁迅描述的吃毛豆的经历差不多。老伴儿在附近找些树枝、干草把火引着。先在每个玉米后边插上一根木棍儿，然后把玉米连叶一起扔进火里，等火势渐小，树枝变成火炭，再扒掉外层玉米叶，留下最里边那层，放在炭火上继续烧。一边烧一边翻动木棍儿。不一会儿玉米烤熟了。忙不迭地拿到嘴边啃，哇，那个好吃劲儿简直无法形容。既有新玉米本身的甜甜的味道，还有烧烤产生的香香的味道。老伴儿说：“我总是要狼吞虎咽地吃上两三穗，再接着干活儿，到中午时再吃带去的正儿八经的午饭。”

老伴儿家住松花江畔。暑假里，有时到江里游玩。下水前先找马铃薯地，挖出几埯土豆，生着一堆火，待火焰灭下去，把土豆埋进滚热的草木灰里。然后他们才下水游泳，游到对岸再游回来，上岸后扒开小灰，捡出土豆，开吃。两只手倒腾着，吹着气，放到嘴里，面面的，香香的，这是难得的美味零食。

黄豆收获前也可以用来烧着吃。吃烧黄豆也要有提前量。摘下一捧豆荚，埋进刚着过的柴草余烬里，就写作业或玩去了，写完作业或者玩了一阵子，来到草灰前，用木棍扒开灰堆，在里边找豆粒，找到一颗扔嘴里一颗，越嚼越好吃，越吃越上瘾，直到把灰堆扒个底儿朝上，才意犹未尽地离开。

当然，吃这些烧出来的食物，总免不了满嘴黑灰，吃相不雅，但那时他们那些臭小子是顾不了这许多的。

那时烧的虽都是植物，没有肉类，但那烧出的独特美味也令处于饥饿中的孩子们垂涎三尺。唉，今天的我只能听听，假如我当年也生活在农村，大概也吃不到，因为那些大多是男孩子们的专利。

今天别说市里的孩子没有这种经历，就是农村的孩子恐怕也没机会吃这些美味了吧？现成的炉具、木炭、半成品的食材、想吃啥有啥的条件，使烧烤有了仪式感，却缺少了原生态的味道。这是社会进步的必然结果吧。

听老伴儿讲那过去的事情，那是一些消失了的与饥饿共存的美味的故事。

2017 年 10 月

为了一个初中学生

这个故事有点儿绕，您得琢磨着听，琢磨人物关系，琢磨路线方位。

周六上午，孙女照例去美术学校学习画画。平时，如果他妈妈或爸爸这天休息，就不用爷爷奶奶照顾。可是今天上午她爸爸用爷爷奶奶家的车把她送到美术学校后，单位突然打来电话，让他去加班。她妈妈在港务局工作，上两天班休息两天，赶上哪是哪，没有双休日，可巧这天她也上班。

她爸爸急急忙忙给爷爷奶奶打电话，简单地说了情况，并说如果中午不打电话，就不能回家吃饭了，让爷爷去接孙女。然后就开车直接去了单位。

时间将近十一时半，她爸爸没有来电话，说明他没干完活儿回不来了。于是，奶奶准备做午饭。孙女来家吃饭是必须有肉和海鲜的。奶奶从冰箱里取出已经煮好又冻上的大猪骨头和一包海虾就动起手来。因为汽车被儿子开走了，爷爷只好打车去美术学校接孙女。

孙女到家，丰盛的午餐已经上桌。孙女很高兴，一边吃一边为下午做计划。奶奶建议她就在奶奶家学习、写作业，孙女不同意，说是快要期末考试了，想复习历史、地理等课程，可是因为上午去上美术课，所以没有带那两科的课本。于是她电话请示正在上班的妈妈。妈妈指示她乘公交车回自己家复习。正准备这样做的时候，孙女忽然发现自己没有带家门钥匙，进不了屋。爷爷奶奶记得自家原来有一把儿子家的钥匙，以备不时之需。于是找开了，东翻西找，瞅上看下，左搜右寻，就是没有看到他们家的钥匙。找不着后回想，好像她爸爸又拿走了。

此时，她爸爸在班上正赶做报表、写总结；她妈妈在班上正看守电盘、读电表，两个人都不能离开单位，也就无法回来送钥匙。这事连提都甭提。

奶奶向孙女提出一个建议：在奶奶家复习，用电脑上网找题做。孙女想了想不同意，说是自己家里有老师印发的复习提纲，网上没有。孙女的“母亲观念”很强，又向妈妈报告了情况。她妈妈过了一会儿回电话，说姥爷家有一把她家的钥匙。姥爷家在河东，孙女家在迎秋西里，奶奶家在碧海云天。她妈妈提议让姥爷乘公交车把钥匙送到奶奶家附近的一个汽车站，让孙女前去取钥匙，然后再坐公交车回自家。没有别的办法了，只能如此。

爷爷带着孙女来到海阳路上的公交车车站，姥爷已经来到，把钥匙交给了外孙女。爷爷又带领孙女赶往建设大街上的另一路汽车站，交给孙女一元钱车费，看着孙女上了公交车才离开。

爷爷回到自家不久，孙女来电话了，说她已安全到家。爷爷抬头看看表，刚好下午一时半。奶奶接过电话，嘱咐孙女千万别磨蹭，一定要抓紧时间复习，还说你看这一大中午这么多人都为你一人忙活，你可要好好念书云云，孙女诺诺连声，一一答应。

这个奶奶就是我。

过去的中学课本有《为了六十一个阶级兄弟》一文，读后令人唏嘘；今天现实中有为了一个初中学生而忙坏了全家的事情。读后您有何感想？

2016 年 6 月

四个大姑姐的弟媳妇

我娘家姐儿四个哥儿一个，姐弟五人。弟弟最小，弟媳妇理所当然地有了四个大姑姐。中国自古姑嫂就是难处的一对关系，民间也才有了小姑“贤”与“不贤”之说。大姑姐和弟媳的关系也属于姑嫂关系吧！可是我家四个大姑姐绝对“贤”，而这个兄弟媳妇更是贤上加贤。

弟媳的最大特点是“和”，和气，和蔼，和善，平和。用“和”组成的褒义词用在弟媳身上都不过分。俗话说“和气生财”，我家没做买卖的，但都有固定的工作，都有稳定的收入，也算是生了财吧。弟媳的“和”带给我们大家庭的都是感人的正能量。

首要的是“和”人儿。弟媳在娘家是姐儿一个，上有哥下有弟，就她一个女孩，备受父母宠爱。嫁入我家后，不论是做儿媳，还是做弟媳，也都是独一份。但她绝不恃宠而骄，而是成功担起了作为夫家单传儿子媳妇的掌门角色。她对我们这些大姑姐姐、姐夫和各家的外甥、外甥媳妇、外甥女以及再下一辈都是亲热有加，真的当成一家人。谁家有事主动帮忙，孩子成人帮助找工作，介绍对象，哪个姐姐、姐夫过生日到场祝贺。她把大姑姐家的事都看成自己家的事，她把大姑姐家的孩子她都当成自己的孩子。我妹妹们曾说老弟有五个儿子、一个闺女，就是把我们姐儿几个的孩子都算成他家的孩子了。难怪提起他们舅妈，孩子们都异口同声地叫好，发自内心地产生一种爱意和自豪。

还有就是“和”事儿。弟媳绝不是“事妈”一族，不挑事，不找事，永远没事。但我们又觉得她爱操心，爱管事。因为这一大家子二十几口人，你没事有有事的。四个大姑姐没事，四个连襟有时话赶话，事赶事，出现点状况，弟媳就在中间说和。她不是无原则地和稀泥，而是当谁面批评谁，背着谁说谁好，总是把大家往一块儿攒。她自己很大度，很有涵养，遇事不斤斤计较。姐儿几个有什么心里话都爱跟她聊聊。哪家两口子吵架了，谁家孩子不听话了，她都耐心地劝解，细心地做工作；谁家要买大件，添东西，置办衣服等，她也主动发表供参考的意见，需要时也前去帮忙，绝不会“事不关己，高高挂起”。

再有就是不吝财。为了和前两段形成排比，我想写“和物儿”，觉得不通，用了“不吝财”。一看就明白，弟媳在财物方面很大方，出手阔绰。谁家真有大事需要用钱，一时周转不开，跟弟媳张嘴了，弟媳总是有求必应。没多有少，肯定不会白张嘴。哪家娶媳妇，生孩子等等，她总是大大方方地随礼凑份子，金额肯定挺多。因为我弟弟是独子，虽为小，但是是周家正宗，是家族之根，所以逢年过节，星期假日，赶上弟媳休息，弟弟经常召集各家到他家聚会小酌，鱼肉蛋菜从不吝惜。为了聚会方便，弟弟特意买了张可以围坐十多人的大圆桌面，人多时往小桌子上一放，可以排开二十几道菜。近些年弟媳厨艺大为见长，做出的菜有荤有素，有凉有热，红绿白黄黑，色香味俱全，我们大家都爱吃。我们去她家，常常是她和弟弟同在厨房忙碌，让我们在客厅打麻将、看电视。说什么也不让我们插手帮忙，两口子一边干活儿还一边哼着小曲，我们这边听着痛快，打麻将也就心安理得了。弟媳还有一绝技，就是烙菜盒子，近年到她家吃饭，都少不了这个风味主食。没见她和面调馅儿，一会儿一盘热乎乎、黄阳阳的盒子就端上餐桌了，看着即使不垂涎三尺，也得偷着咽好几口唾沫。嘻嘻，这样的好弟媳谁不喜欢。

不过话说回来了，我弟弟对我弟媳那是没的说，像慈祥的大哥哥对乖巧的小妹妹似的，看在眼里，喜在心上，笑在脸上。

我们对弟媳呢？那是“俩好轧一好”。弟媳对我们大姑姐这么好，我们四位大姑姐也有情有义，对弟媳也是好得不得了。我们家族的微信群名叫“周家大树荫”。父母虽然已经不在了，但我们这个大家庭依然和睦友好，相亲相爱，其乐融融，在大树荫下快乐地生活，为和谐社会的画卷增添一幅和谐的画面。

2017 年 4 月

善良仁爱的小老弟

母亲生了五个孩子，前四个都是丫头。父母想要个男孩，这也是人之常情。我家老五就是个男孩，这就是我们的小老弟。父母终于如愿以偿，以后也就没有再生。

弟弟承载着父母的心愿，承载着家族的希望，因为爷爷有两个儿子，叔叔家生了三个闺女，我家一个男孩。就是说两股只有这一个男孩。

但是我的父母对弟弟并不娇惯，该干啥干啥，该管教时也说也打。而弟弟从小老实听话，不惹祸，不讨人嫌。父母很是喜欢。

弟弟和那个时代的大多数学生一样，也作为知识青年下过乡，后来被抽调回城进了当时国内很有名的吉化公司。弟弟为人谦和大度，遇事大方礼让，在单位和领导、同事关系都非常好。记得他儿子考上北京的一所重点大学后，随礼凑份子的有好几百人，升学宴就摆了几十桌。他可只是一名普通员工呀！这个数字我听了大吃一惊。这还不是孩子结婚。由此可以看出弟弟在单位的为人，看出他的人缘。

在街坊邻居中，弟弟对老人有礼貌，对年轻人有爱心，街比邻右都夸奖他。在家里更没得说。丈母娘因病较早去世，他对丈人像对待亲爹一样。平时，隔三岔五就去岳父家中看望，缺啥买啥，想吃啥给做啥，不计付出。同桌吃饭时夹菜添饭，殷勤体贴。出门旅游，跑前跑后，安排妥帖。丈人有病有痛，床前侍候，端茶倒水，不厌其烦。他的三位舅爷儿都感到自愧不如，丈人对他也总是赞不绝口。这些有的是我听说，有的是我亲眼所见。

弟弟虽然排行老小，姐姐们虽然各自成家立业，但是弟弟对四位姐姐还是很关心的。哪家有事，招呼一声，下班后准过来帮忙。谁家孩子结婚，他随的礼总是比别人多。我二妹的两个儿子有几年开出租车，遇到什么麻烦事解决不了时，都把他大舅叫去；大舅一到问明情况，提出解决办法，总能大事化小，小事化了。

有一年，我暑期回到家乡，赶上农历七月十五，要去给父母上坟祭拜。父母的坟在郊区姥爷家的祖坟旁边，那里有很多我姥姥家的亲戚，所以每次上坟都顺便去串串门。那一次准备去我二表哥家吃饭、串门。我也没想什么，就随着弟弟妹妹、弟媳妹夫等一大群人去了。扫完墓，来到二表哥家，弟弟像变戏法一样拿出两瓶酒送给二表哥，说是他大姐给买的。他大姐就是我。我这才意识到我是远道而来的，应该给主人带点礼物。可是我没有想起来，弟弟替我办了。事先还没告诉我。二表哥自是很高兴，临走送给我一摞东北大煎饼，拿回秦皇岛吃了一个月。

还有一次，他利用年休假和我们四位姐姐一起外出旅行。一方面是旅游，玩玩；一方面是到山东威海看望父亲的弟弟，我们的叔叔。我们约好在大连会合。当天正好是头伏第一天，按民间习俗要吃饺子，我们就找了一家比较好的饺子馆，点什么馅儿的呢，五个人意见不统一。最后弟弟问店家共有多少种馅儿，回答说六种，弟弟就每样点了一盘，大家兴高采烈地吃完，觉得很完美。

在大连游览景区，每天带的水、水果，基本都是老弟拿着，我们不给他，他还是把身体不太好的他二姐的东西抢过去。每天早上，我们几个姐姐洗漱打扮，磨磨蹭蹭，自己的那点儿事情都忙够呛。弟弟起得比我们都早，简单洗漱后，就自己出门去买早点了，干的、稀的，买了个齐全。大家都说跟着老弟出门就是享福。在大连玩了三天要坐船去威海。上船前，他说买点水果船上吃，等买回来一看，哪位姐的口味都想到了，大姐爱吃的葡萄，二姐爱吃的油桃，三姐爱吃的哈密瓜，四姐爱吃的樱桃，呵呵，一样不落，姐姐们都说老弟真有心。

这些虽然都是小事，但对一个也年过半百的男人来说，做到这些，我觉得很不容易。是啊，弟弟再大，在姐姐们面前永远是小老弟。

小弟，谢谢你，愿你一生幸福快乐，愿来生还做你的姐姐。

2018 年 12 月

知恩图报的老四

父母生了我们姐儿四个、哥儿一个。老四是父母的老丫头，没人疼自己疼，没人娇自己娇。父母生前确实比较娇惯她，她也就养成了专横跋扈的性格，当然是在家里。出门在外，那也是老实巴交，彬彬有礼，看不出什么，前提是你别招惹她，如果让她吃了亏那是没好果子的。所以小的时候就感觉她在家霸道，横膀子逛，谁都惹不起。

也许真是缘分的原因，老四的因缘来得晚，结婚较晚。但是儿子来得不晚，结婚一年，儿子降生。一家三口和和美美，本该很幸福的。但是在她儿子小的时候，吉林经济不景气，企业倒闭不少。她所在的市羊毛衫厂连年效益不好，妹夫所在的地质队也很萧条，没有多少活儿，家庭收入自然少得可怜。又加上孩子小时候体弱多病，三天两头住院，花销确实比较大。所以那时老四家的日子挺紧巴。赶上别人家结婚生孩子的事，老四更是犯愁礼钱，没办法时只能东挪西借地随上一点儿份子，略表心意。但是老四两口子没有被困难吓倒，苦巴苦业地拉扯孩子，照顾家庭。虽然困难，她还挺有保险意识，给孩子上了份什么保险，每年夏天都要向保险公司交钱。一到这时，妹妹就犯愁。

我结婚后来到了秦皇岛，工作紧张，家务繁重，每天忙于自己的事情，处在爬坡阶段，顾不上家乡的弟妹们。一次打电话，我无意间知道了老四的困境，心里不是滋味儿。不管怎么说，相对于老四，我工资虽然不高，但工作稳定，收入有保障，比老四家境况好些。我就从知道实情那年开始，每年给老四寄去孩子的保险钱。我当时就是觉得，一奶同胞，能帮帮就帮帮，完全是自愿的，从没想过回报之类。

连着寄了几年后，有一年，我又该寄钱了，老四来电话却不让我寄了。我问为什么？她说她丈夫企业情况好转，效益好了，负担孩子的保险费用没问题。我怕强寄增加她的思想负担，也就不再寄了。渐渐地，就把这件事淡忘了。

政策好，生活在变好。老四两口子勤快手巧，妹妹下岗在家给人织毛活儿，挣手工钱，妹夫单位也越来越好，收入不断增加，他还利用业余时间在街上修自行车。老四家的日子是芝麻开花节节高，供儿子上到了高中，大学又考上了本科。她儿子大学毕业没离校，就被一家国有企业招聘走了，工作不用愁了。小伙子长得高高大大，英俊帅气，很快对象也确定下来，又贷款买了房子，再后来就顺理成章地步入婚姻殿堂，转年可爱活泼的孙女出生了。姐姐们都说别看老四当年困难，现在还是很有福气的，该干啥时干啥，该有啥时有啥，没怎么操心，该有的都有了：儿子有正式工作，有房子，有媳妇，有孩子。这在当下有时也是一种奢望啊。

现在老四两口子都到了退休年龄，按月领取有保障的退休金，虽说不算多，生活是没问题的；生病了，有医疗保险。一切都挺顺心、舒心、开心。

日子好了，老四没有忘记困难时曾经帮助过她家的亲人、朋友。谁家有大事小情都及时到场，该随份子随份子，该还礼还礼，一点儿不比别人少，在人情上从不落空。这不，前年我过一个相对大点的生日，妹妹弟弟都按惯例送了贺礼。等见到她转过来的款时，我大吃一惊，怎么这么多呢？忙打电话询问缘由。电话里，老四轻松地提起我早已忘了的当年对她的资助，并说儿子也记着大姨当年对他的好，所以礼金中有她儿子的一份。她的一番解释，说得我差点儿掉下泪来，因为我帮助她完全是自觉自愿，出于姐妹情义，压根儿就没想着日后还有什么回报。可是，老四真的回报了。滴水之恩，涌泉相报。

这使我想起了另外一件事，当年他儿子高考考上了一所一本院校，她希望儿子分到一个好专业，就求我帮忙找人跟校方沟通一下。话我是带到了，可是儿子分到的专业她还是认为不理想。这事我就没招了。儿子上大学走了后，她忽然提出要谢谢人家帮忙的人。我说不用，学校是孩子自己考上的，专业你也不太满意，谢啥谢？我把话传给办事的人，人家也再三说不是外人，不用谢。可是老四总觉得像欠人家似的，到底还是设法还了礼。但是不知为什么，我心里不是滋味儿。觉得底层老百姓活得很艰辛、很不易。

老四就是这样的人，宁肯自己紧巴，也不亏欠人家。不像现在的有些老赖，真正欠人家钱，就是赖着不还。人和人真不能比呀。有人以占便宜为欣慰，为幸事，为快乐；有人因为欠别人的而寝食不安，而想方设法归还。前者没脸没皮没人格，后者自尊自爱，活得有骨气，有志气。我家老四就是后者。

2017 年 12 月

夸夸我家儿媳妇

过来人常说，有个好儿子，不如有个好儿媳。我很幸运，既有好儿子，也有好儿媳。

儿媳好，不是我说的，是我娘家的弟弟妹妹们、邻居的大哥大嫂们异口同声评价的，是大家公认的。

儿媳贤惠，对我儿子恩爱有加。老婆关心老公，天经地义，似乎没什么值得炫耀的，但是，我却觉得有必要说一说。我儿子是独生子，从小任性，脾气随他爹，酸脾拉臭的。但是儿媳却把这样的老公“管教”得服服帖帖。这一点我和她比起来差距不是一星半点儿。儿子因工作关系，有时应酬喝得多了点儿，东倒西歪回到家，儿媳都是端水倒茶地侍候，不会不给开门，不会扔在客厅不管。儿子酒劲过去，清醒后，儿媳就会苦口婆心地规劝，让他少喝酒，注意身体。儿子工作忙，经常出差，儿媳虽有怨言，也还是把家里的大事小情料理得井井有条，使儿子能安心工作，少有后顾之忧。儿子的衣裤鞋袜也总是整洁干净，利利索索的。我们老两口也就十分省心，没有这方面的烦恼。

儿媳勤快，对我孙女悉心抚育。我是搞教育工作的，但是儿媳少有依赖。她不是大撒手，把孩子推给我，自己逍遥自在；而是亲力亲为，担负起做母亲的责任和义务。孙女从上幼儿园到现在，儿媳从没有放弃对孩子的教育和培养，哪怕是阶段性的疏忽都没有。她不怕麻烦，也舍得在孩子身上投资。小时候为激发孩子的多方面兴趣，舞蹈、电子琴、跆拳道、美术，都让孩子有所涉猎；上学后，英语是儿媳重视的科目，让孩子在课外学了八九年，上初中后又针对孩子的学习状况，不断调整课外补习科目。我都有些不耐烦，觉得没啥必要，但是孙女挺配合她妈，乐此不疲。学校的家长会是我儿媳必到的，有时两口子一起参加，大多情况是她一人去。老师与家长的网络联系建立起来后，儿媳更是日日关注学校要求，发现问题及时解决。现在孙女在外地读高中，儿媳按学校规定坚持两周去看望一次，并专门置办了简单的炊具。他们一般在周五傍晚到达，从学校接孙女到宾馆，给孩子做点儿可口的饭菜，督促孩子写作业，晚上连夜把孩子换下的脏衣服洗净，再用吹风机吹干，待返校时带回。妈妈没有不爱自己闺女的，但我儿媳对我孙女可说是无微不至了，比我当年对我儿子强多了。

儿媳孝顺，对我们老两口关心备至。现在我俩虽然岁数不小，但是身体还好。我俩的原则是尽量不给或少给儿子、媳妇添麻烦。但是尽管这样，只要我俩有什么状况，儿子、媳妇都是第一时间到场。媳妇更是细心周到。她知道我爱吃蛋糕、干果、水果之类，所以每次来家都买点带过来，还顾及老年特点，特意买低糖或无糖的。需要到医院查体、看病时，儿媳都主动要求陪同，有时还提出一些建议，供我们参考。有一次，我老伴儿因在家干活儿不慎把手碰伤了，住进了医院。儿子、媳妇，忙请假前来照看，还一下子拿出八千元钱，垫付医疗费。逢年过节，儿子、媳妇来家，进屋就进厨房，戴上围裙就干活儿。他爸和我的生日、母亲节、父亲节什么的，也从不拉空，都是钱到礼到，挑不出半点不是。我有时有什么纠结、困扰的问题，也不由自主地爱跟儿媳妇念叨念叨，她也总能耐心地听我诉说，并发表自己的看法，帮我排解。我觉得我俩的关系更像闺蜜。

儿媳懂礼，对家里的亲戚朋友热情周到。我家和儿子家虽然不在一起，但离得不远。我们老两口都是吉林人，因此那边的亲戚比较多。不论是我娘家人，还是我老伴儿家人，只要有客人来，儿子、媳妇都是热情款待。买蔬菜，买熟食，买海鲜，忙得不亦乐乎。因为厨艺的原因，这种场合往往是我儿子下厨，掌勺料理，儿媳妇在旁陪着说话聊天打下手，吃过饭后，儿媳妇主动刷锅洗碗，擦抹得干干净净，归置得整整齐齐。人家返回时，我儿媳妇还总忘不了买些路上、车上吃的喝的，大包小裹，热热闹闹，让客人流连忘返。去年我高中同学来看我，我儿子、媳妇就是这么做的，把我同学感动得不亦乐乎，至今微信聊起来还感慨不已。

儿媳妇嫁过来十多年了，由于她事事做得好，对家人，对亲戚，对友人充满爱心、热心、耐心，因而也得到了大家的喜爱。儿子对我儿媳妇那是体贴疼爱，孙女对我儿媳妇那是言必称“我妈”，亲戚对我儿媳妇那是人人竖大拇指，我对我儿媳妇那是一百个满意。我逢人就夸，见人就赞。我说儿媳妇好是因为在娘家时家教好，结婚后，我们继续教育得好。当然这里也有夸奖我自己的意思喽。

儿媳妇经营婚姻是成功的，建设家庭是成功的，教育孩子也是成功的。作为女人，有这三个成功，可算是人生的最大赢家了。

我欣赏我的儿媳妇。

2016 年 3 月

我家的业余八级工

儿子总是自我吹嘘他是业余八级什么什么工。儿子大学学的是财会，现在在一家大型国有企业做审计干部。但是儿子从小随他爹，心灵手巧，动手能力强。

我家灯泡坏了，老伴儿也能换上，但现在岁数大了，儿子都主动来干这些活儿。去年春节前，儿子来我家说我家的灯不够亮，觉得有些暗，非要换新的。我说够亮的了，前几年你爸全部换成 LED 节能灯泡了。儿子说换吧。他下次来我家时就带来了一兜子 LED 灯泡，进屋不由分说嘁里咔嚓，搬梯子登高就把旧灯泡一一拧下来，全部换上了新灯泡，然后按下开关，自豪地说，看看这多亮！我看了一下他换下来的灯泡，是 3 瓦，我问他换上的灯泡，他说 13 瓦。啧啧，它敢不亮！但是儿子的一片孝心还是可贵的。灯泡都换完了，儿子还得拍拍胸脯说，业余八级电工！

我家里的办公设备比较齐全，台式电脑、手提电脑、打印机、扫描仪都有。我都会使用，但是不会维修。一旦有了故障，不论几点钟，我都第一时间给我儿子打电话，告诉他什么东西怎么坏了，需要维修。简单的毛病，儿子远程指导，我按他说的操作，有时也能解决问题。严重的毛病，儿子不论多忙，第二天或者过几天准来修理。儿子经常夸我，说不论什么东西到我手里都会用坏。其实我就是正常使用，想让我非正常使用，我也不会呀！儿子忙活半天，修好之后，他自己也很有成就感，来的时候还有些怪罪老妈，修好之后，总是得意扬扬地说，怎么样，业余八级电脑维修工。其实电脑维修工好像没有这个段位。

我腰不好，大夫建议睡硬板床，我在淘宝上订了一套松木床板。到货后，需要简单安装一下。我给儿子打电话，他利用双休日过来，三下五除二就安装就位了，躺在上面很舒服。儿子又很自豪地说，我，业余八级木工。

儿子干活儿确实有门道，一次，他岳父家搬家，有个橱子怎么也搬不进屋里。好几个人一筹莫展，儿子中午下班过去，看了看橱子，看了看门框，说把橱门打开再斜一下就进去了。用他这招一试，还真的成功了。丈母娘十分高兴，见了我的面一个劲地夸我儿子聪明。

说了半天，那些还真都是业余，其实我儿子最拿手的是厨艺。不知是从哪学的，也许是我上班时经常出差，把他锻炼出来的。儿子结婚后，由于我家房子面积较大，我们在一起过了好几年，当时是谁回家早谁就自觉进厨房做饭，基本是儿子和媳妇做，当时也没发现儿子做饭的手艺多高。后来又买了一套房，我们老两口搬了出来。儿子再来我家，还是主动进厨房做饭，越做越好，越做越复杂。现在竟然有了好些个拿手菜，比如，红烧肉、家常炖鱼、软炸虾仁、清蒸粉丝扇贝、炸茄盒、红烧排骨海带根、冬笋炖肉、家常扣肉、松仁玉米、清蒸开边大虾、干煸鲜虾等等。做出来总是有形有状，有色有味，很有卖相。看着有食欲，吃着过瘾解馋。这时，儿子又会自鸣得意地说，咱是八级业余厨师。厨师怎么评级咱不知道，反正就是说自己做饭手艺好呗。

我家家宴的一般程序是这样：我策划，做哪些菜事前列出个菜谱，准备好食材，儿子和媳妇来了，照单执行。边做边聊家常，边做边看两眼电视，瞅瞅手机，时间不长，一桌子菜摆上来，热气腾腾，热热闹闹，一家人其乐融融。每每这时，我都拿起手机拍照，主要是照菜，有时在同学、亲戚群里发发，有时在朋友圈晒晒。在我的 QQ 空间里，专门设有“家宴菜肴”和“赵府私房菜”两个相册，点击量还不少。

儿子还一个特点，做菜之后，总是把菜板、铲子、菜刀、炒菜锅等都刷洗干净，减少了饭后儿媳妇洗碗、收拾的辛苦。

记得有一年，我脚崴了，撕裂性骨折，需要静养。本着缺啥补啥的原则，那段日子，儿子一来就带来一小盆红烧猪蹄。颜色酱紫，肉质软烂，看着就有食欲。我记不得吃了多少儿子做的猪蹄了，反正，我的脚最后恢复如初，现在一点儿后遗症没有，散步、旅游、爬山都不在话下。

孙女初中毕业，考入衡水一中后，在学校规定的日子，儿子和媳妇总要去看望孩子。孩子见了爹妈，固定要好吃好喝，但我孙女有时不愿去饭店，非要吃他爸自己做的饭。这有点儿为难吗？不为难，为了闺女，什么办法都能想出来。儿媳特意在衡水买了个电磁炉，从家带去食材，在宾馆简单加工一下，都是美味佳肴，跟在家吃的一样滋味儿，孙女自是高兴得不得了。这哪里是菜，分明是父母对子女满满的爱呀。

儿子工作努力上进，在单位很早入了党，经常加班加点工作，不辞辛苦；在家又有如此不俗的业余八级工表现，真是好儿子，我觉得不比闺女差。

有儿若此，夫复何求？

2018 年 12 月

奶奶课堂开课了！

受儿媳妇上班时间的制约，孙女小时候每周要接来我家住一两天。我抓住这机会，发挥我教育工作者的特长，对孙女进行一点儿针对性的教育，我说这也是上课。开始时孙女不习惯，觉得好玩有意思，所以总是笑，有时前仰后合，有时嘻嘻哈哈，很不配合。我为了严肃纪律，提高效率，告诉孙女说，这是奶奶课堂，和学校的课堂一样，要严肃认真。这之后情况有了改进。因为她常常坐在床头的学习桌旁，我坐在她的单人床上，倚着她的小被垛上课，所以起名叫床头课堂。后来根据情况的变化，我把这床头课堂进一步延伸，比如餐桌课堂，她一边吃饭，我一边上课；卫生间课堂，她进卫生间，我在门外上课；被窝儿课堂，她钻进被窝儿后，还没有入睡时，我捡我认为重点的事情或作业中发现的问题叨咕几句。这样长此下来，孙女习惯了，我一说上课，她就认真起来，有时还记笔记。

我是搞语文教学研究的，但是我关注较多的却是孙女的数学。她只要住在我家，她的数学作业我都是从头检查到尾，发现问题，马上辅导。小学数学比较简单，容易掌握，但是孙女做作业时往往图快，不仔细，不是看错运算符号，就是点错小数点，再不就是在草稿纸上算对了，往作业本上抄又错了，或者书写不认真，写 3 像 5，写 1 像 7……我每次检查完作业都要给她总结出几条，举例告诉她，再让她复述我的意见，强化她的意识。下次检查作业时就把上次发现的问题作为重点，看她改进情况。经过一个阶段这样的训练，孙女的作业正确率提高了不少。

孙女以优异成绩从小学毕业。那年暑假，她在我家多住了些日子。我想引导她预习初中一年级数学上册的第一章。在进入正式学习前，我告诉她读一本书首先要看目录，文选类书籍如此，长篇小说如此，系统性、知识性很强的书更应如此。比如数学书，通过看目录知道这本书要教给哪些知识，这些知识又有怎样的联系。这个读书的基本方法教给她之后，才引导她进入对书本教材的学习，认识整数、分数、有理数的概念、组成、特点，并尝试着做课后习题。通过几天的学习，她基本掌握了有理数的加减法。这段家庭课堂学习为她整个初中阶段的数学学习打下了较好的基础，增强了孩子的自信心。

到初三后，儿媳妇为孙女报了不少课外补习班，就是没有语文，我有些心理不平衡，主动要求为孙女补习语文，可孙女却说："我的档期安排不开。"我觉得好笑，却也无奈。后来总复习的几次考试中，孙女的语文成绩总是停滞在 90 分多一点儿，满分 120 分的试卷，上不了 100 分，她有些着急了。这回她主动要求我给她说说作文。我让她拿来三次考试的语文卷，备了备课，就在床头开课了。我用一节课时间主要讲了作文怎样扣题，怎样出新，怎样使结构完整紧凑，怎样打动人几个问题。以后又辅导了两次其他内容。孙女的语文成绩上来了，中考取得了 110 分，虽然不算高，但在她来说已属不容易了。

经过初中老师的细心教导和她自己的努力，孙女以较高分数如愿以偿地考上了理想高中——衡水一中，很是骄傲自豪。接到录取通知书后，我和她晚上散步时又开了马路课堂，我要防止她有自满情绪，提醒她做好心理准备，迎接高中阶段学习。我说，你是幸运的，碰巧遇到了你比较熟悉、又会做的一拨题，才取得了好成绩，这不能代表你对初中阶段所有知识都掌握得这么好，还要继续加油哇！孙女不太服气，但也点了点头。

奶奶课堂，形式自由，可长可短，对孙女的学习多少起了些作用，我觉得我这个奶奶还算没白当一回教师。现在孙女到外地上高中了，奶奶课堂没有生源了。我祝愿她学习越来越好，早日实现自己的人生梦想。

2016 年 1 月

赵家有女初长成

孙女姓赵，2018 年参加高考，考出了比较好的成绩，被一所“211”重点大学的工业设计专业录取。这是我们全家的一件大喜事。

孙女是独生女，即使放开二胎，她爸妈也不打算再生了。

孙女出生时，我还没有退休，和绝大多数孩子的经历差不多，她小时候主要由姥姥带着。等我退休了，孙女已经上幼儿园了。由于她家离我家较近，上幼儿园、小学、初中时主要由我和她爷爷负责照顾。儿媳妇工作单位的时间比较好，上十二小时休息二十四小时，上一个白班、一个夜班后休两天，就是说她在家的时间比总上白班的人要多。这样不用我们天天管着，每四天管一天一宿。逢双休日，她爸爸休息，又不用我们管了。

孙女虽是女孩，但小时候喜欢的玩具大都是男孩的，比如汽车、枪、飞镖等。虽然玩啥都是一阵子，但是武器装备保管得比较好，一直到她长大还都有。孙女尤其喜欢恐龙，我们给她买了一堆大大小小的夜晚能发光的恐龙玩具，最大的一个是电玩，一摁开关不但能发出怪异的声音，还会迈动蹒跚的步伐行走，很是形象逼真。

有一件事过后觉得后怕。孙女小时候刚学会骑自行车，她爷爷就给她买了一辆折叠自行车。有一天中午，我想看看她骑得怎么样，就让她在小区院子里练习。院子中有一个坡道，大约三十米，倾斜角度得有四十度，她骑着骑着就顺坡道下去了，由于惯性，由于加速度，她控制不了，在坡下摔倒了，把我吓得半死，孙女也哭了。阿弥陀佛，检查一下，皮肤轻微擦伤，没啥大事。这一跤，大约是孙女成长过程中的一个小挫折吧！

孙女小时候爱吃鱼，爱吃肉，不爱吃蔬菜。这可能和许多孩子也差不多。我们喂她吃饭，有意识让她多吃青菜，便在勺里盛上点青菜，上面放上米饭一起喂到嘴里。如果连吃三口只有青菜的饭，她就急了，指着已经剥下鱼刺的鱼肉："鱼，鱼！"逗得爷爷奶奶哈哈大笑，赶紧把鱼肉放上。那时饭店流行做鸡头这道菜，她也爱吃。来我家吃饭时，就点名要吃鸡头。她爷爷就出去给她买薰鸡头或烤鸡头。孙女吃鸡头吃得慢条斯理，津津有味。她把一个鸡脑袋磕开，从外往里，一点一点地啃，吃得很仔细，把小小的零碎骨头放到一侧堆成山状的一小堆。最后磕开一层薄薄的骨质，脑仁露出来了，她听说那是秦桧，又把秦桧吃掉。一边吃还一边对我说："奶奶，可香了，你尝尝不？"我笑着说："你吃吧，我可不吃。"我活了这大岁数一个鸡头没吃过，不能说不是遗憾。她自己坐在桌旁啃鸡头，我忙活别的，回到餐桌，发现那堆小鸡骨头又跑到另一侧了。我奇怪，问她怎么回事，她说她把鸡骨头又啃了一遍，我仔细看那些小骨头，真是干净，一点儿肉丝都没有。我哭笑不得，既觉得这孩子太爱啃鸡头了，又觉得她太有意思了。我马上制止，说可以再吃一个鸡头，但不许再啃第二遍。她自豪地说，如果允许，她要啃三遍才完事呢。你说这孩子可乐不可乐！后来她妈妈不让给她买鸡头，不允许她再吃鸡头了，说里边含重金属多。这才结束了我孙女啃鸡头的历史。

还是和大多数孩子一样，孙女从学龄前开始就报名参加各种学习班。最初是舞蹈班，学了三个月后自己表示费劲，下腰下不好，不爱学了。接着又报了一个电子琴班，电子琴还是我赞助的，可是也没有学多长时间又退了。后来知道，报这两个班，她都是中间插班，别的孩子已经学习几个月了，她才去，所以跟不上。我跟她妈妈建议以后进这种特长班不能再插班，要学就从头学起，和别的孩子在同一起跑线上。这两次不成功的学习经历没有影响我孙女的积极性，她自己说最喜欢的还是美术，于是又报名学了美术。还别说，这次学的时间比较长，而且在一次广场作画比赛中得了一等奖，奖品是一副羽毛球拍。我逗她，故意说送给我锻炼身体用吧，她想了想说：我可以借给你，但不能送给你。她学习美术一直持续到初二，也得过什么级别证书。与此同时，她还先后报了跆拳道班、英语班。跆拳道学到黑腰带几级；英语学到初三，高中课程紧，她又在异地上学，学校还是封闭式管理，所以就不再学习了。这三个班的学习对孙女的成长，起到了一些积极作用。跆拳道有助于培养她的耐力和动作的协调性，提升她的竞争意识。美术培养了她的观察能力、美感和空间想象能力，使她对于素描、简笔画有了点基础，以至助力到她在大学的学习。英语成了她的强项，无论中考还是高考成绩都很突出，大学后英语课分到了专门用英语上课的班级，此是后话。

孙女在学习上自我感觉总是那么好，每次考试后问她，她总是认为自己答得好，等成绩一公布，又总是与她自己说的有点儿差距。她在小学时一直成绩不错，在班里也数得上。她的一篇作文经我修改还在我市的晚报上发表了，她收到了八元钱的稿费，着实兴奋了一段时间。

孙女从小说话就有条理性。她小学时，有一次我出差回来，她说有三个好消息告诉我，第一个是她入队了，第二个是她当收作业的小组长了，第三个是她爸爸同事的儿子转到他们班了。我问她班里有几个同学入队，她说全班都入了。我觉得好笑，又不敢乐，还一本正经地跟她一起高兴，鼓励她一番。

孩子多么纯洁自然、天真无邪呀！孩子的快乐又多么简单！我常想，在孩子成长的过程中，大人要尽量使他们洁白无瑕的心灵不受污染。

初中时，她文化课没问题，在班里总是前五名左右，但是体育成绩不算太好。临近毕业时，为了使满分 30 分的体育加试成绩损失少点，她妈妈给她报了体育补习班。每天放学去体育场，在教练的指导下训练中考加试的相关科目。因为场地是开放的，有一次我到那里观看。孩子们个个大汗淋漓。有的是特殊体型，偏胖，项目不易达标的；有的是平时对体育课不够重视，课上训练不到位的。我孙女属于后者。这回我看她也上心较劲了，很卖力气，很努力。最后考试30分获得了24分。初中毕业升学考试满分是660分，我孙女总共考了626分，在他们班排名第一，在上千名毕业生的学校排名第二十二。

我孙女在初中的最后一次考试中考出了三年来最好的成绩，我有些出乎意料。为了抑制她可能出现的骄傲情绪，我跟她分析取胜的原因，我说你只是幸运而已，你遇到了你平时比较熟悉的题型，而你学得比较扎实、掌握得比较好的那部分内容碰巧又都出现在试卷上。我觉得孙女心里很服气，但脸上还是做出不以为然的表情。

孙女如愿以偿地考进了全国闻名的衡水一中。虽然这是她自己的选择，但是我还是有些担心。因为我曾经去衡中参观、学习过。学校管理严格，半军事化，封闭式；学生学习紧张，竞争激烈，无论是在教室还是在操场、楼道，以及在跑步前，学生手里都拿着书本，有的是小单词本，有的是课本，有的是笔记本，没有闲着的人。他们利用一切时间学习，没有闲着的时间。我还知道有些考进衡中的学生，因为压力过大，无法承受而出现身体或精神的不适，不得不中途又转回本市。

事实证明我的担心是多余的。三年很快过去了，孙女顺利读了下来。在家靠父母，从不自理生活的孙女在外市住校三年基本没什么大问题。衡中最有意思，也是我觉得最锻炼人的事情是换宿舍。随着年级、班级的变动，三年里，他们换了五六次宿舍。这换宿舍可不只是楼层变化，而是不同的宿舍楼。每次换宿舍都需要学生自己搬家。学生先把自己东西整理好，然后一点一点一趟一趟地搬下楼，再搬到另一个楼里，而且没有电梯，一概是脚动爬楼梯。我知道搬家的事后见到我孙女问了两个问题：一是你在搬家的过程中丢东西了吗？二是你哭了吗？我孙女的回答都是否定的。其他，如拉练什么的，我孙女都经受住了考验。衡中三年，我孙女没有中途打退堂鼓，没有掉队，没有因为紧张繁忙的学习生活影响精神、情绪。我孙女胜利了。

孙女在衡中过了成人礼，又顺利考上了重点大学，由一个阳光小女生成长为亭亭玉立的大学生。我祝贺孙女长大，迎来花季青春。在今后的生活中，我希望她平平安安，健健康康，快快乐乐。

2019 年 1 月

洪大姐，你好！

我家有两个住处，一个在城市，一个在农村。一年之中在城市住半年，在农村住半年。这不，我们从农村家返回市里家已经有些日子了，我开始想念那里的邻居了，特别是洪大姐。

洪大姐会生活。她家在小区里住别墅，独门独院，三层小楼。我们住的是一般楼房，售楼员称为“花园洋房”。洪大姐家不像有些别墅家，把整个院子都美化、硬化，弄得跟苏州园林似的。她家院子里的地她做主。她喜欢在自家院心、别墅四周种上蔬菜、鲜花、果树。一进她家的大门，真正是一派田园风光。这是洪大姐独特的住别墅的态度。她家屋门前有两个古香古色的陶瓷大水坛，里边养着睡莲和锦鲤。我们不用到什么湖边，在她家就可以看到“鱼戏莲叶间”的景致。她还在大门里的墙根下栽植了凌霄花。花枝攀援，爬过墙头。夏秋之际，凌霄花盛开，翠绿的枝叶、硕大而鲜艳的花簇把她家的粉墙黛瓦铺陈得美艳至极。这成了小区的一景。很多业主都带家里来的客人到那里拍照。

洪大姐思想正直。小区有活动她积极参加，微信群里她对传递正能量的帖子热情点赞。从她的表态可以看出她特别热爱我们的国家，热爱我们的党，热爱人民领袖。她在群里发言虽不十分多，但是可以让人真切地感觉到她鲜明的观点与立场。她自己虽然腿脚不好，但坚持跟大家一起进行文体活动，如做操、跳舞、扭秧歌等；她虽然住在别墅里，但每天走出深宅大院和住洋房的姐妹们一起聊天说笑。她的“正”是骨子里就有的，是发自内心的，而且又是自然而然的。

洪大姐为人大方。因为是别墅，她家的菜地比一般人家多。她不吝惜自家的出产，总是说，谁需要什么，可以去她家地里摘。看大家都不好意思，她就主动送。她家的佛手我就吃过好几次，今年还吃过她家的菜葫芦。用菜葫芦包饺子，清香极了。很多人还吃过她家的韭菜，又肥又嫩，味道鲜美。她家有桃、梨、杏、葡萄、枣等多种果树，有一次她送我一捧大甜杏，好吃得不得了。有一年，她家结了一个大白玉瓜，有五十多斤重。她把左邻右舍都叫来，摘下那个白玉瓜，现场瓜分，一家一块。大家十分高兴，又是拍照又是录像，还手托白瓜来了个小合唱。回自己家后纷纷包饺子、烙锅贴，微信晒图，写诗表意。分瓜这件事带来的欢乐持续了很长时间，现在提起来大家还津津乐道。

洪大姐助人为乐。她为帮助别人种蔬菜，把自己的经验毫不保留地告诉别人。比如，她说春天栽茄子、辣椒时可以在坑里放点儿玉米面儿，秧苗爱活，长得快；豆角秧爬得太长了，可以把尖儿减掉，豆角会结得更多。春天，她家育丝瓜、苦瓜、冬瓜、秋葵苗时，她总是多育出一些，然后谁家需要了，她送给人家。她向大家推广蔬菜新品种，比如她去年说今年要种点儿芋头，要给大家留种。她还与大家交流做菜、做饭的经验，结合自己的体会告诉你怎样吃更有营养。看看，洪大姐是不是一点儿都不保守，她希望大家都能把菜种好，希望大家的生活都快乐。这样的人品德不是很高尚吗？

洪大姐为人谦和。洪大姐有很多优越之处，比如她的老伴儿和儿子都是部队退休或退伍的干部，儿媳妇和孙子都是大学毕业生。儿媳妇在市里开了几家牙科诊所，收入不菲。按说她在各方面都是骄人的，但是，她一点儿都不“骄”，而是朴朴实实，随和有礼。所以大家都喜欢和她亲近。

洪大姐爱学习。我觉得一般具有美好品德的人都是爱学习的。洪大姐虽然年龄大，但是思想不落伍。她讲究科学种菜，她向书本学习，向他人学习，现在有了网络，学习变得随时随地了，她经常在网上学习新的方法、新的种植技术，然后利用傍晚散步的机会向大家传授。她很自觉、很主动地学习自己感兴趣和实际需要的东西，不断充实自己。腹有诗书气自华，正因为她头脑充实，心胸开阔，她才活得坦然，活得自信，活得快乐。

洪大姐有好脾气、好人缘，她的好事儿说不完，大家都喜欢她。

洪大姐，我想你了，春暖花开时，我们九江河畔见！

2019 年 11 月

放眼风物

世间万物皆有情。你发现那朵花冲你微笑了吗？你看见小鸟对你歌唱了吗？我把它们看成与我对等的生命，我尊重它们的存在。

——题记

生命如月季，无日不春风

我在海边看风景，谁在看我?

秋天里的仙子——波斯菊

我在菩提树下悟道

神奇的菩提子

“菩提本无树，明镜亦非台，本来无一物，何处惹尘埃。”小时候当诗背的偈语，到现在也没有完全理解其中深意，总是觉得神秘奥妙，寓意无穷。但心中一直对菩提树怀有一种不敢亵玩的神圣感，一种遥不可及的距离感。

一天，先生从市里的洋洋花卉地摊上买回一堆圆圆的东西，说是菩提子，就是菩提树的果实吧。我看外表有的像那种手可捏开的小核桃，但比小核桃颜色浅，斑纹不是凸凹的而是平整的。有的比较大，呈绿色，上面有很好看的黑色花纹，还有棕色的。

为了弄明白先生买回的东西，我带着疑惑特意去逛了洋洋花卉的地摊，卖菩提子的还真不少。菩提子种类很多，有大的，有小的；有长的，有椭圆的。卖家说去皮以后颜色也不一样，去皮浅可以保留原有的花纹，去皮深就变成了素色。选料也要根据自己心中的蓝图进行，你想做什么东西，就买相应的菩提子，比如你想做珠串，就要选择同一类的、小一些的、圆一些的，你要做把玩件或吊坠就要买大点的菩提子。我对菩提子有了点了解。

后来从网上知道菩提子表面像核桃样的是金刚菩提子，小而圆、光滑的是星月菩提子，大而长条状的是千眼菩提子。先生买回的是星月菩提子和千眼菩提子。

菩提子的表皮和内核结合很严实，不像橘子皮一剥就掉，也不似核桃皮那样，皮和果肉界限分明。先生利用晚上看电视的时间，边看电视边鼓捣，又是用刀削，又是用小砂轮打，又是用砂纸磨，结果外边那层褐色的可以看出是植物的外皮不见了，露出了里边的核，质地很硬。有的是白色的，光光的，看着像煮熟了又剥去壳的鹌鹑蛋那么柔润、光洁；用手一摸，手感非常细腻、舒适。有的是棕色的，上面布满凹进去的花纹，花纹颜色深一些。还有大个的绿色的带有黑色的纹理，很漂亮。不论什么颜色，磨掉表皮后的核都有光泽，质地不像植物，而像石头，坚硬结实；互相敲击，连声音也像，很神奇。

磨出光泽后，先生开始在上面打眼，这项活儿需要细心，要把眼打正，打偏了穿起来不好看，特别是准备做串珠的。打好眼后先生又用非常细的专用砂纸蹭磨，结果更加细腻光滑。这时可以叫它们珠子了。

先生挑了十几或二十几个个头儿匀溜些的菩提子，用买来的弹力彩绳穿上，就成了一个很漂亮的手串。俨然是古玩市场上卖的佛珠串！我在商店或地摊上看见过这样的东西，当时店家如何说是菩提果实，我都不会相信，以为他们骗人，以为那东西要么是塑料的，要么是树脂的。但这回我亲眼看见了那串佛珠诞生的过程，也才相信了那真是菩提树上长出来的有机物，而非化学合成的无机物。在那段时间，先生赶时兴先后做了十多个手串，还做了几个吊坠，送给亲戚朋友观赏、把玩、佩戴。去英国看望在那里读博的外甥女时，带去了一条手串，是用跟大个儿珍珠大小的菩提子穿成的，乳白色的。外甥女很喜欢，说是她的幸运串。

世界之大，无奇不有。菩提树，你太神奇了！竟然结出了那么不同凡响的果实。菩提树在我心中的位置更神圣了。

据《大唐西域记》记载，佛陀成道后，在菩提树下踱步七日，异花随迹，放异光明。为报树恩，目不暂舍，故此瞻望。这时有五百青雀飞来，绕菩萨三匝而去，十分殊胜，人天欢喜。为此，信众们常常带着鲜花等物品来供养佛陀。佛陀常常外出说法，信众有时遇不上世尊，很扫兴。后来阿难陀把这一情况告诉了佛陀，佛陀对阿难说："世间有三种器物应受礼拜——佛骨舍利、佛像和菩提树。礼拜菩提树吧，这和礼拜如来功德一样大，因为它帮助我圆正佛果。"留学佛子释本性说："佛门中，菩提树是圣树。因为，佛陀是在菩提树下成道的，见菩提树如见佛。因此，礼拜菩提树蔚然成风，流传至今。"

我不是僧人，也不是居士，但我参拜佛堂，礼拜佛像，佛在我心中。

我在西安法门寺瞻仰、礼拜过佛指骨舍利，在各地的名山古刹、著名寺庙礼拜过佛像，却没有机会礼拜菩提树。在这里，借助这篇短文，我礼拜菩提树！

2010 年 4 月

我和太阳有个约会

冬日清晨，我走出楼门，太阳被高大而又重叠的楼群挡住了，但我知道，他来了，因为天地之间充满了光明。我到广场锻炼身体，与队友们一起列队做行进有氧健身操。我一边做操一边用目光搜寻他的身影，因为我和他有每日必行的约会。

不知不觉，太阳从东方的楼顶露了出来，他好像急于赶路，累得满脸通红，我远远地直视他，向他行注目礼，与他打招呼。他真的急于和我约会哦，一会儿就跃上了远处高耸的楼宇。我趁队伍行进到他正面时，凝望他。他的光芒柔和而温馨，不十分刺眼。眼见他越来越近，越来越亮，越来越温暖。我随队伍按长方形行进，转了个直角弯，看不见他了，但我知道他在注视着我，因为我们运动着的身影映射在水泥地面上。等我按照旋律伴随节拍又走回到可以看到他的位置时，发现他已经越过广场上巨大而鲜红的火炬形地标，来到了离我们很近的大广告牌旁。广告牌立在广场西侧，南北矗立，正面冲着东方，广场的中心。我们在广告牌西侧做操。太阳好像在从不同角度观赏我们，一会儿悬在广告牌左边，一会儿出现在广告牌右边，一会儿趴在广告牌上框，一会儿又跑到广告牌的下面。我知道他是在等我。我仰起头冲他微笑，冲他眨眼，冲他拍手，冲他张臂。他笑眯眯的，光芒也更明亮了。

大约一个小时，我们做操结束，队伍解散。我接着去广场旁边的公园做整理运动——散步。太阳伸出长长的光带的手臂挽住了我的手，我们一起来到公园。我沿公园一千两百多米的外径绕圈逆时针漫步，太阳像跟我捉迷藏，蹦蹦跳跳地跟着我，一会儿在我左侧的湖面上，一会儿在我正前方的楼顶上，一会儿在我右侧的树杈上，一会儿看不见了，一会儿又跑到我身后推我向前。

走了两圈后，我到公园西北角的假山与太阳做直接的会面。我从假山东南坡的台阶登顶，把假山想象成泰山。那分成三段的台阶好似泰山的紧十八盘和慢十八盘，我顺着台阶向顶峰攀登，山坡上去年新栽的丁香在寒风中肃立，我知道她们正在做着春的梦。假山高度虽然只有一百多米，但我想象它是泰山的一千五百三十二米高峰，我觉得这里离太阳最近。山顶上修建了一个凉亭，我站在凉亭外，面对着太阳。他圆圆的笑脸也面对着我，热切地射出耀眼的光芒，晃得我睁不开眼。我仰起头，伸直手臂，双手交叉翻转，手心对着太阳，感觉好像把他揽在了手里，感受到了他的温暖。我把手抬到挡住眼睛的高度，看到了双手四围的无数条多彩的光芒，我的心花盛开，我的嘴角上扬，脸上肯定绽露出由衷的灿烂笑容。我两手稍稍松开一点儿，手指间露出缝隙，他马上挤了进来，炽热的光芒连成了光片，白亮亮的，我挪动手的位置，从手指缝看他，他好像变小了，每个手指缝都可以看到一个完整的太阳。他在跟我玩耍呢。

我情不自禁地收回双手，握成空心，依次放在嘴的前面，当作话筒。我在心底大声呼喊："太阳，你好！我爱你！"我连喊五遍。第一遍代表有限而无边的宇宙问候他，虽然他小若尘埃，但是他是这个时空统一体中不可或缺的一粒。第二遍代表拥有一千亿至一兆颗恒星的银河系问候他，他虽然只是这个难以想象的庞大数字之一，但是只有他孕育了生命。第三遍代表太阳系问候他，他是这个星系的唯一，是至尊的老大，是行星环绕的中心。第四遍代表地球问候他，他给我们带来了有圆有缺的天上月亮，带来了南北迥异的多姿多彩的大地景物，带来了春夏秋冬界限分明的四季。第五遍代表我自己问候他，是他点燃了我的心火，激发了我的热情，为我注入了洪荒之力，使我拥有了绵长而美好人生。瑜伽中有个经典动作——向太阳致敬，我站在山顶上，没有用瑜伽动作，而用我自己的方式表达我对太阳的敬意。

我的表白他听到了，他笑得很开心，用长长的手臂抚摸我的脸庞。

约会结束，我从小道，我想象的“天街”走过，从假山西南侧的台阶下山回家，他在我身后恋恋不舍地目送我。我转过身向他挥手，告诉他，我明天还来。我进小区，入楼门，乘电梯上楼，进入家门，忍不住又凭窗找他，我来到最南端的卧室，撩开纱帘。我又看见了他，好像也听见了他咯咯的笑声，他似乎在说“小丫头，我又找到你了！”原来他没有走，一直在东南方向的天上远远地望着我。我冲他做了个鬼脸，来了个飞吻，怀着愉快的心情开始我一天的工作、生活。

最近学到一个成语——冬日可爱。说冬天的太阳使人感到温暖、亲切。这个词也可以用来比喻人态度温和慈爱，使人愿意接近。是啊，冬天是寒冷的，以至裹在各种防寒衣服中的人们似乎忘记了冬天里的太阳。而太阳，他确实存在。他依然每天以崭新的面貌升起，高悬在天宇之上。冬天，因为他直接照射在南回归线，所以北半球变成了冬季；但是他灿烂的光辉依然温暖着世界，温暖着大地，温暖着北半球处在寒冷中的人们。地球由于绕着太阳公转，由于同时又在自转，由于自身旋转角度倾斜，致使“冬天”在不同时间来到不同地域。如果没有太阳的存在，地球早已冰结；如果没有太阳的存在，生命也早已完结。尽管是在冬季，尽管你感到寒冷，尽管你觉察不到太阳的炙烤，但是你要意识到他的存在，他的热情依旧，他的光芒依旧。正因此，我每天早上都要和他约会，迎接他的到来。

太阳，是地球生命的催生者，是光明与温暖的化身，是一切正能量的根源。人类的历史上有许多描写太阳、歌颂太阳的篇章。在中国诗歌鼎盛时期的唐朝，白居易有“日出江花红胜火，春来江水绿如蓝”的诗句，把太阳写入清晨的美景中，增添了江南水乡的绚烂多彩、勃勃生机；而王维的千古名句“大漠孤烟直，长河落日圆”，把太阳融入傍晚的奇景中，突出了边陲大漠的雄浑壮美、苍茫辽远。啊，太阳！我不是诗人，写不出那么绝美的语句，但我用最朴实的母语歌颂你；我不是向日葵，但我愿意像向日葵那样把笑脸献给你；我不是神话中为追赶你、超越你而死的夸父，但我也和你息息相存，厮守终生。

太阳，我只是地球上的一个人，我因爱你，心中充满了阳光。你是我永远的恋人，我愿天天见到你。生而若此，快乐久长。

2016 年 11 月

养宠物趣事

现在回想起来，我真是佩服自己，那些年既要忙忙碌碌地上班工作，还要手不停歇地料理家务、照顾孩子，竟然在家里还陆续养过不少宠物。其中有几次挺有趣的，写出来与大家分享。

养鹦鹉是在儿子上小学时，老公的同事送了一对虎皮鹦鹉，连鸟笼子一起，笼子里还有一个房子形的小巢。这鹦鹉不是那种会学人说话的大型鹦鹉，而是小鹦鹉，体型比麻雀大不了多少。但是色彩艳丽，以绿黄为主，还间以红色，十分漂亮。如果可以拿在手里把玩，一定是爱不释手的。但它是智力不太高的活物，无法把玩，只能观赏。我们把笼子挂在室外，阳台侧面的墙上。每天孩子放学、大人下班后就摘下鸟笼，拿进屋里逗一会儿，再加些水，放些小米，觉得鹦鹉给生活添了不少乐趣。鹦鹉渐渐长大了。有一天，发现其中的一只频繁进出小巢，知道雌鸟要下蛋了。我们便在小巢里铺上了些棉絮。大约过了一个多月，有小鹦鹉从小巢中探出头来，绒乎乎的，色彩还是那么绚丽，可爱极了。见证了这神奇的生命的变化，儿子高兴坏了。就这样，鹦鹉由两只变四只，而后是六只，八只，直至数不过来。鹦鹉的数量在不断增加，笼子显得拥挤不堪了。每天早上天不亮就从窗外传进鹦鹉们叽叽喳喳的谈话声，也许是争吵声。

我们三口之家，人都很忙，大人上班，孩子上学，照顾鹦鹉的时间确实有限，终于发生了一件不可逆转的事情。

那是一个雨天，中午回家没顾得上看鹦鹉，傍晚儿子到阳台一看，大惊失色，忙叫妈妈，我赶紧停下正做着的饭，走过去，只见鸟笼子仍在，笼门却大敞，笼中空空如也，一只鹦鹉也没有了。当时那种心情可想而知，忙回忆前天傍晚怎么加的水，怎么添的食，怎么关的笼门。虽然没检查出有什么疏漏，但是于事无补。我们连忙下楼，仰望天空，张望四方，却连一只鹦鹉也没发现。我和儿子商量，把笼门继续开着，看是否有找回来的鹦鹉，但是没有。于是养鹦鹉的历史就这样在懊悔与不甘中草草结束了。

养猫是在儿子上中学时，朋友送了一只猫仔，我们没有什么思想准备就养了起来。这只猫长得很可爱，黄毛中均匀地夹杂着一点儿黑毛，整体看就是黄色，而新奇的是它的尾巴尖和四个爪子是雪白的，很端正，很对称。儿子给它起名“花虎”。喂猫的经历由此展开，每天人吃饭时都要给猫喂点东西。于是人不吃的鱼刺、骨头、菜汤、剩饭就都有了去处。

春天到了，花虎总是趴到阳台的窗户前往下看，眼泪汪汪的，叫声很凄惨。我不懂何故，到班上跟同事学说，他们说是猫发情了。我说那怎么办？有一个姐们儿家养了一只波斯猫，很好看，主动提出可以拿我家来给花虎配对。我把猫拿回了家，放进屋里。可是这二位猫不往一起凑合，而且还在床下各居一隅，面面相觑，好像很不友好，要大打出手。我观察了三天，见它们仍没有产生好感，不得已把人家的猫送回去了。后来经过有经验人的验证，说这两只猫都是母猫。怪不得呢，又闹了场大乌龙。

花虎很通人性，每日和儿子玩耍嬉戏，我织毛活儿时，它在一旁玩弄线团，看着很有意思。我们上班、上学走了，它就一猫在家。每当中午或晚上，它一听见我们家人上楼的脚步声，就守候在门口，钥匙在锁孔里转动，它就大声地叫唤，人一进屋它就热情而急不可待地扑过来，跟人亲热。好一只会讨人喜欢的猫啊！也是夏季的一天，我穿着连衣裙，中午下班回到家，猫一扑，感觉猫爪子扎到了我。我生气了，说了句“这猫真讨厌，赶明儿不要了，送人。”就开始忙活午饭。按照惯例，中午要给猫留出一道门缝，让它下楼散步，估计它每天走到三楼就不敢走了，然后原路返回。这天我说完话之后也留出了一点儿门缝，猫也钻过门缝下楼去了。

可是一直到我们全家都吃过午饭准备出门时，猫也没有回来。我们等不得，只好该干啥干啥去了。我在时隐时现的不安中度过了一个下午，晚上回家还不见猫的踪影。儿子着急了，我也着急了，老公也着急了。于是拿着手电筒，呼唤着“花虎”的名字，在楼前楼后寻找，没有发现。白天有正事，没工夫，晚上我和儿子连续寻找了一个多月，有几个周末还特意等到半夜十二点之后，下楼去询问下夜班的师傅，是否看到过这样一只小猫，结果是“泥牛入海无消息”。我们不得已放弃了。结末的教训是，以后不要再养小动物，太让人伤心了。

我家还养过金鱼、热带鱼、银龙鱼、小狗等，今天的人盛行养宠物，我家在三十多年前就开始了，也挺赶时髦吧！

2017 年 1 月

苞米面的轮回

有些事物流行一个阶段后，不时兴了，淡出人们的生活，过几年又流行回来，我把这叫作“轮回”。我感到味道也是有轮回的，但这轮回不是简单的重复，不是机械的反转，而是生活的提升、条件的改善所致。

娘家住在东北的吉林市，小时候因为孩子多、收入少，家里生活一般。三年困难时期，我已经上了小学。城市居民，粮本供给的粮食不够吃，瓜菜代是普遍现象，饭桌上纯粮食食物就是美食。印象中是冬天，父亲带着我去捡拾白菜叶。来到郊外，要先找到白菜地，为什么要找呢？因为东北的冬天冰天雪地，一片洁白。积雪掩盖了地里的秸秆、菜叶，所以要找。找到后，父亲用带来的耙子在垄沟里搂，秋天起白菜时遗落的白菜帮子就露出来了。已经不是绿色，也不是白色，是深褐色，近似于黑色，干干巴巴，但没有腐烂。我就跟随父亲的耙子把白菜帮捡到袋子里。捡白菜帮如同找宝一样，看见一片高兴得不得了。黑不溜秋的东西，当时觉得那玩意儿那么美观，那么神圣。大半天捡回半口袋。拿回家后，母亲把这些白菜帮洗净，然后用水煮，也就是用水焯。但是因为白菜帮老而缺少水分，要煮很长时间才能烂乎。煮白菜帮的水最后都变成黑乎乎的汤了。焯好之后捞出来用凉水拔，去邪味。泡好长时间后攥成团，冻起来。吃的时候，拿出几团剁碎，放点葱花和酱油拌成馅儿。然后把苞米面烫一下，放点面起子（小苏打）做皮儿。在手掌上把苞米面皮儿摁得薄薄的，再把白菜帮子馅儿放进去，团成团，放在锅里大火蒸。现在想来，它肯定不好吃，但当时对我们每天吃不饱的孩子来说却是无上的美味。一口咬下去，满嘴都是黑黢黢的白菜帮子，有点儿咸淡味，别的就说不上来了。既是美味，是不管饱的，分配指标，每人两个，吃不饱喝粥。

说起粥，在当年喝得最多的是糊涂粥，河北叫面儿粥，就是玉米面粥。家里晚上往往馇上一大铁锅粥。稀稀的，就着咸菜喝。光喝粥肯定喝不饱，母亲有办法，她每次馇糊涂粥，都和点稍微干些的苞米面，在粥开锅后，把这些较干的苞米面用手拍成苞米面薄饼，下到锅里煮熟，这样就有干有稀了，多少抗饿些。当时，这不掺任何东西的纯苞米面饼子，就是我们很奢侈的食物。为了我们几个孩子能正常成长，父母真是煞费苦心。

困难时期好不容易熬过来了，家里吃饭不用分配而可以随便吃了。可粮食还是凭粮本购买，有粗细粮之分，且细粮很少。苞米面无疑属于粗粮，而且是我们最不爱吃的粗粮，可是在供应的粮食中却占比最多，那时我家的主食几乎全是苞米面饼子，但不是煮的了，而是大锅贴出来的，比煮的味道香一些。

没东西吃的时候，纯苞米面饼子是美食；可以填饱肚子了，心里却渴望吃到大米、白面，可是，那年月只有逢年过节才能够吃得着哇！

终于到了随便买、随便吃的年代！鸡鸭鱼肉任君选，各种菜蔬任君挑。在饮食上随心所欲的日子到底来了，只要你愿意，可以天天过年。可是，我忽然发现，我又馋苞米面了。几天不吃，想得慌。我觉得，人的生活中没有苞米面终归是不行的！于是在我今日家的餐桌上用苞米面包成的大馅饺子大行其道，苞米面饼子新鲜出炉，苞米面发糕花样翻新，苞米面粥也成了调节口味的备选项目。不过同是用苞米面做出的食物，今天与那年那月相比不可同日而语啊。

转了一圈，苞米面重返餐桌。当年吃苞米面是为了活命，今天吃苞米面是为了养生。苞米面没有改变，那是什么改变了呢？天知地知你知我也知，大家都知，我就不说了。

2015 年 12 月

自创菜品——地四宝

全聚德有一道菜叫“鸭四宝”，我自创了一盘菜叫“地四宝”。一看这名就知道是拼凑来的。对，受“地三鲜”和“鸭四宝”的启发，自己给自己创造的这盘菜起了这个响亮的名字。这四宝是：苦瓜、秋葵、辣椒、鸡蛋。

苦瓜降糖防癌，消炎退热，利尿活血，清心明目，排毒减肥，美容保湿，作用与功效可以写上一大篇，得说是地上蔬菜中的一宝。但是苦瓜的最大弱点是——苦哇。

秋葵是近几年引进本地的蔬菜，利咽养喉，美容健体，滋阴壮阳，是当下人们热追的高档营养保健蔬菜。据说此菜还被有的国家列入新世纪最佳绿色食品名录，被定为运动员的首选蔬菜，称作“奥运蔬菜”，这不能不说也是菜中一宝。但是秋葵做熟后有黏液，有人不喜欢。

辣椒是南北皆宜，老幼通吃的传统蔬菜，种类繁多，有红的、有绿的；有辣的、有不辣的；有尖的、有圆的、有方的。它不但可以直接生吃，也可以经过烹调做成菜品，还是很好的调味品，很多菜的烹制都离不开辣椒。这也是一宝吧。

再一宝鸡蛋，高营养的食品。有人说鸡蛋也算“地”上的吗？可鸡蛋是树上结的？是母鸡在空中产的？还是的，鸡蛋也是地上一宝。

烹制“地四宝”的过程是这样的：加点料酒调鸡蛋，备用。苦瓜去瓤横着切成片，秋葵横着切成三四段，辣椒也切成块状。先炒鸡蛋，鸡蛋炒成块后，加入苦瓜，翻炒两三分钟，加入辣椒，再炒一两分钟加入秋葵，翻炒几下，完活儿。出锅前拍点蒜末放进去，味道会更加鲜美。

这道菜营养丰富，不油不腻，利于保健养生。从外观看，黄绿分明，颜色清爽。吃起来，鸡蛋的味道饱满、丰富，苦瓜不那么苦，辣椒不那么辣，秋葵因为是段状，不碎，黏劲也被冲淡了，肉肉的，香香的。自创菜品——地四宝，无论是吃米饭还是面条都是不错的佐餐佳肴。

有兴趣的吃客不妨自己试试。

2016 年 9 月

自制“五行”豆浆

我这里说的“五行”和阴阳家的五行无关，只是借用。因为我做的这种豆浆是由五种颜色的豆子做成的，故此，起名“五行”。这五种豆子是黄豆、绿豆、红豆、黑豆、白豆。

我做这种豆浆用的是破壁免滤豆浆机。制作前将五种豆子混在一起，洗净水泡。但是不论多少种豆子，总量不超过豆浆机随带的杯子，水量也在规定的范围之内。

民间有“吃豆胜过吃肉”的说法，因为豆子的营养价值非常丰富。

黄豆具有健脾开胃、润燥消水、宽中益气、清热散血的作用。常食用黄豆可以保持血管软化，预防或改善乳癌、前列腺癌、神经衰弱、缺铁性贫血，并可以改善妇女更年期症状、骨质疏松等。

绿豆具有清热消暑、润喉止渴、利尿、明目降压的作用，对消除中暑、食物中毒与小便不利等症有益。

红豆是大家熟悉并常吃的豆类，经常用来制作豆沙、豆泥或当馅料。

红豆有化湿补脾之功效，对脾胃虚弱的人比较适合；红豆有较多的膳食纤维，具有良好的润肠通便作用；红豆是富含叶酸的食物，产妇、乳母多吃红小豆有催乳的功效。此外，红豆还具有消暑、解热毒、降血压、降血脂、调节血糖、解毒抗癌、预防结石、健美减肥的作用。

黑豆是一种清凉性滋养食物。食用黑豆，对糖尿病、视力下降、须发早白、湿疹脚气、贫血有很好的疗效。如果每天吃些黑豆粉，能使头发乌黑亮丽。黑豆还有着抗衰老的“豆中之王”的美誉，具有一定的美容价值，黑豆中的维生素 E 能够成为体内防止氧化的保护层；黑豆的皮释放的红色花青素，可清除体内自由基，抗氧化活性好，能使体内增强活力。除此以外，黑豆还有药用价值，中医认为，黑豆归肾经、脾经，是饮食疗养佳品。此外黑豆内所含的植物性固醇，可与其他食物中的固醇类相互竞争吸收，从而加速粪便中固醇类的排出，避免过多胆固醇堆积在体内。

白豆即眉豆，是豆科植物菜豆种子，形状为球形或扁圆，个头儿略比黄豆大，也有状如腰果的。白豆又名饭豇豆等，是粮饲兼用型豆类，李时珍称“此豆可菜、可果、可谷，备用最好，乃豆中之上品”它是无公害、无污染的新型绿色保健蔬菜食品，具有健脾、消渴、补肾、生精的效果。

这样五种有营养价值的豆类不相克，而相生。组合到一起，既有丰富的植物蛋白质，又有多种维生素、矿物质、氨基酸。需要补充体力时喝上一碗，需要节食减肥时，可以以豆浆代替主食，既解决了饥饿的困扰，又不会营养不良。

由于不用过滤，制成的豆浆比较黏稠，质地细腻，口感也很好，既有黄豆的馨香、绿豆的清爽、红豆的柔和，还有黑豆的浑厚、白豆的绵糯。

各种豆子的比例可以随自己的需要而定，没有固定的配比。平均分配也可，哪种多一些也可。为了省事，还可以事先根据自己的喜好把一定数量的黄豆、红豆、绿豆、黑豆、白豆掺在一起，混合好，要做豆浆时盛出一杯，泡上，就 OK 了。

2017 年 2 月

问　柳

古人聪明，“见一叶落而知岁之将暮”。又是秋末冬初季节，秋雨渐凉，寒风逼近。“听雨寒更尽，开门落叶深。”街道旁，公园里，山坡上，各种各样的落叶多了起来。除了不落叶的松树、柏树外，北方所能见到的其他树木，比如槐树啊，椿树啊，杨树啊，榆树啊以及那些苹果树啊、梨树啊、杏树啊、核桃树啊等等都渐次落下了在树枝上长了好几个月的叶子。这些树木历经了又一个寒暑，在心里多了一圈可贵的年轮。在过去的季节里，它们或者给人类带来眼睛渴望的繁茂绿色，或者为人们送来身体需要的浓郁阴凉，或者给人世奉献味蕾亲近的香甜果实。现在，它们的叶子开始飘落了，好像在告诉人们，它们累了，该休息了，该为新一轮生机养精蓄锐了。古人赞扬落花有情有义，说“落红不是无情物，化作春泥更护花”，我想，这句话用在落叶身上也是很恰当的呢。

我在吉林市看过松花江畔十里长堤上的高柳，在九门口东的辽宁看过芷江河边栽下没几年却已枝条依依的新柳，在秦皇岛人民公园看过围湖而植的健柳，去英国旅游也曾慕名到过剑桥，在剑桥河边看到过被徐志摩写进诗里的“金柳”。徐志摩吟诵道：“那河畔的金柳，是夕阳中的新娘；波光里的艳影，在我的心头荡漾。”那次，我流连剑桥河畔，驻足桥端，从各个角度仔细观赏那些身姿各异、郁郁葱葱的柳，体味诗人彼时彼地的情愫。

可是，我注意到，“在无边落木萧萧下”的深秋季节，柳树却沉静而淡定地不动声色着，好像什么也没发生似的。它的细叶密布的枝条在秋风中摇曳，一如春天和夏天，近看如少女的披肩长发，柔软轻逸；远看柳枝弯垂处，一团团，一球球，似烟似雾，如西天晚霞，如蓝天云朵。

柳的倩影总在我心头荡漾，引我思索。我不明白，何以草木衰败，景色萧条，在深秋以至初冬的寒风中，抑或在一场大雪过后，柳叶却照旧依偎在枝头而久久不肯落下，致使柳枝依然婆娑起舞，姿态袅娜呢？于是我在心中问柳叶。

你是不忍落下吗？那似剪刀的二月春风剪裁出的你细细的身姿，在枝条上生长了一季，你与母体朝夕相伴，并从中汲取丰富营养，从而营造了碧玉妆成、万条丝绦的美景。你与树干树枝早已结成一体，你不忍脱离枝干飘忽而去，柳叶，你是心怀感恩吧？

你是不敢落下吗？凄风苦雨虐杀万物，草木疏离，你是怕落地后，顷刻由绿变黄，在风中翻滚，在足下碾轧，而使母体难过，因而要在母亲的怀抱里多停留些时日、多陪伴些时日吗？还是怕自己随风飘落，致使枝干失去包裹，而更加寒冷呢？柳叶，你是心系他人吧？

你是不甘落下吗？在你经受寒冷考验的时候，松柏等本不落叶的树木依然从容不迫，笑看人间，金银木上的红色小果实还在那里闪闪发光。柳树本就是落叶的树种，不能与之抗衡，这你是知道的，可是你还要挺上个把月来证明自己的不同寻常。柳叶，你是心藏梦想吧？

柳叶一如既往地随枝摆动着，没有回答我的追问。

我不知道是枝干舍不得柳叶，还是柳叶舍不得枝干。枝与干，叶与枝依旧缠绵，依旧相依，依旧倾诉着衷肠，吟唱着心曲，谱写着浪漫，呼唤着心底的柔情。

人们赞赏菊花，在蕊寒香冷的飒飒西风中开放，傲雪凌霜；人们仰慕梅花，在已是悬崖百丈冰的飞雪早春绽放枝头，笑迎百花；人们歌颂松柏“寒暑不能移，岁月不能败”，“岁寒，然后知松柏之后凋”，四季常青。人们也赞扬柳，但大多是把它作为春季里特有的景物进行描写，或者把它作为不忍离别的意象加以比拟，于是有了许多诸如“数树新开翠影齐，倚风情态被春迷”“此夜曲中闻折柳，何人不起故园情”的诗句。

可是我要说，柳，在你妩媚柔软的身躯里并不缺乏内在的持久与刚强、沉稳与勇敢。那在雪地上挺立着的丝绦飞扬的倩影不就是你生动的写照吗？

于是我似乎明白了，有时，低调彰显高昂，柔弱印证坚定，细小蕴含强大。念及此，我想起了西北作家陈忠实文章中的一株柳树，他赞扬“这是一株柳，一株在平原在水边极其普通极其平常的柳树。这是一株神奇的柳树，神奇到令我望而生畏的柳树，它伫立在青海高原上。”随处可见的柳都是神奇的，都令我望而生畏！

今年的柳叶必定会落下，来年的柳叶一定能长出。只是年年月月叶相似，月月年年柳不同啊。

我喜欢柳。

2015 年 11 月

永远的夜来香

晨曦初露，我走出房门，发现隔壁家的植物开花了，紧挨着两家分界的篱笆，有几朵花已经伸到我家院子。绿色的茎叶，黄色的花朵。咦，这不是夜来香吗？我忙凑上前去用鼻子验证，贴着花蕊深吸一口，好熟悉的花香，哇，真的是夜来香诶！我有一个毛病，好多植物只有见到开花，才能认出那是什么，在只有茎和叶的时候，往往熟视无睹。对这个夜来香也是如此。

你看它每朵花有四瓣，每瓣上端有个豁口，花瓣边缘相互重叠，虽是单瓣，但并不显单薄。花瓣都像蝴蝶的翅膀，质地细腻娇嫩，吹弹可破，七八个花丝笔直挺立，在花朵中聚成一堆。整朵花的颜色是纯黄的，没有一丝杂质，但又不似油菜花的明黄，不似向日葵的深黄，更不似菊花的蜡黄，是那种淡淡而又实在的娇黄。原来它们开了一夜，此时还未来得及闭笼呢。

夜来香承载着我童年的梦想，记录着我儿时的快乐时光，包藏着姥姥对我的无限爱意。我喜欢夜来香，看到它，我尘封的记忆的闸门被打开了。

初识夜来香是少年时代，暑假到姥姥家串门。姥姥家在吉林小丰满附近的孟家村。村子不大，人口不多，山环水绕，景色优美，是我童年爱去的地方。农家小院，比较热闹，种了许多蔬菜，绿色有机，随吃随摘；而在墙角屋边、田头地脑、院墙外、家门口还种了不少花草，有细粉莲、鞭杆子花、扫帚梅、芨芨草、夜来香等等，五颜六色，把家的院子装点得色彩缤纷。我就是在那时爱上花并认识了夜来香的。

一天傍晚，吃过晚饭，大家都在室外乘凉。小孩子们是坐不住板凳的，在院子里跑跑跳跳，嬉戏玩耍。我悄悄摘下几朵夜来香，别在衣服扣上，然后和小伙伴一起玩捉迷藏。我藏到一堆柴草垛旁，一会儿紧张地向外观望，一会儿弯腰深吸扣子上的花香。正在沉醉之际，前院的胖丫突然从我身后跳出来，大声说："逮着你了!"她还气喘吁吁地让我猜是怎么找到的，然后得意地说："我走到柴垛旁闻到了一股花香，绕过来一看，你果然在这里。"哦，原来是夜来香出卖了我。但是我不恼它，还是喜欢它。

美好的记忆中少不了萤火虫。暮色中，萤火虫上下翻飞，左右盘旋。我一手举着一把夜来香，一手跟随萤火虫的光亮挥舞，和几个小姑娘一起，追逐着，呼喊着，都想抓住一只萤火虫。当时并不是成心要抓萤火虫，是那种追逐的感觉，那种奔跑的气氛，那种一路花香的意境让我沉醉。突然一个小姑娘骤然停下脚步，张开小手，我们围拢过去看那手心里的小虫。她用手指夹住了小虫的长脚，我们得以仔细观瞧。哇，它是这个模样啊：长长的触须，小小的脑袋，短短的上身，大大的翅膀，翅膀的下面，在屁股处挂着一个类似长方体的小灯笼，里边发出神秘的光亮。哈，是这样的昆虫啊。我把夜来香花瓣贴在它的灯笼上，花瓣变得透明了，泛着柔和的黄光，花瓣内部的纹理看得清清楚楚。大家欣赏着、赞叹着，看了一会儿，把它放飞了。

每到夏天去姥姥家，姥姥总要给我染手指甲。这可不是今天的美甲，而是摘下芨芨草的花，放点白矾，捣碎，糊到指甲上，再用豆角叶包好，用草绳缠上。在一次染手指甲时，我要求放点夜来香花瓣，姥姥说不顶事。我说染好的指甲可以有夜来香的香味呀。姥姥拗不过，只好放了一些。然后就这样包着指甲睡觉了，睡了一宿，早上醒来，发现有的豆角叶已经掉了，好在大部分还在。打开一看，哇，指甲真的变红了。很新鲜，很自然的那种红，很好看。我把手凑到鼻子上使劲闻，似乎闻到了夜来香的香气，便心满意足了。扭头发现睡前攥着的那把夜来香撒得枕头上、炕沿边，到处都是。

我的夜来香情结太重了。可是长大后，每天为生计忙碌，再也没有机会去约会夜来香了，但我没有忘记夜来香。邓丽君的歌流行后，《夜来香》成了我爱听的歌曲之一。有了网络后，我曾经搜集夜来香的图片保存，想念的时候打开来欣赏。夜来香虽是草本，只有一春一夏的生命历程，但是，它永远绽放在我的心里。

昨夜花开，今晨得见，夜来香，我好想你哦！姥姥，你在另一个世界过得好吧！我打开电脑，搜出邓丽君的《夜来香》：

那南风吹来清凉，那夜莺啼声细唱，月下的花儿都入梦，只有那夜来香，吐露着芬芳，我爱这夜色茫茫，也爱这夜莺歌唱，更爱那花一般的梦，拥抱着夜来香，闻着夜来香，夜来香我为你歌唱，夜来香我为你思量……

歌声响起，在这美妙的乐音中我写下了这篇小文。

2017 年 8 月

又见山苜楂

仲春时节，我开始到农村居住了，这是我当候鸟的第六个年头。农村家的小区坐落在辽西葫芦岛的绥中县，毗邻冀东秦皇岛的抚宁区，四周都是山，虽没有名山大峰，但是，原始，原生态，原汁原味，是地地道道的农村，山里。白天的蓝天白云让我沉醉，夜晚的漫天星斗使我着迷，特别是上山采山苜楂更是令我心心念念的乐事。

山苜楂是什么？一种野菜呀。我出生地是吉林，那里的野菜、山菜种类很多，小时候也吃过不少，什么蕨菜、猫爪子、刺老芽、柳蒿芽、水芹菜等等，但是在吉林却从没见过山苜楂，所以几年前刚来到这山里时，我对它很陌生，只知道按照老乡提供的样子去找。山菜，这是当地人的叫法，也有叫它山马子菜的。但是用这两个名字去求问“度娘”，都查不到。我好较真，用了好多办法终于弄明白了这种野菜是什么。它的学名叫山苜楂，也叫山麻楂，是一种多年生草本植物，主要分布在辽宁、河北、山西、陕西、山东等地，怪不得吉林没有呢。

五一后一个天气晴朗的日子，我约上几个同伴，挎上小篮子，去采山苜楂。此时，荠菜已经开出了白色的小花，老了，那是初春挖的；蒲公英也已经窜梃，有的还放出了黄色的花蕊；只有山苜楂正当时，从眼下到端午节这段时间都可以采食。

山苜楂当然是生长在山上了，我们穿过路旁的苹果园，顺着一条山沟往山上走。啊，又见到山苜楂了！它们和去年一样，与其他杂草混杂着长在一起，刚窜出的茎嫩嫩的，茎上长出的叶子很像柳叶，细长的，尖尖的。它那鲜艳的绿色很醒目，很容易辨认。

所谓的“采”就是“掐”，掐尖，从尖往下，在两对或三对叶子处掐下来。掐尖后，山苜楂会在这个茎的旁边再长出新的茎叶，生生不息。只要愿意，在它没老之前，你上山都可以采到。

当然不是一直低头弯腰采呀，不是等菜下锅，不是采菜去卖，不是像张洁那样挖荠菜充饥。采菜是娱乐，是旅游，是锻炼，是在享受“采”的过程。采一会儿，直起腰，望望天，天瓦蓝瓦蓝的，飘着几缕棉絮样的白云；采一会儿，看看山，山葱翠碧绿，百草丰茂，各种颜色的野花点缀在绿丛中，白的、黄的、紫的、红的，花朵不大，但也在认真地绽放；采一会儿，侧耳听听鸟叫，我只能辨别出布谷鸟的叫声，其他叫声就不知是什么鸟了，我对着鸟叫的方向学着它的声音叫两声，算是打招呼，它好像懂了似的，又回应我几声，挺有意思的；采一会儿，与不远处的同伴搭几句话，互相照应别走散了。兴致来了，再拿出自拍杆拍上几张照片。天气不冷不热，阳光明媚温暖，身体蓄满了能量，自在逍遥，好不快活。山下的果园里，有果农在稀花，就是摘掉多余的花朵，类似于种庄稼的间苗。他们三三两两围在一棵树旁，边干活儿边唠家常。离着远，只能听到男人的说话声和女人咯咯的笑声。真是“男女搭配，干活儿不累”啊。正是：

采菜南山坡，丽日暖心窝。花香风吹送，鸟鸣我应和。

昔日山中草，今日上餐桌。不是草性改，人心爱琢磨。

这种山菜很干净，因为它不像荠菜那样贴着地皮，也不像小根蒜那样埋在地下土里。它就是有点儿浮灰。采在篮子里，一会儿盖住篮子底儿了，一会儿半篮子了，大约两个小时就可以采满一整篮子。一个个嫩绿的芽尖堆在一起，绿油油的，看着养眼、舒服。

山苜楂采回家，挑出混进去的草棍儿，洗几遍，去掉浮灰，用开水一焯，像翡翠一样绿。放点黄瓜丝，用作料凉拌，鲜美清爽；蘸酱吃，肉头禁嚼，软而不烂；用来做馅儿，包饺子、包包子都很不错。山苜楂本身具有可以忽略不计的苦味，跟什么搭配就是什么味道，包容性很强。山苜楂营养丰富，网上介绍说它除含有叶绿素、蛋白质、碳水化合物、粗纤维等营养物质外，维生素 C 及钙、锌、铁等微量元素含量也很高，对软化血管、调节内分泌、帮助消化、控制体重都有较好的效用。

我为什么喜欢采山苜楂呢？仅仅因为它好吃有营养吗？当然不是，山苜楂再好也是山菜、野菜，只能是既有蔬菜的调剂和补充，不能以吃山菜为主呀。哈，你猜对了，我喜欢的不只是山苜楂本身，更是山苜楂返青的季节——春天，也有山苜楂生活的环境——大自然。

春天来了，大自然披上了多彩的盛装，又见到山苜楂了。

山苜楂，生命常在，人生不老，我愿年年见到你。

2018 年 5 月

牵牛花情思

清晨，散步在乡间公路上。空气清新极了，远近山峰重重叠叠，碧绿青翠。公路两旁苹果树长势正好，树枝上的黄色套袋在晨光中闪烁。用双手的拇指和食指当框，无论套向哪里，都是一幅美丽迷人的风景画。不知从何处传来鸟儿的鸣叫，叽喳啁啾，好似在互相打招呼。我有意识地用力吸气、吐气，尽情享受大自然带给我的美好，不仅仅是视觉，还有嗅觉和听觉。我想起了一句话：自然不需要人类，而人类需要自然。我十分赞同这个观点，我们人类是依赖大自然的，离开大自然将无法生存繁衍。

走着走着，忽然看到前方横向路面一个半圆形的花架，一片粉红。走近一看，是一个豆角架歪向公路，枝叶旁逸斜出，悬在路旁。上面挂着碧绿的豆角叶、泛白的豆角，而牵牛花缠绕其间，迎着晨曦恣意地绽放，把这一株朴实的豆角秧打扮得花枝招展，好似新式结婚仪式上精心布置的半截花门。我看得呆了。豆角是人工种植的，而牵牛花绝对是自然生长的，因为在路旁的地里随处可以见到。这人工和自然的巧妙结合营造了一幅具有浪漫气息的画面。

牵牛花在世上存在了多少年，那是生物学家、考古学家研究的课题。我只知道我很小的时候第一次看到它时就认识了它，记住了它，当然也就喜欢上了它。有了网络，特别是有了微信后，我关注关于它的图片和文字，我感兴趣有关它的信息。有一次看一档电视考古节目，是关于周口店猿人的，片中介绍说一位外国考古学家把当时发现的人类头盖骨复原图画下来，并在旁边画上了一株牵牛花，我不知道这个老外的意图，也记不得片子的解说词是怎样议论的，但我记住了这件事，之后我想再看看这个节目，可惜没有找到视频资料。我经常想，一个老外为什么让一株牵牛花和北京猿人头盖骨同框呢，是因为牵牛花是中国的花，还是因为那个考古发现与老牛沟这个地点有关？或是因为老牛沟与牵牛花一样，名字中都有个“牛”字呢？

牵牛花有它独特的习性。它在田野开放，它在清晨开放。向日葵方向感强，含羞草以绽放时间短促著称，栀子花、玉兰花香气扑鼻，牡丹花花型硕大美丽，而牵牛花有什么与众不同之处呢？我想不同就在于牵牛花可以出现在田野里，上面提到的那些花高贵，为人类专宠，有人侍弄，荒郊野外看不到它们的身影，而田野里有牵牛花。它随处可见，和杂草、庄稼混在一起，如果不是花朵，你很难把它从草丛中分离出来。还有，牵牛花开放的时间往往在凌晨，所以它还有一个别名叫“朝颜”。它早上开花，开累了，就闭笼了自己的花瓣，开始孕育种子，准备延续新的生命。它早早迎接太阳的光芒，送给早起的人们一个灿烂的笑脸。像我，今晨，看到新鲜灿烂的牵牛花就觉得运气很好，心情快乐无比。

牵牛花有它别样的美丽。它的形状像喇叭，很是别样，花瓣只是薄薄的一层，貌似五瓣，实际上五瓣是连在一起的，中间没有断开，但是有折痕，好像它们之前是折在一起的。折痕处颜色稍微深些，翻过来看，这个折痕连同深颜色部分在背面形成了五道筋，好像是花朵的支撑。每瓣中间还有一个折痕，这样它又像是十瓣。它不像单瓣的波斯菊、蜀季花那样显得寡淡。它的花瓣细腻、柔软、娇嫩，像质地高贵的丝绸。这倒使人觉得，如果厚重了，就不好看了。它的颜色多种多样，如果你认为牵牛花只是粉红的，那就大错特错了。田野里的牵牛花有深紫的、浅红的、淡蓝的、水粉的、深蓝的、乳白的，都是那么滋润、轻灵。无论什么颜色，花心及花蕊都是白色的，给人一种渐变的感觉。而白色的牵牛花不是纯白，那折痕处是蓝色的，让人觉得它很会搭配色彩。牵牛花肯定不像牡丹花那样，有的色彩是人工培育出来的，因为它微不足道，因为它渺小无重，因为它不够名贵，所以不会有人专门研究它，它的颜色自然都是天然的。这是我认为的。

牵牛花有它特有的品格。它不是宁折不弯，也不是笔直向上，更没有亭亭玉立，这些被人类称颂的优点它都不具备。你看不清它的茎秆，你只会看到它的叶子和花朵。原来它是爬蔓植物，对，它没有茎秆，只有藤蔓，还混在草丛中，看不清在哪里。它的茎蔓又细又软，在田野里却没有人为它搭架、支棚，这是它的弱势。但是它善于利用周围环境，随弯就弯，借势上位，也可以借势下走。什么果树啦，被人类支撑起的豆角秧、黄瓜架啦，各种杂草、树枝啦，甚至斜拉电杆的钢丝啦都可以成为它生存的依仗。所以它不是攀龙附凤，它周围也没有“龙”“凤”；它是攀藤附葛，也不算；它是攀草附草！所以它有时开在高高的枝头，有时又开在墙角草根，它的位置落差很大。但是无论在什么境遇，它都义无反顾地绽放自己生命应有的色彩。就一朵花来说，它的花时是短暂的，只有几个小时，素有“晨开午谢”或“朝开夕谢”之说，但是当你在晨光中看到草丛之上或枝条之侧那些笑脸蓬勃、随风摇曳的花朵时，你感觉它们还是昨天你看到的那些，其实已经不是了，这是今天凌晨新开放的一群。牵牛花正是这样前谢后开，生生不息，接连不断，从夏开到秋。可谓朝朝暮暮花相似，暮暮朝朝朵不同。

牵牛花，真是好花。

根据以往写景物文章的习惯手法，我想要以物喻人，用牵牛花做喻体，来比喻什么人或者什么精神，但是想来想去，都觉得不十分贴切。嗨，算了。牵牛花就是牵牛花，它不像什么，什么也不像它。它只是大自然中的一种植物。

牵牛花，它平凡普通，容易生长，但它有自己的特色，不卑不亢。它可以隐忍，低头向下；也可以攀高，昂首挺立。它不计较环境、地势，随遇而安，但无论身在何处，在该它开花的季节，它都会灿然张开笑脸，迎接每天的太阳。

我情不自禁地摘下一朵粉红色的牵牛花，顺手插在鬓角，忍俊不禁地向前走去。啊，空气好新鲜哦！

2018 年 10 月

让我慢慢认识你

枕上读一篇散文，题目很夺人眼球：爱上一棵树。忙不迭地看正文。文中转述一位七十六岁的母亲因四年开一次花的粉红仙人掌即将开花而不再外出，进而写了自己家后院一棵美丽迷人的海棠树给她带来的诗意享受和审美愉悦，以至在海棠树花期拒绝出访。

这不由得触动了我的心弦。因为我也喜欢树，不是某一棵而是我能遇到的所有树。

我出生在东北的一座小城市，小时候见到的树基本都是道旁的绿化树，品种比较少，印象较深的有三种：杨树、柳树、榆树。杨树是因为它在春天可以飞出杨花，像小棉花球，漫天飞舞，无孔不入，钻进衣袖，钻进领口，有时还钻进鼻孔，怪痒痒的；那时就是觉得好玩，现在看这也对环境造成了污染，因此人民公园正进行对毛白杨飞絮治理的实验。我认识柳树是从垂柳开始的，后来才知道柳树还有旱柳。据说隋炀帝杨广登基后，下令开凿通济渠，有大臣建议在大运河堤岸种柳，隋炀帝采纳，并亲自参与植柳，还御书赐柳树杨姓，享受与帝王同姓之殊荣，从此柳树又有了“杨柳”之美称。可见“杨柳”一词有时不是杨树与柳树的合称。我家乡的松花江畔栽种的都是垂柳，十里长堤，垂柳依依，是江城的一景。我在中学时代经常绕远特意从江堤走过，目的就是感受那绿荫之下的清凉以及柳丝拂动的惬意。杨树和柳树的雌株都有飞絮，而杜甫单单借柳絮来表达对势利小人的蔑视：“癫狂柳絮随风舞，轻薄桃花逐水流”，那大约是为了顺应“平平仄仄平平仄”的韵律吧。至于榆树，我对它有印象是因为它可以结出一串串的榆钱，童年饥饿的年代，那榆钱也曾是我口中的食物。

参加工作后，我第一次读史铁生的散文《合欢树》便被打动了。史铁生在文章中写了他和母亲之间发生的故事以及在母亲去世后，自己对母亲的怀念。文章写得朴实、深沉，表达的感情真挚、凝重。我由此对合欢树产生了浓厚的兴趣，很想知道它是个什么样子。但当时没有互联网，也很难查找。我自认为它是北京特有的树种。

好多年过去了，《合欢树》一文编进了各种语文教材，我的合欢树情结越发浓烈。有一年夏天的一个下午，我在小区里散步，发现树上挂了标签，便开始留意标签上的文字。突然“合欢”两个字映入我的眼帘，我不由得停下脚步，仔细阅读上面的文字：

> 合欢，又名绒花树、马缨花，落叶乔木，夏季开花，头状花序，合瓣花冠，雄蕊多条，淡红色。花粉红色，花萼管状，花期 6—8 月，果期 8—10 月。

标签上还印着拉丁文的名称，虽然有些生物学术语我不太懂，但我对合欢树终于有了点了解。我后退几步，打量起这棵树来。它枝干高大粗壮，枝条横逸斜出，好像和其他树没有多大区别。但当我举目上瞧，发现了奇迹，它的树冠一片粉红——正在开花。翠绿的叶子与粉红的花朵相互映衬，红的更红，绿的更绿，十分耐看。它花型别致，从侧面看像一把把平面的小扇子，低头看掉落到地面的花，看到从花心里长出柔软而密集的花丝，没有花瓣，整个就是个绒球。我有些小激动，真是踏破铁鞋无觅处，得来全不费工夫啊。再往四下看，这里不是一棵，而是一排合欢树。真是有缘！我终于认识你了！认识了你，我就关注了你，这才发现不只我家小区有，公园里，农村家的小区里都有你的兄弟姐妹。我喜欢那远看像云霞样的树冠，近看绒球样的花朵。我和你结下了情缘。只要发现你的身影，我总要走到近前仰头观赏，捡拾掉在地上的残花端详，有时还情不自禁地拿出手机拍照。冬天，我发现树干很粗的你，而枝杈却很细小，觉得缺少点由粗到细的过度，而且所有细小的毛刺样的枝杈一律向上，直指蓝天，好像在努力承受日月精华，孕育新的花朵。

我对树的感情何止是合欢树呀！一年秋天，去九门口游玩。在景区里，九个门洞的正面，两棵高大的树木吸引了我的目光，那树伟岸魁梧，枝繁叶茂，吸引我的不仅是它的形态，还有树上星星样金黄色的小花，由于开得多，开得盛，树的绿叶以及微红的花蕊都不明显了，整棵树呈现一片金黄，很壮观，很诱人。这是一种我不认识的树。问同游的人，没人能叫得出名字。只好问路旁一位年龄较大的长者。他好像没有遇到过这样的问题，看了看树，想了一会儿，说可能是栾树。我不知道是哪个字，根据造字规则首先想到了有“木”字结构的“栾”，回家一查字典，还真是。这棵栾树啊，满树金黄时我认得了你，叶枯花落时我还能认出吗？大约认不出了。这是我的毛病，往往只认得植物的花，而不认得它的枝干、叶子。所以花落了，就叫不上名字了。只好让我慢慢认识你吧。

在“无边落木萧萧下”的深秋，在广场和公园之间的路上，总能看到地面飘落着硕大的树叶，很漂亮，很干净。我不由得弯腰捡起一片，仔细观瞧。叶子不比我手掌小，叶脉清晰，叶柄较长，颜色金黄，虽然也有五角，但不像枫叶。看看路旁的树，觉得很陌生，一时不知是什么树叶。连忙请教正在清理落叶的环卫工人。师傅很内行，很骄傲地回答我：“这不是法桐吗！”我一下醒悟，这是法国梧桐的叶子，我自以为认识这种树皮斑驳的树的，而树干上的痕迹不明显我就认不出了；我自以为认识这种枝头飘摇着大叶子的树的，那叶子阔硕大气，感觉有点儿像核桃树叶，可是叶子飞下枝头，我又认不出了。我不能算是真正认识你呀，法国梧桐！我记住了那几棵法桐的位置，开始留意它的变化。我发现，深冬季节有的梧桐树上还缀着比核桃略小些的球状果实，外表不光滑，好像长着刺。但是果实的柄很长，一个个地吊在已经没有叶子的树上，像小小的褐色灯笼，又像一个个小铃铛。它们是担心母体寂寞，在陪伴它吗？

还有一种结小红果的树，你知道吧？初冬季节，松柏虽然不落叶，颜色也不及春夏那般葱翠浓绿。落叶树没有了绿色的华服，黯然失色，变得光秃秃、灰蒙蒙的。但是徜徉在公园的小路上，会发现一种灌木，结出了许多直径不到一厘米的小果子。小果不成串，果柄很短，分散地直接长在树枝上，形状圆圆的，颜色红红的，晶莹饱满，在枝叶间闪耀着光芒。我最早注意到这种红色小果是在英国的湿地，当时觉得很稀奇。回国发现，咱们国家也有生长。只是最近几年我才知道它叫金银忍冬，又叫金银木。

我愿意为树拍照，也高兴与树合影，这固然含有“背靠大树好乘凉”的美好愿望，也想图个长青、长寿的吉利彩头，更主要的还是因为我喜欢树这种生命体。我随驴友登山时，曾在秦皇岛山海关区毛家沟看到一棵树龄约一千三百年的国槐，胸围五百三十八厘米，被市绿化委员会称为本地依然健在的最早的“原住民”。在抚宁区北杨庄村还看到过一棵树龄约五百年的老槐树，树高二十一米。见到这些古树，大家都怀着一种仰慕的心情，恭敬地围着它祈福祈寿。在江西我还看到过树龄二百余年的樟树，高大、挺拔，树皮纵裂，沧桑遒劲，让人望而生敬。到福建旅游，在漳州市南靖县境内的云水谣，我看到一排百年的大榕树，气根裸露，根系发达，盘根错节，我们争着在树根上摆 poss 拍照。到海南三亚，随处可见树顶缀着果实的椰子树，南方树种特有的羽形大叶和一环环外露的年轮给我们留下了深刻印象。在英国参观剑桥大学时，我们用半天时间游览了剑桥植物园，看到一棵叫不上名字的大树，它长长的枝条横向长出，伸展到远方，第一个枝杈恰好从地面处的树干旁支出，人站在那里拍照，摄影人要走出好远才可以照到树尖，照出的人好小啊！在格林尼治天文台附近的公园里，长着一棵大树，由于茂盛，从远处看就是在圆形的绿色剪影下有个短短的柄支撑着立在草坪上，那个短柄就是树干。

事物丰富多彩，生活酸甜苦辣，人生五彩缤纷，这都是常态。而每一种姿态、颜色、形状、性情都是客观存在的，都是构成这林林总总大千世界的一种元素。干嘛有你不能有我，为啥有他不能有你？在时间与空间面前，一切生物都是平等的。所有的价值考量都是人类一厢情愿做出的，如果说其他生物也可能有价值判断，那也是它们从自身利益出发进行的。从古到今，很多文人用树来表达心志，表达自己的喜好，以树喻人或以树的某种习性喻指人的某种品格。古代屈原的《橘颂》，现代人的《松树的风格》《白杨礼赞》莫不是如此。我喜欢树是没有条件的。我喜欢的是树的本身，屈原“深固难徙，更壹志兮。绿叶素荣，纷其可喜兮”的诗句虽然赞美的是橘树，但我觉得这句诗适用所有的树木。我尊重它们的生命过程，我欣赏它们各自的情态，我关注它们的习性，我愿意与他们为伍，互相陪伴。我知道，世界不只是人类的，还是植物和其他动物的；地球不是人类的私有财产，也是各种动植物的家园。而人类关心爱护其他物种，既是保护地球的需要，也是保护自身的需要。

我的树木朋友很多，如我家楼下十二棵扇形树叶的银杏，广场西南角六棵春天开粉白花朵的梨花海棠，小区里冬天还挂着黄澄澄果实的柿子树，植物园里最早迎接春天到来、先开花后长叶的各色玉兰树，还有杜仲、白蜡、皂荚、黄栌、千头椿等，我虽然认识它们很晚，了解它们很少，但它们都是我要好的朋友。我肯定是一位名副其实的“抱树人”① 了。亲爱的，岁月无尽，生命无期，让我慢慢认识你，好吗？

2018 年 12 月

波斯菊之恋

《山楂树之恋》有小说，有电影，有电视剧。那是一个凄美的爱情故事，关于静秋和老三的。电视台热播王珞丹、李光洁主演的电视剧《山楂树之恋》时，我狂追不舍，看得如痴如醉；在全剧结束时，也曾哭得稀里哗啦，为老三的死，为静秋的爱。那么这个波斯菊之恋呢？当然也是表达爱意的，但不是在波斯菊旁发生的人类的爱情，是地地道道的波斯菊的爱恋。

波斯菊是什么？花呀，一种草本花。它爱恋什么呢？听我告诉你吧。

自然界的树开花大多在春季，那是为了蓄积能量，养育种实。苹果呀、梨呀、海棠呀、桃呀、樱桃呀、李子呀等等，莫不是如此。有的先长

① 抱树人：抱住树木以使其免遭砍伐的环保者。

叶后开花，有的先开花再长叶，有的叶芽和花蕾同时绽放。我觉得，它们要是花开晚了，就来不及结出用以延续生命的果实了。草花呢？花中之魁牡丹以其雍容华贵，兼有色、香、韵之美，而被从古到今的中国人看成是富贵花，它也是开在春季的谷雨前后，就是武则天在寒冬时节命令百花齐放，它也没有惧怕皇权而违背时令。其他的草本花大多开在夏季，比如莲花、萱草、美人蕉以及盆栽的茉莉花、昙花、栀子花等等。而波斯菊，既不是春季也不是夏季，它开在秋季。对，是秋季。

春去夏来，田头的蜀季花开了一茬又一茬，波斯菊不动声色；街角的凤仙花开了一串又一串，波斯菊不急不躁。秋天到了，天气转凉，燕子南飞，蜀季花开不动啦，枝头偶有一两朵在秋风中招摇；凤仙花也露出颓势，不见花只有茎上挂着一粒粒的种囊。可不是，树上的花儿变成了果儿，草上的花儿结出了籽儿，不见了艳丽，少了色彩。此时，已经长到半人多高的波斯菊来劲了，它开花了！只看一棵，似乎很单薄，但不失生机；如果看一群，那就是蓬蓬勃勃的一片了。它的植株高挑，长到一定高度向四周伸出叉枝；它的叶子很有特色，是细长的、碧绿的，有点儿像茴香的叶子，更易衬托花的鲜艳；它的花朵一般由八个花瓣组成，中间的花蕊大多是黄色的，娇嫩、细致，整朵花轻盈灵巧，随风摇曳；它的颜色有粉的、红的、白的等多种，缤纷艳丽，五光十色。哎呀，太好了！虽蕊寒香冷，虽秋风萧瑟，姹紫嫣红的波斯菊却毫不畏惧，用鲜艳的生命的色彩装点这缺少鲜花的初秋至晚秋。

哦，波斯菊爱恋的是这肃杀寒冷的季节，令人伤感的秋啊。

有一年暮春，一姐们儿知道我喜欢花，给了我一把波斯菊种子。那种子细小，上面布满毛刺。小区靠西墙有一块十来平方米的空闲地，下面埋的是建筑垃圾，土质较差，我找不到更好的地方，就把这里的土翻了翻，捡了捡石块，打上垄，撒上了波斯菊种子。不久，种子齐刷刷地发芽出土了，刚出土的幼苗比针粗不了多少，上面顶着两片小小的叶芽，惹人垂怜。紧接着生叶，串梃，长个儿。到秋天，它们枝头长出蓓蕾，含苞待放了。

南方花木品种多，波斯菊排不上号，基本不见它的踪影，即使时至深秋，福建的三角梅还在盛开，广东的木棉树也缀着硕大的火红的花朵，展室里还有奇异的兰花。可是北方呢？夏天的莲花开在水里，无水没有莲，这是有条件限制的；同是开在秋季的菊花，朵型硕大饱满，但从“飒飒西风满院栽”“满城尽带黄金甲”“采菊东篱下”的诗句看，它对开花之地讲究挑剔；玫瑰、蝴蝶兰、茶花、康乃馨、火鹤都很漂亮，但都需要暖房之类的特定环境；白玉兰、木槿、丁香这些木本花，也只能种植在公园里、城市宽阔的马路旁。“无日不春风”的月季，“一枝才谢一枝殷，自是春工不与闲”，虽然上至宫殿豪宅，下到寻常门户，都可以观赏到，但没见到在山坡野外大面积种植的。而波斯菊，一年一枯荣的草花，它没有特殊要求，它没有苛刻的条件，在北方广袤的土地上，不论是高原还是平原，都可以见到它的身影，只是不开花时你不容易感觉到它的存在罢了。

小时候，松花江畔姥姥家的屯子里，家家户户的大门旁都种着几簇这种花，因为它细直的枝干像极了绑扫帚的材料，所以当地人叫它“扫帚梅”。近年我在金秋季节观赏过一些新开辟的花海，在郊野、在村寨、在山坡、在河畔，满山遍野的花，姹紫嫣红的花，生机盎然的花，真是大开眼界，赏心悦目。近距离观察你会发现，那构成花海的主要是波斯菊。秦皇岛市的麻念庄、山前村、天女小镇都有这样的花海，我在环长城公路两旁还见过由波斯菊组成的花带。有一年 9 月末去青海湖二郎剑景区，走下大巴车，在道路旁也意外地邂逅了波斯菊的笑脸，明艳动人。那可是海拔三千多米的高原啊！它们没有高原反应，不是笑靥如花，而是花开如美人之笑靥。我真的被感动了。波斯菊，它用瘦弱的身躯、集体的力量充盈着北方单调的或黑或黄的土地。我没有到过西藏，但我知道，在青藏高原上同样有波斯菊盛开的情景，不过藏族同胞把它们叫作“格桑花”，含有吉祥、幸福、美丽之意，因而格桑花成了藏族歌曲的标配。“坐上了火车去拉萨，去看那神奇的布达拉，去看那最美的格桑花呀，盛开在雪山下。”当然“度娘”说格桑花是藏族人对一切鲜艳花朵的统称，也包括波斯菊。你看，高原、寒冷、北方，种种不利都挡不住波斯菊盛开的脚步。

噢，波斯菊爱恋的是这四季分明、花卉不够丰富的北方大地啊。

时间上偏向秋季也好，空间上偏向北方也罢，说到底波斯菊是喜欢这里的人们哪。

吴侬软语，醉意朦胧，江南的俏佳人手持一纸油伞走在石板铺就的湿漉漉的小巷，要多浪漫有多浪漫，要多小资有多小资；春回大地，百花齐放，花枝招展的人们走出房门，涌向郊外、公园。那地那时都不见你波斯菊清新的花朵。而在枯寂的冷秋、粗犷的北方，人们穿上了比较厚实的衣衫，虽然心劲儿没有减少，但是平静中缺少点激情，有序中缺少点波澜，单调中缺少点色彩。而你却在此时此地开放，时令归于你，大地属于你。

油菜花也可以大面积种植，但它的颜色只有娇黄，马鞭草、薰衣草只有暗紫，串红只有正红；虽然明丽，虽然典雅，虽然耀眼，但还是太单调了。而波斯菊却是五彩缤纷、争奇斗艳的。开起花来你不让我，我不让你，争先恐后，此起彼伏。啊，波斯菊，你给劳作的人们带来享受，你给休闲的人们带来情趣，你给游玩的人们带来欣喜。你开阔了一般人的视野，你拉长了摄影人的镜头。你给男人增添了陪爱人赏花的理由，你给女人设定了拍不够的借口。你不与百花争艳，你不惧气候寒冷，你填补了人们赏花时间和空间上的空白。你是亲民的花，你是大众的花，你把千枝万株织就的如云霞般绚丽的锦绣铺在祖国的大地上，铺在人们的心田。

呀，波斯菊真正爱恋的原来是勤劳朴实又不失浪漫情怀的人们哪！

波斯菊之恋，恋得真实，恋得确切，恋得坦诚。而人们，心灵里有了花的位置，一年四季都是欢愉的。

波斯菊，我赞美你！

2018 年 7 月

我爱广西凤尾竹

有一种植物，让我怦然心动，那就是广西凤尾竹。

我很少有怦然心动的情形，可是那天见到凤尾竹我真的怦然心动了。那是退休不久，年底，冬天，我们几个好朋友相约去广西旅游，属于自由行那类。那次主要的目的地是巴马长寿村，既是自由行，就没有跟团的限制，我们在旅馆住下后，每天安排去周边的一个地方游玩。那天是去参观百色革命老区，行程中需要步行一段路程。我和同伴慢悠悠地行走在八桂大地上，周围的景色美极了，在北方人眼里像是来到了植物园。我们心旷神怡。

忽然，我眼前一亮，心脏剧烈地跳动起来，原来我发现了一簇竹子！其实在那个地方，竹子是很常见的植物，就是北方的公园里也有引进，不觉得稀奇。可这次看到的是一簇别样的竹子，于是我心动了。广西自古盛产桂树，可是我在广西还真没有留意到桂树，也许不是开花飘香的季节，视而不见吧。人类一见钟情往往是由于外表，而凤尾竹最初打动我的正是它美妙的身姿。不好意思，人都是好色的，即使是女人。

这种竹子不是一株一株的，而是一簇，一墩，根部聚拢在一起，植株从下向上一点点向四围散开，形成一个美妙的扇形，似乎是随心而为又像是刻意设计。真是风姿秀雅，清丽脱俗，柔美曼妙，诗意朦胧。仅凭细长的叶子和光滑的绿色枝干以及枝干上的节，我知道这是竹子，但是这么漂亮，是什么竹子呢？我去过江西井冈山，认得毛竹，也在初中教材里通过袁鹰的《井冈翠竹》，领略了毛竹的风采和象征意义，那是革命的竹、战斗的竹、用途极广的竹；我也曾在各种植物园、园博园里见过方竹、乌竹，甚至滴着娥皇、女英泪水的湘妃竹；但是我没见过这种竹子。

答案很快找到了，当地老乡告诉我这叫凤尾竹！我马上想到了关牧村的歌《月光下的凤尾竹》:“月光啊下面的凤尾竹哟,轻柔啊美丽像绿色的雾哟,竹楼里的好姑娘,光彩夺目像夜明珠。”原来凤尾竹就是这样啊!我们都见过孔雀开屏,认为那是孔雀最美丽的姿态、最美丽的时刻,而凤尾竹不是一刻,它是时时在开屏,在绽放它的美丽。于是我和它相识了。

有一种植物,让我流连忘返,那就是广西凤尾竹。

认得凤尾竹后才发现广西这地方凤尾竹很多。路旁、河边、山脚下、农家院子里都有,特别是有水、湿润的地方。我每遇到凤尾竹都要拍照,还求同伴帮我拍与凤尾竹的合影。我欣赏它的体态,欣赏它的姿容,欣赏它有聚有散形成的特殊美感。虽不能像对一件小型玉器、工艺品那样把玩在手,也是用我的眼睛自认为深情地端详它良久。

我对凤尾竹百看不厌。在那八山一水一分田的喀斯特地貌区,凤尾竹的存在给这里的山水增添了美丽与温柔,给这里的人们带来了可餐的秀色。凤尾竹是营造意境的高手,远看如雾似纱,朦朦胧胧;近看枝干柔软而下弯,很多片细长的叶子排生于竹枝的两侧,像一根根凤凰的大羽毛,妩媚娇羞,青翠欲滴。其实它和别的竹子相比较,特殊之处也就在这“凤尾”二字,在于羽状细密的叶子以及根处聚拢、冠顶大开的状态。

啊,凤尾竹,我真的不忍离去,我愿这么看着你,琢磨你,欣赏你!在我眼里,你是大自然的尤物,是上天的宠儿,是植物界独一无二的美女。怪不得关牧村要把凤尾竹和光彩夺目的姑娘一起来传唱呢!真的,我见到你总是依依不舍,缱绻不疲。

有一种植物,让我久久回味,那就是广西凤尾竹。

旅游结束,回到家乡后,很多当时觉得很美好的景物很快就封存在记忆深处,不再回想了,可是对凤尾竹,我却难以忘怀。我的脑海总出现它的倩影,它的惊鸿一瞥,我也经常翻看我 QQ 空间里凤尾竹的照片。像久别的恋人,看一次心动一次。过了几年,我又去了一次广西,在桂林乘船游漓江时,我又见到了岸边一簇一簇像烟、像雾又像纱的凤尾竹。我依然像第一次见到它时那样心动，那样情意绵绵。我决定为凤尾竹写篇文章，表达感情，这篇文章的题目就是那次回来后定下的。但是一直没能成文。因为我觉得我对凤尾竹了解得还是太少，不知从哪下笔，不知该表现什么。

有一次参观竹炭纤维展销馆，展馆前面有许多介绍竹子知识的图片，我从头看到尾，没有介绍凤尾竹的。为了搜集材料，准备动笔，我向解说员询问凤尾竹的用途。这个问题可能超出了她备课的范围，她回答不上来，只是说，凤尾竹没什么用，不能成材。我不知道她的回答是否准确，但这没有影响凤尾竹在我心中的地位。就算它不能建房，不能做竹器，不能做竹筒饭，我也喜欢它。我觉得，美的事物本身就是资源，就是价值，就是有用。一切名画、古建筑、文物，除了具有考古意义外，不都是因为一个“美”字而得以流传、被人收藏吗？听了没有答案的回答，我却有了这样的感悟，我觉得我找到了写作的切入点，可以动笔了。

离第一次 2010 年去广西已经有十来年了，可是我心依然。现在，我发现不只我喜欢凤尾竹，很多人都喜欢。何以见得？因为现在网上有不少凤尾竹的图片及介绍凤尾竹栽培知识的页面，并有商家出售盆栽家养的凤尾竹。当然，作为花卉商品的凤尾竹与我在广西大地上看到的凤尾竹大相径庭！盆栽的凤尾竹毕竟太过小巧，太过秀气，太过精致了。现在我不仅仅喜欢广西凤尾竹的外表，我还喜欢它淡定、从容、不卑不亢的品格，喜欢它按自己心愿无忧无虑生长的活法，喜欢它不受外界干扰，按时拔节，按时分蘖，按时完成它固有的生命过程的习性。

广西凤尾竹，你使我怦然心动，你使我流连忘返，你使我久久回味，我爱你！

2019 年 3 月

点将台，你为何还矗立在这里？

点将台，你矗立在我面前，矗立在蓝天下，矗立在大山旁。我不解：你为何还要矗立在这里？

这里是河北省的最东边，秦皇岛海港区驻操营镇的九门口村西，距山海关仅有十五公里。

点将台，因为年代沧桑，岁月侵蚀，前些年你的外墙破损，西侧的土石塌陷，衰败残旧，狼狈不堪，看着像要自生自灭的样子。可是今天你为何依然矗立在这里？

点将台，你是万里长城九门口水上长城的组成部分，是一个完整的防御体系中的一员，属于军事遗迹。可现在，国泰民安，天下太平，战事已无，狼烟不再。你周围是一派和平、安稳、富足、祥和的田园风光，青山绿水变成了金山银山。你为何依然矗立在这里？

点将台，你东边老牛山裸露的山石上书写着“九门口”三个红色大字，与周围绿色的植被呼应，在夕阳下无比艳丽秀美。蜿蜒的水上长城，如出水蛟龙，随山势起伏，逶迤北上，长城上的女墙、烽火台、敌楼在瓦蓝的天空中画上了美妙的剪影，镶着异色齿边的三角形彩旗随风飘舞，猎猎作响。水上长城已成为世界文化遗产、国家重点文物、4A级旅游景点。而依长城存在的你似乎是个被遗弃的孩子，孤零零地站在一片平地上，显得突兀、落寞、孤单。可你为何还矗立在这里？

是啊，点将台，你为何还矗立在这里呢？

你是要告诉我说，你建成于明朝初年，已经在这里矗立了六百多年吗？

你是想要说，你自从建成，各朝各代的统治者需要你，周围的人民喜欢你，也就不止一次地修复过你吗？

而我要告诉你的是，中华人民共和国成立后又多次对你进行维修，在最近一次海港区政府“修旧如旧”的修复后，你又以崭新的面貌呈现在世人面前，迎接东来西往的客人。

我看到，你的高度足有二十米，雄伟壮观，绝对需要仰视。你是一高一低的子母台，西边高的是母台，东边低的是子台。母台是完整的圆柱体，而子台是个大半圆，紧紧咬合着母台，像两个相交的圆柱体。母台用褐色条石砌墙，最上面几层是青色石砖，子台下面是青砖砌就，最上面几层改用褐色条石。砖石之间白色糯米胶勾缝，显得素雅洁净。母台上面还有一个同心的小圆柱体，好像大桶里边套着一个小桶，小圆柱体也是青砖砌成，在这个小圆柱体里还生长着一棵苍劲的古松。根据以前破损的情形推断，母台两个圆柱体中间应该填上了夯土。子母台外观搭配和谐，一致中显变化，变化中呈统一。一条修复痕迹自下而上地盘绕在子母台上清晰可见。站在东侧稍远的地方瞭望，可以看到，高于子台的母台东边有个豁口，透过豁口望见母台上小圆柱体的外墙有一个拱形小门。进入这个小门应该可以达到台子的最上面，但是现在登不上去了，因为这次修复把下面封住了。走进子台后边的拱门可以看到里边是空的，像古城堡的一个房间。

我还知道，点将台是古代军事首领检阅统校军队、排兵布阵、发号施令的高台，在全国各地屡见不鲜，而九门口村外的你据说是万里长城沿线唯一的点将台。

我从住处出发散步，经常来到你这里。今天，是初夏的一个风和日丽的日子，我在这里盘桓良久，前后左右地观察、审视，脑海中不由得浮现出一幅古代操练军马的壮观场景：器宇轩昂的主帅站在高台之上，声如洪钟，震耳欲聋；他的面前整齐地肃立着身着战衣的武士，个个怒目圆睁、紧握双拳，正准备比武打擂；主帅下达“开始”的命令后，只听得战鼓擂响，士兵在各路将军的带领下挥舞刀枪，操练起来。真乃一幅“沙场秋点兵”的壮烈景象！我想象着，心不由得跟着紧张起来。是呀，其实是否有过这种情景，史料没有记载，但是我想，有你点将一台在此，离你不足千米的地方就是曾经的一片石古战场，现在怎么推想都不为过吧。点将台，你是发挥过作用的。

我的脑海里又呈现了另一幅画面，抗日战争时期，八路军的一位身穿灰色军服的首长站在点将台上，手持望远镜在观察周围地形，洞察敌人动向。有人说抗战时期这里没发生过战斗，我说我是想象。当年华北平原是抗战的大战场，地道战、平原游击队，不都发生在华北么？荷花淀打鬼子的故事不就是在河北的白洋淀吗？在这冀东怎么就不能有抗日的战场呢？请允许我接着想象。你，点将台前面的庄稼地里埋伏着八路军的官兵，他们同仇敌忾，意气冲天，机敏灵活，身手矫健。他们手里拿着土枪、大刀，推着自制的火炮准备迎战来犯之敌。“想当年，金戈铁马，气吞万里如虎。”在这山区丘陵地带，我们打击日寇无需大队人马，用小股部队，甚或民兵、儿童团，都能把鬼子打得人仰马翻，屁滚尿流。不信，你看看电影《小兵张嘎》，听听歌曲《歌唱二小放牛郎》吧。点将台，你是立过功的……

如烟的往事都随着时间而远去了。什么元朝、明朝、清朝都成了前尘旧事，引清兵入山海关的吴三桂及陈圆圆也已经灰飞烟灭，什么直系、奉系军阀大战也成了任由后人评说的史事，就是修这一带长城的徐达、农民起义首领李自成也早已驾鹤西去。毕竟肉身凡胎经不住岁月的打磨，“人生易老天难老”呀，留下的只有古战场遗迹、隧道、工事、长城、点将台。

点将台，你是在等我吗？我来了！我站在你的脚下，眺望你上面的老松树不禁神思飞扬。这是一棵油松，据说比你点将台的岁数小一百岁。它是怎么长上去的已无从考证，人工有意种植民，还是飞鸟无意丢落的种子？都有可能。事实是它站在这里已经有五百年了。此时，由于太高太远，我看不清它树皮的纹理，笼统看起来，它大约有十米高，树冠如伞盖，躯干挺直，粗壮有力，硬挺遒劲的枝杈向四周伸展，向侧面的直刺苍穹，向下的直抵地面。我凝视着它，它仿佛幻化成一位头戴战盔，身披铠甲的古代将军，背后插满了令旗、令箭，手执一杆长枪，威武雄壮地站在那里号令三军。难怪这棵松树叫“将军松”呢，它的气质、它的架势都显示了它的阳刚之气、它的勃勃雄姿。真是“古台古松，合为一体，相得益彰。松为台古，台为松奇。”说它是老当益壮的黄忠，说他是中国的战神关羽，说它是抗击金军的民族英雄岳飞，说它是文学作品中阵前挂帅的穆桂英，都像。呵呵，就是像将军！你说呢，点将台？

点将台，你为什么还要矗立在这里？我终于明白了，你是一部史书，记录着从明朝至今的风云变幻；你是一种文化，昭示着人民不屈不挠的性格与正义不败的真理；你是一个古迹，延续了始建你的人、修复你的人的生命；你是传承者，告诉子孙后代，我们向往和平，但也不怕战争，谁敢无端挑事，我们将奉陪到底；你是见证者，看到了改朝换代，历史更迭，人民最终当家做主的盛世；你是守望者，守望着九门口村的村民，守望着方圆几百里的果园、庄稼地以及祖国的领海领空；你是象征，象征世世代代生活在这里的英勇与正直的人们。曾几何时，人民战争的汪洋大海吞没了封建王朝、日本帝国主义、蒋家王朝，而这大海的涛声依旧，碧波荡漾如初。这大海是狂风骤雨无法掀翻的，无论是过去还是将来。

点将台，你已经修葺一新又保持着原姿原貌，你现在虽然已不用做防御，却有了供游人怀古思幽的功能，却有了对人们、对和平的警示作用，你和水上长城是不可分割的整体，谈何落寞孤单？你应该矗立在这里，而且要永远矗立在这里，因为这里有属于你的朝阳明月，有属于你的山水长城，还有那勤劳朴实却伟大坚强的黎民百姓。

水上长城永不倒，九江河水浪滔滔；点将台与世长存，老松树万古传扬。

2019 年 5 月

难舍难弃旧杂志

一辈子从事中学语文教学和教研，最后从教研员的岗位退休。工作的需要，也是个人的喜好，家里的书橱盛满了大部头的工具书、专家的学术著作、各种专业书籍、文学书籍，还有不少专业报纸杂志。前不久又收到出版社赠送的一大包图书，书橱里早已没有了空间，书橱外也到处是书。我想清理一下，腾出空间把放在外面的书装进书橱。清理哪些东西呢？看哪本似乎都有用。后来决定把陈年的旧杂志、多年前的备考书剔出来，卖废品。清理工作进行了好几个月，不是工程浩大，而是心里不好受。不清理不知道，一清理吓一跳。杂志从八十年代开始，三十来年，真是存了不少。清理出来放在地板上，好大一堆哦。

这一摞是《河北师院学报》，封面朴素，但风格为很严肃、很学术的那种。后来河北师院与河北师范大学合并，学报统一为《河北师范大学学报》。我很荣幸地在两个学报上发表过几篇论文。肯定是由于学报的学术地位高，我发表在学报上的文章《语文学科在素质教育中的地位、责任、作用与任务》《高三语文总复习怎样走出困境》《对目标教学常规化的思考》等都被中国人民大学书报资料中心选中并转载。这也提高了我论文的身价，扩大了我论文的影响。杂志社每期出刊后都寄赠于我，我也得以长久地受到高校学术刊物的滋养。后来，学报创办了一张报纸——《语文周报》，为了宣传报纸，提高发行量，《语文周报》在寒暑假要举办有关语文教学方面的研讨会，有几次在秦皇岛召开，我被邀请到会务组帮忙，因此有机会结识了周报的主编和一些编辑。也就是在那时我接触了参加本科函授时给我们讲授外国文学的刘宪章先生，他既是学报的负责人，也是周报的主编。刘先生学术造诣深，学界威望高。当年给我们上课时，正值年富力强，身材微胖，戴着一顶前进帽，在课堂上纵横捭阖，侃侃而谈，课讲得极好，深受学员们欢迎。前几年我去石家庄曾看望过他，他还送我一个八十寿辰暨学术研究五十周年庆典的光盘。今日见杂志如见人啊！刘先生，你还好吧！

这一堆是《中学语文教学参考》，陕西师范大学主办的，现在已是全国中文核心期刊、全国优秀语文期刊。我和它的渊源就更深了。一线教师都喜欢这本杂志，把它作为教学的当然助手，我也是如此，并经常向它投稿。一来二去，被刊登了不少，大都是教学教研成果、心得。1992 年，应编辑部之邀，我作为封底人物被这个杂志介绍过。这也使我有了一点儿粉丝，收到一些读者来信。后来，在全国性的教学研讨会上，我终于见到并结识了该刊编辑部的一位负责人，小巧玲珑、温婉可人的女士——葛宇虹。后来，我的情况又在该杂志 2005 年第 4 期的封二做了介绍。这些对我个人的成长和晋级起到了促进作用，我感谢这本杂志，当然也感谢编辑部的各位先生。

再看这里，是《语文教学通讯》，山西刊物。像所有期刊一样，都是读人家的多，自己在上面发表的只是凤毛麟角，甚至连“毛”和“角”都谈不上，因为首先不是“凤凰”和“麒麟”。记得在这本杂志发表过几篇个人觉得较有分量的论文，其中有 1999 年写的《高考大作文考生犯规例说》，还被《语文周报》（高中版）转载。2000 年还发表过《切中时弊，坚持改革——学习 2000 年实验修订版高中语文教学大纲的体会》，也有些影响。

那里是北京的《中学语文教学》，上海的《语文学习》，河北的《河北教研》《教育实践与研究》《听说读写》《教育研究通讯》《阅读与鉴赏》《21 世纪中学生作文》，以及河北师大中文系办的《语文教学指导》、廊坊师专办的《语文教学之友》、秦皇岛教育局办的《秦皇岛教育》、秦皇岛教育学院办的《教育研究》等等。

这些旧杂志滋养过我，成全过我，是我的学校、课堂，也是我展示的平台、发表的园地。现在一想到要处理掉它们，我心里就涌起一股难舍难弃的滋味儿，甚至有种要掉眼泪，要哭泣的感觉。此时，我觉得我是一个忘恩负义之人，是一个过河拆桥的家伙。怎么忍心把它们卖掉呢？本世纪初，我曾写过一篇《学会抛弃》的文章，对“抛弃”做了全面解析，说抛弃是“一种人生武器”“是整理，是完善”“是清除，是轻装”“是前进，是发展”等等，说得头头是道，这回真让自己抛弃些东西了，竟是如此艰难。当我想到连人终究都要离去，这些过去的杂志又怎能留存久远之后，心里才有些释然。我家毕竟不是档案室，不是图书馆，没有空间与能力继续保存啊。

我清理出来的杂志以及一些资料书籍、教学参考、教辅用书等，在书房的地板上堆放了几个月，以至于错过了据说是废品涨价、书报涨价的时日。我又好好信儿，把这些东西大致统计了一下，大约有一千五百册的样子。经过反复思想斗争、充分心理准备，我终于联系了一个收废品的师傅，请他来我家收购。师傅过称，将近三百五十斤。

那些书籍杂志没了，书橱空间腾出来了，新书装进去了，屋子清爽了，但是我的心有些空落落的。

2018 年 5 月

人在旅途

人生本就是一次广义的旅行，人活着时还要追寻狭义的旅行，那是因为目的地那里有我们事先知道或不知道的风情与习俗，有我们没见过的震撼画面或百看不厌的美景。

——题记

七彩丹霞地貌令世人惊叹

泰国的大皇宫是各国游客游览的景点

中国东北部的中俄界河

河南郭亮村的骄傲

湖南张家界的一条美溪

感受欧洲文明

从欧洲旅游回来已经好多时日了，忘却的救主快要降临了，我也正有写一点儿东西的必要了。我们是2月底前往欧洲十国进行十四日游的，这十个国家是：德国、法国、荷兰、瑞士、意大利、奥地利、梵蒂冈、比利时、卢森堡、列支敦士登。

自认为是现代都市人、现代读书人，虽不是生在、长在大都市，虽没有研究生级别的学历，可也对世界各国的自然风光和风土人情有一些了解，这是因为有从小接受的地理学科的教育以及世界名著的浸润，而且近年来又有多种媒体多种形式的宣传、介绍。提起法国谁不知道它有个巴黎圣母院，提起意大利谁不知道那儿有个比萨斜塔。很早很多次在图片上看到的景点、景物，这次到现场指认了一遍。和大多数没有到过欧洲的中国人一样，激动、兴奋肯定是有的。冷静下来想一想，此次欧洲之行，感受最深的是什么呢？这不由得使我想到了我们出去时的初衷，那就是要打开眼界，感受欧洲文明，提升我们正在编写的语文教材的质量。

欧洲是个大概念，文明是个大定义，领受起来困难，表达起来晦涩。我就从亲眼看见的小事说起吧。

有天我们乘坐的旅游大巴走高速公路，顺便说一句，在欧洲高速公路是不收费的，所以没有关卡，不用停车交费。按日程，那天中午要在高速路上服务区里的麦当劳店用餐。我们到达后，导游把我们带进店里。店内的装修、布置很清爽，环境很优雅。当然国内的麦当劳店也是如此。我要说的重点不在这里，我想说的是我们之外的那些欧洲人，他们用餐时都比较安静，听不见大呼小叫的；用餐后他们都主动擦干净桌面，把餐具放到指定地点，桌面像没有使用过一样干净，什么都没有。这使我有点儿惊讶。在德国的一个啤酒屋里，我也见到过这样的情景。

欧洲属于发达地区，德国的汽车工业世界领先，瑞士的手表制造业行业翘楚，还有意大利的施华洛世奇水晶、法国的香水、瑞士的军刀、德国的双立人厨具等享誉世界。在世界人们的心目中，欧洲人有钱，欧洲人富裕。但是，我们坐在旅游大巴里，凭窗观察路上行驶的车辆，发现大都是小型环保的车型。就是说他们不比阔，不显摆，不把汽车当成炫富的工具，而仅仅是代步的工具。我们坐在车里，看到马路上的车流，都不约而同地感到信服。

在欧洲，我们住的旅店不是特别阔气，当然不能由此断定欧洲没有大宾馆，因为住的条件与旅行社收取的团费是紧密相关的。但是不论住在哪里，市中心也好，市郊也罢；大旅馆也好，小旅店也罢，设施都很齐全，除了不准备拖鞋、牙膏牙刷外，其他基本到位，住着舒适，生活方便，最主要的是干净。有的旅店还专门提示电视的中文频道怎么调出来。记得在瑞士时，住的旅店房间很小，电视都得放到衣柜上面，但是室内的床罩雪白雪白的，让人不忍使用。

我们是跟北京旅行社出行的，参观、旅游费用由导游结算，一般来说，我们不知道各个景点的门票价格。但是有时我们在路过的售票窗口或发到手里的门票上也可以看到价格，阿拉伯数字谁都认得。我发现欧洲的门票相对于他们的生活水准，相对于中国人的想象是比较便宜的。有的只有几欧元。而很多地方是不收门票的，比如我们参观的广场、室外建筑、雕像、小镇等。看得出，他们不以售卖门票为主要经济收入。

在欧洲的时日，我们到过几个出名的小镇，有荷兰的，有德国的，总的感觉是环境整洁、优雅、美丽、迷人。在我的印象中，说“小镇”，往往指农村，田园风光，庄稼地、农家院、鸡鸭猪狗等。但是在欧洲小镇看不到这些，看到的是建筑别致的漂亮民居，以及每家院子里绿色的草坪和缤纷的鲜花，有的还把自家的院门用爬蔓植物装饰起来。临街的窗口室内都摆放着收拾得干净的盆花。吸睛养眼，赏心悦目。透视着家主人的品位。

欧洲人普遍比较亲切、亲和，没有那种高高在上的自我尊贵，也没有冷如冰霜的疏离感。在公共场合或人行道上，如果你的目光与其相遇，他们一般不会把头扭过去以示陌生，而是向你露出微笑或点头致意，表现出一种和善与友好。我在几处景点都曾邀请欧洲人合影，他们都高兴地答应，然后积极做出配合，其中有一次是在阿尔卑斯山乘坐上山缆车时。

日程结束，要返回的那天是周日，我们在德国慕尼黑机场登机。导游说因为是周日无法参观他们的农贸市场，因为周日不营业；不仅仅是农贸市场，很多商家都不开门。我们很不理解，周日是多么好的商机啊，怎么可以轻易放弃呢！事实是他们真的放弃了。据说欧洲人很在意度假，周末以家庭为单位，驾车出游、度假、游玩。可以看出，他们不是把挣钱放在人生的第一位，而更注重享受当下的生活，追求的是生活的自由品质、与家人在一起度过的快乐时光。因此他们的神态不卑不亢，步履不急不缓，节奏不快不慢，他们的内心是充满自信与自足的。

有限的几日体会，令我惊奇的是欧洲百姓不一味追求挣钱，休息日不出来做买卖，说明他们已经很富有；使我感慨的是他们家家的庭院、住所都被打理得跟小花园似的，美不胜收；让我着迷的是他们那种有滋有味的生活态度，孜孜不倦地追求快乐与幸福的精神；叫我震撼的是当年强盗般火烧圆明园、盗抢中国文物的野蛮人的后代也可以在日常生活中表现得如此收放自如，彬彬有礼。

我觉得欧洲的文明不仅反映在历史上，更多地表现在现实中；欧洲的文明不仅反映在外表，更多地表现在心灵；欧洲文明不仅反映在大事上，更多地表现在小事上。那就是浪漫的情怀、随性的生活、和善的态度、卫生的习惯、环保的行动、资源的共享。欧洲的文明是细腻的，细腻得不易察觉；欧洲的文明是隐晦的，隐晦得好像不存在的样子；欧洲的文明是深入骨髓的，已经变成了欧洲人的自觉行动。欧洲文明在欧洲人的心里、骨子里、灵魂里，所以一切文明的举止、行为都是自然而然地发生的。

什么是文明？我国某卫视的公益广告说：有序乘车是文明，遵守交规是文明，保护环境是文明，微笑服务是文明。我觉得这仅是文明表现的一部分。我们何不借鉴欧洲文明，充实我们自己的文明，使我们“文明古国”的美誉，再戴上一顶“现代文明表率”的桂冠呢。

2009 年 10 月

巴黎遭遇牙疼

题目这句话是个无主句，主语“我”省略了，“巴黎”在句中是状语，“在巴黎”之意。这样写显得有文化。这句话的意思是“我在巴黎犯了牙疼病”。

今年2月24日，我与几位同行从北京首都机场登机出发，经过十多个小时的飞行，于当地时间凌晨五时多到达德国法兰克福机场，开始了为期十四天，跨越十个国家的欧洲之旅。对于我来说，这是生平第一次走进欧洲，生平第二次出国（第一次去俄罗斯布拉戈维申斯克），生平第三次参加超过十天的旅游，生平第四次乘坐飞机，真是又兴奋又激动。那种心情难以言表。

国内和国外的旅游形式有相似的地方，下了飞机不能马上入住宾馆，而要直接进入游程，晚上才可入住。我们头两天游览了德国的法兰克福市和荷兰的阿姆斯特丹市、扎达姆风车村，参观了木鞋制作和钻石加工的工厂。接着前往被称为“欧洲之都”的比利时首都——布鲁塞尔，在那里游览了雄伟的大广场，拜访了布鲁塞尔市的第一公民——尿童于连雕塑，观赏了顶天立地、气势非凡的原子塔。大家游兴酣浓，心情大爽。

就在这天傍晚，我有点儿预感，觉得牙要出毛病，于是当天晚上、第二天早上我都更认真地刷牙，每餐饭后都不怕麻烦地漱口。尽管如此，右侧下面的大牙还是毫不客气地疼了起来。出国前，我曾特意到药店买了两百多元钱的药品，什么诺氟沙星、VC银翘、阿司咪唑（息斯敏）、健胃消食片等等，都是针对我平时的多发病、常见病的，可是就没有准备牙疼药。我默默祈祷牙疼尽快消失，不要大发起来。可是天不遂人愿，当我们到达法国巴黎后，我的右腮还是不留情面地肿了起来。如果在国内，遇到这种情况，就只有在家休息了，可是那时不行，旅游的日程满满的，没有一点儿闲暇，我自己也不想耽搁行程。

我硬挺着，照常随团游玩。欧洲十国，法国是重点，游程是两天，参观、游览的地方都是世界级的景点，怎可放弃？我们马不停蹄，头一天参观雄伟的、被法国人民誉为“世界上最美丽的广场”的协和广场以及豪华优雅的世界第一街——香舍丽榭大街，在宏伟壮丽的凯旋门前留影，还到欧洲最著名的老佛爷百货公司自由购物。

晚上回到住地，导游替我向大家征药，问谁带来了止疼或消炎的药物，但是没有反应，也许大家都累麻木了。我邀请一个队友，也是我们十人小集体中的一员陪我上街买药。我觉得他年龄小些，离开大学时间短些，也许可以应付一下英语。好不容易找到了一家药店，连比画带说，终于让药店服务员明白了我是牙疼，服务员推荐了一款瓶装的制剂给我们，也是连比画带说，我们终于明白那是一种漱口水。我没有买，因为觉得不解决问题，我要买消炎药和止疼药。后来询问导游，她说在法国药店买抗生素类的药是需要医生开处方的。我们没时间去医院，因为语言不通，比较麻烦。

我的治病的努力白费了，只好带着疼痛的牙齿继续跟团在法国游览。第二天，我们参观了法国国家艺术宝库——罗浮宫，目睹了世界名画——《蒙娜丽莎》，以及《维纳斯》雕像和《胜利女神》雕像；又在埃菲尔铁塔前驻足留影。巴黎处处让人流连，处处值得细细地品味，时时让人惊叹它的美丽、浪漫和浓厚的文化氛围。对法兰西帝国的强烈好奇，以及亲眼看见以前只能在纸媒上看到文字、图片的文物、建筑、古迹，分散了我的注意力，右腮虽然肿胀着，但我忍下来了。而且我也没有停止拍照，在那些有意义的场景里，我都留下了影像，虽然照片中的我右腮是鼓鼓的，好像含了一个玻璃球。说也奇怪，法国行程结束后，我们前往被法国、德国和比利时所包围的大公国卢森堡，参观风格独特的阿道尔夫大桥，观赏风光迷人的佩特罗斯大峡谷，又去了德国小镇——海尔布龙，我的腮帮子竟然消肿了，牙也恢复正常了。

旅游结束回国后，我挑选出一些照片准备冲洗，怎么着也不能没有法国的照片呀，无奈，我请开照相馆的学生帮忙把这些右腮有大鼓包的照片修了版，其中有一张还是在凯旋门前跟一位欧洲女郎的合影。

结末的教训是：有啥别有病，没啥别没钱；牙疼不是病，疼起来真要命；在家千日好，出门事事难。你倘若要去巴黎，可得接受我的教训，把药带全噢！

2010 年 7 月

英国斯特灵乐购超市印象

去英国看望在斯特灵大学读博的外甥女，暂住在她租住的房子里。斯特灵是苏格兰中部的一个很干净很湿润的小城市，人口不多，很适合居住。外甥女带我们熟悉了周边环境后，又带我们去超市购物，她说这个超市你们一定不陌生。果然，快走到时，远远就看见了“TESCO”的大牌子。虽然不懂英文，但是这个单词在我们秦皇岛市确实见过。那不是“乐购”吗？外甥女告诉我们，如果想买东西就自己去乐购好了，流程和中国一样，把选好的货物装进购物车，去收银处结账，刷卡或付现金，就 OK 了，很简单，不会因为语言不通感觉购物有什么障碍。我们就按照她说的做了。

去的次数多了，发现这个乐购有几个特点，我挺感兴趣。

一个是可以自助付款。这个超市结算方式有两种，一种和我们国家一样，就是经出口由收银员收款；另一种是自助付款。在超市出口处有一个区域为自助付款区，大约有五十平方米左右。这个区域中间是过道，两侧排列着自助收款机，顾客自己操作结算付款。有工作人员在区域内巡视，发现哪位顾客交款时遇到困难，立刻上前帮忙。顾客只要把自己购买的货品一样一样地在扫码机上扫过，货款便显示在小屏幕上，顾客再按提示交现金或刷信用卡，打印购货凭单，就可带货离开了。在外甥女的协助下，我体验了一次这种自助交款方式，感觉很快捷，很舒服，很爽。这种方式不但减少了收款台前的排队现象，节省了顾客的等待时间，而且体现了对消费者的充分信任。

再一个是总有人在清理货品。有好几次我们看到工作人员在卖场推着货车沿着货架检查货品。他们态度很认真，神情很专注。一件一件地看外包装，看上面的标签，大约是在看保质期等信息，然后把不适宜再保留在货架上的货品放到车里，推离货场。送哪去了，我们不得而知，我觉得可能是下架销毁了。所以在那个超市看不到过期食物。易腐的蔬菜、水果在当日下午或次日就被放到边角处的筐篮里，很便宜地处理掉。我们买过这种处理蔬菜，感觉还是比较新鲜的。这种每天定时检查货品的做法使我感到英国的超市十分规范，有一套操作性很强而且消费者感觉得到的规章制度。这是对消费者健康极其负责的表现，反映了对食品安全的高度重视。

三是幼儿园小朋友可以在此搞活动。有一天上午我们正在超市闲逛，突然发现进来一群小朋友。他们排着队进入卖场，年龄在四五岁的样子，穿戴鲜艳，活泼好动。我很好奇，就多看了一会儿。先是超市工作人员讲解，然后孩子们在老师的带领下仔细有序地参观。有的孩子也买了点小食品或小玩具之类的小物件。大约在超市活动了半个多小时，孩子们整队离开了。我觉得挺好玩，但因为语言不通，不好上前打听。看情景，小朋友的活动有点儿像咱们国家的体验生活或社会实践。这种方式可以增加孩子们接触社会、开阔视野的机会。我觉得英国人很聪明，他们的超市不但卖东西，为消费者生活提供便利，而且赋予超市更多的社会服务功能，使超市也成为一种可利用的教育资源。

斯特灵乐购超市也有积分卡，我看我外甥女去超市时拿出来用过。另外如果这次消费达到一定的数额，可以按比例返退，返退的钱在下次购物时凭小票使用。这也是一种吸引顾客再去消费的措施吧。

2015 年 2 月

见证英国人的清洁观

在英国小住，发现一个有趣的现象，那就是英国人（也许不是）的清洁观似乎与中国人不同，即有些咱们认为脏或需要躲得远远的东西，他们不一定认为脏。

一天，站在三楼住处的窗前，凭窗观赏街景，忽然一位中年白种人带着一个四五岁的小男孩走进我的视野，我猜他们可能是一对父子。只见他们朝一排垃圾桶走去，这增加了我的好奇心。我视线追随他们观察，见这两人走到垃圾桶前，父亲把孩子抱上垃圾桶盖，孩子在上面高兴地玩耍起来，一会儿蹦，一会儿跳，后来还把垃圾桶的扶手当单杠，在上边荡了两下。我觉得很有意思。等他们走后，我仔细看了那一排垃圾桶，是上大下小的四方体形，大约有半人高，比那个小孩略高一些，四个垃圾桶四种颜色。垃圾桶桶体确实很干净，既无痰迹、鼻涕，也没有倒垃圾时洒下的汤汤水水，而且很明显被人擦拭过，因为在日光下泛着光泽，显得颜色很鲜艳。不是亲眼所见，很难相信，因为我在国内从没有看见大人带着孩子在垃圾桶上玩的。

到伦敦时，我们住在青年旅舍，就是那种自助旅馆。我们住下的第一天晚上，我看见有位年轻女子坐在旅舍室内的楼梯上打电话，声音不大，但是很投入。在英国，旅馆都是铺地毯的，包括楼梯。那女子是白人，穿着很时髦，打电话聊得也挺开心。我从她身边轻轻地过了几次，她没有受到干扰，只是用眼睛瞟瞟，看是否妨碍别人上下楼梯，若见手里拿着东西的，她就把身体往里边侧侧。以后的几天每天都有类似的现象。我很纳闷：欧洲人那么讲究，那么爱干净，怎么会席地而坐，像中国人坐在自家床上似的。因为语言不通，也不好乱打听，这些人也许只是打工的，不是很有钱，但是我们没钱也认为楼梯不是干净地方，要坐也要垫点报纸什么的，他们怎么不以为脏呢。仔细看，地毯确实很干净，没有杂物，没有纸屑，没有土粒，没有吃过的口香糖，总之就是地毯的本底儿本色，感觉每天都有人清理。我用手摸了摸，手上也没沾上什么。

再有就是卫生间。我们一般认为卫生间就是用来解手以及如厕之后必不可少的洗手的，再没有别的用途了。在英国见到的不是这样，首先，卫生间里都有手纸，不论是否收费。国内情况现正在改变中，以前去卫生间是一定要自备厕纸的。英国的卫生间非常干净、清爽，没有异味。女卫生间里经常会有女士在洗脸、补妆、换衣服，有的卫生间里还专门设有婴儿换尿布的地方，那是一块一平方米左右的瓷砖台面，上面既光滑又干净，看着很人性化。这样看来，卫生间真的是很卫生的地方，而不是什么臭气熏天、污水遍地，令人远之的去处。

有了这些所见所闻，我领悟到，英国人是最懂得干净的，那种干净是由里而外的干净，是干净的极致，是一种文明的境界。我这样说，你可不要给我扣上一顶“崇洋媚外”的大帽子哦！这都是我亲眼所见。

2017 年 4 月

在英国找卫生间

去英国小住，是探望在那里读博的外甥女，顺便旅游。在英国有两次找卫生间的经历让我难忘。

一次是在湖区。我们一行三人在一个小镇游玩了大半天。下午三时左右，我想上厕所，便让懂英语的徐博士留心一下，看哪有卫生间。我觉得我这个提前量留得够多了，在不得不解决内急之前肯定能如愿以偿。从我告诉徐博士起，她就不看别的了，专门找厕所。可是，二十多分钟过去了，也没有发现目标，我有点儿着急，大家也跟着着急。忽然，徐博士发现了一个指示标志，马上告诉我，说前方拐角处有公共卫生间。我喜出望外，紧忙跟着她顺着路标前往，走了五六分钟，终于看到了那个公共卫生间，围着它转了半圈看到了正门。不过，非常遗憾——门锁着。我那个失望啊，不亚于高考完的学生收到了一张清华大学录取通知书，可是一看名字不是自己的。没办法，接着找，我提议到居民家借用，徐博士不同意。她说英国人一般不喜欢外人打扰。我又提议找个咖啡厅或者餐厅。徐博士说咖啡厅平时卖咖啡，饭时就是餐厅，也只有这样了。徐博士同意了。但因为这里是个小镇，人口较少，咖啡厅和餐厅也不好找。转过几条小巷，终于发现了一家餐厅，我们走了进去。里边很优雅，很整洁。因为不是吃饭时间，室内顾客不多。我们找好位置坐了下来，我的兴趣不在喝什么上，徐博士也不想喝，我们便花 3 英镑要了一杯黑啤酒，由同行的赵先生一人享用。我着急忙慌，又故作镇定地去了卫生间，总算解决了一件大事。怎么样，这经历有点儿意思吧?

另一次是在伦敦。那天我和徐博士一道去参观伦敦市区的几个景点。从伦敦塔桥下来后，在泰晤士河岸随着人流向西走。我不知平时这里客流量多少，反正我们去的那天人很多，我觉得，得有一半是观光客，真正的伦敦市民没有多少。走了一段，我有了要上卫生间的愿望，就跟徐博士嘀咕了一句，也没当回事，觉得在这人流密集的地方，卫生间这种设施肯定不会少，照样和徐博士说说笑笑。可是走了一程，没见卫生间踪影，我有些急不可待了。徐博士读书在苏格兰，伦敦她是第二次来，也不是很熟。她安慰我不要着急，边走边寻找。我们忽然发现前方右侧有出口，有人进进出出，满以为那里非卫生间不可。可是走到跟前却发现真不是，而是卖冷饮、小吃之类的小卖店。我一边走一边和徐博士探讨，莫非英国人尿道长，憋尿时间长，要不这么大的地方怎么卫生间这么少。她也说不清。只有接着向前走。不知走了多长时间，从我有意向算起大约过了半个小时吧，终于发现了一个收费公共卫生间。我如获至宝，丢开徐博士就进去了。那时我感到世界上最快乐的事情就是在需要上厕所时可以找到厕所。我清理完体内废液，轻轻松松地去看大本钟了。

中国有句俗话，叫“活人还能让尿憋死?”但在国外，我还真被憋了这两回。我的两次经历可乐又可笑，有趣又有意思。借这两件事顺便给老年朋友提个醒，外出旅游，出门前要清理干净自身，千万不要有侥幸心理，特别是自助游；如果有了上厕所的要求，要提前准备，不要事到临头再到处找厕所。再有就是如果和卫生间不期而遇，不论你迫切不迫切，都要随机去一趟，因为下一次相遇不知在何时。还有就是如果真有情况，要冷静，不要着急，总会有解决的办法的，没有我说的那么吓人。

2016 年 12 月

游泰国，享“三好”

去泰国旅游六天，感觉很愉快、很开心。仔细品味，觉得这一行程有三个“好”。

一是看的好。旅游所用的身体感官主要是眼睛，用眼睛巡视，用眼睛捕捉，用眼睛观察。巡视新奇的，捕捉吸引人的，观察感兴趣的。在泰国除了优美的热带风光，迷人的夏季景色外，还有哪些好看的事物呢？

首先是建筑，最刺激眼球的是拉玛皇朝的大皇宫。这是坐落在曼谷市区的一个建筑群。宫墙是白色的，不起眼，但是走进院门立刻感到了对视觉的颠覆。这里亭台楼宇的外墙布满了彩绘，镶嵌着宝石，屋顶好像都贴上了金箔，金光灿灿，金碧辉煌，在日光下熠熠生辉。还有芭堤雅的富贵黄金屋也非常吸睛。据说那是某富豪花 19 亿泰铢重金建造的。庭院绿茵覆盖，建筑别致新颖，富丽堂皇，豪华贵气。按照导游的指引我们从一座楼的电梯直达黄金屋的六楼，进去一看，好像进入了艺术殿堂，艺术品琳琅满目，布置精致美观，令游客瞠目结舌。

好看中最具泰国特色的当属人妖表演。人妖在泰国享有一般国民的权利，没有什么特别之处。他们所从事的职业大都是艺术演出。我们在泰国看了两场人妖表演，印象突出的是在 Colosseum 斗兽场看到的人妖秀。这个斗兽场外观是仿照意大利罗马斗兽场建造的，厅内欧式巴洛克装潢，恢宏大气，舞台设计流光溢彩，服装道具华美，演出很正规，艺术性较高，极具观赏性。用“惊艳四座”来形容，一点儿也不过分。为满足游客的兴趣，表演结束后，游客可以与人妖合影，当然那是收费的。

再有就是植物，行程中安排了参观兰花园，园内育有多种兰花，色彩缤纷，姿态各异。尤其是著名的洋兰，娇嫩艳丽，夺人眼球。在泰国，还有随处可见的热带植物，枝叶婆娑的椰树、橡胶树，奇异吓人的炮弹树，繁花似锦的三角梅以及许多叫不上名的奇花异草。

好看的事物很多，美不胜收，目不暇接。

二是玩的好。行程中，我们参与了一些活动，很是有趣。

最好玩的莫过于骑大象。大象在泰国具有很高的地位和特殊的意义。来泰国而不能与大象零距离接触不能说不是一种遗憾。我们在大象园理所当然地实现了骑大象的愿望。严格地说是“坐”而不是“骑”。那大象都不太大，属于小象。象身体旁边立有梯子，象身上有座位，驯象师在旁协助，很安全。我在张家口和承德曾骑过马，在敦煌鸣沙山骑过骆驼，但是这次骑大象的感觉和那完全不同。骑马时人一上去马就奔跑起来，人要紧紧抓住缰绳，身体尽量要与马背平行；骑骆驼时人要坐在两个驼峰之间，脚要踩到蹬上；而坐在大象上，可以挺直腰板，很稳当，很放松，有种高高在上，君临天下的美妙感觉。

在泰国我们还享受了在国内只有云南傣族人享受的泼水之乐。那是在五族城堡，我们先换上园区为游客准备的传统民族服装，然后点燃自制水灯，放到河里，预示放灯者的好运和吉祥。之后我们来到泼水场地，这里排列着十几个盛满水的大缸，游人手执小铁碗舀水互泼。那天在场的都是成年人，但是受热烈气氛的感染，大家都抛却了平日的矜持和严肃，不由自主地参与进来，情不自禁地大呼小叫，激动兴奋地追逐奔跑，纵情欢笑，恣意泼洒，忘了年龄和性别。

还有一处好玩的地儿不能不提，那就是曼谷东南面的沙美岛。我们去那天，艳阳高照，晴空万里，碧蓝的天空飘浮着朵朵白云，澄澈的海水缓缓激荡，海浪轻吻沙滩，高大的椰子树给小岛增添了热带风情。这个岛给我印象深刻的是海沙。这里的海沙质地细腻，颜色雪白，踩上去十分柔软。小岛上除了常见的服务外，还有一个很特殊的项目，就是梳头。从业者大多是岛上居民，主要为女顾客服务，她们会把女顾客的长发编成一条一条的小辫子，发梢扎上彩绳，编出的效果有些像非洲人的发型，看上去蛮可爱的。我们团里有好几位女士就是编着新发型离岛的。我没有去玩海上项目，也没有编头发，而是穿上刚买来的泳装，惬意地在沙滩上漫步、拍照，到岛上的居民住地观赏、逍遥，自有一种极悠闲、极自得的情趣。

三是吃的好。泰国的水果多，一下飞机，在曼谷黄金国际机场外，泰国地接导游就热情地给团里每位游客发了100泰铢的赠券，把我们领到机场外的快餐小吃店，里边售卖洗干净分割好并用保鲜膜包裹的水果，什么莲雾、榴梿、西瓜、杨梅、波罗蜜、杧果等等，应有尽有。我花掉那100泰铢买来的水果当天没有吃完，很是过瘾。还有就是享用燕窝，令我至今回味。那顿饭还有鱼翅，但没有什么感觉，而燕窝是用椰汁烹制的。端上桌时，每人一个大椰果，热乎乎的，直烫手。掀开顶端的椰壳，一股香甜扑鼻而来。里面的椰汁中放有燕窝和冰糖，用小羹匙舀一勺放进口里，滑溜溜，软和和，甜蜜蜜，香喷喷，真是美味啊！写至此，又感到口舌生津了。其他泰国地方小吃、传统美食还有很多，不能再写了，已有“垂涎”之意了。

泰国好看、好玩、好吃的绝不止我写的这些，限于篇幅，点到为止啦！

离开泰国已经有些日子了，但是回想起来还是满心喜悦，好想找机会再去哦。

2017年1月

跨界的温情

在泰国旅游，根据行程安排来到了芭提雅的东芭风情园。大家怀着美好的愿望体验了一把泰国水灯节的放水灯仪式。管理人员给每位游客发一个小碗，小碗用荷花装饰，边儿上插着三支香和一支蜡烛，游客把蜡烛点燃，放到水里，水灯顺水飘走，放灯人的美好愿望就会实现。这么好的寓意怎能放过？大家都踊跃参与了一把。接着我们又体验了泰国宋干节的泼水祈福仪式，大家忘记了年龄，放下了身段，互相撩水、互相泼洒，开心地嬉闹，恣意地玩耍，体验了一把泰国传统节日文化。之后有一部分人要去参加自费项目——吃水果大餐。不参加的这些人按照导游的安排在风情园的水果园里自由活动。我们几个人随意漫步，穿行在林中小径上，走走停停，指指看看，议论着神奇的植物结出的在中国北方见不到的各种水果，这里是榴梿，那里是杧果，那是菠萝，还有柚子、红毛丹、蛇皮果等等，够上一节植物课了。绿荫环抱，景色幽静，边走边聊，十分惬意，觉得看水果比吃水果更有味道。哈哈，关键是舍不得花那每人 200 元的人民币，认为不值，吃不回来。岁数大了，胃口很娇贵，不能吃一肚子生冷。

正走着，忽然发现路边的树荫下有几只大象。在泰国看见大象不足为奇，而且我们已经在象园骑过大象，有了零距离接触，还看了专场的大象表演。所以没有在意，觉得这里的大象肯定不是用于表演或骑行的，而是被人类役使的。可是就在我们快走近大象时，忽然一只大象发出了一种声音，顺着声音看过去，只见这只大象慢慢地屈下前腿，跪了下来，大大的眼睛恳切地望着我们，长长的鼻子也向我们伸过来。因为它被铁链拴着腿，所以活动范围有限，从它那角度看，这里是与我们的最短距离了。但是仅凭我对大象的有限知识，看不出来它是雌象还是雄象，甚至也看不出它是老象还是幼象，只看出了它是大象。

我开始不明白它是什么意思，只是对大象的举动感到奇怪，但是我很快意识到了，这只大象在向我们求助，讨食。我大声与同伴说："看，大象饿了，在向我们要吃的。"大家都站住了。我不知道应该喂它什么，环顾四周，发现不远处有一堆青草、树枝。大象够不到。我快步跑过去，抱起一抱，放到大象的面前。它真的饿了，慢慢起立，很快吃了起来。看它进食的样子，我的眼睛湿润了。我的内心有些小激动。为什么激动呢？为自己理解了大象的意图激动，为帮助大象解决了一点饥饿问题激动。

我想这头大象是头狡猾的大象，每次都用这种方法向游人求助而得到些额外的食物吗，还是它真的饿了，不得已才屈膝请求过路者的帮助？不是"只有天知道"，大象饲养员肯定知道答案。但我不想探个究竟了。以前，在媒体上看到过海豚带领航船脱离险境的报道，看到过野牛为救自己孩子向过路车辆讨水的故事，也看到过义犬舍身救主的事迹。那些人、兽跨界交流、互相理解的事情曾使我感动，使我着迷，使我对人以外的其他生命有了全新的认识。今天我也和大象有了一次交流，我理解了它，帮助了它，我很高兴。

早就听说，大象是聪明的动物，成年大象智力水平相当于儿童。这回真的见识了，开眼了。我还知道泰国是产象大国，过去在泰国的密林间，经常有象群出没。泰国素有"大象之邦""象之国"的美称。大象与泰国的历史、文化、宗教、经济等有着极为密切的关系，在泰国人民的生活中有着举足轻重的特殊地位。因此，无论是泰国国王还是普通百姓，几乎人人都喜爱大象，对大象怀有深厚的感情；认为它是力量、荣誉、神圣和尊贵的象征，是泰国人民的骄傲。我还听说大象是具有灵性的动物，可以从事许多工作，经过驯化的大象除了帮助人们开荒、筑路、伐木、搬运重物外，还曾在泰国历史上转战沙场、身经百战。如同中国古代冲锋陷阵的战马一般。泰国人与大象关系和谐，相处融洽。但是自上世纪以来，伴随原始森林的大片消失，大象已经没有太多参与体力劳动的价值了，它们的主要工作是在各个旅游景点进行各种表演，或者供游人们骑行。

体型这么巨大的动物，本就令人刮目相看，又有这些神奇的特点，更令人肃然起敬。我在泰国不但骑了大象，体会了那种高高在上、君临天下的威仪感，而且亲身饲喂了一头饥饿的大象，感觉到一丝跨界的温情。我很知足。泰国之行，有此一举，更加不虚此行了。

喂完大象，也快到集合时间了，我只好恋恋不舍地几步一回头地离开了。

我喂过的那头大象，你还好吗？你还挨饿吗？

2017 年 12 月

爬山糗事

我生来就喜欢大自然，喜欢山山水水，喜欢花草树木。但小的时候并没有真正意识到这一点。有一次，大约是在初中，我与几位女同学坐摆渡船横过松花江去彼岸玩耍。就是那次经历促使我对大自然热爱的意识觉醒了。船到江中心时，但见蓝天白云之下，巍峨的铁路桥横跨松花江，江两岸树木葱茏，清新明媚，我心情特别激动，不由得脱口而出："大自然，我爱你！"那时我真切地感到，生活在大自然里是多么美妙的事情。当时是上个世纪 60 年代，老百姓的生活水平不高，不时兴旅游，也不知"旅游"为何物。我记得我家所在的那条街道上有个建筑物挂着一块牌子，上面有"青年旅行社"字样，我当时还纳闷，什么叫旅行社呀，不明白。天生热爱大自然的情怀不由自主地引导我爱到野外去玩，爱亲近大自然，爱涉水爬山。于是，在我的爬山经历中就发生了一些可乐的糗事。

最早的一次发生在高中串联期间。那次是光顾欣赏山上的美景，身处危险而不知。说是"糗事"有些勉强，实际是一次山上历险。

那是在井冈山茨坪。按计划我们那天要进入井冈山中心的"五大哨口"之一的朱砂冲哨口。现在说是游览，那时不许借串联之名游山玩水，所以我们是去参观，是进一步体会井冈山地势的险要和红军的勇敢无畏。

我们吃过早饭就出发了，按照老乡指示的线路前行。

虽是冬季，井冈山一带仍是一派生机。山上满是毛竹和叫不上名字的常绿树种，看哪里都是葱翠碧绿。我们几个北方来的女孩被山里的景色迷住了，走走停停，停停玩玩。忽然听到了水声，走不多远，哇，一个清澈碧绿的水潭出现在眼前，潭水清澈见底，四周草木茂盛。抬头看，一条宽三四米，长十几米的瀑布由山崖倾泻而下，瀑布水正好砸向深潭，激起雪白的浪花，形成一片水雾。那层峦叠翠、飞珠溅玉的美丽景色是我们从来没有见过的，我们一个个看呆了，不禁在潭边拨水嬉戏，玩耍起来。

玩够了接着赶路。朱砂冲哨口是到了，可是由于耽误了时间，天已大黑，什么也没有看到。回来时，我们迷路了。窄窄的山路一边是高山，一边是深涧，脚下不时传来哗哗的流水声。小路只有一米左右宽，有的地方是青石板搭成的小桥。事后回想起来很是后怕，但是当时我们没有山高路险的意识，只能靠着不太亮的星光和月光盲目地赶路。后来，我们经过商议，决定不再向前走，我们来到一块相对开阔的山坡，原地休息，坐待天明。于是我们四位同学背向里，面朝外坐成一圈，警惕地聆听着夜幕下的声音。

后来还是当地的公社社员到山下开会学习（晚上开会是那个年代的常态），回来时遇到我们，把我们这几位戴着“红卫兵”臂章的“小鬼”送回了接待站。

这次目标明确的爬山，最后因贪恋山之美色而忘记了赶路，真是少不更事啊！

退休后，经常跟随户外组织爬山游玩。有时，我也自己去，一个人徜徉在山野草莽中，想走就走，想停就停，好玩的地方多待一会儿，有劲的时候多走一会儿，自有一番情趣。但是有两次爬山，好尴尬呦，那是真正的糗事，写出来供大家开心。

一次是去望峪山庄。我没告诉家里人，一个人坐上公交车就走了。进景区后，我准备往山上爬，就顺着景区大门右面山坡上现成的水泥路向上走。路是个慢坡，走起来有上山的感觉，比较费力。走着走着，从我的左侧隐隐传来嘈杂的声音，开始不太明晰，渐渐地听清了，是一群人在说笑，像是年轻人。我停下脚步，转身看向左面，是一片茂盛的树林，密不透光，看不见对面的路，只闻人声，不见人影。也许树林那边才是上山的正路？我估计了一下，感觉我正走的这条路和那条路中间的树林有四五米宽的样子，最多超不过十米。我决定从树林穿过去，到左侧的路上跟随众人爬山。

于是我钻进了树林。可是走了没几步，我发现我的决定是十分错误的。因为树林里树高草密，脚下还堆积着足有一尺厚的落叶，脚踩下去软绵绵的，立即腾起一阵尘土，根本看不见路面。我只好深一脚浅一脚地走。树枝刺柯不断刮扯衣服，撕扯头发，有的还穿透衣服，扎进皮肤。环境越恶劣，我越着急走出困境。退回去吧，又觉得马上就要走到尽头了，只好硬着头皮继续前行。不知道走了多长时间，也许我走的不是两条路之间最短的直线，而是斜线。我早已大汗淋漓，估计走了五百多米，终于踏上了左侧的公路，那发出说笑声、吸引我的人群早已不见踪影。低头一看，鞋上、衣服上是厚厚的一层土，可怜我那双新买的 adidas 红白相间的运动鞋已经看不出模样。至于脸上什么样，我不知道，肯定也是狼狈至极。我没心情继续爬山了，跺跺脚，拍拍灰，简单整理一下仪表，在景区转了转就回家了。

这次不成功的爬山给我很大启示，我明白了做事不能自以为是、凭空臆断，要事先调查了解，做好准备。

另一次更可乐。我家在农村有一处楼房，所在小区四面环山。正门对面有一座小山，不太高，从小区门口看像个钝角等腰三角形。一日下午，我心血来潮，决定去爬山。我计划从等腰三角形的一条斜边爬上去，到顶尖，然后从另一条斜边下山。自认为计划挺完美，就朝山根出发啦。可是走起来发现，出发点到那条斜边的起点距离很远，需要很长时间。我临时改变计划，从眼前最近处上山，就是给这个三角形画上一条高线。我穿过山下的果园，开始往上爬。因为没见到现成的路，我一边爬一边开路，荆条、野花椒树、小榆树、臭椿树等什么都有，有的树上还长着刺，我就试探着、扒拉着、躲避着，不断向上。有的地方被人工修整过，果农为了在山坡上栽树，就削掉上面的土石，填平下面的地面，整理出一个个相对平整的地块儿，这样就出现了很多高岗，半人多高，迈不上去，我只好手脚并用，继续前行。

艰难地行进了一个半小时，抬头看看蓝天下山脊形成的斜线，离我还有一段距离。我想，到了斜线再往山尖上爬，还需要一段时间。“望山跑死马”，这是俗话，但是当时真的验证了。我估计天黑前是到不了山尖了，就决定回返。这时，我面前出现一块裸露的、平卧的巨石，三四平方米的面积吧。我费了九牛二虎之力登上了这块大石头。站在上面回头看，景色太美了！远处是蓝天白云下的群山，像水墨画一样；近处是我们小区的徽式建筑，粉墙黛瓦，如仙境一般；眼下是郁郁葱葱的杂草树木，仿佛绿色的海洋。我拿出手机拍了几张照片。此时，我突发奇想，想从山下拍张以大山为背景的照片。于是马上给我家的邻居妹妹打电话，说明了我的意图。妹妹有成人之美之善心，拿着手机跑出家门，可是用目光搜索，怎么也找不到我的身影。她又打电话，问我的位置，我反复强调我在一块裸露的大石头上，人家还是看不到。又问我穿什么颜色的衣服，我说是绿色的防晒服，她又跑到小区门口张望，也没找到我。想法落空，我悻悻地下了山。

唉，又一大蠢事，成了自我调侃的谈资。

这次不露脸的爬山给我的启示是，在林木草丛间，和大自然比起来，和距离比起来，人是十分渺小的，不能拿自己太当回事儿。

爬山糗事，也是乐事。三次有惊无险的经历不但锻炼了体力，增长了胆识，也收获了教益，丰富了阅历。同样的事我不会再做，但是我生活中的糗事肯定还会发生。

2015 年 3 月

红色与绿色交织的记忆

——再上井冈山

我去过两次井冈山。

第一次是“文化大革命”时的1966年，我是一名高中学生，革命大串联到湖北武汉后，上级通知停止乘车串联，提倡步行串联。我们一起出来的几位都是女同学。经过简单商议决定步行继续走下去。当时我们野心勃勃，想沿着红军长征的路线从江西井冈山走到陕西延安。我们给自己的小队伍起了个名字——“胜似闲庭信步”远征队。经与接待站联系，制作了一面红旗，印上了队名。我又把其他几名同学都发展成了“红卫兵”，制作了红袖标。标配齐全后，我们就从武汉上路了。

第一个目标就是井冈山。走了多少天现在记不清了，只记得在1967年春节前我们到达了茨坪。这里曾经是毛主席亲手建立的革命根据地，并曾与朱德会师于此，是名副其实的中国革命圣地、革命摇篮。“井冈山”三个字在我们的感觉中，就像手里举的旗帜，臂上戴的袖章，是红色的。

确实是红色的。在井冈山，我们参观了大井、小井、毛主席故居、红军学校等红色遗迹、红色文物。于是“红米饭，南瓜汤”成了我们向往的食物；“软稻草，盖身上”成了我们向往的体验。我们从心底更加敬爱毛主席，更加爱戴红军战士，更加钦佩为革命做出巨大牺牲的井冈山人民，也更加珍惜来之不易的红色政权。

一路上我们经常哼唱有关井冈山的歌曲，一首首很好听的红歌：

“罗霄山脉的中段，有一座雄伟的高山。苍松翠竹常年青，山涧流水永不断……”

“雄伟的井冈山，八一军旗红，开天辟地第一回，人民有了子弟兵。从无到有靠谁人？伟大的共产党，伟大的毛泽东……”

在井冈山，我们了解到井冈山地区有五个山中隘道，可以直接到达井冈山中心地区茨坪，当时人们称作“五大哨口”。这些哨口个个都是山峰陡峭，峡谷幽深，屹立在茨坪四周，扼守着进出井冈山的五条道路。北面有黄洋界和八面山，西南面有双马石，南面有朱砂冲，东西向有桐木岭。据说五大哨口居高临下，地势十分险要，上有高山峻岭，下有万丈深渊，半山中苍鹰盘旋，真是惊心动魄。

我们五个小姑娘决定把这五个哨口挨个儿走一遍，体验一下当时军民出入井冈山的情景。

我们首先到了当年朱德挑粮走过的黄洋界哨口，那天天高气爽，我们站在海拔一千三百米的黄洋界上放眼向山下眺望，山石嶙峋陡峭，小路高低起伏隐藏在丛林中。头脑中想象着当年黄洋界保卫战惊心动魄的场景，我们心中充满了夺取政权的豪情，翻身做主人的骄傲，不由得高声朗诵起毛主席的《西江月·井冈山》：

山下旌旗在望，山头鼓角相闻。敌军围困万千重，我自岿然不动。　早已森严壁垒，更加众志成城。黄洋界上炮声隆，报道敌军宵遁。

转天去朱砂冲哨口。因为沿途风景美丽，我们兴致勃勃，在途中一边走一边玩，以至天黑迷路了，山里天黑什么也看不见，加上山路险峻，我们几个女生一筹莫展，只好坐在一处山坡上静待天明。不知过了多长时间，我们有些昏昏欲睡，突然发现从山下上来一队人，提着灯笼，打着手电筒，沿着山路有说有笑地上来了。我们喊住了他们。原来他们是山后的公社社员，到山下开会学习才回来。他们关切地询问我们在这里出现的原因，我们说明了情况，他们二话没说，就委派两个人把我们送回到了茨坪接待站。到达接待站时已经半夜了。这次有惊无险的经历使我们感到井冈山人真好！在关键时刻，是井冈山人帮助了不相识的我们。

那一次上井冈山，沉淀在我脑海中的是红、绿交织的印记。红色，是政治上的革命意义；绿色，是生态上的自然环境。除此，还有那井冈山人的友好与善良。

串联结束，回到学校后“复课闹革命”、山上下乡、返城参加工作、结婚生娃、退休养老。人生的这些大事在岁月中一件一件按序进行着，井冈山记忆被尘封起来。

近年，旅游业不断升温，并且出现了红色旅游——到革命老区、革命根据地或有特殊革命意义的地区旅游。此时的我们虽已年届古稀，但心底的记忆在渐渐复苏。新的渴望在心中升腾——再登一次井冈山。我们当年的几位同学现已分散在祖国各地，通过微信联系，我们相约一起重上井冈山，目的只有一个：再走一次红军路，看看井冈山的变化。但是，因为各种原因，最后只有我一个人真正成行了。我有了责任感，要代表学生时代的朋友再访井冈山。

愿望终于实现了。那是前年的春天。我随一个户外俱乐部到江西旅游。行程中井冈山是一个重要项目，我也是冲着这个报的名。旅游大巴车从河北秦皇岛出发，在到达江西婺源看了篁岭、江岭的油菜花后，向井冈山驶去。这是我五十年后再次来井冈山。当年风华正茂，初登井冈山，为的是接受红色的洗礼。如今以近古稀之躯再登井冈山，为的是见证老革命根据地的变化。心中不免激动。最先感到的是路变了，变成了宽阔平坦的柏油路，中型面包车渐进井冈山市，公路两侧渐渐出现了红色的标语牌，隔一段一块，上面书写着红色的标语。这分明是延续了当年红军时的传统。当年大街小巷，院墙外、临街房屋的墙上都书写着红色的口号和标语，宣传革命精神，鼓舞军民士气。现在是写在牌子上，高高地矗立在路边。汽车飞驰而过，还是可以看清一些，诸如“星星之火，可以燎原”“深山含笑迎宾客，井冈精神育新人”“山开千秋业，旗飘万代红”“红色摇篮，革命圣地”等等，使人感到浓郁的革命气氛。看到这些，我的眼眶湿润了，想起了当年毛主席领导工农红军闹革命的故事，想起了我们在井冈山过春节的往事。我乘车一向爱打瞌睡，可这次，我的大脑十分清醒，眼睛睁得好大，好像看不过来。此时北方还春寒料峭，但是这里除了标语牌是红色的，栽在路旁的鲜花是五颜六色的外，其他地方都是浓浓的绿色，青青的挺拔的竹子，高大的树木构成了厚实的植被，覆盖着井冈山的山山岭岭，一派南方大自然的秀美风光。

黄昏时分，来到井冈山市茨坪小镇，首先看到的是地标建筑——党旗雕塑。带有褶皱的红色的旗面动感十足，好像在迎风招展；金黄色的“井冈山”三个大字熠熠生辉；组成党徽的镰刀、斧头模型镶嵌在镂空的五角星里，显得庄严神圣。大家走下车拍照留念。

第二天我们冒雨参观了黄洋界，在标志性的长方形横式碑牌上，一面刻有朱德手书的“黄洋界”三个大字，一面刻有毛主席手书的《西江月·井冈山》全文。黄洋界上还有竖立的黄洋界保卫战纪念碑，挺拔雄伟，在雨雾中傲然挺立。之后，我们陆续参观了大井、小井、中国红军第四军医院旧址、红色银行、井冈山革命博物馆、井冈山革命烈士陵园、井冈山革命斗争旧址群、小井的红四军医院、毛泽东旧居、红四军军部旧址、中共湘赣边界防务委员会旧址、湘赣边界党的第一次代表大会旧址、龙江书院、红四军军械处旧址、红四军军官教导队旧址等等。我像第一次来到这里一样，认真地听宣传员的讲解，仔细地看革命的文物。为了表达对老区人民的一点心意，我还在当年的红色银行，现在的银制品店里买了一个银镯子。有人说比咱家金店里的贵，我说，我知道贵，为的是留个纪念。

据当地导游说，因为其他哨口山陡路险，没有开发成旅游路线。所以我们的行程中没有参观其他哨口的安排。

离开茨坪的前一晚，有的团友想买点当地的冬笋，可是不知哪里物美价廉。宾馆的服务员知道后，主动帮助我们。她把自己哥哥找来，让哥哥开车把我们送到农贸市场。等我们买完东西后，她哥哥又开车把我们送回宾馆。这件事使我感到井冈山人的真诚与善良没有变，他们还是我们外地人心中可亲可爱的江西老表。

行程中有游览杜鹃山的项目。杜鹃山也叫笔架山、五指峰，离茨坪很近。乘索道上山，在缆车里向下一望，满眼的葱翠碧绿。团友们心情大好，情不自禁地朗诵起毛主席诗词，唱起红歌，一如我们当年串联。

> 夜半三更哟盼天明，寒冬腊月哟盼春风，若要盼得哟红军来，岭上开遍哟映山红，若要盼得哟红军来，岭上开遍哟映山红，岭上开遍哟映山红，岭上开遍哟映山红……

大家一边唱一边用手机录音，唱得尽兴，玩得开心。走下缆车，进入到天然的大氧吧，翠竹漫山遍野，树木一望无边。我们顺着山路、栈道欣赏大自然的美景，呼吸富有负氧离子的空气，心旷神怡。走着走着，听到了哗哗的水声，发现对面嶙峋的山崖上有一条瀑布，飞流直下，飞珠溅玉。团友们欢呼雀跃，女士们纷纷拿出彩色纱巾拍照，有的挥舞着与瀑布同框合影；有的跳起来，抓拍那腾空凌跃的一瞬间；有的侧过身体，双手并拢，好像在接那瀑布的水流。大家照不够，玩不够，忘乎所以，乐不思归。男士则站在旁边看着微笑。啊，太美了，井冈山！真不愧是“红色桃花源”。

哨口，虽然只到了黄洋界，但我已经心满意足。井冈山的红色没有褪变，依然一派革命景象，而且越来越红；井冈山的绿色没有衰减，还是青山绿水大自然，而且越来越绿；井冈山的老百姓也没有被铜臭味侵蚀，还是那么朴实坚定，一路向前。

我爱你，井冈山！

2018 年 11 月

我登上了延安宝塔山

去延安看宝塔，是我高中时产生的愿望。那时正值“文革”，我们几个要好的女同学结伴去串联，到达武汉后，由乘车改为步行。我们商量好准备沿着当年红军长征的路线，从江西井冈山走到陕北延安。想法很天真，却是真实的。可是到达井冈山后，又接到新的通知：停止串联，回校“复课闹革命”。于是，去延安的愿望只好搁置起来。

机会总是留给有准备的人。不知不觉中，人生又走过了五十年。当从微信上看到一个户外俱乐部的晋陕旅游线路中有延安宝塔山景点时，我尘封的记忆瞬间打开了，原来我对宝塔山的向往并没有因为时间久远而泯灭，我那股热爱革命圣地的激情依然在澎湃。于是，我毫不犹豫地报了名。

那天，我们是游览完延川的雨岔大峡谷赶往延安的。两地之间大约有两个多小时的车程。我坐在面包车里，心情有些迫不及待，脑海里反复浮现出那经典的宝塔山上宝塔的影像。离延安越来越近了，越是要到达，心情越激动。在期盼中汽车开进了延安市，汽车奔向城东宝塔山方向。车上的团友用目光搜索着路边的景物，谁都想第一个发现宝塔的身影。忽然，车窗外的山坡上真的出现了一座塔，但仔细辨认后被否定了，不是。汽车穿过一条条车水马龙的街道，终于来到了延河畔，真的看到了远处山峰上的宝塔，大家一片惊呼。到达宝塔山脚下时，已是黄昏。领队宣布完要求，全团在园门前照了合影，我们几个就奔着宝塔而上山了。为了争取时间，赶在天完全黑之前上到山顶，我还小跑了几段路。上山的路是盘旋的。从不同的角度可以看到宝塔的不同侧面，无论从哪个角度看，宝塔都是那么挺拔、庄严、肃穆，仿佛一个灯塔高高地矗立在山巅，引领南来北往的航船驶向胜利的港湾。还剩一个弯道时，天色更晚，宝塔忽然亮了起来，由日光下的灰白变成了通体金黄，在深蓝色的天宇下熠熠生辉。

我忽然产生了一个冲动，我要朗诵诗歌，我要在宝塔山上朗诵两段贺敬之的《回延安》，以表达我此时的心情。我邀请同团的旅友为我录像，我就站在宝塔山上的路边、在宝塔之下朗诵起来：“心口呀莫要这么厉害地跳，灰尘呀莫把我眼睛挡住了……”我以我教了十多年高中语文的功底，调动所有的情绪，动情、认真地朗诵着。开始时路上没有游人，当我朗诵到最后一段中“赤卫队、共青团、红领巾，走着咱英雄几辈辈人”时，好像有意配合，从山上下来一群人，说说笑笑地从身旁走过。我觉得他们路过得恰到好处，巧妙地配合了诗句。朗诵完首尾两段，我激动的心情得到些许平复。回望宝塔，它好像听到了，柔和的金光更加闪亮夺目。

我们接着往上攀登。又拐过一个弯道，宝塔真的、完整地呈现在面前了。这就是宝塔，延安宝塔，我魂牵梦绕的宝塔，我朝思暮念的宝塔，我心驰神往半个世纪的宝塔啊！我围塔而绕，它是八面体；我抬头仰视，它有九层级；我仔细观瞧，它为青砖质地。我情不自禁地跨过环绕塔基的灯串靠上前去，展开双臂紧贴在宝塔身上，久久地默诵着“几回回梦里回延安，双手搂定宝塔山。千声万声呼唤你——母亲延安就在这里！”我实现了几十年的一个梦想，满足了自己追寻先烈脚步、紧跟革命领袖的夙愿。

宝塔山，古称丰林山，宋时改名为嘉岭山。后来因其山上有宝塔，人们又称宝塔山。现在，宝塔，成了延安市的标志性建筑。上世纪 30 年代中共中央进驻延安，这里就成了革命领袖指导中国革命的中心，成了陕甘宁边区的首府，成了当时中国革命的总后方，直到中共中央撤离延安。也因此，延安成了中国革命的永久圣地，成了亿万中国人永远向往的地方。我在中国革命取得最终胜利的六十九年后来到这里，深切理解延安于中国革命的作用，亲身感受延安在中国革命史册中的价值和意义。

中国大地建塔数以万计，何以延安宝塔成为革命的象征？我知道，西安的大雁塔是一座佛塔，是玄奘为藏经而建；杭州的雷峰塔是为庆贺妃子得子而建。这座山上的塔呢，始建于唐，后为明代改建。因何而建，有许多说法，有说是为纪念忍辱负重、普度众生的锁骨菩萨而建，有说是为了镇压伤食人畜、害得乡民叫苦连天的恶龙而建，还有说是为震慑下凡后滥伤无辜、食人性命的红毛键牛而建。不论史书记载还是民间传说，赋予宝塔的都是美好的功能与作用，但是只有曾经在延安战斗、工作、生活过的那些共产党人才真正给延安以至整个华夏民族、神州大地带来殷切的福祉。那在延安造就的实事求是、理论联系实际、全心全意为人民服务、自力更生艰苦奋斗的延安精神，已经成为中国革命和建设的永不过时、永不枯竭的精神动力。

延安宝塔啊，是共产党人赋予了你革命的内涵，才使你拥有了青春活力，吸引了大批中国人、外国人前来拜谒你、瞻仰你。你要知道，那不是对你原始功能的礼拜，而是对在世界东方建立起伟大国家的共产党人的敬仰与崇拜，是对不忘走过的路、不忘走过的过去的初心的铭记与坚守，是对革命、进取、改革使命的认同与坚定。从井冈山走来的共产党人经过延安的淬炼与升华，不但使中国人民站起来了，还要使中国人民富起来、强起来。延安宝塔啊，你跟着骄傲吧，跟着自豪吧！

夜色笼罩四野，在宝塔山上俯视延安城，灯火璀璨，宛若仙境。五颜六色的彩灯装点了延河畔，装饰了延安城，延安人民安居乐业，延安的夜景美丽迷人！我们恋恋不舍地走下山去，耳畔仿佛回响起贺敬之的诗句："身长翅膀吧脚生云，再回延安看母亲！"

2018 年 11 月

婺源不只有油菜花诶

江西婺源是著名旅游风景区，有红绿黑白四种特产，分别为荷包红鲤鱼、绿茶、龙尾砚、江湾雪梨。而我觉得，"黄"才是这里最大的优势，这个黄就是油菜花。因为地理位置的原因，这里的油菜花相对于北方开得早。我们 4 月初到此，已经可以看到"满城尽带黄金甲"的景色了，当然不是菊花。而且我们来到婺源后发现，这里好看的不只是油菜花诶，可看的景致很多，几步一景，惊喜连连。

我们首先到达的是篁岭，号称婺源最美的村庄。住下后的第二天我们就兴冲冲地上岭了。真是不看不知道，一看吓一跳。篁岭的油菜花种在梯田上，一层一层，逐渐升高，梯田就着山势弯弯曲曲，有的地方宽点，有的地方窄点，但总的来说每条田宽度在一两米之间。每一棵油菜有半人高，笔直独立。用特写镜头观看，最下面的花朵在春光中怒放，呈娇嫩洁净的黄色；由底部往径尖细看，花朵密密麻麻，越往上越娇艳，有的半吐花蕊，颜色呈半黄半绿，有的还只是一个个绿色的花苞。单看一棵油菜花没有什么惊人之处，由此我想到油菜花的取胜不在于个体，靠的是花海大战，靠的是集体力量。它们一棵一棵距离均匀而合理地种植在一起，到了花季就形成了那种摄人心魄的美。这和牡丹、玫瑰不同。我们顺着规划的道路上山，沿途还有不少小景点，走过代表春夏秋冬的四个小亭子，通过水口红豆杉林，来到1号观景台，在这里往下看，层层叠叠的油菜花田从脚下延伸到山底，再从山底扩展到对面的山坡。噢，这里是一个三面环山的山坳，目力所及之处都是油菜花。正是：“吹苑野风桃叶碧，压畦春露菜花黄。”“桃叶碧”没有看到，满眼尽是“菜花黄”却是真的。顺着小道再往前走就到了卧云悬索桥。这座桥横卧山谷，长约两百米，精巧玲珑。桥下有溪水，更有油菜花，山谷的清风穿桥而过，游人顿时神清气爽，消除了一路劳累的汗水。走到吊桥中间看到两块透明的玻璃板，壮着胆子站在上面，觉得也没有多么可怕，倒是产生了一种凌空欲仙的感觉，增加了游览的刺激性和乐趣。过了吊桥便到了2号观景台，所看到的景色与对面1号观景台大同小异。

在婺源我们还去了江岭，虽然司机说看了篁岭就不用看江岭了，但是我们还是去了。一日赏二岭，算是一个惊喜。这回是从上往下看。乘坐景点大巴顺着盘旋在山间的公路来到山顶，往下一看，漫山遍野的油菜花层层叠叠，一望无际，从山顶铺散到山谷，正是“篱落疏疏小径深，树头花落未成阴。儿童急走追黄蝶，飞入菜花无处寻”。谷底河水围绕青山，青山脚下散落着几个小小的村落。一个黄红相间的小型热气球飘荡在山谷，等待观赏的游人乘坐。

参观李坑是意外的惊喜。李坑是一个以李姓为主的古村落，距婺源县城十二公里。这里自古文风鼎盛、人才辈出。自宋至清，出现仕官富贾近百人，文人留下传世之作二十九部，南宋年间还出了一位武状元。到这里吸引我注意的是以溪水为依托的集市贸易。九曲十弯的溪水穿村而过，小溪两岸一色的徽派建筑，粉墙黛瓦，马头山墙，古朴素雅，这些沿河的建筑都是店铺，商家林立，买卖兴旺。数十座造型各异的小桥连接两岸，构成了一幅小桥、流水、人家的独特画卷。这里因此成为观赏民居的特色景点。集市上有卖当地土特产的，有卖旅游纪念品的，有卖工艺品的，有卖服饰的等等，有小吃饭店，也有酒楼宾馆。热闹程度绝对超过意大利水城威尼斯，类似泰国芭堤雅杜拉拉席攀水上市场。我在李坑集市买了两罐菊花茶和两瓶黑豆豆豉。

在李坑村中心看到申明亭是又一个惊喜。据说这类亭子是明朝才有的，意为“申明大义”之处。每月朔、望之日，鸣锣聚众于此，批判、惩办那些违反村规民约的人，其作用有点儿像现在的基层法院。有史料证明，徽州当地当时契约意识较强，乡民诉讼较多，于是产生了这种宣讲圣谕乡约，调解民事纠纷的场所。亭子很有特色，重檐八角，虽然历经岁月的风雨，已是老迈沧桑，却依旧巍然挺立，似乎在坚守着一份执着。亭子一面的对联是：“品节详明德行坚定；事理通达心气和平。”语出宋代朱熹《论语集注》，符合宋代道德伦理之要求，也是伦理学家自我修养的准则。亭子另一面，对联依稀可见“亭号申明就此聚议公断；台供演戏借它鉴古观今。”亦可知此亭的用处。

在婺源我们还零距离感受了一个非常有特色的小村子——菊径，这也是一个惊喜吧。菊径村地处婺源县古坦乡，是个山水环绕的田园古村落。我们先爬上村庄对面的小山，上面有个观景平台。站在这里能看到整个村落浑圆的模样。呈大半圆形的小河，绕村庄近一周，小村像一朵开在碧水中的菊花，周围高山环绕。此村庄因此被称为“中国最圆的村落”，当地人也自称“脸盆村”。之后我们下山跨小桥进入村内，领略当地村民现在的生活。当时正是傍晚，有的村民端着碗在家门口吃饭，饭食比较简单，白米饭就青菜。我们还参观了村内的廊桥和家族祠堂。总的感觉是村庄古朴、原生态，村民热情友善，随遇而安。

开车行进间还快速游览了月亮湾、瑶湾等小景点，风景都很不错。

游历婺源，了却了多年的油菜花之梦，又有许多意外的惊喜，真是不虚此行啊！

2017 年 7 月

棒棰岛纪实

去棒槌岛游玩是我们来大连的目的之一。

我们几人是自助旅游，自行组成了一个小小的团队。前一天，我们在宾馆附近向当地人大致了解了去棒槌岛的方式，第二天一清早我们就出发了。乘车到“当代公司”后，我们准备沿迎宾路由北向南步行走栈道前往。我们很快到达了栈道的开端，路标显示这段栈道有两千两百米长。和我们平时的锻炼强度比起来，这点路程不算什么。

我们每人背着简单的行囊，开始了旅游途中的步行锻炼。我们觉得，不乘车而步行前往的过程可以获得更多的体验和感受。

栈道与通车的公路基本平行：公路在光天化日下，栈道在花草掩映中。公路宽敞洁净，栈道曲径通幽。我们一踏上栈道就被这里的景色吸引了。木质栈道宽一米多点儿，两旁是郁郁葱葱、高矮不一的树木。树下种植着各种草花。正是盛夏开花季节，红色的、白色的、黄色的花争奇斗艳，色彩缤纷，夺人眼球。最多的是粉色的小花，排成畦，连成片，铺天盖地，与青翠碧绿的草木衬托，更显颜色娇艳。巧的是我们几位都是爱花赏花之人，有花就挪不动步，走不了道，在这里弯腰闻闻，在那里起身看看，赞叹不已。这里的空气也是绝佳的，清新，香馨，沁人肺腑，润人心田。我们沐浴在新鲜的空气中有意识地大口呼吸着富含负氧离子的空气，神清气爽，心悦身轻。

栈道随着地势有高有低，一会儿是一段平道，可以大步向前；一会儿是一段梯道，可以拾级而上。走到高处向毗邻的公路望去，公路两侧也是一派葱茏。高大的松柏林青翠欲滴，密密实实；低矮的灌木修剪成或方或圆或重叠或挺直的各种形状；碧绿洁净的草坪上安放着大象、长颈鹿、花奶牛等雕塑，好似野生动物园。

越过一段阶梯栈道，在一片较为开阔的地面出现了三个大小不一的南瓜，仔细一看，还长在一根藤上。虽是假的，但是颜色、形状栩栩如生，配以绿叶、黄花，很是有趣。再往前走又看到一个巨大的蜗牛雕塑，头向南，四根乳白色的触角向上挺立着，仿佛在驮着它的豪宅旅行，动感十足，肉感强烈；尾在北，高高的蜗牛壳有五层螺旋，纹理清晰逼真。我们喜欢得不得了，像孩子一样靠在旁边不愿离开。继续前行看到了不少这类雕塑，有以田园生活为主题的，如蚂蚱、宠物狗等，有浪漫的仿铜雕像。我们挑选自己喜欢的不停拍照。

走走停停，边玩边行，大约走了一个小时，我们到达了这条栈道的尽头，向东拐就是棒棰岛宾馆风景区了。景区北面有海之韵公园，景区南侧有一条滨海路。我们进入景区大门，首先看到的是庭院，有楼房、便道、停车场、道旁座椅等，绿化、美化非常到位。我们在座椅上休息了一会儿继续向景区前行。

凡是叫“岛”都离不开水，特别是大连这种地方，岛肯定靠近海。果不其然，我们越过一段坡道看到了海，见到了在大多数景点都能见到的景象：游人如织，摩肩接踵。与海岸线平行的水泥道路旁是各式风格的饭店、旅店，每家店都装扮得跟要举办婚礼似的。在接近海边的路旁，立着一块长方形的大石头，上面刻着“棒棰岛”三字，周围不少人在拍照。我发现这三个字竟然是毛泽东手书体，我感到有些蹊跷。毛泽东来过这里并题过诗吗？好像没听说呀。不管这些了，我们不能错过这地标景观，赶紧排队照相。

举目向海面望去，果然看到了一座小岛，似乎离海岸很近，不高不大，岩石裸露，树木环绕，像一顶男士前进帽扣在海上，看不到岛上有人。那大约就是棒棰岛了吧！经打听，说是，但因为天气原因今天登不了岛，没有客轮。无奈只好在海滩上观光。

沙滩上帐篷、大型遮阳伞林立，遮阳伞下的躺椅上有游人在闲谈或晒太阳。孩子们不怕天热日晒，依然快活地在沙滩上奔跑、戏耍。海浪不急不缓，不大不小，正是游泳的好时机，有不少人正在海浪里戏水。我们先是沿着海边儿向南走，欣赏周边的景色。然后折返又往北走。禁不住大海的诱惑，我们想在水里凉快一下，于是脱下了鞋。这下可坏了！根本无法在海滩上行走。仔细看才发现这里的海滩不是沙子而是石头，而且尽是比较尖利的小石块儿。没有经过锻炼的我们赤足走在石头上，那叫钻心疼痛，寸步难行。无奈只好站在海水里拍了几张照片又穿上了鞋。看到海里有人在捞海带，一条一条的，很长，已经捞起不少。我上前问他们，此岛为什么叫棒棰岛？他们解释说，从岛的另一侧观望，小岛像棒槌形状。可因为时间关系我们不能去另一侧观看了。

来到海边的大道上，又看到了一块横着挺立在路旁的刻有“棒棰岛”字样的大石碑，少不了又是一番拍照。

沿着这条路返回时，看到路西侧面对大海的山石上，粘贴着许多立体的工艺品，都是海洋生物，有章鱼、鲨鱼、海螺、海星、海狮、海豹等，十分切合海边的环境。再往前走看到山石上镌刻着毛泽东手书的一首诗，原来书写的是叶剑英元帅的《远望》诗，副题是“在大连，棒棰岛”。正题用红色，副题及诗文用蓝色。叶帅于 1965 年 8 月在大连棒棰岛宾馆赋得此诗：

忧患元元忆逝翁，红旗缥缈没遥空。
昏鸦三匝迷枯树，回雁兼程溯旧踪。
赤道雕弓能射虎，椰林匕首敢屠龙。
景升父子皆豚犬，旋转还凭革命功。

看了这手书，才知道毛体“棒棰岛”三字的由来。

我们玩了一天，太阳偏西了。虽然没能登上棒棰岛有些遗憾，但心里很舒畅，很痛快。是啊，那进入景区的美丽栈道、多彩的雕塑、神秘的小岛、扎脚的小石块儿、生动传神的海洋生物工艺品、毛泽东手书的诗作都给我们留下了深刻的印象。有机会我还会再来棒棰岛的。

2016 年 9 月

风情万种的三峡人家

“三峡人家”是个景区的名字，位于长江三峡中最为奇幻壮丽的西陵峡境内，三峡大坝和葛洲坝之间，跨越秀丽的灯影峡两岸，范围不很大，但是紧凑集中，特色鲜明。我们游览三峡人家是行程的最后一站。前一天下午团队由宜昌三峡大坝景区来到三峡人家景区，在民宿“忠华酒楼”住下。酒楼临江，凭窗而观，浩荡江水缓缓流淌，江面宽阔，江水澄澈。蓝天白云下对面的小山青翠欲滴，不时有游轮通过。这番景象深深吸引了我们，大家安顿好行装，趁着时间早，不顾连日疲劳，就自行游玩了。以入住的酒楼为中心，出门向右缓步而行，可以看到江边矗立的灯塔、店家细心搭制的小品，再往前走，有抗战时期的炮楼，有“国民革命军第六战区江防司令部”遗址，现在已辟做抗战纪念馆。沿江一步一景，景随步移，人追景走。大家拿着手机四处拍照，流连忘返，乐不思归。可谁知道，这只是小小的序曲呢。

第二天早上，三峡人家的大幕才真正拉开。我们从索道码头登船，到斜对面的龙进溪码头。那里就是三峡人家的水上人家。原来三峡人家景区分为水上人家和山上人家两部分。船快到龙进溪码头时，可以看见景区里竹质的吊脚楼依山而建，错落有致。“三峡人家”四个大字醒目地映入眼帘。

走进闸口，顺着人流，跨过台阶，走过龙溪桥，真正登堂入室啦。重叠的吊脚楼，颜色浅黑，古朴典雅。团友要求照张合影再分散活动，某摄影协会的会员提议大家分散开各自行走，由摄影师抓拍，大家积极响应，嬉笑着向两侧散去，摄影师跑到队伍前方拍下了这难得的一瞬。这张照片成了我们团的经典之照，谁做相册都要把这张照片放进去，不是开篇就是结尾。此是后话。

拍照之后，在导游的指引下，大家开始自由游览了。入口的江面上有古船升降帆表演，十几个船工跳上船面，喊着号子，拉动绳缆，巨大的白帆升起来了，预示船要起航，奔向远方。在角楼上，有小伙子擂起大鼓，奏响三峡固有的乐曲，预示新一天的开始，新生活的开始。游客也随之情绪激昂，血脉偾张，满怀激情走进水上人家深处。

沿着溪流，顺着山势，踩着木栈道，我们去感受三峡人的风情，三峡人的韵致。山是碧绿碧绿的，水也是碧绿碧绿的。栈道旁的凤尾竹婆娑起舞，好像伸出长长的手臂召唤我们。大家兴致很高，不停地拍照，处处美景，处处可入镜头，人在这美景之中，都不知不觉地年轻漂亮起来。照不完，拍不够。

忽然从江面传来悠扬的笛声，顺声而寻，看到了水中小竹筏上的小伙子，穿着黄色衫裤，正悠然自得地吹奏。一曲完毕，游人没有听够，齐喊“再来一曲”，小伙子抬头挥手，微笑着又把笛子横在唇边，于是，美妙的乐曲荡漾开来。游客们有的拍照，有的录像，有的还专门录音。

再往前走，又看到江面漂着一只白帆船，船头站着位身着红衣及镶黄边黑坎肩的幺妹，前打着一把红纸伞，后背着一个小竹篓，端庄大方，袅袅婷婷，一会儿开嗓献唱，一会儿应游客要求转身让大家拍照。我们发现在这灯影峡的江面上，隔一段就有一条船，不是载着美少女就是载着帅气的小伙子，抑或是一条竹筏上面蹲踞着几只鹭鸶。这些江面特有的景物增加了灵动的气息，给游客带来了新鲜感和乐趣。“春来江水绿如蓝”，清澈碧绿的江水之上漂浮着一叶小舟，船头立着或坐着穿戴鲜艳服饰的幺哥幺妹，这是一幅怎样优雅动情的美妙画面啊！

前面出现了一座石桥，桥上绿色的藤蔓植物垂下来覆盖了桥身，给人一种润泽、清新的感觉。这景色不由得让我想起了柳宗元《小石潭记》中的句子：“青树翠蔓，蒙络摇缀，参差披拂。”抬头望去，桥上有一对情侣在对歌。歌声婉转，调皮又动听，带着浓重的鄂西风味。桥下拱形的桥洞里流淌着清澈的江水。无疑这又是拍照的一景，团里的美女们变换造型，一会儿摆首弄姿，一会儿弯腰撩水，一会儿回眸一笑。摄影爱好者找到了极好的模特，不厌其烦地对焦、调光、按快门。我不是美女，但也是一女，爱拍照的天性使然，也左右前后照了一通。

到鹊桥了。显然这是根据民间故事人工设计的景点。大家也不放过，情侣照，夫妇照，单身来的也凑热闹照。从鹊桥上走过，牛郎织女会面了，三峡人也应景在这里搭设了绣楼，进行婚俗表演。绣楼四周插上了彩旗，吊脚楼上悬挂着红色的灯笼、幔帐，张贴着喜字，人们又唱又舞，又是媒婆提亲，又是小伙子表白，很是热闹。游人也借观赏之际歇歇脚。

往前看那，“人家”的味道更浓了。一妇女在江边洗衣，举着捣衣棒，捶打石头上的衣物。传说中的浣纱女是不是这样呢？她的面前摆着洗衣盆，旁边堆放着待洗的衣服，身后的晾衣竿上飘荡着洗好的鲜艳的衣物。不远处还有两个水车在转动着，水中有几只白鸭抑或是大鹅在游荡。多么温馨的居家过日子的场景啊，诠释了关于水上人家的全部内涵。

石板路上有一座木头牌楼，横匾上书“三峡人家”。我感觉这里好像是写文章的篇末扣题，提醒我们一定记住这是三峡人家，左右楹联曰：“苔色水声千丈画；梅花竹子一山诗。”写尽了三峡人家的雅致风韵。

除以上景色，这里还有横跨江面的漫水桥，还有水中的巨石，还有许多许多妙不可言、美不胜收的景致呀！

这个地方叫龙进溪，我记住了这个名字，也记住了三峡的水上人家。

山水相连，有水就有山，有山就有水，山多高水多高。三峡人除了居住在水上外，也有居住在山上的。于是有了三峡人家的另一景致——山上人家。

我们出景区再乘游轮回到索道码头，步行一百米左右，到了艄公湾检票口。此时细雨蒙蒙，脚下的石板湿漉漉的，我们冒雨前行，穿过“石牌神韵”的牌楼，看到沿路有许多精致的小品，这里一段长廊，那里在水中铺就一段矮木桩小路，细腻中透露出设计者的匠心。走了大约半个小时，看到了一个山洞口，上书红色大字“太极猫洞”，旁边有上山的阶梯。因为雨天路滑，又因为集合时间快到，我和同伴决定不上山，就此回返。虽然留下点遗憾，但也有了下次再来的理由。回去后得知，我们团有两位年轻的女士和一位先生上到了山上。上面有巴王洞、巴王寨等景点。

结束旅游回家后才知道，早就有歌曲传唱三峡人家，除了80年代蒋大为唱的外，还有青年歌手彭媛演唱的《三峡人家》：

青山飞流下，水映一湾花，
竹笛悠悠斜阳远，鱼鹰衔晚霞
日暮乡关人何往，
西陵峡边有人家，
两岸猿声啼不住的美，
藏在三峡人家。
……
吊脚竹楼里关不住的情，
让我醉在三峡人家。

三峡人家，正经人家，和谐人家，美丽人家，辉映着鄂西风情的人家，浸润着长江文化的人家。我喜欢这里，有机会还要再来。

2018年5月

藏在深山也要识

——游鹤峰屏山躲避峡

在马来西亚沙巴州斗湖省，有一个名叫仙本那的县，风景如画，海水清澈见底，游船漂荡在水上，如悬浮在空中，因此成为著名的旅游胜地，为世人所向往。可是，你可知道，如此美景，在中国也能看到，这个地方就是躲避峡。躲避峡，位于北纬30°、有着数百年历史的容美镇屏山村，被称作“人间仙境”“中国的仙本那”。

躲避峡，像它的名字一样，躲避着尘世，躲避着人寰，躲避着纷扰。可是我们这些执拗的游客做足了功课，偏要去探寻它，揭开它神秘的面纱。让它躲无可躲，避无可避。

躲避峡是我们此次行程的亮点，大家在期待中迎来了观赏亮点的这一天。早上，团队从恩施鹤峰县城商务宾馆出发，乘坐小车前往景区。在大巴车通不过的窄道行驶了近一个小时，来到一处农舍旁，导游要求我们下车，穿上橘黄色的救生衣，换上高腰雨靴，然后步行继续前进。

这是一段原生态的山路，只有一米来宽，只能一路纵队行走。上坡下岭，曲曲弯弯。天气比较热，又多穿了一件救生衣，大家基本都出汗了。大约走了一公里山路，终于来到谷底，看见水了。屏山躲避峡到了！我们到水边，坐船来到一个相对开阔的水域，下船，面前是一片蓝绿的水，十分澄澈。大家在岸边排队等候拍照。船工用长篙支撑着一条窄窄的方头尖尾小木船，指挥被拍照者弃岸登船，坐好，船工把船调整到适当的位置，拍照者摆出各种 pose，岸边的同伴及船工帮助拍照。这里拍出的照片有一种奇异的效果，就是小船不像浮在水上，而像是浮在空中，下面没有依托。非常神奇。这也许是光线的作用，也许是河水过于清澈，也许是不知道的原因，总之这是躲避峡的神来之笔，由此吸引了不少没有跟团、自行来玩的游客，于此专门拍照。我们现场还看到一对新人雇用专人划船、照相，可说是一对一的服务。

拍好照，大家五六人一组，乘坐橡皮筏进入峡谷纵深。

躲避峡的水，那叫一个清，好像跟柳宗元笔下“水尤清冽”的小石潭差不多，我们乘坐的皮筏子像小石潭里的鱼，“皆若空游无所依”。不同的是，柳宗元笔下只是一个“潭”，这里却是一整条峡谷里的水，可以说是一条河，都是那么清澈透明。大家喜欢得不得了，忘记了年龄、性别，纷纷在水里撒欢儿。上皮筏时用手擢弄水，下皮筏时用脚踩巴水，雨靴里灌进了水，也浑然不觉，照样在水里蹦啊跳啊唱啊照啊，一会儿给我拍一张，一会儿给他照一张，一会儿结伴合个影，一会儿那对老两口又要来一张。不时有泉水从旁边的高崖上流下来，形成一股小瀑布，在日光的照射下，水流呈现彩虹的色彩，飞珠溅玉，银链彩带，引得大家一片惊呼。“望峰息心，窥谷忘反”，好像说的正是这里。在峡谷里想要再看到“浮在空中”的景象，需要站在一旁，远望数米外的小舟，似从崖壁上浮出来一般。

躲避峡的河道，那叫一个弯，高低起伏，左右曲折。整个峡谷全是水，所谓“岸”在头顶的山上。如果你认为一筏可以坐到底，那就错了。水深的地方乘筏通过，水浅的地方皮筏划不过，游客要下筏蹚水。这就是说河道不平坦，游客也只好坐一会儿，走一会儿。峡谷又不是笔直的，水道也就曲曲弯弯，几道弯，几连环，不得而知。河床里大大小小的石头，在水流的冲刷下，已失去棱角。行走时脚要试探着前行，手要摸着两侧的山石。河道宽的地方有六七米，窄的地方只能容一个皮筏通过。相向行驶相遇时，一方要退至宽阔处避让。河道相对直一些的地方可以看到十米左右的距离，然后就被山挡住了视线，你以为到了尽头，可是绕过这处山石，柳暗花明又一村，前面又是河道，还是水流。水道的曲折增加了神秘感和新鲜感，激发了旅游探胜者的兴趣。真是直有直的好处，弯有弯的妙处。拐个弯就是又一片天地，又一番景致，妙不可言，情趣无限。

躲避峡的山崖，那叫一个怪。峡谷两岸皆为斧斫刀劈般的高崖绝壁，奇石怪崖，嶙峋壮观，高的地方有一千来米，矮处也有十来米。整个峡谷像一条大渠，山崖是渠壁，溪水就是渠水。而真正的水渠的壁都比较平整、规矩，因为是人工造就的，而这条溪水两旁的山崖石头，凸凹无序，姿态万千，这也是观赏的一景啊。看，这里高山上探出一块巨石，像一面高墙，斩断了水的去路；那里低矮处缩进一块儿，形成了一个岩洞，里面也滞留着清冽的溪水。旁边瞧，好像卧着一只猛虎；抬头望，崖尖上的石头像振翅欲飞的雄鹰。有的地方，两边的岩石似乎要倒向对方，天空成了一窄缝儿，好像走进了一线天。

躲避峡全长十八公里，我们走走停停，在水里玩了好几个小时，最后皮筏载着我们到了一处更窄的水道，我们知道没有走到峡谷的尽头，但是船工说游程到这里为止了，前面还没有开发，游人不能过去。回去和来时一样，也是走一程，坐一程。走出峡谷登岸，我们余兴未尽，也只好恋恋不舍地回返。

从仙境返回人间，不禁时时回味，这么美的地方是怎么发现的呢？为什么叫这么个奇怪的名字呢？原来这里有段传说。古时候，容美镇土司在屏山权势浩大，战乱期间时常抓捕当地百姓作为充军壮丁。一些年轻人为了逃避暴政，便离家逃逸，误打误撞地进入了峡谷深处，同时发现了这片得天独厚、浑然天成的人间仙境，渐渐地，他们在这里稳定扎根。虽然这里不是武陵源，一个世外桃源就这样悄悄地诞生了。

躲避峡就是一幅美妙绝伦的画卷，船在空中飘，人在画中游。有人说，它是中国的“仙本那”——蓝色的水面上静静地漂浮着的一叶小舟；我说，马来西亚的仙本那是中国的躲避峡——蓝色的水面上静静地漂浮着的一叶小舟。

躲避峡，你永远在我心里！

2018 年 7 月

火车等了我两分钟

说来好像是不可能的事情，但确实发生在我身上。

认识我的人都知道，我爱旅游。那次旅游是全国范围拼的团，天南海北的人都有。我和本市的一位女伴同行，但她旅游行程结束后，不回家里，要去另一个城市与老公会合。我俩在一个火车站上车，我是 14：20 的车，她是 15：50 的车，她的车次比我晚一个半小时。旅行社把我俩送到火车站，我俩在候车室等车。忽然，我发现进站口的屏幕显示我的车晚点，而女伴的车正点。一开始没有显示晚点的时间，过了一会儿，告知晚点 1 小时 59 分钟。那位妹妹很高兴地说，原来我比她早一个半小时，现在她比我早了半小时。我觉得这道算术题过于简单，也没往心里去。我俩边聊天边玩手机，她做抖音，发朋友圈。我因为流量不多，只好整理照片，重复的、效果不好的，该删的删，该留的留。她进站之前我上了趟厕所，打了开水，觉得她走后没有什么需要别人帮忙照看行李的事了。

广播终于宣告她的那趟车检票了。她不让我离开座位送她，我俩就在座位旁别过，我目送她进入检票口汇入人群，看不见身影。

我脑子没想什么，觉得等待的时间还很长，就又摆弄起手机来。还是翻看图库的照片，自我欣赏，很投入，很专注。

觉得没过多长时间，我下意识地抬头向左前方的检票口望了一眼。看到电子牌上出现一行红字，上写：K××××次列车停止进站。哎呀，这不是我要坐的那趟车吗？我怎么没有听见进站广播呢。说时迟，那时快。我连忙起身，把手机装进口袋，拿出车票，左手拎着装满食品的大塑料袋，右手拉着盛满东西、比较沉重的拉杆箱三步并作两步地跑到进站口，指着上面的电子屏幕对工作人员说，我是那趟车的，还能进不？一位女工作人员摇了摇头说，就剩几分钟了，赶不上了。这时我听旁边一名手持步话机的男工作人员在通话，然后他对我说来不及了，就几分钟。此刻，我大脑没有出现一片空白，马上想到的是我走不了该干啥，于是改签、找旅馆的念头瞬间涌向脑海。

不知拿步话机的师傅又听到什么指令，他把我手里车票接过去，对着步话机说：山海关，卧铺，加 2，4 中，几个单词。我知道他在向对方提供我的乘车信息。心想，也许有缓冲的余地。他说完，也没告诉我可以了，就直接说，进去，快走！我如获释重，接过车票就往站里跑，刚才说话的师傅也跟过来，大声喊着“快跑，怎么来这么晚?”我没有解释，更不敢说玩手机来着。我趔趔趄趄地跟头把式地拽着箱子跑，又听到后边的人对步话机说了一句“老人家”，我觉得他还是在跟车上人报告我的情况。我顾不得了，边跑边问，五站台在哪呀？通道里没有其他旅客，只有我一个人，所以没法随大流。

终于看到五站台的台口了，那里也站着一位师傅，也在大声喊叫“快跑，要开车了!”这位师傅像有准备似的，迎上来，接过我手里的拉杆箱，提起来一路小跑跑下站台口。我轻装后，步伐就快了，也紧跟着到达。怎么跑下楼梯的，事后回忆都记不起来了。来到站台上，左侧静静地停着一列火车，其他的车门都已经关好，只有离站台口最近的车厢门敞开着，外面站着两个列车工作人员。事后回忆，这二人一位是那个车厢的列车员，一位是这趟车的列车长。帮我拿箱子的师傅把箱子交给了门口站着的列车员，列车员把箱子举上火车，我也就赶到了。我上了车，另二位紧跟着也上了车，列车员撤掉踏板，锁闭车门，火车启动。谢天谢地，我长长地松了一口气。列车员问我是哪个车厢的，并安慰我说，这回不用着急了，慢慢向你那节车厢挪吧。

我慢腾腾地穿过三节车厢，来到我的车厢，东西还没有安排呢，该节车厢的列车员过来了，问谁是四中（四号中铺）的？我说我是，他训斥我道，你怎么不换票？看来他不知道我发生的事，就说，你也没找我呀？其实他上哪找我呀，我刚刚到位。他没再说什么，给我换了车票。在其他旅客的帮助下，我安排好行李，躺到铺位上。回味这件事的前后，我是既后怕，又觉得自己可乐，还非常感动。后怕的是赶不上这趟车，麻烦的事情太多，我一个人又带这么多东西，实在不方便。可乐的是，我这么大岁数，上班时经常出差，退休后也经常乘车出远门，竟然办出这种荒唐事。感动的是车站和列车上的几名工作人员，没有他们的帮助，我今天绝对走不了了。真是有惊无险的一次经历啊！

夜幕降临了，我静静地躺在铺上休息。明显地感觉到火车在风驰电掣地疾驶。一觉醒来，第二天早上乘务员报告说，火车已经在正点运行。我很惊讶，问什么时候赶上来的，乘务员说，你没坐过这趟车呀？这趟车开始晚点，后来都会追上来。真好，司机师傅辛苦了！

到家后在微信上跟同行的姐们儿学说，她说，姐呀，我担心的事情终于发生了。我还真不知道她为我担心过，因为我自认为也是走南闯北的老江湖了，只有为别人担心的份儿，哪有别人替我担心的理儿。跟秦皇岛这边报名的旅行社负责人讲起这件事，他说，姐呀，真有你的，你差点儿把九日游变成十日游了。为了让我孙女吸取教训，遇事冷静，我又跟她叙述了一遍，她说，奶奶呀，我看着挺不靠谱，但是永远不会办出你这么不靠谱的事。我想起了上班时的一件事，那时单位里有几位比我小的小兄弟喊我“二姐”，我不明白原因，因为我在家里不行二，在单位的女同胞中也排不上老二，但是有人叫姐也不是坏事，也就美滋滋地答应。退休后很长时间我终于顿悟，原来他们那么叫，是因为我简单、天真，办事不圆滑，不世故，也就是有点儿“二”。我当然很不服气。可这次事终于让我“二”了一回。

咳，都是手机惹的祸。

这个车站是张家界。我衷心感谢那天遇到的好心人。

2019 年 5 月

用心生活

生活是本教科书，用心参与其中，不仅可以学到许多知识，获得许多技能，还可以悟出许多道理。不信，请听我在生活中获得的感悟。

——题记

又一次参观韶山毛泽东故居

重上井冈山

来到了延安宝塔山下

“贼不偷”与心安

我家房门外的储物柜上放了几个没长熟的绿西红柿，是从农村快罢园的地里摘回来的。小区物业公司的两名女员工来我家敲门，说完事我关上房门后，听到门外有摆弄塑料口袋的哗哗声，我知道她们没有离开，便打开房门问还有什么事。其中的一位手里举着两个绿西红柿说，你们家那儿放的是“贼不偷”吧？“贼不偷”是一种长不红的西红柿的俗称。我说，怎么“贼不偷”？现在不就被偷了吗？她不好意思地说，我看绿西红柿挺好玩儿的，拿了两个。我说你拿可以，但应该告诉我一声。她越发不好意思起来，想继续解释，我说算了，没关系，和你开玩笑呢。她们走后，我也没有往心里去，但是过了一会儿，电话响了，接听，是那位女士，她说：“对不起，大姐。我就是好奇，真的不是有意的，这件事要是让我们领导知道了，我就有可能下岗……”我明白了她的意思，马上说：“你放心，我不会向你们领导反映的。”大约是晚上七点多钟，电话又响了，还是那位女士，她说，这一天她都心不安，所以下午已经把那两个绿西红柿放回了原处。一件小事，一波三折。

她心安了，我却由此想到了几件事。

有一次，好像国内什么地方有了自然灾害，社会组织捐助。单位发出通知后，我理所当然地捐了款。觉得这是一件很正常的事，不捐倒觉得不正常。可是过了两天，社区又发动捐款，街道同志登门宣传。敲开我家门后，当我知道了她们的来意，刚想说“我在单位捐过了”，话到嘴边咽了回去。我很高兴，很情愿地又拿出一份钱，而且比在单位捐的数量多些，街道同志登记好走了。事后我回想这件事，觉得如果我在街道不捐，人家不会觉得有什么不妥，我自己恐怕要不安起来，觉得做了什么对不起人的事。何必让自己心不安呢？

还有一次，是国庆节期间，人民广场用盆花装点一新，五彩缤纷，很是喜庆、漂亮。傍晚，我在广场散步，忽然发现一位妇女从摆放的花盆造型里搬起一盆正怒放的花，匆匆离开，我目睹了这一幕，觉得这个人太不像话了。我走上前对她说："你干什么呢？这花是庆国庆的，你拿走算怎么回事？"她不理我也不出声，继续往前走。我站到她面前说："你把花送回去。"她停下脚步，瞅了瞅我。也许真是邪不压正，她的眼神变得慌乱起来，转身把花盆送回了原处，然后急匆匆地走掉了。旁边人议论纷纷，都谴责这个人的做法。当时没想什么，就那么做了，事后觉得这件事我可以不管，但是不管心会不安；管了，心安理得。

我知道，如果做了不该做的或公认不该做的事，会于心不安的，比如动手打了孩子、没有给比自己更需要的人让座、说了谎话、插足了人家家庭等等。该做而没有做时，心也不安，比如应该回家看望父母时没有回去、应该给孩子提供帮助时没有提供、应该完成工作任务时没有完成等等。意识到自己犯了错误甚至犯了罪时会更不心安，比如商人坑蒙拐骗了、官员贪污受贿了、坏人抢劫杀人放火了等等。当然这都是对善良人或者虽不善良，心尚存良知的人而言。

我认为，人是太需要心安的感觉的。心不安，寝食难安；心不安，坐立不安；心不安，忧心忡忡；心不安，压力重重。那些逃亡多年而回来自首的罪犯追求的不也是一种心安吗？而心安的感觉是多么好啊！轻松、自在、坦然、敞亮。虽然这只是八个字，但其中包含了多少美妙、惬意的感受！

有正常人心的人在遇到使自己心不安的事情时，会立刻解决，以消除不安。办法就是马上行动，马上弥补，马上纠正。这算不上高尚，只是人的内心深处尚未泯灭的良知的一种表现。但是人心安，社会才安。如果每个人都能首先做到使自己心安，我想世界定会更加安宁，更加和谐，更加美好。

2012 年 10 月

“帚”不敝缘何不自珍？

一次去图书馆的经历，发现了一个可笑的问题。

为了查找一点儿资料，特意乘车去了市图书馆的阅览室。五楼，看弓报的人不少但很安静。我进去后走到服务台，询问工作人员有无前两个月《秦皇岛日报》的合订本，工作人员很诧异，说我们这里没有这种东西，我又问能不能帮我找找最近两个月的报纸，其中一位起立走出来向阅览室后方走过去，我跟着来到一个小屋子门前，上写“读者止步”，所以我没敢跟进去。那位工作人员进去了几分钟，拿出来一摞报纸，是《秦皇岛日报》，但不够整齐，也不够洁净。我接过报纸，她说就这些。我走到阅览席，放下，看到最上面的一份是11月8日的，最后面的一份是9月6日的。我要找9、10月份的，给我的没错。我翻阅浏览了一遍，发现很不全，缺很多。我又去问，她们说就这么多。

我又来到电子阅览平台。有人在看报，我打断一下，问有无《秦皇岛日报》，看报人按返回键，到首页，按“河北”区域，显示有十六份报纸，其中，承德有两份，但是没有秦皇岛的。

我又找工作人员，问电子阅览平台为什么没有《秦皇岛日报》，她们觉得莫名其妙，无法回答，最后说，有没有不是她们的事，她们不会弄。

我到阅览室前排摆放报纸的架子上查看，十几种报纸名条贴在架子外面，里面摆放着相应的报纸，但是没有《秦皇岛日报》。

我喜欢看书看报，以前也接触过不少合订本，有的单位就有，每月按日期码放得整整齐齐，有的还加上个封面，然后装订好。可是在这个城市唯一的市立图书馆，却找不到这个城市的党报，岂非咄咄怪事。

我离开图书馆，真是高兴而来扫兴而归。我觉得一个城市的党报是一个城市的名片，从从业人员到读者都应关心它、爱护它，市级图书馆更应该给它提供一席之地。市级图书馆找不到完整的当地日报，是自己瞧不起自己，还是另有别的隐情，不得而知。反正给我的感觉是根本没人管这档子事。

古人“敝帚”尚且自珍，而今人“帚”不敝也不自珍了。

2016 年 11 月

成就屠呦呦的那句话

屠呦呦获得 2015 年诺贝尔奖之后，我仔细阅读了有关她本人以及青蒿素的材料，有一个细节很是打动我。近日，八十五岁高龄的屠呦呦前往瑞士参加诺贝尔奖颁奖典礼并发表了题为“青蒿素——中医药给世界的一份礼物”的演讲，其中，她又提到了那个细节。这个细节就是，她在对这个课题进行研究的过程中，在一个关键时刻再次想到了我国东晋葛洪的医学专著《肘后备急方》上的一句话：“青蒿一握，以水二升渍，绞取汁，尽服之。”正是这句话提示屠呦呦在提取时改用低沸点溶剂乙醚，并最终获得了成功。我多次品味这个细节，并由此受到很多启示。

我想到，明确的目标，可以使人具有坚定的信念。屠呦呦把组织、领导交给的工作任务当成时代赋予自己的使命，当成自己的理想而始终坚守。正是梦想在胸，她才能不怕困难和挫折，几十年如一日兢兢业业地工作在自己的岗位，不惜用自己的身体做实验，以致得了中毒性肝炎。从她的事迹我们再一次看到理想和信念对一个人的行动是多么重要。可想而知，如果没有目标，没有长期的稳定的目标，要取得最后的成功是不可能的。当然，大目标是由一个个相关的小目标或者是阶段性目标组成的，从战术的角度重视这一个个的小目标才会夺取战略上的最后胜利。

我觉得，不断地学习，可以备实准备的条件。机会永远是给有准备的人的，对于发现青蒿素，对于获得诺奖，屠呦呦无疑是有准备的人。她的准备就是不断地学习和研究。学习是获取信息，研究是运用所学试图获取新的信息，这里既有对信息的输出也有对信息的输入。学习是首要的，是必须的，屠呦呦年轻时就读于北京中医学院，这是她前期学习的重要阶段。而毕业后，她在工作中依然不断地学习，充实、提高自己。而这后期的学习是基于研究的学习，是带着问题寻找答案的学习，是更深入、更细致、更专业的学习。谁能把工作与学习，学习与研究明晰地区分开呢？正是由于她不间断地学习，才在自己的研究领域取得了骄人的业绩。

我感到，深入地思考，可以突破前进路上的难关。研究抗疟药物，困难重重，失败不断。但是在瓶颈之处如何突破，在繁杂的表象面前如何找到关键和本质，还需要“开动机器”，深入思考。中医学科博大精深，中医古籍浩繁如海。借鉴古人，不能停留在古人水准；开创未来，才可大步向前。那么谁能想到，谁能想通，谁能想好就很重要了。屠呦呦受到晋朝古方上那句话的启迪，找到了解决问题的正确方向。那句话在书上写了一千五百年，后来看到过这句话的人大概不计其数，而屠呦呦成了最后的赢家。这是上天的眷顾？是命运的安排？是机缘的巧合？我感到这是屠呦呦阅读后又结合现有实际再经过认真思考得到的完美结果。

我认为，反复实践，可以成就梦想的实现。科学实验是实践的一种重要形式。真理都是从实践中产生又服务于实践的。门外汉也知道，中药的种类繁多，植物、动物、矿物都有入药。单就植物讲，也有种子、植株、果实之别；一棵植物，又有根、茎、叶之分。为了从众多中药中找到抗疟新药，为了从青蒿中找到有效部位，为了提取到有效成分，屠呦呦做过两百多个中药，提取方法用了三百八十多种，做实验做到一百九十一次。这是什么精神？这是一种相信科学的实事求是精神，是一种百折不挠的实践精神，是追梦人应有的拼搏实干精神。没有这种精神，青蒿素的面世可能还会推迟。

屠呦呦获诺贝尔奖带给世人的启示是多方面的，当然，她本人多次强调的团队合作、集体智慧也不容忽视。我们从青蒿素被成功提取，从屠呦呦被诺奖委员会认可，从青蒿素带给人类的福祉可以感受到中国人的智慧和力量，感受到作为中国人的骄傲和自豪。也许，每个追梦者的生命中都有那种可以成就你的话语，只有付出千辛万苦才能寻觅得到；而在“对”的时间，你真的遇到那些话的时候，请要紧紧抓住，不要擦肩而过，失之交臂哦。

2016 年 6 月

要个二孩也没那么难

国家放开二孩政策，是出于对我国当前国情的考虑。目前中国人口老龄化趋势比较明显，空穴老人数量明显增加，由此造成了一些社会问题；另外，独生子女家庭成长起来的孩子性格比较孤僻，综合素质比较差。事实证明，一孩化已经不适应新时期的新国情。出于国家长治久安、长期发展的战略大计，国务院出台了放开二孩政策。可是，有的适龄夫妻不愿意接受这个国家赐予的福利，不肯生育二孩。我觉得，适龄夫妻生二孩于国于家都十分有利。

有的年轻母亲和孩子结成统一战线，不自觉地与那个虚拟的还不存在的第二个孩子对立起来，说什么“我不能让我闺女吃亏”“我不能让我儿子跟着遭罪”等等，好像再生出来的不是自己的儿子或闺女似的。在这种情绪的影响下，这个老大呢，或者由于不懂事，或者由于自己独享父母宠爱惯了，也会说些可笑而过激的话，什么“我才不要小弟弟、小妹妹呢”“生了，我掐死他”等等。

我觉得自己的孩子、骨肉，不论是第一个还是第二个，都是自己的宝贝、国家的小主人、社会的未来和希望。有了二孩肯定会尽心尽力地顾全两个孩子，不存在哪个吃亏哪个占便宜，哪个遭罪哪个享福的问题，尤其在生活水平普遍提高的情况下。事实上，中国千百年的历史，就是这样过来的。只是由于前一特殊阶段的“一孩”政策，一些“一孩”父母忽略了历史上家庭结构的一般规律。今天即使不想要二孩，也没必要把眼前的孩子和那个还不存在的孩子对立起来。

有的适孕父母不要二孩是怕吃苦、受累。他们说养活这一个已经够辛苦的了，没必要再吃二茬苦，遭二茬罪。这确实是一个很充分的理由。但对这个问题可以换个角度思考。孕育、生养、教育孩子确实非常辛苦，这是不可否认的，可是伴随而来的快乐也是客观存在的。称赞孩子是天使，是宝贝，是花朵，都源于孩子给家庭带来的快乐以及成人对孩子的由衷喜爱。这是一种特殊的、刻骨铭心的快乐。一事当前，我们可以先想到辛苦，但更多地还要想到辛苦后的乐趣。对困难有充分的估计是对的，但更要看到战胜困难之后得到的成就。在父母与孩子共同成长的历程中，有苦，但更多的是乐，是人性的快乐，是人伦的快乐。这里有孕育的快乐、分娩的快乐、抚养的快乐、相伴的快乐。这些快乐是女人以及男人快乐的重要组成部分。

很多小家庭不想要二孩，主要还是因为钱，经济原因。他们给生养一个孩子造了个 100 万元的成本费。预算了而却步，设想了而心惊。到哪弄100 万去？一个孩子已经力不从心，两个孩子何以为生？孤立地看这个数字，确实有些天文。可是世界上没有先攒够钱再生孩子的道理。抚养孩子和买房子不是一回事。买房子需要一次性支付或贷款，而养育孩子是一个逐渐累加的过程，不是非得一次性付出全额。

老百姓有“一只羊也是赶，两只羊也是赶”的说法，话糙理不糙，可以借鉴。有了第一个孩子的铺垫，第二个孩子无论是在抚养的经验上，还是在经济支出上，都会驾轻就熟，便当有利。而且养育孩子在物质上也不必追求事事一流，处处高端。中国现有大多数老百姓家庭都是一般条件的，在这种情况下非得把两个孩子都当公主或王子那么去养，显然是不现实的。而把孩子健康地抚养成人，受到应该受到的教育，一般家庭都是能够做到的。

有研究者认为，家庭中，孩子多，幸福指数增加，家庭和谐度增加，家庭稳定性增加。更主要的，孩子有兄弟姐妹相互陪伴，一起成长，有利于孩子健全人格的养成。何乐而不为呢？适龄夫妻们，今天你们如果放弃了生育二孩的机会，老了，你们会后悔的。这是我想的。

2017 年 4 月

与其固守家园，不如随遇而安

很多老年人都有个习惯，就是不愿意离开生活多年的家，哪怕家里只剩下老两口或者就自己一人；哪怕出去几天或者仅仅是一天；哪怕腿脚利落，还可以走走摆摆。总之是不愿意出门，就愿意在家待着，还用上一句老话做根据，说哪好不如家好。可是今天的现实迫使老人要考虑是否离开家：或者是儿女有邀，前去养老；或者是兄弟姐妹相请，前去聚首；或者是朋友倡议，一同旅游；等等，情况不一而足。这时，是去还是不去，是走还是不走，有时会使一些老年人非常纠结，觉得很难下决心、作抉择。往往弄得自己心神不定，寝食难安。

遇到这些情况应该怎么办呢？我谈谈自己的看法。

首先，要敢于、乐于走出去。对老年人来说，上面所列情况都是对老年人有益的，我觉得只要健康状况允许，经济尚能负担，都可高兴地参加。这些活动对老年人的精神、身体以及其他各个方面是有百利而无一害的。走走看看游游逛逛说说笑笑，既开阔了眼界，增长了见识，又锻炼了身体，还结交了新朋友。这是开心的事情。当然如果非要找出这类活动的缺点，那也不是没有。有人已经总结出来了，这是花钱买罪受，既增加了开支，又受累。这就看怎么看这二者了。凭现在老百姓的生活水平，可以说钱不是问题，至于累嘛，其实我们走出家门融入社会，融入自然，融入人群，可能是比在家坐在沙发上看电视要累一些，可正是有这种“累”，这些事才有了意义。

其次，出发前做好策划。为了避免离家后顾虑重重、放心不下，可以在走之前请儿女或朋友或自己仔细策划，搞个攻略，包括出行路线、车票机票的购买、行程、时间、交通工具、接送站人员等等，凡是能想起来的事情都要落实到位。家养小猫小狗宠物的，栽花种草的，订报纸杂志、牛奶的，做好安排，委托可靠人代为照看或取送。这样事前策划周密，临行胸有成竹，可以避免旅途中的不安与焦虑。当然如果随旅行社跟团旅游，那可以省去很多亲力亲为的麻烦。

再有，出发时带好备品。短途旅行，当日可回，行装越简越好，最好背双肩带旅行包，把所需物品分门别类地全部放进包中，这样腾出了双手，既行动自如，行走方便，又便于取拿。如果是时间较长的旅行或外出，我的观点是要把东西带全，越全越好。因为这样的旅行一般不需要自己背行李，有飞机、火车、大巴托运或载送，只是自己在整理时费点事。老年人最不可忘记的是药品，无论是治疗用药还是保健品、营养品都不能因为旅行而中断服用，要跟在家时一样。有特殊爱好和习惯的人，也要遵从自己的日常生活规律，该带的东西不可减少。我总觉得，人生苦短，出门在外的这生命中几分之几的时间也不好让自己受屈，尤其老年人，也要过得自在些、舒服些，没必要凑合。一切要和在家里时一样方便、随性，所以该带的东西一定带齐全，不要怕麻烦而舍弃。另外，外出必带的东西，如老（老花镜）、身（身份证）、手（手机）、钥（钥匙）、钱（钱包），一定要放在随手可取的地方。还有就是无论哪个季节都要带一双跟脚舒适轻便的旅游鞋。最要紧的是有老伴儿的最好带上老伴儿一起上路，这样就更没了后顾之忧。老两口在哪里家就在哪里，有什么不安心，不放心的呢！

最后，把每一个落脚点都当成自己的家。走出家门到哪都不是家，怎么当成家呢？把革命者引以为荣的“四海为家”四个字用在老人身上也合适。处处当成家就没有了“想家”的烦忧。儿子家是家，闺女家是家，旅馆是家，酒店是家，一个旅行团是一个家，一次聚会也是一个家。家是住得长久的客栈，客栈是住得短些的家。把“家”的外延全部开发出来，对“家”有一个全新的理解。既然哪里都是家，就要在哪里都舒心快乐。要把自己住的地方，哪怕只是住一宿的地方当成家，就要爱护它，信任它，享受它。我们享受的是旅行的全过程，不仅只是在目的地的短暂停留，途中，路上，乘飞机，坐火车，坐旅游巴士，坐游艇，坐缆车，坐滑竿，走山道，过大桥，水里游泳，参与互动……这些都在出行之中，都是值得享受的可贵“过程”。

《快乐老家》歌词写道：“跟我走吧，天亮就出发，梦已经醒来，心不会害怕，有一个地方，那是快乐老家……每一颗漂流的心都不再牵挂，快乐是永远的家。”

能去就去，说走就走，心无挂碍，轻松上路，行得痛快，住得自在，玩得尽兴，游得开怀。与其固守家园，不如随遇而安。有过一次这种彻底放松的外出旅行的经历，我敢说，你还会想第二次。

2016 年 11 月

展开自信与定力的双翼

老年朋友是使用微信的群体之一，微信中关于老年的内容很多。这不是坏事，说明全社会对老年朋友都很关心，老年朋友自己对关系到自身的问题也很重视。但是，我也发现有些微信内容不够积极，产生些负面影响。

比较明显的是反复贴标签，强化老年意识。大量的帖子都在告诉老年朋友，你是 40 年代、50 年代出生的，你已经退休了，按平均寿命你还有十来年时间等等。仿佛不提醒就不知道自己多大了似的。我觉得实在没必要。事实上老年人浑身上下都已经贴满了无形的“老”的标签，谁看谁知道，不看也知道，都有孙子了，还不老？我觉得“老”是一种自然现象，任何人不可避免。老的到来是自然而然，无声无息的，用不着欢呼，也不必哀叹。无论是在思想意识上还是在语言上没必要“老”字当先，言必称老。没必要不停地强化、强调这一点，没完没了地把“老”的标签往身上贴。这样容易使人产生倚老卖老，老不争气的感觉。

经常可见的是热衷唱衰自己，强化弱势意识。微信中大力宣传你没有价值了，只能帮儿女看家带孩子了等等。突出的是有一段《当我老了》的朗诵视频，列举老年人日常惯有的一些表现，诸如菜汤洒身上、忘记系鞋带、说话重复、无法行走、谈话忘记主题等等，然后要别人“请理解我”，“支持我”“请对我耐心些”。我听这个朗诵总有些低三下四的感觉，因此对这篇文章的内容和情感不敢认同，觉得它缺少老年人的自信，有点儿乞求儿女对自己好的味道。作者以当初自己对儿女的态度为理由要求儿女对自己耐心，更显得幼稚可笑。父母对儿女的爱之所以伟大在于不计回报，自觉自愿，无私奉献。如果以此作为理由要求儿女如何如何回报自己，倒有些讨价还价之嫌。我认为，好儿女用不着父母可怜兮兮地哀求，六亲不认的儿女再哀求也无济于事。事实上，六七十岁的父母，儿女也早已为人父母，什么不懂？还用得着六七十岁的老爸老妈给他讲这些道理。如果真遇到了那种四六不懂、不孝不顺的儿女，讲这些也没用。我上网查了一下，发现那篇文章是外国人写的一篇散文，就不奇怪了。中国人写的、与之同题目的歌曲和散文也有，情调就不是这样，而是充满正能量。我觉得，老年本已是夕阳，不要再唱衰自己。

屡见不鲜的是过度讲保健，强化多病意识。年老和多病是连在一起的，不足为怪。老天要召你回去，必定要有一个理由。有病吃药，无病保健也理所当然。但是七十不是必病之年，八十也不是必死之年。微信中有些内容夸大了老年人的病态，强化了年老必定体病、体衰的意识，介绍防病治病的知识也是鱼龙混杂，良莠不齐。在这种情况下，我觉得老年读者应该认真分辨，不能听风是雨，随声附和，随波逐流。今天生姜治病，明天红烧肉健胃，后天又来个抗癌一号，大后天又出个疏通血管专家，看得眼花缭乱，忙得不亦乐乎。没病也累出病了。

记得上高中时，同学中流传着一首列宁的诗，至今可以背诵，觉得很好，兹录于此：

朋友，不必为年龄发愁，
春天后面不是秋，
只要在秋霜里结好你的果实，
又何必在春花面前害羞？……

过分强化老年意识、弱势意识、多病意识，对于老年人的身心健康是不利的。老年朋友们，请把几十年沧桑岁月赋予我们的智慧变成老年时的自信与定力吧，展开这双翅膀，快乐地走完余下的人生。

我是共和国同龄人，当属老年人之列，觉得有资格写出这篇小文。

2018 年 3 月

过分迁就不是爱

最近听到这样一件事，一位母亲去看望在外地读高三的儿子后，刚回到家就接到儿子追过来的电话。儿子很气愤地质问母亲："你为什么没把鞋带给我穿上?"妈妈赶紧说："走得匆忙，忘了，儿子，这样，你拿着鞋找一个修鞋师傅，给他几块钱，让他帮你穿。"这位妈妈把这件事讲给姐妹们听，有人给出主意，说不用找修鞋师傅，问同学谁会穿，把钱给同学让同学帮忙就行了。

听了这件事，我吃惊地问给我讲这件事的人："她儿子高三了，真不会穿鞋带?"回答说："不一定不会，但是儿子学习紧张，压力大，心里不痛快，也许只是跟妈妈撒撒娇。"

真是可怜天下父母心！

母亲爱儿子，天经地义，无可厚非。但是爱的方式各种各样，这里有对错之分，有妥当与不当之别。什么是对与妥当，什么是错与不当，需要认真分辨。像那位中年母亲那样，我觉得就是不正确的爱的方法，而是一种过分的迁就。过分迁就就不是爱了，而是害。理由吗？我觉得有以下几点。

过分迁就助长任性。现代家庭，孩子普遍较少，大多很自我，任性。如果家长再隐忍退让，那么孩子更会被宠得无法无天，认为家长就该围着自己转，就该时时处处事事为自己服务，自己说啥是啥，要啥给啥，稍有不顺心就表示出强烈不满。这岂非真的成了小皇帝？

过分迁就削弱能力。孩子的要求不全是合理和正确的，家长不管三七二十一一概答应、允许，势必造成很多事情由家长或旁人代劳、操持，孩子在一边儿心安理得。家长事必躬亲，孩子自然能力低下，能做的不做，该会的不会。民间有话说“母勤子懒”，正是这个意思。

过分迁就影响人格。孩子在家长面前一意随性，家长总是有求必应，有难必帮，长此以往，孩子不善于和其他人交往，不善于克己交人，不懂得尊重，不知道关心，恐怕会少有爱心和同情心，难于成长为人格健全的社会人。

孩子随年龄的变化，该做什么就要让他学会做什么。这不但不会影响他学习，反而有助于他良好习惯和行为的养成。比如幼儿园的孩子自己洗手绢、系鞋带，不拿、不要别人的东西；小学生自己叠被子，简单打扫房间，把自己的东西借给需要的同学，与人分享；初中学生自己做简单的饭食，帮助需要的同学解决一点儿困难；高中学生上街购买自己的物品，帮助家长做些力所能及的体力活儿，在社会上参加些公益活动等等。我觉得做这些不会占用很多时间，而对于孩子的成长却十分有益。

美国新当选总统特朗普的成年子女都很优秀，很成功。其中叫伊万卡·特朗普的女儿，怀孕八个月还立阵助威，帮他父亲竞选。可以说特朗普竞选成功，这个女儿出了大力，立了大功。可这个富家千金曾说自己读书时，“不得不去挣钱，因为除了学费外，其他一切开支我都得自个儿掏腰包，甚至还让我自己付电话账单呢。”在这个成功育人的事例中看不到家长对子女有任何的迁就。

我们教育培养的基本目标是生活自理、人格自立、将来在社会上可以自食其力。这是最起码的。再往高要求，那就是要为身处的行业、为社会、为时代、为国家、为人类做出自己应有的贡献。我想，无论是基本目标还是大目标，同时都是家长所希望的目标。那么立足这样的目标思考，靠一味过分迁就肯定难以达到。

有的家长会说，有山靠山，没山独立。守着我我就多做点儿，离开我就靠他自己了。这种观点也缺少负责任的态度。早一天养成好的习惯，早一天具备多种能力，对孩子行走以后的人生道路必定会早一天受益。

诸位，请谨记：过分迁就不是爱。

2017 年 1 月

家长的反向教育使不得

春日的一天上午我行走在街道上，开花的树木争奇斗艳，美景目不暇接。忽然，我发现前方骑自行车的人跳下车来，推车走到正开着红色花朵的紫叶碧桃旁，左手扶把，右手伸向树枝，我在他后面几米处不禁脱口而出："哎，别，别……"我的话音未落，一段尺把长的缀满花蕾的树枝已经被折下，递给了车前座上的小女孩。我紧走几步上前说道："别摘花呀！"他回头瞅了我一眼，不屑地说："你家的呀？"我说："不是我家的，是大家的。"然后我借着小女孩说事道："你问问孩子，在幼儿园，老师是不是告诉不要随便摘花。花是大家的，要给大家看。"这后一句话是我小学一年级时从课本上学到的。小女孩面露愧色，手持花枝不语，而家长还心有不甘，问女孩"还要不？"女孩摇了摇头，他才骑上车悻悻离去。

每位家长都希望自己的孩子成才、学好，即使成不了大气候，也不要在道德品行上犯错误。这是人之父母，乃至祖父祖母的基本心愿。一般来说，幼儿园、学校老师进行的都是正面教育，与社会主义核心价值观相辅相成，与家长的心愿也相互一致。可是有些家长在日常生活中的有些做法却往往背离这心愿，与幼儿园、学校教育背道而驰。比如，老师说同学之间不要动手打架，要团结友善，而有的家长说，谁欺负你了，你就打他，给打老实了，他以后就不敢欺负你了；老师说捡到东西要交给警察叔叔或者老师，家长说你捡到钱了要交给爸爸妈妈；老师说吃饭时不要抢，要按顺序取饭，家长说，爱吃啥多吃，快吃，吃完再拿；老师说从小要爱劳动，家长说那活儿任由、太脏，咱不去，妈给你请假；老师说运动会要积极报名，家长说挺累的，千万别去跑跳，爸爸就说你病了；老师说好孩子要诚实，不说谎，而有的家长却帮助孩子撒谎……这样的例子太多了，举不胜举。我觉得这就是在对孩子进行反向教育。

有家长说，这都是些小事，无足轻重。我说，大事可能就是从小事而来。古人早有教诲："勿以恶小而为之，勿以善小而不为。"以前有句话说"外事无小事"，现在可以说教育孩子没有小事。关乎孩子的问题，除了身体健康、精神快乐这两个大的方面外，其他本就是些细小事情。不从一点一滴小事抓起，怎能培养出符合道德规范的社会好公民？如果小事一旦酿成大祸，将悔之晚矣。

有家长说，孩子还小，长大了再教育不迟。我说，从小养成了坏习惯、坏毛病，长大了很难改正，保不准要出现问题。老话说"三岁看老"，说的是小时候的状态对以后会产生不可忽视的影响。人才的培养，孩子的教育是一贯制的，一统到底的，从记事、懂事、会说话开始就要进行正面教育。不能因其小而没有原则地纵容庇护、娇生惯养。一些大学生或社会上的青年人犯了致命错误或者难以在社会上立足，一般都是与家庭教育失当有关。

有家长说，我家有这个条件，我惯得起。我说，家庭都是社会的组成细胞，每一个孩子从根本上说不仅是一个小家庭的因子，同时又是社会大家庭的组成部分。我们每个人都既生活在小家庭里，同时也生活在社会大家庭中。与他人水火不容，与环境抵触交恶，与社会格格不入，这样的人会有怎样的结果，是可想而知的。应该明白，家长对孩子的无原则娇惯，家庭对孩子物质的任性保障，不会保护孩子一辈子。哪位家长都不可能打保票说会管孩子终生，孩子迟早要脱离父母，要独立。所以要把自己的孩子、后代作为社会的一个成员去要求，去培养，去训练。这样，当他成人，走出家庭，迈向社会时，他可以充满自信，挺直腰板。

也许家长在说话做事时没有意识到自己的言行是在对孩子进行教育，是会产生影响的，那么请提高警惕了，在孩子面前，说话、做事请走一下心，为了自己的孩子成才、学好，千万不要进行反向教育哦！

2016 年 3 月

隔辈教育重在养成教育

家庭中祖辈对孙辈的教育主要在养成教育上。养成教育是教育学的一个专业术语，但很容易理解，就是培养良好行为习惯的教育，既指对正确行为的指导，也指对良好习惯的训练。养成教育不只是学校教育的组成部分，也是家庭教育的主要内容。对祖辈来说，就是培养孩子从小养成良好的生活、学习习惯。因为孩子在爷爷奶奶身边直接接受教育的机会大多在小时候，所以更便于进行养成教育。

家庭中隔代人之间的养成教育是随机的，不是既定的；是无课本的，不是按某种教材进行的；是在日常生活中进行，与生活同步的，不是在类似教室似的固定空间进行的；是针对行为和习惯的，不是关乎某种具体知识的。隔代家庭教育不是非要教给孩子或一定让孩子记住什么知识，而是要启迪孩子的心性，塑造孩子的灵魂。

从道理上说好像很高大上，体现在日常生活中，其实很简单。

首先是用自己的正确行为影响孩子。影响的作用在于示范。人常说父母是孩子的第一任老师，这句话用到祖辈身上也适合。在家庭生活中，祖辈要处处事事注意自己行为的示范作用，给孩子以正面、良性、有益的影响。比如老人说话热情亲切，待人接物礼貌周到，平日讲究节约俭省，每天有规律地作息，家里整洁干净，与家人一起分享美食，与邻里和睦友好，崇尚劳动，乐于助人等等，这些行为都可以在无形中，在潜移默化中对孩子形成影响，这影响就是教育。

教育不是高高在上的举动，而是春风化雨般的日常生活。如果老人自身毛病较多，比如说话粗鲁带脏字，吸烟喝酒，经常家暴，早不起晚不睡，家里设局打麻将等等也会在不知不觉中对孩子产生副作用。有的爷爷喝酒时，用筷子蘸点酒放到孩子嘴里，喜欢看孩子辣了之后的窘态，或者出于玩逗，把自己还未点燃的香烟放到孩子嘴里叼一会儿。这些看似小事，但次数多了，都可能产生不利影响，导致孩子较早学会吸烟，学会饮酒。所以以身示范是最好的教育手段。

其次是用自己的良好习惯引导孩子。引导的作用在于启发。在家庭生活中祖辈把自己的好习惯经常呈现在孩子面前也是教育，比如对读书的热爱，对新事物的兴趣，对不明白事物的探寻，对教师以及知识的尊重等。家庭教育的主要目的就是希望孩子在学校成绩优秀，升入具有良好教育资源的学校，考上理想大学，最终有资格选择自己喜爱又体面的职业。所以，无论是父辈还是祖辈最为关注的还是孩子的智力，是学习。可是家长毕竟不是老师，直接干预学习，可能力不从心，也无从下手，那就引导孩子养成爱学习的好习惯吧。

爱学习的习惯是点金的手指，是可能收获万利的“一本”，是孩子受用终生的宝贵财富。这种引导不用刻意而为，要自然体现，比如家里设置个读书角，订几种报纸杂志，爷爷经常阅读，使家里有一种天然的学习氛围；奶奶坚持上老年大学，回家后按时完成作业；给孩子买一些适合的书籍，包括一些连环画、绘本；每天抽出一定时间给孩子讲故事，说道理；等等。这样循序渐进，日积月累，孩子就会逐步养成爱读书，爱学习，爱提问，爱思考的习惯，学习成绩自然会提高。所以引导启发也是良好的教育形式。

再有就是要通过具体事例训练孩子分清是非正误美丑。这不需要光给孩子讲大道理，可以结合绘本上的故事、经典童话、现实生活中发生的具体事情进行。用这些生动的材料做例子，告诉孩子应该怎样，不应该怎样。使孩子从小就懂得做人要善良、勇敢、勤劳、诚实，要爱学习、有本领、会做事，要孝敬父母、友爱兄弟姐妹，要懂得感恩、知道回报。

祖辈对孙辈的教育虽然是一项大工程，但是在日常生活中进行，和生活小事结合进行，就没有什么神秘，没有什么难度，也不会增加多少负担。生活中处处有教育，家庭中事事见教育。借用古人“妻贤夫祸少，子孝父心宽”的说法，我觉得下面的话也成立：爷贤孙上进，奶慈孙亦善。

2017 年 5 月

人为选择不如因势利导

在就业相对比较困难、找个自己认为好的工作不容易的现实条件下，有些家长对自己孩子的未来规划较早，考虑较多，纠结较深。特别是一些有一定特长或爱好的孩子，家长更是费尽心机，在特长与文化课之间反复权衡，不知如何安排孩子的未来才算正确，从而内心产生焦虑。其实换个角度思考也许会从困扰中解脱出来。

首先，文化课与特长之间不存在矛盾关系。一些家长总想要找出一个确切的答案：我的孩子到底是坚持学习文化课，还是去发展特长，走特长生道路。我觉得，这样把特长和文化课对立起来的想法是偏颇的。学生在九年义务教育阶段有义务把国家规定的文化课学习好，这是学生未来安身立命、服务社会的基础。严格地说，不论有什么特长，都有必要学好基本的文化科学知识，而不能轻言放弃或在实际上轻视。对所有孩子来说，学习基础教育阶段的文化科学知识，是必须的、不容置疑的、没有什么选择余地的。

其次，在学习文化课的同时可以兼顾特长。文化课学习虽然很紧张，但有特长的孩子同时兼顾自己的特长发展也是能够做到的。特长往往与爱好相连。特长是孩子喜欢做的事情，是孩子有意无意去实践的活动。家长对自己孩子的特长应该有一个比较客观、清醒的评估，即这个孩子的特长在他（她）的人生发展中可以居于什么地位，是只能当作丰富业余生活的一般爱好呢，还是可以作为终生职业，可以凭此建功立业，做出一定成绩的呢。如果是前者，家长要鼓励孩子坚持自己的爱好，发展自己的特长，但先决条件是学好文化课。如果是后者，孩子在特长方面具有超长的天赋，那家长就要考虑向发展特长方向挪移，适当学习必需的文化知识，甚至可以考虑采用特殊的教育方式。比如国际知名青年钢琴家郎朗、天才斯诺克选手丁俊晖、奥运 110 米跨栏冠军刘翔。这几位家喻户晓的世界顶尖级人物在少年时都采用了不同一般的教育手段，他们成年后，不但具有极高的专业技能，而且具有相当的科学文化知识，表达能力、认知能力、判断能力都很强。说明他们少年时在极力发展自己特长的同时也在努力学习文化科学知识。青年作家郭敬明从小对文字有特殊的敏感，非常喜欢写作，从小学二年级开始投稿，但是他没有光写稿不学习其他学科。他从小学到初中学习成绩一直名列前茅。高中时期他边学习边参加全国新概念作文大赛边不断地写稿、投稿，边准备高考，最后考入上海大学。所以，特长技能无需靠舍弃学校的文化课学习来获得或提高。

再次，人为选择不如因势利导。在特长和文化课两者中，有的家长非要做出二选一的抉择，好像孩子的命运和未来都由家长做主，家长成了孩子前程的设计者。事实上，家长与孩子之间也不存在服从与被服从的关系。家长也不必为做选择而焦虑，因为孩子的未来基本不是由家长选择出来的。一个人最后从事什么职业，靠什么在社会上站脚，决定因素很多，社会的、家庭的、自身的、机遇方面的等等，但基本上不取决于少年时家长做出的选择。那么家长只有“坐以待毙”或“作壁上观”或顺其自然吗？当然也不是。我觉得家长需要做的是有益的引导而不是选择。对有特长的孩子督促其按时完成学校课业，并引导其适度参加特长训练。孩子逐渐长大后，根据学习成绩或特长进步情况，家长可以提出修正孩子发展方向的意见或建议，但是仅仅是供孩子参考的家长的意见，采纳与否由孩子自己决定。随着年龄和年级的升高，家长的决定权越来越小，学生的自主权越来越大。

家长和孩子是目标一致的两代人，目标一致但是选择的途径不一定相同，这就是两代人之间不可避免地存在的认识上的差异。在孩子成长的过程中家长要不断地引导、建议，以使孩子始终沿着正确的方向前进。结论是：家长不要决定，要引导。

2014 年 7 月

姐妹们哪，长点心吧！

——由“医保补贴”谣言说开去

前些日子在一个微信群里看到了这样一个消息：带着身份证、退休证和医保卡到街道居委会登上记，政府可以往医保卡里返 50 元钱。消息发布，有些在线的姐们儿马上响应，并相约要去居委会。我看到后，反问了一句：还有这样的事，为什么不见正式通知？令人费解。发消息的姐们儿说：给钱的事，你不去谁告诉你？言外之意好像你不去领，剩下的就归了发钱人似的。紧跟着一个哥们儿发言说：假的，已经有人去问过，没这么回事。发消息的姐们儿好像醒悟，赶紧说：“谢谢啦，要不，又受骗了。”我这人爱开玩笑，就又接了一句：“你去领，人家不给，你就当散步，锻炼身体了，没啥损失，不算是受骗；如果不该给，人家给你了，那人家才是受骗呢。”微信群中的一段小插曲就这样过去了。

无独有偶，一位老同学从微信发来一个治疗心脑血管病的链接，我打开一看，上面介绍了一个偏方，并举例证明很有效，很神奇。但是我同时注意到此条资讯上方有“此文章被第三方评估为谣言”的提示，并且在标题上印有类似印章形状的红色标记，上面是“谣言”二字。我与老同学讨论这个情况，她说：“好多条这样的信息都成违禁的了，不让看了！我想，都用食疗调理好了病，医院不就黄了吗?”言外之意是偏方是可信的，政府或医务部门故意不让老百姓使用，好都去医院看病。我不服她的观点，心里觉得好笑，但没敢向她坦陈。因为她确有心脑血管疾病，而且比较重。她是宁肯信其行，不肯信其不行的，因为她正在服用这个偏方。好在这个偏方的成分都是平时常见的食材，多吃也无大碍。

今天（2016 年 1 月 12 日）《秦皇岛晚报》头版通栏标题辟谣，否定了返 50 元这件事，并引用市医保中心的提示：不可轻信小道消息，新政策会通过官方渠道发布。我觉得很及时，很有冲击力。

去居委会领 50 元这件事引发了我的思考，在看到或听到与自己切身利益相关而动心的消息时，应该怎么做呢？我总结以下三点，与大家共勉。

一要看清消息来源。无论是听到声音，还是看见文字，还是看到图片，都要弄清楚是谁说的，谁写的。一般来说，消息源头是政府，是官方，是国有单位，可靠，可信；反之，不可靠，不可信。当然不是说微信里的都是小道消息，微信里也有官方消息，有些微信公众号就是政府机关或党政媒体的。

二要开动大脑思考。无论是好消息还是坏消息，入目进耳后先不要激动，要沉着冷静，想想是否靠谱，是否准成，不要听风就是雨。想什么呢？想说的有无道理，想传的有无根据，想照办后有无成功可能。要知道，好处只给得到消息的人，不知道的就没份，这只是超市的做法，不可能是政府行为。

三要结合国情判断。社会主义的核心价值观中有“和谐”“平等”“公正”等内容，与此相匹配的消息应该是准确的，而违背这些观念的消息一般来说就是某个人或某个团体的单方意志，一厢情愿，不代表什么。也可能是某些别有用心的人有意散布的谣言，以混淆视听，达到某种目的。我国现阶段国情的主要特点是政府关注民生。那么凡是利好的惠民政策都会大张旗鼓地宣传，做到尽人皆知。不可能靠口耳相传，悄没声儿地就把事情办了；也绝不会知道的就得，不知道的就得不到，尤其是受惠面为“大众”的好事。像过去十多年的工商企业员工涨工资消息，每年都是电视有形，报纸有字，电台有声。就是受惠面为“小众”的好事，即使不上公开宣传媒介，也要层层发文件，公布方案，说明政策，哪能像老太太发红包似的，偷偷塞给自己喜欢的儿孙呢！（开明老太太也是家务公开的）

及此，我化用宋小宝的经典台词呼吁：姐妹们哪，长点心吧！

2016 年 1 月

男人们，请管好你们的下水道

因为去按摩，每天步行，从文化路东侧海后办事处门前走过，再东拐从新兴四街穿过，就是秦皇岛市科协所在的胡同。沿护城河南岸继续东走到民族路上，那里有座小桥。上午小桥的西边聚集着一些等待揽活儿的农民工师傅。看到他们为生计等待雇主，我知道他们生活得不容易。

护城河岸边，柳树长出了耀眼的翠绿的嫩叶，抽出了新的柔软的柳丝；紫叶碧桃，花朵累累，颜色鲜红；也许是干枝梅，也许是榆叶梅，串串粉红，倍蕾缀满枝头。真真是赏心悦目的好景致，好去处。

但是我渐渐地发现，在河边接近桥头的地方，会有男人站在那里解手，不是一两次，而是经常。有一次我按摩回来，顺原路从东往西走，忽然发现前面一个男人，总回头看我，我感觉他好像要办什么事需要回避我，于是我快走几步超过他，结果余光发现他走到南侧的墙根下、一辆泊着的汽车旁低头停下了。我一边走一边大声说：“为什么不找厕所，真没教养！”为了避免看见他，我把头扭向右边，结果发现河对岸的沙堆旁也有一位男人在那里干这种事。我真的很气愤诶。

发现这些情况后，再走过那里，我不再感到风光美丽，景物迷人了，尤其有时隐隐飘过不良气味，我甚至感到恶心。这块儿好地方真的被糟蹋了。庆幸的是我按摩的疗程快结束了，我再也不想走那条道了。

我想起了自己小区里的宠物狗。狗被主人带出家门后，总找树根呀，汽车轮胎呀撒尿。但那是狗呀，这人怎能和狗一样呢？有的小区已经明确提出了禁止宠物随地便溺的要求，难道人就可以吗？

在朗朗天地间，在繁华闹市中，在柳绿花红的景致旁，竟然有一些成年男人，公开便溺！我不理解。

开放城市，会有外国友人来观光，如果看见这样一幕，将做何感想？

旅游城市，外地游人不少，如果看见这样一幕，将做何感想？

沿海城市，市民本应洁净卫生，如果你的左邻右舍看见这样一幕，将做何感想？

一个成年人，当街当众便溺，如果孩子们看见这样一幕，将做何感想？

一个男人，不管有无女士通过，就打开下水道开关放水，女人将做何感想？

上天赐予了男人以立式解手的本能，但那毕竟属于私密事情，是不好在光天化日之下当众炫耀的。其实也没什么可炫耀的，因为有一半的人都有这种本能，但大多数男人都能遵守基本的道德规范，不会去当众解手，那么你为什么要违例呢？

没有羞耻心，没有教养，没有素质，不讲文明，不讲道德，不讲卫生，这是可怕的。

请各位兄弟，别再这么做了，不要让天然氧吧变成天然大厕所。改掉坏习惯，管好你的下水道，做个文明人。也恳请海港区有关部门在附近修建公共厕所，以帮助这些人改正毛病。

2016 年 5 月

让这样的“美容师”多些，再多些

从公园阅报栏看到《秦皇岛日报》刊登的《山沟里的城市“美容师”》一文，感触颇多。我觉得，我们的生活太需要李洪喜这样的清洁工了！

目前我市创城工作正在如火如荼地展开，市十四届人大一次会议提出我市要继续创建全国文明城市，奋力开创沿海强市、美丽港城和国际化城市。市精神文明建设委员会召开扩大会议，各县区签下“创城军令状”。这些都是惠民利民的大好事。谁不愿意自己的家乡，自己生活、工作的地方干净、文明、美丽呢？我游览过一些欧洲小镇，它们不一定都美，但是一定都干净，给人的感觉是清爽、明丽，养眼养肺。我们看在眼里，心向往之。

我市市区最具表象化的市容市貌天天在改观，日新月异，美不胜收。公园里、街道上也到处可以看到园林工人、环卫工人有序忙碌的身影。真是可喜可贺。

但是我觉得，既是全市范围开展创城，那就应该把目光放得远一些，从市区到县城，从城市到农村不能有死角，不能有遗漏，不能有例外。

我经常随驴友在附近的农村进行户外锻炼，或登山或徒步或游览，发现农村有些地方环境卫生确实比较差，垃圾较多，乱扔垃圾现象比较严重。

有的村口也有垃圾箱，但是已多时没有清理，垃圾箱本身臭气熏天，人不能近前。而垃圾箱外边或者不该有垃圾的地方都可看见垃圾。垃圾种类很多，农田垃圾，上一年度农作物的秸秆到处堆放，过冬后已经腐烂的梨、苹果随意抛洒在街边、地头、沟侧。还有果树垃圾，上年使用过的苹果套袋、银色的反光铝箔随风翻飞，到处飘舞，剪枝剪下的树枝哪里都是。再有就是生活垃圾，白色塑料袋、破损的地膜地面上有，房顶上有，树枝上也挂着；旧衣裤、旧鞋、破袜子随处可见。在农村我曾亲眼见到一位妇女骑着自行车从我身旁驶过，后座上有一包袱。我见她来到已经干枯的小河旁，把包里面的旧衣物抖落到河床上，转身离去。我和她碰面时，说，你把这些东西扔在这儿合适吗？多不雅观。她没搭理我，快速骑车走了。还有一次，雨后我上山捡蘑菇，走到山后发现山沟已经变成了垃圾场，臭味随风飘散。

这些垃圾，一是不雅观，影响观瞻。二是污染环境，影响空气质量。三是极易引发火灾，因为很多是易燃物品。

我觉得，目前来说农村垃圾问题是亟待解决的大问题，关乎环境、环保、美化等各个方面，不可小觑，不能等闲视之。各级政府，特别是乡镇和村政府有必要把垃圾问题提到日程上来，否则将影响“创城”的脚步，拖农村城镇化、创建文明城市的后腿。

要从根本上解决问题，有必要做好这样几方面工作。

首先要提高认识。不要把垃圾当小事，要认识到处理好垃圾是创城的最基本的任务，解决不好，会影响大局。要对村民加强引导和教育，使关爱环境、讲究环境卫生成为每个村民的自觉行动。

其次要加强硬件建设。政府要加大投入力度，解决垃圾的终端处理问题，或坚持分类，有效利用，变废为宝；或深度掩埋，加强隔离，杜绝扩散污染。不论怎样，都需要财力、物力、人力以及场地。没有政府的支持是不可能从根本上解决的。

再有就是要健全规章制度。垃圾清理要落实到村，要指定投放地点。对于违反规定的要设立惩罚措施。去过新加坡的人都说那个国家特别干净，原因就是制度严明，规定明确，惩罚到位。垃圾问题是环境问题，是大事，不能迁就。

还要设立专门的监督检查机制。记得五六十年代的时候，建国时间不长，百废待兴，群众的卫生习惯也没有养成，那时的街道居委会有一项工作内容就是不定期地到各家各户检查卫生，地面、家具、玻璃、厨房等都要看、摸。学生在学校也要接受检查，要求每个学生自带水杯、手绢、手纸，检查卫生时看头发、脖子、手指甲等是否干净，还把“饭前便后要洗手”当作一项规定。而几十年后的现在为什么不检查了呢？因为人们的个人卫生习惯、家庭卫生习惯已经养成，不需要了。而公共卫生、环境卫生关系千家万户，关系城镇、村庄形象。现在城市里随便倾倒垃圾的现象基本没有了，这是进步，也是制度干预的成果。农村也需要一个干预的过程，这个过程要尽可能地短，因为我们担负的使命紧迫。

我市晚报报道，海港区“创城”很有成果，维修道路，投放垃圾箱，关停非煤矿山，清理取缔堆煤场，扩大绿化面积，封堵改造排污口等等。这些工作有目共睹，得到市民的认可和好评。但还需要往农村扩大战果，不要忽略了那些原来归县里管现在归区里管的偏远乡镇。要大力宣传，从县到乡，从乡到村，从村到户，从户到人，人人皆知，形成人员上全参与，范围上全覆盖，时间上全天候的创建好环境、建设美家园的新局面。

一个人自己光鲜亮丽，家里却脏乱差，肯定要受到旁人的指点；一个房间表面干净整洁，打开衣柜、鞋柜却一片狼藉，也要受到知情者的耻笑。那么，城市卫生好了，要尽快改善农村的卫生状况，转变面貌。山很青，水很秀，可是山上、水边都是垃圾，怎么让人欣赏？树很绿，花很美，可是树下花旁都是脏污，怎么让人亲近？该有人管管这些事了。

我们希望出现更多的像李洪喜一样的美容师，不仅是山沟里的城市美容师，还要有乡镇里的城市美容师、村庄里的城市美容师、河流旁的城市美容师、树林中的城市美容师……专职的兼职的都需要。

让我们生活的环境又干净又美丽吧，从里到外。千万别让垃圾成为“创城”的障碍啊。

2017 年 4 月

中国邮政为什么不给开发票

收钱给发票，天经地义，尤其是在老百姓认为的那些正规单位。可是，大厅里赫然写着“中国邮政”四个大字的文化路与建设大街交叉路口的这家邮政局却总不给开发票。

几个月前我去办理快件业务，要求开发票，营业员说没有，只有手写的收据，盖上他们所的日戳。这种收据以前确实可以报销，而现在确实不能报销，财务说这种收据不合法。我当时跟邮局的人理论半天，他们说发票现在没有，如果非要要，需要过段时间再去取一次。我很不愉快，给他们提了意见，他们当时表示改正。

事过几个月后，我又去发快件，有了上次的教训，我递交前先问有无发票，他们的回答竟然与几个月前一样，还是没有发票。这次我只好转身走了。

在我的印象中，“中国邮政”好像是国企，不是私企，信誉应该是很高的。我把这个单位与中国移动、中国联通、中国电信、有线电视等单位划归一类。而那几个单位，只要交钱都是机打正规发票。私人开的书店，比如金钥匙书店也给开发票；饭店，如果需求，也可以开具。可到了“中国邮政”这儿怎么就没有了呢？

我不理解，也不明白，标着“中国邮政”，为何只收钱不给发票？有人说是为了逃税，有人说是因为消费的数额小，还有人说都是人们给惯的。什么原因我不想追究，只想在办理了业务后，需要发票时能够得到发票。可是消费者的这个正当要求为什么总是被拒绝？

邮件还是要发，我给顺丰速运打了电话，要求他们上门取件，并说明我需要发票。对方满口应承，并和我约定了时间。一件邮件比邮政的特快专递还少用了 9 元钱。顺丰快递员走了，我想，他们的事业会越做越大，越做越强的。

中国邮政在中国已经不是一家独尊。应时代之运而生的多家速递、快递公司来势迅猛，茁壮成长。他们的很多业务已经取代了中国邮政。如果“中国邮政”，这个传统行业不能紧跟形势，身为服务行业却坚持官商作风，必将把自己的买卖引向死路。

2016 年 4 月

提醒与不提醒为哪般？

有车一族都买车险，而保险公司每年都提前好几个月就打电话提醒客户续保交费。为了吸引客户提前交费续保，有时还出台一些优惠条件，或发送赠品等。对于续保还提出一些建议，买什么买多少等。当然商业险买得越多销售员越高兴。有线电视公司的提醒不是打电话，而是充分利用他们的资源，在电视屏幕下方打出字幕或者往电视信箱里发送邮件提醒续费。使用信用卡的客户，每到还款前一两天也会收到银行的短信提醒，这避免了许多可能出现的不良信用记录。可以说，现在“提醒”成了连接经营者与客户的很好方式。

可是，驾驶证有效期到达或换证却不见提醒，本人就是因此而被注销驾驶执照的。向别人“痛诉”自己的遭遇，才发现无独有“众”，好多人都有过相同的经历，有的发现及时，补考并通过了科一考试又重新拿到驾照，而有些人延误了时间，要想重新取得驾照需要把所有科目再考一遍。考试是有成本的，交考试费就理所当然了。

我不解的是为什么这个驾驶证有效期到达和换证，有关部门不能事先提醒一下呢？

也许人家会说，保险公司等行业提醒客户是为了经济效益，那这个不提醒是为了什么呢？

可能有关部门会说，提醒之事不属于我们职能范围。我确实没见过关于提醒驾驶员的文件，但是我觉得职能是人定的，是可以修订和改正的。你让它属于它就属于，你把它排除在外，它就不属于。

可能有关部门会说，执法部门没有那么多人力，忙不过来。我觉得只要认识到应该去做，就能忙过来。如果根本没想到，没尝试，就是人力再富裕，也没人去做。做一件事的出发点应该看对群众有无好处。

可能有关部门会说，提醒之事以前没有过先例。我觉得现在好多事都有了零的突破，以前手机号码没有实名制，现在也开始拿身份证了；以前非婚孩子上不了户口，现在也开始登记了；以前没有动车、高铁，现在不也都出现了吗？

有关部门可能会说，外市没有这么做的，我们也不能这么办。这理由好像也立不住脚，办好事不用攀比，谁办谁顺民心、得民意。可以给大家带来方便和好处的事，办了，上级不会批评，邻市不会指责，老百姓还认可、夸赞。一举好几得，何乐而不为？

习主席说："民生连着民心，民心关系国运。我们党和政府做一切工作出发点、落脚点都是让人民过上好日子。"我认为，按时参加年检，顺利使用驾驶执照，也是人民过上好日子的一个小方面。别再让老百姓因为这些本可以避免的小事闹心吧！

2016 年 1 月

有感于"踹一脚"

早上在小区看到了这样一幕：几位值班保安围着一位年龄偏大、身材偏胖的妇女在说着什么，只见这位妇女突然转身冲到一辆轿车前，用力踹了轿车轮胎一脚，然后钻进另一辆轿车走了。我明白了：挨踹的车停泊的位置影响了这位女士的车的出入。我虽然也遭遇过开不出自己车的经历，也有过不满和牢骚，但是对这位女士的做法实在不敢恭维。

小区车多，由于车位不足或泊车管理不善，不时会发生这种开不出自家车的情况。遇到这种情况，一般都是请物业帮忙，找到妨碍交通的车主，问题就可以解决。而自己的车开不出去就踹别人家车的做法，是不利于解决问题的。虽然别人的车不是公物，但也是财物，一粥一饭当思来之不易，何况一辆显示着现代气息的车呢？我觉得爱护别人的车等于爱护自己的车，还是不踹为好。

车本无错，拿车出气，气量显得小了些，也暴露了公德的不足。试问，如果你生孩子时难产，给你带来了痛苦或者使你出血过多，难不成你生下孩子后还要踹他一脚？如果你出门在外突然降雨，而你没有带雨伞，难不成你还要踹老天爷一脚？那恐怕你还不如宋丹丹，不但脚上不去，鞋也上不去。所以踹车之举实在是没有道理。

再说了，今天别人挡了你的车，你踹人家车一脚；明天别人可能认为你挡了人家的车，人家再以“其人之道还治其人之身”，也踹你车一脚，这样踹来揣去，难免手段升级，变成别的什么方式，那“冤冤相报何时了”啊！

能住在一个小区是一种缘分，怎么着都是邻居，用得着用这种方法吗？所以踹车之举实在不算文明。而且这是多大个事儿呀，犯得着生那么大气吗？气大伤身，你说要是气出个好歹或者用力不当把贵足踹崴了、骨折了、抽筋了，那就更不上算了。这种举动实在与文明与和谐相去甚远。

我看到这个踹车的场面很气愤，也小心眼儿了一回，把这股气儿化成了文字，表达感慨。

2011年1月

靠不住与靠得住

前几年有人对三部电影进行概括总结，得出三个结论：《投名状》说明兄弟靠不住，《色戒》说明女人靠不住，《集结号》说明组织靠不住。可巧，这三部电影我都看过，都是在电影刚上映时花钱在电影院看的。

《色戒》表现的是情欲与信仰之间的矛盾，女大学生王佳芝化名“麦太太”，利用美色勾引汉奸、特务易先生，并预谋暗杀其，但她在最后发现自己的戏是假的，但情是真的，于是她在关键时刻放走了汉奸。

《投名状》表现的是私欲与忠诚之间的矛盾，大哥想要建功立业，报效国家，但是在实现他自己理想的过程中，随着自己权利的增大，人也变得越来越野心勃勃。是忠诚结拜的兄弟，还是背叛自己的兄弟，最终取决的是个人的私欲。当私欲占上风时，结盟就成了可以随意丢在一边的破袜子。大哥为实现自己的理想，要清除一切障碍，不惜和二哥决裂，屠杀被二哥劝降的太平军降兵，又利用三弟的狂热性格，说服三弟站向自己这一边。可是最终他失败了。是两个强盗和一个女人既造就了他的成功，又导致了他最后的毁灭，改变了他的一生。这两个强盗就是曾发誓跟他生死与共的结拜兄弟：二哥和三弟，而那个女人正是二哥的妻子莲生。

《集结号》表现的是求生欲与使命之间的矛盾。代表组织的领导没有按事前的约定及时吹响集结号，致使九连战士一直坚守阵地。他们打退敌人三次进攻，炸毁两辆坦克，歼敌无数。只因没有听见集结号，没有及时撤退而最后除连长谷子地外全部阵亡。又由于部队改了编号，九连牺牲的烈士们也被认定为失踪。唯一幸存活下来的连长谷子地用尽毕生的时间去寻找死难的战友们，无论如何他要将荣誉归还给这群年轻的英烈。在寻找、上访的过程中，他还想探明当年集结号的真相。而真相是令人震惊的，也是推导出开篇那个结论的唯一理由，就是根本没吹集结号。编者的意图大约在表现战争的惨烈和战士们的英勇以及谷子地对战友们的深厚感情，但是有些人看到的只是上级没有信守约定，没有在该吹响集结号时吹响集结号而导致四十六名战士的牺牲。

情欲、私欲、求生欲都是人性的表现，而信仰、忠诚、使命是人的社会性赋予人的责任和义务。当人性和社会性发生矛盾时，守住哪一方，放弃哪一方，是一个人世界观、人生观、价值观这“三观”的反映，选择不同也会产生不同的结果。

最近在电视上刚刚看完孙红雷主演的连续剧《一代枭雄》，挺有感触，总结一下，可以得出什么结论呢？

首先人要善良。剧中的主要人物何辅堂虽家境不好，但他是从国外学成回国的“海归”建筑师。在那种兵荒马乱的年月，他回到家乡后，不仅没有用武之地，还亲眼看到自己的父亲被人砍杀。于是他产生了报杀父之仇的决心，并深深地扎根在他的心里。他忍辱“嫁给”当地豪门，被迫卷进土匪窝，无奈混入上海商界，无意识踏进充满凶险的枭雄人生。但是他善良、正直的本性始终没改，他绝不浑水摸鱼，绝不近墨而黑，绝不低贱下作。不理解的人觉得他好像是刻意约束自己，实际是他善良、正直的本性使然。

其次人要坚强。何辅堂对弱者同情、帮助，面对仇人、敌人的残酷他不屈服。他掌管风雷镇，给老百姓带来了一个阶段的幸福、安定。他因无名之罪抓进三号监狱后，为了查出自己被捕的原因，不顾典狱长交代的“不许提问”的禁令，而被关进“小号”，并且待了十二天，打破了过去有人在小号待上九天的记录。后因越狱被打伤双腿，又被关进“希望之屋”六天，弄得神经差点儿错乱。他受尽了折磨，他伤痕累累，但是他都挺过来了。这有些像共产党员。这个人的意志多么坚强啊，真是一条硬汉。

还有就是人要相信爱情。在何辅堂的生命历程中有过四个女人。第一个是他入赘之家的小姐，名义上的妻子，没有实质的意义。第二位是她在王三春手下时明媒正娶过来的彩灵，第三位是他花钱赎回来的素颖，但是没有结婚。而他真正喜欢的是程立雪，燕京大学的毕业生。程立雪由于被骗曾嫁给了何辅堂的仇人魏正先。当她知道了魏正先就是霍大成这一真实身份后（魏正先和霍大成是一个人，坏人隐姓改名），她断然留在风雷镇办起了学校，担任辅仁中学首届校长。在生死相依的生活中，她和何辅堂产生了爱情，但最终被魏正先害死了。有情人未成眷属，有些遗憾。但是从剧情来看，何辅堂解放后也没有再娶，他的心里只装着程立雪一个人。这段刻骨铭心的情感，使这位乱世枭雄的人生平添了几分暖色。

剧中程立雪说过：任何事情结果都是好的，如果不好，说明还没到最后。何辅堂怀揣着这样的信念活着，他一直在风雷镇中学教书，直到去世。

这部电视剧的剧情和主题可以颠覆文章开头提到的由三部电影总结出的三句话。共产党这个组织是靠得住的，它使风雷镇免于灭顶之灾；程立雪这样的女人是靠得住的，临终前她总不肯闭上眼睛，直到何辅堂回来，死在他的怀抱中；兄弟也是靠得住的，但需要包容和谅解，在何辅堂入狱的后期，老乌侵吞了银行的七百根金条，何辅堂出狱后念他的好，原谅了他。何辅堂这样的兄弟怎么靠不住呢？当然靠得住。

靠得住、靠不住不可一概而论，要结合具体事情具体分析、判断。

2014 年 3 月

令我感动的一部电视剧

令我感动的一部电视剧是《山楂树之恋》。

感谢主演王珞丹和李光洁，他们向观众、向今天的青年奉献了一部很生动、很感人的电视剧。这部电视剧让我们看到了上个世纪 70 年代人的、受到各种约束的爱情生活，感受到了今天的进步和发展。

看电视剧《山楂树之恋》，想到了外国的罗密欧和朱丽叶，想到了中国的梁山伯与祝英台，想到了神话中的董永和七仙女，还想到了日本电影《生死恋》。看了《山楂树之恋》的结局，我的心情很沉痛，这是一出凄美的爱情大戏，诠释了爱情的真挚和永恒。我能理解静秋和建新，我也同情他们，但是他们的爱情确实带有深深的、那个时代的印迹。用今天人的眼光看，这个悲剧中的许多情节是可以避免的。因为在 21 世纪的今天，在现实生活中不是有罹患不治之症的人要求穿上婚纱以了心愿的吗？不是有健康的人非要和身患癌症、不久于人世的爱人完婚的么？老三，建新，你大可不必在生命的最后阶段躲着静秋，折磨自己。你大可不必那么做！

静秋，我刚刚看完江苏卫视的《山楂树之恋》，我泪雨滂沱，抽泣不止。我是为你们的爱情感动吗？有，但不是主要的。我主要为你，静秋，难过！我是心疼你，静秋。我写这段话时，眼泪还止不住地流下来。你是那么单纯，你是那么痴情，你是那么让人怜爱。我觉得建新用那种办法对待你是不对的，他让你付出了太大的代价。

你的痛苦是谁造成的呢？你是个情窦初开，涉世不深的女孩子，单纯得连怎样才能怀上孩子都不知道。你对你遇到的第一个男人就产生了深深的感情。而建新比你大六岁，应该是什么都懂的。他没有因爱而占有你的贞操，是他的高尚之处。但是他选择的、让你活下去的方法未免太残忍了、太绝情了。我不能理解，也不愿原谅老三。也许我太认真了。

你们多次阴差阳错地失之交臂又让我觉得你们本就不该是一对。静秋，你别难过了！

在今天，纯美的爱情肯定是有的，但是不会用上个世纪70年代的元素组成。那时，谈恋爱被认为要影响学习、工作；被人甩了要遭受不相干人的非议；爱人联系不上就非得去省城找；妈妈阻止，尽管近在咫尺，也无法相见……

静秋冲破重重阻力，想尽办法终于知道了老三待着的地方，她急忙赶赴医院。老三已在弥留之际，老三在静秋无数次的呼唤声中，挂着静秋滴落在他脸庞上的泪水，带着一份永恒的爱，永远地离去了。

静秋翻看老三留下的日记，那最后一页写道：“我不能等你一年零一个月了，我也不能等你到二十五岁了，但是我会等你一辈子。”

止不住的泪水洗涤着我的心灵，冲刷着我的内心，净化着我的情感。

在今天，相恋的人中有一人生病的情况是会有的，但是处理的方法肯定不会如老三。他们恋爱过程中的种种受限今天也不会存在。年轻人，生活在这个时代多么幸福！

看完电视剧，我心情沉痛，难以平静，一气发了六段微博（因为微博有字数限制）。

2012年3月

我的底线在哪里？

我是一个又随和又较真的人，有时好像很顺从别人的话，有时又让人感到很爱抬杠。其实我是有原则的，我有我的底线。我的底线在哪里呢？仔细想想，觉得我有三个触碰不得。

一是谁要是说毛泽东或者共产党的坏话，我不能听之任之，肯定要和对方掰扯。私下里聊天，有的人比较随便，张嘴就来，满嘴跑火车。聊着聊着，可能就聊到了时局呀，形势呀，现实呀，一些问题就提出来了。这时有人就借机对领袖、对共产党流露出不满。不满是可以的，有意见也是正当的，但是一些偏激的人骂骂咧咧，以至全盘否定。我听不得这些话，马上反驳，当然仅就现场反驳。放心，我不会去告密。这种反驳的做法是发自内心的，绝不是做样子。比如有人说现在物价高，老百姓生活质量下降，我就会说人家闭着眼睛说瞎话。现在的生活和二十年前比，就是和十年前比，也是大幅度提高的呀。央视某主持人事件出来后，我可没少评论他，我得出的教训和一些人不同，不是同情他说话不注意场合，让人捅出来了，而是觉得作为央视的公众人物，做出那样的事情，说出那样的语言，实在不可理解，我认为他政治素养太欠缺了，太幼稚了。

二是如果有人说当教师的怎么怎么不好，我也不能坐视不管。例如有人与某位老师有了纠纷，在叙述完事情经过后，为发泄自己的不满，总要说一句“还是老师呢”如何如何。我听到这样的话就反感，即使这话是我家人说出的，我也不爱听。我的观点是，老师也是普通人，不是圣人；也有七情六欲，不是清心寡欲；也需要柴米油盐酱醋茶来过日子，不是不食人间烟火；也是靠工资吃饭，没人额外给发人民币。一般人有的毛病或错误，在某位具体的教师身上也可能会出现，这一点儿都不奇怪。老师自身严格要求，为人师表，是必须的；而作为旁人，也应该允许个别教师有点儿小毛病。发现了教师的毛病就像发现新大陆似的，揪住一点不及其余，大肆渲染，从而贬低教师的人格。这我是看不下去的，也是不能容忍的。

三是如果有人不切实际地说我的家乡或我居住的小区不好，我也会不受用。家乡不可选择，但那是生我养我的地方，我不允许别人贬损它、诋毁它。小区是我自己选择的，因为好，我才住进来，我也不愿意让旁人说它的不是。有的人和我相反，越是自己住的地方越看不起，越不接受，提起来就义愤填膺，好像小区物业、业主都对不起他似的。我亲耳听到我小区的人说自己小区周边财运不济，做买卖没有做长久的，几年就黄摊；别上这儿买房子，这个小区不好，如何如何的。我听到这样的话总要反问，这么不好，你为什么要在这个小区买房子呀？对方也总是不能自圆其说。

我不是变相的利己主义，不许人家说自己领袖、自己国家、自己职业、自己小区的坏话，我是不愿听那种不在理、不顾事实真相的言论，我觉得那是胡诌八咧，不负责任的瞎说。我从感情深处热爱自己的领袖、自己的国家、自己的职业、自己居住的小区，而这些也确实是好的呀！

2018 年 9 月

对以往决定的重新审视

年届古稀，回忆前尘往事，感到比较满意。在人生的关键时刻，基本都做出了正确的抉择。但是有几次听了别人的话，采纳了人家的意见，现在想想，却有了新的看法。认为那时的自己太幼稚，或者太执着，太过积极了。

我从小爱读书，爱学习，成绩好。我念初中的学校是一所完中，高初中都有。当时每次期中考试后，班主任都张榜排名次。我在班里是学习尖子，经常是高居榜首，以至开家长会时有的家长要认识我一下。初中毕业时，报考志愿，可以报三个。班主任——一位很有才气的女教师，那时找到我，让我填报本校。我有些受宠若惊，想都没想就报了唯一的一个志愿，本校。我父母的工作与教育不挂钩，知道我学习好，自己可以做主，所以也不干涉。我在家又行大，无长兄阿姊的经验可以借鉴或接受他们的指点。报过后就自然地在本校继续读高中了。后来赶上了“文化大革命”。现在想起来，当时没报本市一中，没有进一中的高中读书，应该是我今生的一个遗憾。虽然从我的成长和发展来看，没有什么损失和负面影响，但是参加工作后调到现在居住的城市的第一中学教书，又从第一中学走向教研员岗位，才觉得一个人在读高中时到一所重点学校学习还是一件有百利而无一害的好事，而我轻而易举地失去了。

我高中毕业时，正值“文革”，取消了高考。1977 年恢复高考时，我正在中学教书。我准备报考，以圆上大学之梦，于是加紧复习。可是，学校党支部书记知道了此事，他找我谈话，说学校不希望我参加高考，希望我留下来继续在学校工作，边工作边进修，而且说我的入党问题已经在党支部的考虑范围之内，我的工作也将会重新安排，去教导处抓教学等等。几句话说得我心潮澎湃，我觉得党组织很看重我、器重我，我不应该辜负领导的器重。于是我放弃了报考，也因此再一次失去了进高校深造的机会。当然我当年报考也不一定肯定考上，而且后来我通过参加在职函授学习，也取得了大学本科的毕业文凭。现在想起来觉得当时还是应该参加“文革”后的第一次高考，不应轻易放弃。

1978 年我作为教学骨干被市教育局调到了刚刚恢复重点校资格的市一中。这年我儿子五岁，按当时计划生育政策，我可以生二胎。但是因为刚来新单位，工作压力大，加上家中老人都在外地，没人帮忙，所以我推迟了要二胎的时间。可是没多久新的政策来了，由原来的“一对夫妻一对孩儿”变成了“只生一个好”。一孩化国策开始实行了。最初是传达文件，全面动员，后来负责计划生育的校医逐个做工作。找到我时说，已经有五六位女老师报名决定只生一个了，其中还有第一个孩子是女孩的某某老师。然后劝我也报名。我回家与丈夫商量了一下，觉得这也是表现自己听党的话、积极上进的一个机会，也就报名不再生了。而和我同龄的我原籍的同学们大多是两个孩子，我家二妹妹也是两个孩子。一孩肯定有一孩的好处，无论是从经济上还是精力上。但是现在回头来看，我还是觉得有两个孩子也很不错。关键是我赶上了生两个孩子，可以生，而我听人劝主动放弃了一个。

这三件事都是别人劝说自己决定的。劝说者站在自己的立场，从自己工作成绩，也是集体利益出发进行劝说，而理由也往往有对被劝说者的利益允诺。我，作为被劝说者，在年轻时，积极要求进步，靠近党组织，一心要求入党，从朴素的阶级感情出发，把一切领导、上级、组织的意见都看成是党的要求，也就接受了劝说者的建议，做出了也许影响自己一生的决定。当然，这三件事无论怎样决定都不影响大局，对其他人更没有任何妨碍，也不影响我从年轻时建立起的共产主义信仰以及对党组织的追求；影响的只是我个人的经历，人生的履历。也说明我这个人一直以来都是单纯而听话的。生活不能重来，历史不可重写。即使可以重来，在那样的阅历、认知条件下，我会做出不同于上面决定的决定吗？只有天知道。

2018 年 10 月

善良是养生的最佳保健品

被现代国人奉为国学基本读物的《三字经》开篇即有“人之初，性本善”之语，对这一说法社会上曾有过激烈的争论，焦点在人的“善”到底是什么时候有的，是先天从娘肚子里带来的还是后天逐渐形成的。本文不参加这个讨论，但是对于在微信中看到的一句话却很赞同，这句话就是：聪明比善良更难，聪明是一种天赋，而善良是一种选择。行文至此想到了社会主义核心价值观，十二个词的最后一个词是“友善”。这说明“友善”是我们国家和民族倡导的道德文明之一。友善比善良的含义更丰富，因为多了一个“友”字，友善强调的是人对人的态度和心性，而“善良”专指人的个人修为和涵养。我觉得，我们人人都选择善良，于我、于他（她）都有好处，更重要的是于己，对自己也有百利而无一害。

在我看来，善良是养生的最佳保健品。

善良可以使人心灵安定。善良的人一般都懂得自身在社会上的位置，尊重自己的人生价值。有追求而不狂妄，有梦想而不张扬，不会有脱离现实的奢望，不会有不符实际的幻想，因此对人不骄不傲，遇事不急不躁。顺利时，不吹不擂；挫折时，不怨不怼。对比自己强的人，羡慕而不嫉妒；对暂时不如自己的人，同情而不欺辱。善良的人内心踏实、知足、感恩，心境平和，情绪稳定，没有大起大落，当然也就不容易得病。

善良可以使人脏器平衡。善良的人一般性格都很开朗。开朗的人自然心态好，遇事不会郁结在心。现代医学认为，很多疾病都与情绪、心态有关。体内阴阳的平衡，心肝脾胃肾各种脏器的协调运行，都离不开好心态。善良的人，也有悲天悯人之时，那是一种大爱的表现，是一种无私忘我的反映，而不是那种小人的戚戚，好事者的聒噪。善良的人知道自己不过是芸芸众生之一，永远不会凌驾在别人之上。没有过多的欲望，没有过分的好奇，没有过剩的对别人隐私的兴趣。这样的人心情舒畅，活得轻松，活得自在；各脏器血液充盈，强大而健康。

善良可以使人面容慈祥。相由心生，是说一个人面相的好坏与其心灵的善恶是相应的。善良的人总是希望别人好，即使是不喜欢自己的人，也不希望他（她）坏。看到别人好，自己喜欢、开心，发自内心地替人高兴，为人欣喜，虽然不会有那种虚张声势地表达，故作姿态地庆贺，但是他（她）的表现让人都知道他（她）是愿意看到别人好的。善良的人心里充满阳光，浑身散发着正能量，所以他（她）的面容总是祥和的，他（她）的眉目总是舒展的，他（她）的嘴角总是上扬的。长此以往，脸部肌肉纹理都会发生变化，肌肉也会更紧实，比做美容还有效果。

善良可以使人寿命绵长。中国有“好人无长寿，坏人活千年”的俗话，在没有公平、正义、法制的社会，也许会是这样。但是在当今时代，这句话不但不成立，而且相反。善良可以使人延年益寿。善良的人不做坏事，没有什么事见不得人，没有什么事不可对人言；善良的人不会对别人恶语相加、背后使坏。所以善良的人心怀坦荡，心无纠结，心灵通透，白天吃得下，晚上睡得着，脉搏正常，心跳自然，血流顺畅，呼吸有序，大小便通彻，头脑清醒。这样的人想不长寿都难。

怎样做到善良，不是靠嘴说，是靠心里的认同。表面做做样子是伪善，不能持久，也更累心费神。发自内心的、不断修炼得到的善良是真善，是可以起到养生保健作用的。日常生活中的“善”也有个“度”，《秦皇岛晚报》“梅子有约”栏目一位倾诉者曾介绍自己的遭遇，好心肠的邻居不厌其烦地关心打扰自己的生活，使自己对这种“善”心生畏惧。对老年人来说，善良首先是照顾好自己，不给或少给别人（包括儿女）添麻烦，其次是经营好自己的生活，不给或少给社会增加负担，最后是力所能及地帮助需要帮助、成全需要成全的人，而不是“当面握手，背后使绊”。

莎士比亚说：“善良的心底，就是黄金。”巴尔扎克也说：“真正有才能的人总是善良的、坦白的、爽直的，绝不矜持。”善良不是愚钝，不是懦弱，也不是可以任人宰割。善良是品德、才华的高度统一，善良可以让一个人走得更远更高。

还是用微信上的话结束我的文章吧，“一个真正的文化人，应具备四种素养：植根于内心的修养，无需提醒的自觉，以约束为前提的自由，为别人着想的善良。”善良是永远被全人类称颂的美好品性，胜过一般意义的保健品。

2017 年 5 月

其实是为了你自己

去广西自助旅游，有一天我们几个游客一起租了一辆小面包车，准备去瑶寨看望瑶族老乡，因为那里是贫困山区。头一天旅店老板建议我们给寨里的孩子带点礼物，像小食品什么的，还可以装几个小红包，不用多，每个红包放几元钱。我们接受建议在住处附近买了些东西。车开出后，走了一段路程又上来一位女游客，她也是包车的雇主之一。上车后她看见我们大包小裹，便询问原因，之后告诉司机说，看到超市请停一下车，我也下去买点东西。我坐在她旁边，赶紧说，你不用买了，我买的多，送给你点，你拿去好了。她当即表示不同意，说自己不买心里不好受。

听了这句“心里不好受”，我没有坚持。因为我理解这心里不好受的滋味儿。我体会，有的时候我们做好事、做善事，做应该做的事，或者在别人不知道的情况下主动修正错误等等，其实不是为了别人，而是为了自己，为了内心，为了好受。

记得早年穿衣服要到成衣铺做，有一次我做了一件墨绿色的罩衣，那种冬天套在棉衣外面的单衣。取衣那天，我利用午休到了服装店。进门后又是试衣，又是照镜，再脱下来叠好装到自己包里。忙活完了，抬腿回单位上班了。晚上下班到家拿出衣服猛然想起了一件事：没交手工钱。这下我的头都炸了，这可怎么办，人家已经下班了，当时也没有电话。这一宿我没有睡好觉，总想着人家发现我没交钱，得多瞧不起我；人家发现少了钱，得多着急等等。好不容易天亮我赶去上班，挨到中午，我饭都没顾得吃，就来到成衣铺。进门一看，一切照常，我想象的情景都没有出现，她们已经认不出我了，问我做什么衣服，我忙说明情况。负责收款的女师傅不相信地说，怎么可能，没有这种事。我再三解释，她才勉强把钱接了过去。当时成衣铺是合营那种，几个人合伙，有剪裁的，有缝纫的，有收活儿、付活儿、收款的。我想当时那女的不承认是怕同事埋怨她。我把钱交出去，心里好受了。

我经历过的类似事情不少。比如还有一次，也是以前了，我在上班时间骑自行车去银行，到门口后锁车进去办事，完事找到自行车返回单位，放好车回办公室工作。下班时，去自行车车库取车，找到了我的自行车，用钥匙开锁后，觉得不太对劲，好像不是我的车，仔细看，虽也是 28 飞鸽弯梁自行车，但是比我的车新，车筐也比我的干净。我顿时傻了，怎么把别人的车骑回来了呢？人家怎么办？能骑我的车吗？我不假思索，骑上车直奔银行，到了门口，看到我的车还在，我赶紧把这辆好点儿的车放稳锁好，打开自己的那辆自行车回家了。用旧车换辆新的，不好吗？不好，自己心里不好受。

我工作在教育研究部门，有指导教学的任务，每年年终总结时，我把自己下基层听课的情况做一统计总结，述职时算是一项。为了这微不足道的一项，我把一年的听课笔记本找出来，一节课一节课地画“正”字，统计一遍，还要再核对一遍，最后是81节绝不报说80节，是99节，也绝不报100节。数字和我的听课本是对应的，一节课不差。其实没人去核对，考评能不能得“优”，与此关系也不大。但是我要写到自己的总结报告里就来不得一点儿不实。领导看不看我不知道，同事听了走不走心我也不关注，我在意的是我自己的内心。说假话，我心里会不好受。

最近从微信上看到一篇文章，写的是北京大学著名教授赵宝煦的夫人、北京101中学陈思寇老师快乐度晚年的事。陈老师自己表示：“我养大了儿孙，是我的奉献，但我不图儿孙的回报。我一直以助人为乐，若能帮助他人，我就感到快乐。能给周围人带来快乐，我就感到快乐。一位老师经济上有困难，我给了她点钱，她向我表示感谢，我说，你甭谢，我这样做自己高兴。”看，助人之后自己发自内心地高兴、快乐，这就是真正的不图回报。

有句话是“送人玫瑰，手留余香”。有人说你今天助人了，是“送人玫瑰”；改日你得到回报，就是“手留余香”。我不这样认为。

什么是“余香”？我觉得是做了好事、美事、善事、应该做的事；或者及时避免了可能造成的错误，进而成全、帮助了别人；或者我们委屈了自己，避免了对他人的打扰、妨碍，甚至伤害；我们自己心里高兴、愉悦、痛快，感到心情舒畅、兴致勃勃、情绪昂扬，这就是“余香”。对方回报与否不在自己的考虑和期盼中。我觉得，这种正面的体验和感受对身体健康都是有益的呢。

多留余香在手，心灵的天空永远明朗澄澈。

当了姥姥、姥爷的人常说外孙子、外孙女是“白眼狼”。这大多数是调侃或自嘲，但是也有少数老人因此真的生气，我就遇到过。一位老人曾说自己对孩子如何如何好，而孩子对自己如何如何冷淡、不关心或者不满意等，因而自己心里不痛快。我倒觉得大可不必。你曾经无微不至地关心、爱护过自己的隔代孙辈，那确是“送人玫瑰”，但你是心甘情愿的。为什么呢？为了给你的儿女减轻负担，为了自己的责任心得到满足。如果不那样做你于心不忍，你心不安，做了你心里高兴，至于有无后续回报，你在做时是没有考虑的，那么事后也不必计较。

这使我联想到亲属之间、朋友之间很多时候都是因为一方自认为付出很多却没有得到相应的回报而出现隔阂，或者认为别人付出太少，对不起自己的付出而产生矛盾。这些都是过于计较的结果。既是亲人或朋友，如果不是正式的借贷，而只是情分上的往来，没有必要太过较真。

任何人的任何一次正确选择、善念闪动、自愿付出都是有原因的，要么是亲情，要么是友情，要么是爱情；要么是义务，要么是道义，要么是责任。当时你觉得应当应分，不那样你自己心里过不去、不好受，那么日后有没有回报就不重要了。等着要回报就不要去帮助别人，而要去证券公司炒股票或者到银行买理财产品。如果在付出时，不期望一丝一毫的回报，那么日后没有回报会觉得很正常、很自然。如果不期然有了你认为的回报，那纯粹是意外的收获，是可以令你惊喜的收获。

任何付出只有不求回报才能获得永恒的快乐，这是我的体会。这就是留在手里的“余香”。

社会上，很多具有大爱之心的人，付出的不是零砖碎瓦，而是高楼大厦；付出的对象不是身边之人，而是百姓众生。在他们要践行付出之举时，他们首先也是觉得自己应该那样付出，不付出心不安理不得，所以才有了大付出之壮举。这种壮举自然会造福一方，造福一片，这是客观作用、客观效果。而从他们本心来说，这样做也是为了自己心里好受。这种“好受”，是一种品德，一种情怀，一种精神，一种良知，一种责任，一种觉悟。这里的“好受”，体现着正直、善良、慈悲。如果有人问我说，难道人类社会中的领袖人物也是为自己的心吗？我认为也是。不过，领袖的心是“大我”之心。这个“大我”已融入了社会、国家、民族、人民。这个“大我”越大，里边利己的成分越小，进而达到“无我”的境界。对这个“大我”“无我”，狭隘者无法想象，自私者无法理解，一般人无法比拟。就像地球上的普通人的大脑无法理解外太空的浩渺一样。

意大利众议长菲科曾向习近平主席提问：“您当选中国国家主席的时候，是一种什么样的心情？”而习主席的回答正好诠释了一个大国领袖的境界。他说：“这么大一个国家，责任非常重、工作非常艰巨。我将无我，不负人民。我愿意做到一个‘无我’的状态，为中国的发展奉献自己。”

当然，在需要做出付出的一件事面前，如果没有付出，不是每个人心里都有那种不好受的感觉的。社会的敌人、罪犯就是如此。价值取向决定了他们在判断取舍之际往往会做出与常人相反的决定，因此才有了贼不走空、杀人不眨眼、流氓成性等说法。他们与正常人相反，在有机会做坏事时如果不去做，反倒觉得“心里不好受”。所以说做什么事“好受”，做什么事“不好受”，什么事该做，什么事不该做，成了区分好人、坏人的分水岭和试金石。

细细想来，任何人做好事归根到底是为了自己心里好受。而这个“自己”却千差万别，这里有大小、高低之分，其结果也就呈现了伟大与平庸，高尚与低俗，利己与利他的众多区别。

2019 年 6 月

小议老年人的“纠结”

小学的时候，听到一个故事，说一条小毛驴站在两捆稻草前，不知先吃哪一捆，结果，饿死了。不知为什么，这个故事给我留下了深刻印象。现在我知道，这种事在现实中不会发生，因为从没听说过毛驴有这样死的。我觉得，编故事的人也不在于说毛驴怎么死而是想告诉人们做事不要顾虑重重，犹豫不决，那样是没有好的结果的。由此我想到了“纠结”一词。因为我觉得小毛驴死前的状态一定是纠结的。它被“选择哪捆”纠结住了。

商务印书馆出版的《现代汉语词典》第6版认为“纠结”的义项有三：①动词，互相缠绕。②动词，纠合。③形容词，思绪纷乱，心情烦闷。

据百度百科介绍，“纠结”一词最早出现在《后汉书·皇甫张段传赞》（也有作《后汉书·皇甫规张奂等传赞》）中，文曰：“戎骖纠结，尘斥河潼。”说的是战马、战车多而杂。

我觉得这个词过去使用很有限，特别是作为形容词。但近些年随着网络的普及，这个词也火起来，以至于2009年登上了《咬文嚼字》杂志组织评选的十大流行词语榜。

现实中人们常用此词形容拿不定主意，再三权衡利弊、反复比较优劣这种矛盾的心理。正反两种选项混合在一起，一时难以决断，就用“纠结”来表示。我觉得这和词典解释的意思不太一致，没有词典中的意思沉重，也不是这个词的本义，只是这个词的引申义或者说是比喻义。

人们常纠结，老年人尤甚。因为啥纠结呢？原因很多，个人情况不同纠结的内容也不一样。大致看来有这么几种情况。

消费纠结。如需要支出一笔较大的款项，用于购买一种产品，喜欢又心疼钱财或者是支付困难。这时就觉得很纠结。

出行纠结。一般是旅行，远方神秘而富有诱惑，自己内心愿意去欣赏，去感受，但是由于各种原因而不知道能否成行。这些原因可能是自身身体的原因，可能是找不到合适同伴的原因，还可能是自己有事脱离不开的原因。这时就是纠结的“良好”时机。

往来纠结。要不要去参加一个什么聚会，或某位朋友孩子的结婚典礼，或某位熟人的葬礼。去有去的理由，但似乎又心有不甘，不是十分情愿；不去吧，自己觉得又与情理不合，怕面子上过不去。于是要纠结一段时间。

承受纠结。退休了，本单位返聘，待遇不高，但是可以打发退休后的空闲时间；外单位聘请，薪酬很有诱惑力，但是又怕工作负担重，过于劳累，身体承受不了。于是处于难以抉择的纠结状态。

去留纠结。外地的孩子或亲戚邀请去常住，理由充分，合情合理。但自己有难以割舍的人或事，有不好处理的问题。到底该怎么办，纠结来纠结去。

弃存纠结。主要是对物品。剩饭剩菜，旧衣旧裤，老物件，用是用不上了，孩子们也不要，亲戚朋友又不好意思给，怎么处理？真想丢掉的时候，拿起哪样都觉得好，舍不得，纠结得很哪。

纠结的情形很多，不胜枚举。仅此几例，用以说明“纠结”在生活中常常出现。但是纠结终归不是一种积极的情绪，不会产生舒服畅快的感觉，纠结时间长了或程度深了容易产生负面影响。所以有了“纠结”，要尽快解决，“纠结”的时间越短越好。怎样解决？我觉得对老年人来说就是一个原则：利己原则。这是最大的原则。不要顾及别人的看法，不要考虑面子，要看对自己是否有利，包括对自己的健康、对自己的精神、对自己的经济。凡事在前，考虑对自己有无妨碍、伤害，如果有就不要去做，如果没有就去做，如果不但没有而且可以让自己更健康、洒脱、快乐，那就应积极去做。因为老年人一辈子都在为别人做贡献，晚年的时光没必要再去纠结什么而顾及重重了，而要轻松、开心地为自己活一把。自己好了，也可以减轻社会、儿女、周围人的负担。不是吗？

2019 年 10 月

诗意绵绵

这里有诗，但不在远方。请不要用格律诗的标准要求我的『诗』，那样你会失望的。我写的都是自由体诗。

——题记

《江城日报》组织的工农兵通讯员学习班结业纪念

《秦皇岛日报》副刊编辑部组织的老岭笔会作者合影

自题小像

莫悔平生不是男，志女岂容炊粥缠。
挥戈重辟巾帼路，擎旗顶起苍天半。

1969 年 5 月

附和诗三首：

吾儿是女志似男，革命重担挑在肩。
主席思想来武装，女子能顶半边天。

——父亲周其明

树华虽女志似男，胸怀革命大业担。
闯出一代新人路，志在全球红一片。

——《江城日报》群工部齐思贤

青松恰似勇儿男，红梅当比志婵娟。
务农最是巾帼路，胸有雄文擎天半。

——刘兴权

贺陈英华相亲成功

谁说“农夫”无人恋，春送喜到茅草院。

百花园内花有百，唯有“康花”开得艳。

1970 年 3 月

说明：陈英华相亲对象叫康淑华。相亲后不久二人喜结连理。

附陈英华原诗：

流水落花春意淡，别时容易难复见。
百花园里花有百，能有几朵堪称“艳”？

1970 年 1 月

答友人（予张国才）

塞外江城露笑颜，阳光辉映新文坛。
杨柳翩翩怯霜雪，松梅峥峥战苦寒。
海燕凌空穿云雾，“红宇”挥笔拓艺园。
松花江畔奇秀多，馨香四溢满人间。

1971 年 3 月

附张国才原诗：

一封谊书传“红宇”，“虔诚”一片润心田。
愿攀险峰寻小路，荆棘丛中拓艺园。

1971 年 3 月

2014年马年春节有感

金蛇狂舞将落幕，一马当先头已露。
千家万户喜迎春，东西南北乐送福。
太平盛世天下安，和谐社会疆域固。
人间愿景缤纷色，追逐梦想辉煌铸。

2014年1月

咏山海关槐树林

五月明媚好春光，十亩槐林百里香。
树冠忙煞蜂与蝶，地上游人醉芬芳。

2015年5月

有感于微信群里的鲜花表情

一束鲜花色灿烂，人间情谊融其间。
京秦吉林本一线，中华万里共婵娟。

2016年3月

读杨喜茂诗有感

相遇五十载，同窗仅三年。
耳顺忆当日，古稀续前缘。
人生知己少，前路情意蕃。
心潮微浪涌，晚霞添斑斓。

2016 年 3 月

附杨喜茂原诗：

古稀之友

天假良缘碧水滢，秋高气爽叶红峰。
高山流水七旬谊，下里巴人五秩情。
鸟语蝶飞添秀色，春花秋月绘彩虹。
心如止水精神爽，自在悠闲美妪翁。

2016 年 3 月

“一”字歌

锦书一笺寄别情，灵犀一点心相通。
寒梅一剪迎风雪，冰心一片玉壶中。
惊鸿一瞥眼底存，幽梦一帘了无踪。
人生一世堪怜短，心香一瓣情意浓。

2016 年 4 月

附杨喜茂原诗：

牵　挂

一朵鲜花心问候，一腔惦念表情缘。
一声牵挂相思雨，一梦醒来夜难眠。

2016 年 4 月

清明纪实

（一）

清明在即天未阴，小假长休出家门。
借问行人哪里去，踏青扫墓祭亡魂。

（二）

花红柳绿气象新，莺啼燕舞满园春，
心中常恋窗外景，更需珍惜眼前人。

2016 年 4 月

附杨喜茂和诗：

清　明

春花竞艳游人醉，春灌氤氲草木芬。
春晖碧野纸鸢舞，春柳低垂忆故人。

2016 年 4 月

人名联句

艳梅报春不争春，毛毛细雨洒红尘。
桂春俊霞丽杰美，艳英秀娟艳中门。
建辉思建金鼎雄，国权虑国晓光纯。
宏业瑰丽享美运，身心康健乐在群。

2016 年 4 月

应学生之邀，为他们十六位好友而作。内含十六人名字：徐俊霞、赵桂春、葛艳梅、鲁国权、张艳中、宋晓光、高丽杰、吴金鼎、杨秀娟、张丽、谢健、郭美运、周宏、刘建辉、吴艳英、毛毛。

赞杨喜茂、祖培诗

两位仁兄诗作新，小女不才遇知音。
见字如同游姑苏，拙政虎丘美在心。

2016 年 5 月

附原诗二首：

七律·苏州游

祖　培

姑苏胜境梦里寻，有女同行大省心；
观前两楼品美味，同里一舟度良辰；

拙政赏园悟进退，虎丘登山思古今；
开怀五日刚刚好，再议远游待来春。

2016 年 5 月

七律·拜读祖培兄诗作有感

杨喜茂

七律苏州游盛意，两联对仗瑞辞音。
妙思写尽姑苏美，信手拈来功底深。
雷火虎丘终傲骨，寒山佛寺再修身。
诗情画意晨舟雾，水影花光映旅人。

2016 年 5 月

悼杨绛

寿逾百年称奇人，天堂启扉叩英魂。
干校六记走世界，堂吉诃德入国门。
散文译作真情现，剧本小说立意深。
岁月静好淡名利，品格高贵耸端云。

2016 年 5 月

附杨喜茂和诗：

祭杨绛

百年罕见巾帼子，风雪漫天铸英魂。
丰赡著说留后世，多灾锤炼耀来人。
婚姻大爱做贤女，信念随身锻真金。

高贵人生仙境界，花明柳暗又一村。

2016 年 5 月

诗二首·下乡纪念日有感

（一）

巨人挥手我向前，农村地广天更宽。
耕犁点种小步踩，学习练武大批判。
数载严寒筋骨壮，经年酷暑心智坚。
人生画卷添色彩，虽苦犹甜铸新篇。

（二）

四十八载弹指间，往事历历如云烟。
花甲已去古稀近，健康犹存快乐添。
相聚甚欢话不尽，举箸碰杯量有限。
锦衣玉食何足惜，真情伴我度晚年。

2016 年 11 月

诗二首·记与小学同学重逢

（一）

童蒙求进济学堂，毕业合影细心藏。
岁月荏苒半世纪，东西闯荡盖八方。
垂髫少子颜雕皱，窈窕囡孩发染霜。

举照凝眸难指认，回头问你在哪行？

（二）

微信QQ建群忙，畅叙天明诉衷肠。
赞女夸儿思父母，谈师论友念街坊。
升平盛世感恩惠，民富邦兴颂暖阳。
挽手追忆当年事，朦胧泪眼笑脸扬。

2017年12月

附高平孟诗二首：

七绝·看小学同学合影有感

端详老友忆经年，白发青丝总有缘。
坎坷一生风雨路，长留懵懂记云笺。

2018年8月

说明：作者看到我和小学同学在吉林市的合影，很兴奋。照片上有他当年的学习小组长和一起结伴月夜回家的发小儿，他有感而发。

牵牛花

绕篱萦架乐攀爬，美韵素妆浪天涯。
昂首不屑瓶中养，低头偏爱鬓上插。
迎红日，辞晚霞，倏忽青春惜芳华。
祈盼人间多喜事，迎风起舞吹喇叭。

2018年11月

说明：我的散文《牵牛花情思》发表后，作者读后有感，写下此诗。我的散文中说到我摘下一朵粉红色的牵牛花插在鬓间，又介绍了牵牛花花时短，“朝开夕谢”的特点。故诗中有相关语句。

难忘青春的记忆

——写在市七中同学毕业四十周年之际

（朗诵诗）

五月的阳光和煦明媚，
五月的原野鲜花怒放。
五月的天空白云缭绕，
五月的大地锦绣辉煌。

五月的细雨啊，浇灌人们的心扉，
五月的和风啊，轻抚人们的面庞。
五月的垂柳婀娜多姿，
五月的白杨挺拔向上。

啊，五月，红色的五月，
你步履匆匆，来到神州盛邦。
啊，春天，又一个缤纷的春天，
你百转千回，来到故园家乡。

时间似金梭织锦，
岁月如白驹过隙，
一年，又一年来到了，
十年，又一个十年沧桑。
毕业四十载，
今天杏坛桃李欢聚一堂。

师生互致问候，共叙佳话，
同学握手言欢，同忆过往；
先生长辈欢歌笑语，倾诉衷肠，
学子晚辈举杯相祝，泪水化琼浆。

“往昔峥嵘岁月”，如波涛激荡。
四十年前的同学们，
青春年少，风华正茂，
书生意气，当仁不让。

你们响应号召，边学习边劳动，
你们满怀激情，胸有理想；
你们又红又专，文武双全，
你们学工学农走出课堂。

难忘啊，你们跨入一建工地，
你们来到轻工机械厂。
跟随工人师傅学习车钳铆锻，
搬砖和灰挥舞瓦刀砌高墙。

难忘啊，你们挺进石山大队，
与社员同吃同住同开荒；
庄稼地里有你们苦涩的汗水，
丰收的果实辉映着你们青春的脸庞。

难忘啊，冬天你们走上街头，
臂弯里挎着竹篮把马粪盛（chéng）装；

为农业生产贡献力量，
为填满神圣祖国的巨大粮仓。

难忘啊，那一年七中成立不久，
你们建设校园，在劳动中成长。
填大坑，平操场，
推小车，抬大筐。
挥汗如雨，热火朝天，
革命的意志百炼成钢。

一幕幕，一场场，
桩桩件件在心房。
辛勤园丁呕心沥血，
岑岑学子展翅翱翔。

你们奋斗在各行各业，
你们夜以继日疾走奔忙，
你们为共和国大厦奠定基石，
你们创造未来把重担扛肩上。

你们这一届人才辈出，
有社会精英、业界大王，
有老总、董事、大鳄，
还有正高知识分子名列红榜。

人民有信仰，
民族有希望，
国家有力量。

过去的“落后挨打”已丢进历史垃圾箱，
今朝华夏昂首挺立世界东方。

屠呦呦青蒿素威震环宇，
天宫、神舟，太空相吻情意长。
世界最大的射电望远镜喜开天眼，
中国设计制造的大飞机自由升降。
长征系列火箭腾空刺苍穹，
天河二号超级计算机英名绝响。

荏苒时光四十年，
弹指挥间鬓染霜，
历史征程没尽头，
身姿矫健迎夕阳。

心中憧憬中国梦想，
步伐坚定神清气爽。
老骥伏枥，志在千里，
老当益壮，还是栋梁。

你们牢记社会主义核心价值观，
建设富强、民主、文明、和谐的强大国防，
建立自由、平等、公正、法治的新型社会，
发扬爱国、敬业、诚信、友善的道德力量。

你们的臂膀依然坚强，
你们的誓言依旧铿锵，
你们的梦想仍在闪耀，

你们的人生还很漫长。

祖国啊，请相信这一代，
坚守阵地，不忘初心，
战斗到光荣离岗。
带好后续的接班人，
让共产主义事业继往绵长。

五月的蒲公英飞花杨絮，
五月的紫丁香吐露芬芳。
五月的同窗情谊三生三世，
五月的浪漫桃花心中徜徉。

把最美好的祝福送给你，
我们伟大的祖国，
长足发展，固若金汤！
把最美好的祝福送给你，
我们可敬的同辈兄长，
精神矍铄，福寿安康！
把最美好的祝福送给你，
我们相亲相爱的同学们，
携手未来，再铸辉煌！

2017 年 4 月

说明：四十年前笔者曾在秦皇岛市第七中学执教。2017 年 5 月 6 日市七中当年的那届学生聚会。

再题小像

天地之间一小妞，喜山乐水爱旅游。
摄影赋诗撰美文，气质优雅藏锦绣。

2018 年 5 月

我们老了吗？

——为高中毕业五十周年而作

（朗诵诗）

我们老了吗？
答案很简单，老了。
年届七十，怎是不老？
儿孙绕膝，焉能不老？
你看，黄了胡须，白了鬓角，
你看，弯了脊梁，笨了腿脚。
脏器的功能在衰弱，
容颜的指数在减少。
老年病不请自到，
退行性病变谁也躲不掉。
去医院的次数越来越多，
一日三餐吃得越来越少。
说话有时前言不搭后语，

办事有时不靠谱不着调。
看着孙子喊儿子的名儿，
手里拿着钥匙还在到处找。
唉，我们真的老了，老了，老了……

可是，我们不服老！
绿色有机食品叫我们健康，
护肤品使我们面容姣好；
焗油膏让我们头发富有色彩，
时装给我们老年身材添妖娆。
不用回避，不用不好意思，
崇尚美、追求美仍是我们的口号。
我们还要享受女人的专利，高跟鞋，
不过那高度在变小；
我们还想身着国服，东方旗袍。
不过那开衩要低调。
我们还要观光大好河山，四处旅游，
我们还要跳广场舞，登山慢跑。
我们要聚会，我们要游乐，
我们要在 T 型台上走一遭。
我们还有迟到的爱，还有未了的情，
我们还有陈年的老酒，还有心底的花枝俏；
我们的心不老，不老，就是不老！
我们是天边的夕阳——无限好啊无限好！

“青山隐隐水迢迢，
秋尽江南草未凋。”
我们老了吗？老了，

我们没老吗？没老。
我们老的是年龄，是数字，
我们不老的是精神，是情操。
我们老的是骨骼，是牙齿，
我们不老的是自信，是风骚！
朋友，不必为年龄发愁，
春天后面不会秋叶飘，
只要在秋霜里结好你的果实，
尽可以在春花面前开心地笑。
“自古逢秋悲寂寥，
我言秋日胜春朝。”

2018 年 7 月

祝贺孙女考上“双一流”大学及升学宴有感（四首）

（一）

赵家有女初长成，品学兼优淑女型。
今日如愿上大学，它时报恩众亲朋。

（二）

霖霖二九成气候，高考挺进“双一流”。
三年千日衡中炼，六百双十成绩优。
中国石油大学录，青岛黄岛黉门收。
心中有志脚务实，鲲鹏展翅逍遥游。

（三）

戊戌八月喜讯传，扬州饭店摆盛筵。
狮子鸡汤碗中戏，松鼠鳜鱼珠连环。
卤味豆腐小块蒸，肘肉花饼大盘端。
众亲举杯同庆贺，霖霖考进名校园。

（四）

群亲众戚聚一堂，觥筹交错欢声扬。
爷奶春风扑满面，外祖喜气冲脸庞。
爸妈心花犹带露，姨娘笑靥不忍藏。
榜上有名今同贺，明朝学成向太阳。

2018 年 8 月

欣赏魏老师汤河照片偶得

贵府楼台大又宽，有天有水鸟盘旋。
邀得明月众人赏，眼观美照喜心间。

2018 年 8 月

诗五首·园田居

其　一

洋房别墅院围挡，粉墙黛瓦徽派装。
远望蓬莱仙人阁，近看新堡一村庄。

其　二

志趣相投成一群，追随梦想到山村。
水印长城第二家，养身健脑娱精神。

其　三

事业操劳多半生，退休务农心轻松。
风吹日晒汗浃背，播种收获乐其中。

其　四

老牛山下赏晨昏，九江河畔望浮云，
稻香村中听鸟语，家宅院里议乾坤。

其　五

笑逐颜开似暖阳，风韵堪比老徐娘。
左邻右里互关爱，如沐春风岁月长。

2018 年 8 月

赞洪大姐分瓜

其　一

洪姐巧种白玉瓜，又肥又嫩个头大。
招来四邻众姐妹，一人一块捧回家。

其　二

分瓜啦分瓜吧，分瓜就在洪姐家。

洪姐瓜大分大家，有瓜同享似一家。

2018 年 9 月

附洪大姐答谢诗：

姐妹分瓜笑哈哈，我的心中乐开花。
感谢大家来捧场，明年再种大玉瓜。

2018 年 9 月

晋陕之旅（八首）

乔家大院

晋中院落乔家大，占地十亩立广厦。
祖慧孙贤履和道，民宅精巧甲天下。

雨岔大峡谷

凸凹有致况娇娥，衣袂皱褶天公磨。
色彩旖旎梦幻生，雨岔峡谷美景多。

壶口瀑布

万里黄河我为尊，吞涛吐浪架虹云。
气势磅礴难阻挡，震耳欲聋是游人。

李家山村

文化名村李家山，窑洞错落高低间。
小路羊肠兼起伏，写生作画不等闲。

平遥古城

名噪天下平遥城，商铺林立醋味浓。
乡土民居成“世遗”，冠云牛肉生意隆。

碛口小镇

湫水入黄成碛口，水旱码头南北走。
山巅高耸黑龙寺，九曲古镇它为首。

延安宝塔

八角九层不为奇，结缘革命获生机。
天下游客诚朝拜，只因毗邻毛主席。

延安枣园

瞻仰遗迹奔枣园，砖墙木门史册传。
毛周朱刘张彭任，共擎红旗打江山。

2018年11月

附赠诗一首：

七绝·靓妹秋游

杨喜茂

靓妹欣游踏晚秋，平遥宝塔写情柔。
激情吟咏延安颂，傲骨丹心玉影留。

2018年10月

多谢郭老师多次赋诗点赞

郭老写诗如回家，信手拈来一大把。
有景有人又有情，无虚无伪无假话。
积德行善品行端，开朗向上心豁达。
好人一生多平安，福寿双全乐无涯。

2019 年 3 月

田园生活自嘲

老翁老妪同居，没有神仙眷侣。
朝看月季绽放，暮数葡萄颗粒。
日日九门一游，夜夜美梦几许。
人生难得清闲，眼下尽享惬意。

2019 年 5 月

说明：1. 虽是同居，并不违法，因为有证。2. 数葡萄粒，看被鸟吃了没有，言葡萄少，可以数过来。

赞高中同学田振英

振英司令名不虚，群里群外忙仔细。

今日庆生送祝福，他日问病表诚意。
麻将组局带管饭，野游操心又费力。
若问为何这么好，只因身旁有位伊。

2019 年 6 月

说明：作于 2019 年 6 月 17 日（农历五月十五日），这天为本人生日，发表于高中同学群。

附赠诗一首：

七绝·树华生日快乐

杨向东

小妞华诞放霓虹，姝笔妙文闪闪灯。
快意古稀真教授，乐陶晚景马行空。

2019 年 6 月

附赠诗三首：

2019 年 6 月 24 日本人在朋友圈发了九门口散步的抖音，欣然收到朋友诗作，喜之而收进。

雄关依旧古道塞，乡间小径似 T 台。
窈窕淑女翩翩步，碧水青山衬姿彩。

——毕新发

十七妙女九门舞，五彩云边绚丽光。
千里同窗遥相映，宝山拍景妞盛装。

——杨向东

服装俏丽人十七，舞姿妙曼赛西施，
步履轻盈心愉悦，思维敏捷大才女。

——赵宝山

说明：因刚过完七十岁生日，所以朋友调侃谓之“十七”。嘻嘻，逗我乐，哄我玩。

赞赵、杨二位同学的诗

二位师兄比诗心，韵脚平仄忒认真。
同赞青山绿水美，彩笔绘出万年春。

2019 年 7 月

附原诗二首：

七律·田园

赵宝山

树密农家靓墅藏，弯曲小路到池塘。
林中对对山鸡跑，岭上只只鸟雀翔。
院外棵棵蔬菜绿，宅边个个蜜桃黄。
休闲度假心情好，美满生活体健康。

七绝·赞宝山七律

杨向东

田园美满宝山君，一日一诗志永存。
今现群中七律赋，仄平对仗展心痕。

2019 年 7 月

雨后游九门口

雾气氤氲九门口，山色朦胧水微抖。
长城女墙烽火台，恰如水墨画中走。

2019 年 7 月

附鲁兵和诗一首：

当年战场九门口，烽火连连河山抖。
英雄守关拒强盗，穿越火线狼烟秀。

2019 年 7 月

黑龙江旅游偶得

中伏暑热赤日炎，垦荒组团去探源。
镜泊兴凯桃源美，松花乌苏黑龙连。
奶牛悠闲千头聚，稻花香飘万亩田。
餐餐有鱼食不尽，留恋仙境忘人寰。

2019 年 8 月

说明：本人于 2019 年 7 月 27 日至 2019 年 8 月 3 日参加了垦荒人 8511 农场探源之旅。参观了农场、牧场，游览了镜泊湖、兴凯湖、桃源湖等景点。

赞农村水印长城小区

（藏头诗）

水似银链挂山崖，印浸九江辉彩霞。
长笛短奏晨昏舞，城郭远离近桑麻。

2019 年 8 月

附邻居藏头诗三首：

其　一

作者：带你远航

水畔雅居画中家，印影湖面映碧霞，
长垣腾龙云中现，城里城外闭月花。

2019 年 8 月

其　二

作者：疏帘淡月

水出九江情未了，印上苍苔不覆消。
长歌当哭人脉脉，城在山中一梦遥。

2019 年 8 月

其　三

作者：如梦如歌

水漫小桥奔流远，印在心间忆缠绵。
长寿山麓凡世外，城垣田畔见桃源。

2019 年 8 月

2019 年中秋节偶得二首

其　一

秋雨身外落，明月心中升。
中华振兴日，天地感涕零。

说明：农历八月十五，早上起床后发现天降小雨，虽有失落之感，但转而觉得是中华业绩感天动地，故而下雨。

其　二

雨霁天蓝现白云，草碧花灿不染尘。
只待夜来萤火舞，圆月高悬万户门。

说明：下午四时许，雨停天晴，煞是欢喜。

赞肩负使命者

不惧虎豹战熊罴，忘身舍己飞鸣镝。
初飞金乌映神州，心向振兴步伐齐。
牢不可破党群链，记忆犹新军民集。
使君筑梦千秋业，命题如椽现云霓。

2019 年 9 月

参观辽西第一党支部有感（三首）

其　一

第一支部现风流，师生结伴到田畴。
昔日园丁培育苦，今朝同心红色游。

其　二

第一支部建山村，抗击日寇它领军。
地雷炸响敌陈尸，军民联手一家亲。

其　三

第一支部家碑崖，六名党员成一家。
山洞举手表誓言，辽西遍开抗日花。

2019 年 9 月

说明：辽西第一支部坐落在辽宁省葫芦岛市绥中县加碑岩乡黄木杖子村秋岭。

共和国同龄人的赞歌

（朗诵诗）

我是共和国的同龄人，
我骄傲啊，我自豪。
“中国人民站起来了，”
七十年前，伟人向全世界宣告。

那日，我是襁褓里的百日婴儿，
出生在东北小城待哺嗷嗷。
蹒跚学步，牙牙学语，
我是沐浴新中国雨露的春苗。
革命的种子播撒在心田，
红色的印记在灵魂中铸牢。
佩戴上鲜艳的红领巾，
为人类的共产主义理想，
和千百万少年一起，时刻准备着。
我们是共产主义接班人，
心中扬起红旗的一角！

我是共和国的同龄人，
我骄傲啊，我自豪。
接受马列主义、毛泽东思想教育，
学习、生活在无产阶级学校。
大炼钢铁，我运过焦炭，
抗旱救灾，我端着脸盆把水浇。
三年灾害，我和祖国一同承受苦难，
十年内乱，我和祖国一起遭受煎熬。
影响了长身体，耽误了学业，
我们挺直身躯不弯腰。
这是前进中的挫折，
这不是历史的退倒。
唯物辩证法告诉我们，
发展就是曲折的道路一条。
我和共和国一起成长，
步伐矫健不屈不挠！

我是共和国的同龄人，
我骄傲啊，我自豪。
上山下乡接受再教育，
在风浪中如海燕般冲浪呼啸。
我回归城市，再次捧起书本，
我服从需要，登上三尺讲台把书教。
我虚心向老教师学习，
我耐心培育花朵娇娇。
引导学生遨游于知识的海洋，
攀登科学高峰，不惧崎岖陡峭。
开发学生智慧，培养学生兴趣，
育人育德育栋梁育舜尧。
十年树木，百年树人，
现代化建设的后备军不可小瞧。

我是共和国的同龄人，
我骄傲啊，我自豪。
我走上教研员岗位，
探索教学改革的新目标。
引导教师更新理念，
倡导学生“自主参与”，
语文素养、语文能力根基牢靠。
八仙过海，各显神通，
教育的百花园尽显妖娆。
从普通教师成长为特级教师啊，
这是共和国给我的荣誉崇高。
正点退休，解甲归田，

放下机关里的公文包。
我退休不退岗，休闲不休息，
为教育事业继续贡献力量分毫。
深入高中教学，培养青年教师，
为线下培优做讲座报告，
参加课程改革，编写冀教版教材，
为报纸杂志撰写文稿。
一直在路上前行啊，
因为心中梦想闪耀。
鞠躬尽瘁，皓首穷经，
那是夕阳无限美好！

我是共和国的同龄人，
我骄傲啊，我自豪。
共和国七十年成绩卓著，
我们在世人面前顶天立地，喜上眉梢。
改革开放四十年的累累硕果，
在人类文明史册掀狂飙。
一带一路，共同发展，
国际影响力啊，势如春潮！
地上，青藏铁路、高速铁路创造神话，
天上，大飞机载誉穿云霄。
地外太空，神舟载人飞船绕地飞行，
月球背面，登月车在享受工作后的午觉。
辽宁舰、歼 15 令世人惊叹，
蛟龙号潜水深度让同行把拇指翘。
呵，煌煌业绩，赫赫功劳，
皎皎如日月，天下昭昭。

每一点成绩的取得，
都有我、我们——教师的汗水滔滔。
我深知，我明了，
祖国的发展壮大，
离不开园丁的耕耘辛劳。
中国人民站起来，富起来，强起来了，
昂首迈进第八个十年的康庄大道。
不忘初心，振兴中华，
让使命的大旗永远四海飘飘！
泱泱大国，勃勃生机，
新中国的千秋伟业啊，还看今朝！

2019 年 9 月

贺《艺苑芳菲》顺利出版

累年勤耕积章篇，七十万字不等闲。
落英缤纷杏坛拾，艺苑璀璨芳菲添。
心怀暖阳比玉壶，笔蕴真情如涌泉。
不堪珠玑难生花，凿凿之语传世间。

2019 年 11 月

说明：《杏坛落英》为笔者十年前出版的个人专集。

满怀衷情成芳菲（后记）

时间过得真快！2019年转眼过去了一多半。

我在今年要出一本书的计划是去年年底萌生的，因为今年是新中国成立七十周年，也是自己的七十岁生日，能出一本书是一件很有意义的事情。原来觉得近十年来篇什不多，文字量不够，攒一本书可能较薄，后来回忆一下，整理一番，发现可以编一本，且与十年前出的那本篇目数量差不多。我的上一本个人专集2009年出版时，是没有想到十年后可以再出这一本的。

整理稿件的工作随即开始，时间抓得不紧，整理稿件没影响日常生活，也没影响出门旅游。今年5月1日到农村家生活后便把重点放在了这件事上，白天干点家务，做做饭，晚上电视连续剧不看了，小区业主们的娱乐活动不参加了，一门心思整理稿子：攒堆、统计篇数字数、设计体例、分类、起小标题名字、写题记、权衡各部分比例等等。工作比较繁杂。好在我有过一次编辑个人专集的经验，做起来还算得心应手，而且现在的书写、编辑条件比起十年前不知好上多少倍。更重要的是第一本个人专集稿件跨度为二十年，以前的稿子还是手写的，没有电子稿，需要一篇篇扫描、重新录入，比较麻烦。而近十年全部是电脑写作，每一篇稿子的原稿都可以在电脑里找到。编辑起来方便多了，省事多了，也轻松多了。用了几个月时间，终于交给出版社。

按照这两本书出版时间的频率，算是十年出一本专集。当然也希望下一个十年过去后，自己还有东西可出。

本专集主要汇集了近十年的稿件，也有几篇不是近十年而是上次出书时没有编进去的稿件。稿件中有不少是发表过的，也有一些是第一次面世或者专门为这个集子撰写的。为了阅读方便，也为了自己整理时有个系统，我将这些稿件分为七个小类别。所有的诗歌不论什么内容都放在了“诗意绵绵”这个类别。我年轻时就爱写诗，但是格律诗一直没有学明白，理论上的要求似乎知道一些，但是一到动笔就觉得麻烦、费劲，觉得自己掌握的文字量、词汇量不足以支撑自己写出高水平的格律诗，索性随性而为，都写成勉强可以称为自由体的诗。因为我会押韵。

其他散文类就按照内容，分成了“初心难忘”“凡人小事”“真情永在”“放眼风物”“人在旅途”“用心生活”六个类别。“初心难忘”中的文章都与我一直从事的教育工作有关，谈的是自己对教育、教学的一些理解和认识，有的文章不限于学校教育和课堂教学；“凡人小事”中的文章主要记叙了自己身边的人和事，我觉得这些人和事对自己、对读者会有启发，是有教益的，且正能量贯穿期间；“真情永在”里的文章反映的是自己所经历的亲情、友情、爱情、师生情等，表达自己对人间真情的追寻与珍视；“放眼风物”的散文多为描绘自己在自然界中见到的、触动自己内心情感的景物，有感而发，言之有物；“人在旅途”中的文章是一些游记或记叙自己在旅途中遇到的新鲜事情；“用心生活”里的文章多为议论文，是我对世相民风的一些看法，虽都是个人见解，但力争站在客观、公正的立场，用唯物辩证法的观点分析、指正，虽不是“指点江山，激扬文字”，但也是仗义执言，维护正义。

书内的插页、补白的图片虽与前后的文章没有直接联系，但可以使读者窥见作者生活的一面，也为读者提供了全方位理解作品的形象材料。

从小爱好写作，参加工作从事了与写作有联系的职业，这是我的幸运。正因为穿越在教育与写作两者之间，有时分不清彼此，而这两者之间也是你中有我，我中有你。这也不奇怪，当代散文人张丽钧的散文就经常取材于校园生活，信笔写来，清新自然，在朴实的叙事中揭示深刻的道理，读来令人叹服。我经常视她为榜样，但只是榜样，因为我只能奔走其后“望尘”而已。

阅读这些自己写出的所谓作品，我对自己还是满意的，因为我好学，因为我勤奋，因为我真诚，因为我坦率。所以我叙说的事必然是真事，我抒发的情自然是真情，我发表的议论也固然来自内心。我自认为不矫揉造作，不胡编乱造，不偏执自负，不故弄玄虚，不有意粉饰，不随意曲解，不故意歪曲，也绝不趋炎附势。多年前，一位了解我的人曾评价我是玻璃人，开始还不解其意，后经点拨，明白了，他的“玻璃人”谓之我想啥说啥、通透明净、没有花花肠子。当时我还不甚认同，多年后觉得此人真是我的“知音”。

中秋节前夕，我用小程序和自己的一张小照做了个贺卡发到各个群里，向微友们表示节日祝贺。有位也是喜欢写作的同事毕新发随即在群里作了一首小诗评价我，我觉得是夸赞我，诗曰：

泾渭分明恶曲钩，喜乐忧戚率性由。
教研写作堪学霸，纵情山水逍遥妞。

我的微信昵称是“喜山乐水一小妞”，故而他的诗结句有“逍遥妞”之称。虽然是夸我，但我觉得不是溢美之词，而是抓住了我的个性特点，写的真的就是我。我谢谢毕老师。

我经常引以为骄傲的是，我是共和国的同龄人，共和国经历的一切我都经历过，不过有的对我影响大些，有的影响小些，因为年龄、因为身份、因为地位、因为职业、因为政治敏感度等等。但我没有任何抱怨和不满足。我非常知足，我很知感恩。白天心中有太阳，晚上梦里有月亮。晴天欣赏蓝天白云，花红柳绿；雨天感知淅淅沥沥的浪漫或者倾盆如注的豪放。善于从大自然中发现美，乐于从生活中洞悉美，是我的习惯；着美服，寻美景，拍美照，做美人是我晚年的人生追求。当然这个“美人”不是指长得美，是指想得美。天地之大，任我行走；青山绿水，任我享受；万紫千红，任我欣赏。我行我拍，我的心海总是荡漾着快乐的涟漪。

我把我对自然，对社会，对生活，对远方，对身边人和事的情愫凝结成一篇篇自认为的美文呈现给朋友。正是：满怀衷情成芳菲。

此书在成书过程中，得到了朋友们的支持。我昔日的同行、青年教师、今日已是著名诗歌评论人的辛泊平先生从百忙中拨冗为此书写了诗意浓厚的序文。秦皇岛市教育局教研室原主任，也是我的老同事、老领导田金庆先生为此书题写了书名。在此一并表示感谢。

秋高气爽。今年炎热的酷暑已经过去多日，北方迎来收获的季节。小区里八宝花还是一片粉红，蝴蝶在花上飞舞。地栽月季仍在按照时令开出硕大的花朵，散发着浓郁的芬芳。本该在这个季节大显身手的波斯菊，当然地在秋风中摇曳着轻灵的身姿，肆意绽放着轻柔而艳丽的花朵。小区周边，果农家的核桃该打了，早熟的苹果该扒袋了，黄香蕉苹果该采摘了，树上的大山楂该由绿变红了，绿色的栗子果实该咧开嘴笑了……自然的规律就是这样有条不紊的运转，我的这篇后记也该写完搁笔了。

2019 年 9 月